BASTEI LÜBBE

Charla Cameron

Wenn sich Herzen dennoch finden...

Historischer Roman

Ins Deutsche übertragen
von Bernhard Willms

BASTEI LÜBBE

BASTEI-LÜBBE-TASCHENBUCH
Band 18 163

Erste Auflage
Dezember 1996

Deutsche Lizenzausgabe 1996
Bastei-Verlag Gustav H. Lübbe
GmbH & Co., Bergisch Gladbach
Originaltitel: Glory Nights
Titelbild: Donald Case,
Agentur Thomas Schlück
Umschlaggestaltung:
Quadro Grafik, Bensberg
Satz: KCS GmbH,
Buchholz/Hamburg
Druck und Verarbeitung:
Elsnerdruck, Berlin
Printed in Germany

ISBN 3-404-18163-8

Der Preis dieses Bandes
versteht sich einschließlich der
gesetzlichen Mehrwertsteuer

Prolog

Irgendwo im Süden – 1827

»Ich habe das Pferd nicht gestohlen, du dreckiger, verkommener Bastard!« schrie der Junge, als der bärtige Mann die Stricke enger zog, mit denen die Hände des Burschen auf dem Rücken gefesselt waren.

»Wenn du erst mal hängst, wirst du schon das Maul halten, mein Junge, aber bis dahin tut es das hier wohl auch.«

Die Faust des Mannes krachte gegen Whitleys Kiefer und jagte Schmerzen wie Spiralen über Whitleys Wange hin. Die Wucht des Schlages riß ihm den Kopf in den Nacken und schleuderte ihn zu Boden. Whitley versuchte, sich mit den Handflächen abzustützen, aber er landete mit seinem ganzen Gewicht auf nur einer Hand, wodurch er sich das Schultergelenk auskugelte. Schmerzerfüllt schrie er auf, und in dem Versuch, seinen Arm zu entlasten, stemmte er die Hacken seiner staubigen Stiefel in den von der Sonne ausgedörrten Dreck.

Der Bärtige packte ihn vorn am Hemd, und Whitley schwang wie wild den gesunden Arm, wobei er wieder laut schrie, als er plötzlich in die Höhe gerissen und ins Gesicht geschlagen wurde.

»Das wird dich lehren, mich anzupöbeln«, sagte der vierschrötige Mann mit dem Bart und rieb sich die knochigen Finger. Er wandte sich seinem Partner zu, der gerade den Henkerstrick über einen Ast der weißen Eiche warf. »Bist du soweit, Potter?«

Whitley versuchte, seinen Blick auf den Mann zu konzentrieren, aber das eine Auge war zugeschwollen, und auf dem anderen konnte er nur noch verschwommen sehen. Seine Unterlippe blutete von den Schlägen der beiden Männer, als sie ihn mit dem Pferd auf dem Weg zur Stadt gesehen hatten.

Whitley wollte nicht weinen. Er wollte die unerträglichen

Schmerzen in der Schulter und im Gesicht nicht spüren. Er wollte nicht um sein Leben betteln, aber sterben wollte er auch nicht.

Der dünnere Mann mit den verfaulten Vorderzähnen packte das Seil und zog es straff, bevor er seinen Partner ansah. »Ich bin nicht sicher, ob das richtig ist, was wir hier machen, Dozer«, sagte er. Er nahm den durchgeschwitzten Hut ab und kratzte sich den Hinterkopf, wobei er zu Whitley hinüberblickte. »Mr. Stevens hat nie gesagt, das Pferd sei gestohlen.«

»Ich schätze, Mr. Stevens wird ganz froh sein, daß wir dieses Problem für ihn regeln.« Er spie einen braunen Strahl Tabaksaft aus und wischte sich dann mit dem Handrücken über den Mund. »Wir erzählen ihm, wir hätten den Pferdedieb erwischt und aufgehängt. Es wird ihn nicht weiter kümmern.«

Wie durch einen wabernden Schleier beobachtete Whitley die beiden Männer. Er zitterte. Er hatte Angst. Er hatte das verdammte Pferd nicht gestohlen. Jahrelang hatte er Reithosen und Hemden geklaut, und er hatte regelmäßig irgendwo eine Mahlzeit abgestaubt, aber niemals hatte er ein Pferd gestohlen. Wozu auch? Er hätte doch gar nicht gewußt, wohin er hätte reiten sollen.

Whitleys Schulter schmerzte erbärmlich, während er den beiden Männern zuhörte. Er versuchte, das Stöhnen zu unterdrücken, das sich immer wieder seinen Lippen entrang. Er mußte möglichst schnell etwas unternehmen. Diese Männer hatten vor, ihn aufzuhängen, ohne den Sheriff einzuschalten. Er schüttelte den Kopf, um wieder einen klaren Blick zu bekommen, aber er erreichte damit nur, daß ihm die langen braunen Haare ins Gesicht fielen.

Der Mann mit Namen Potter überprüfte noch einmal das Seil. Whitleys Mund fühlte sich trocken an, und seine Zunge war geschwollen, aber er mußte es einfach noch einmal versuchen. »Ich habe das Pferd nicht gestohlen. Ich habe es unten am Weiher gefunden.« Seine Stimme klang selbst in den eigenen Ohren leise, zerbrechlich und verängstigt.

»Du winselst wie ein altes Weib, mein Junge, aber kein Aas hört dich.«

Whitley begriff, daß der Augenblick zwischen Leben und Tod gekommen war. Hier würde er sich nicht mehr herausreden können. Diese Männer würden einfach nur lachen, wenn er die Masche mit dem ›lieben kleinen Jungen‹ versuchte, mit der er schon mehr als einmal seine Haut gerettet hatte. Das Problem war, daß er kein kleiner Junge mehr war.

Beim Gedanken ans Sterben begann sein Herz zu rasen. Seine Lippen wollten nicht aufhören zu zittern. Er hatte sich selbst und anderen mehr als einmal gesagt, er sei hart und habe keine Angst vor dem Tod. Aber jetzt, da er ihm direkt ins Auge sah, hatte er Angst. Er wollte nicht am Ende dieses Stricks baumeln.

Tränen traten ihm in die Augen. Er versuchte nicht, die Männer daran zu hindern, ihn auf das Pferd zu setzen, das er angeblich gestohlen haben sollte. Der Schmerz in der Schulter wurde stärker, als er sich im Sattel zurechtsetzte. Whitley preßte Augen, Zähne und Hände zusammen.

Der untersetzte Mann legte ihm die Schlinge um den Hals und zog sie zu. Das Seil war schwer und fühlte sich rauh auf der bloßen Haut an, die sofort erste wunde Stellen zeigte. Jeder Muskel seines Körpers war angespannt in der Erwartung des Rucks, der ihn aus dem Sattel reißen und vom Ast baumeln lassen würde.

»Ich habe das verdammte Pferd nicht gestohlen«, murmelte er, als er dem Blick des Mannes begegnete, der sich Potter nannte.

»Nun, mein Sohn, du wirst hängen, weil du erwischt worden bist, als du dieses Pferd geritten hast.«

Sein Tonfall war so endgültig, daß Whitley wußte, jedes weitere Wort wäre sinnlos. Whitley versuchte, an nichts anderes mehr zu denken als daran, daß der Schmerz nicht lange dauern werde. Mit ein bißchen Glück würde der Tod schnell kommen.

Der Klang eines Gewehrschusses ließ Whitley zusammenzucken und das Pferd unter ihm leicht tänzeln. Einen Augenblick lang hielt er den Atem an, weil er dachte, er sei bereits gehenkt. Als er eine laute Männerstimme hörte, öffnete er sofort die Augen. Er hing nicht mit gebrochenem Genick am Baum. Whitley fühlte sich kraftlos. Das Rauschen in den Ohren verhinderte, daß er verstand, was der Fremde zu seinen beiden Henkern sagte. Er durfte jetzt nicht schlappmachen, sonst fiel er aus dem Sattel und würde sich selbst erhängen. So atmete er tief durch, um sich zu beruhigen.

Der Fremde zwang die beiden Männer, zu ihren Pferden zu gehen und davonzureiten. Sein Retter kam näher, aber die Sonne war zu gleißend für Whitley, um ihn erkennen zu können. Vielleicht war er kein Mensch. Vielleicht war er ein Engel. Whitley hatte nie an Engel geglaubt – bis jetzt.

»Ich habe das Pferd nicht gestohlen«, flüsterte er, als ihm der Strick vom Hals genommen wurde. »Ich habe das Pferd nicht gestohlen«, flüsterte er noch einmal und hoffte, die Tränen, die ihm aus den Augen liefen, wären nicht auf seinem Gesicht zu sehen.

»Es ist alles in Ordnung, Junge. Beruhige dich. Niemand wird dich heute aufhängen.«

Der Engel hörte sich an wie ein Mann. Als Whitley die Augen hob, sah er auch aus wie ein Mann. Plötzlich schrie er laut auf, als die Stricke von seinen Händen genommen wurden und der ausgekugelte Arm kraftlos hinunterfiel.

»Hölle und Verdammnis! Die haben dich ganz schön zugerichtet, wie?«

Vorsichtig half ihm der Menschen-Engel vom Pferd und setzte ihn auf den staubigen Boden. Dann gab er dem Pferd einen leichten Klaps auf die Kruppe. Whitley litt derart heftige Schmerzen, daß er die Erleichterung nicht zu genießen vermochte, wie das Pferd mit hoch erhobenem Schweif hinter den beiden Männern her stürmte, die nur noch kleine Punkte am Horizont waren.

»Gibt es irgendeinen Grund, mich wegen des Pferdediebstahls anzulügen?« fragte der Menschen-Engel.

»Nein, Sir«, sagte Whitley und schüttelte den Kopf. »Werden Sie zulassen, daß die beiden Männer mich hängen?« fragte er, weil er einfach noch nicht glauben konnte, daß seine Peiniger endlich verschwunden waren.

Der Fremde kniete sich neben Whitley. »Nein. Du wirst diese Komiker nicht wiedersehen. Wie ist dein Name, mein Sohn?«

»Whitley«, erwiderte er, während er sich mit der gesunden Hand die Tränen und eine Haarsträhne aus den Augen wischte.

»Wo wohnst du?«

»Überall und nirgends. Ich hab' keine Wohnung.«

»Wie alt bist du? Vierzehn? Fünfzehn?«

Benommen von den Schlägen und den Schmerzen, dachte Whitley über die Frage nach. »Ich – ich weiß es nicht.« Die dunkelbraunen Augen des Menschen-Engels bohrten sich in seine. Er wollte nicht, daß der andere glaubte, er lüge. »Das hat mir nie jemand gesagt.«

»Wie lange bist du denn schon auf dich allein gestellt?«

»Schon immer, glaube ich. Ich kann mich nicht erinnern, daß es einmal eine Zeit gegeben hat, in der ich mich nicht in irgendwelchen Scheunen versteckt und mir mein Essen zusammengeklaut hätte. Ich weiß, daß ich Whitley heiße.« Er wimmerte, als ein scharfer Schmerz seinen Arm hinaufkroch und sich über seinen ganzen Rücken ausbreitete.

»Du scheinst mir ein recht tapferer Bursche zu sein.«

»Ja, Sir«, erwiderte er und hoffte nur, daß der Menschen-Engel nicht gesehen hatte, wie entsetzt er gewesen war, solange er noch mit dem Strick um den Hals auf dem Pferderücken gesessen hatte.

»Du hast eine Menge Schläge ausgehalten.«

»Ja, Sir«, sagte er wieder.

»Bist du sicher, daß du keinen Pa und keine Ma hast, die zu Hause auf dich warten?«

»Ich glaube, ich hatte mal einen Pa, aber ich bin nicht sicher«, sagte Whitley.

Der Menschen-Engel rieb sich das sauber rasierte Kinn und studierte Whitley eingehend. »Du hast kein Zuhause, und ich habe keinen Sohn. Machen wir einen Handel, Whitley. Wenn du mir schwörst, kein Pferdedieb zu sein, nehme ich dich mit und gebe dir ein Zuhause.«

Ja, dieser Mann war ein Engel, und er schickte sich an, ihn, Whitley, mit zu sich nach Hause zu nehmen. Erleichterung wollte ihm die Kehle zuschnüren und ließ seinen Brustkorb starr werden. Aus Angst, der Mann könnte seine Meinung doch noch ändern, schüttelte Whitley den Kopf und sagte: »Ich schwöre, daß ich kein Pferdedieb bin.«

»Du kannst mich Anchor nennen. Und jetzt sollten wir uns auf den Weg machen, Bursche.« Er erhob sich. »Zu zweit auf einem Pferd kommen wir nicht gerade schnell weiter. Die Komiker könnten sich entschließen, uns einen Besuch abzustatten, und wir legen keinen Wert darauf, gefunden zu werden.«

Anchor murmelte etwas vor sich hin und blickte auf Whitley hinunter. »Ich werde dich alles lehren, was man für die Leitung einer Plantage und einer Horde Sklaven wissen muß. Wenn du dich als würdig erweist, werde ich dafür sorgen, daß du für den Rest deines Lebens ein Zuhause hast.«

Whitley zitterte. »Ja, Sir«, war alles, was er sagen konnte.

»Am besten kümmern wir uns zunächst einmal um deinen Arm.«

Ohne ein weiteres Wort setzte Anchor den stiefelbewehrten Fuß auf Whitleys Oberschenkel, langte dann nach unten, packte das knochige Handgelenk des Jungen fest mit einer Hand und den Ellbogen mit der anderen und verdrehte so den Arm des Jungen, indem er kräftig nach oben zog.

Whitley schrie.

Kapitel 1

Südliches Georgia, 1842

Es gehörte ihm. Alles. Die Carillon-Plantage mit ihren sechzigtausend Acres*, dreiundsiebzig Sklaven und zwei Sägewerken. Und bald war die schönste unter den jungen Frauen des Landes seine Braut.

Whitley stand auf dem Podium, das er am äußersten Ende des Ballsaales für die Musikanten errichtet hatte, und blickte in den überfüllten Saal. Gutgekleidete Herren wirbelten kostbar gekleidete Damen durch den hell erleuchteten Raum. Whitley war so stolz wie noch nie. Alle diese Menschen vor ihm waren seine Freunde. Sie alle waren nach Carillon gekommen, um sein Essen, seine Getränke, seinen Ball zu genießen und dabeizusein, wenn er seine Verlobung mit Flannery Matheson bekanntgab.

Er hatte das Versprechen gehalten, das er Anchor gegeben hatte. Er hatte eifrig gelernt und seinen Abschluß als Klassenbester geschafft. Er hatte sich den Respekt der Sklaven erworben. Er führte die Plantage. Er verstand es, Menschen zu leiten.

Die Musik war zu Ende, und Whitley sah, wie Flannery, flankiert von Vater und Mutter, zur Frontseite des Saales ging. Ellison, sein Aufseher und bester Freund, seit er vor fünfzehn Jahren auf Carillon angekommen war, kam ebenfalls auf die Plattform zu.

Flannery lächelte zu ihm herauf, als er zur Mitte der kleinen Bühne schritt, um seine Ankündigung zu machen. Während er darauf wartete, daß seine Gäste zur Ruhe kamen, blickte Whitley auf die goldblonde Flannery hinunter und

* 1 Acre = 4046,8 m²

lächelte. Nie war ein Mann ähnlich glücklich gewesen. Daran zweifelte er nicht. Vor fünfzehn Jahren hatte er nichts, das er sein eigen hätte nennen können, noch nicht einmal sein Leben. In diesem Augenblick hatte er alles, was er sich wünschen konnte. Nur eines hätte diesen Abend noch schöner machen können: wenn Anchor an seiner Seite gestanden hätte.

Der Türklopfer ertönte, doch in der Annahme, es handele sich um einen späten Gast, ließ Whitley sich nicht davon abhalten, mit seiner Rede zu beginnen. »Meine Damen, meine Herren, liebe Freunde. Herzlich willkommen. Ich freue mich, daß Sie heute hier bei mir auf Carillon sind. Es ist eine Nacht, so recht gemacht zum Feiern.«

Als Whitley laute Stimmen von draußen hörte, unterbrach er sich. Es paßte nicht zu Lon, Unruhe zuzulassen, wenn Gäste im Haus waren. Er sah Spiker, seinen persönlichen Diener, wie er in Richtung der Stimmen eilte, und da er sicher war, die beiden Sklaven würden mit dem Problem schon fertig werden, fuhr Whitley fort.

Nach einem kurzen Lächeln in Flannerys Richtung begann er aufs neue. »Wie die meisten von Ihnen wissen, habe ich Sie alle heute abend aus einem ganz bestimmten Anlaß eingeladen.«

Die Stimmen wurden lauter. Statt an einen späten Besucher dachte Whitley jetzt eher daran, einer der Gäste könnte zuviel getrunken haben. »Sie alle wissen, daß ich Anchor gern hier gehabt hätte ...«

»Nehmen Sie die Finger weg!« klang die ängstliche Stimme einer Frau herüber. »Wie kommen Sie dazu, mich anzufassen?«

Whitley versteifte sich. Was, um alles in der Welt, ging da draußen eigentlich vor? Er sah Ellison und bedeutete ihm mit einem Nicken, er solle sich doch um das Problem kümmern.

»Ich werde dafür sorgen, daß der Sheriff Sie ins Gefängnis steckt, wenn Sie mich noch einmal anfassen.« Die Frau, die

die Gesellschaft so empfindlich störte, kam in den Ballsaal geschossen und blieb kurz vor den versammelten Gästen stehen. Ihr Haar hatte die Farbe eines Zobels und breitete sich fächerförmig, einer schimmernden Masse gleich, über ihren roten Umhang aus. Ihr honigfarbenes Kleid bildete einen reizvollen Kontrast zu dem Cape, das ihre Schultern bedeckte und das, so zerknittert, wie es war, davon zeugte, daß sie eine sehr lange Reise hinter sich haben mußte. Obwohl sie ein gutes Stück von Whitley entfernt stand, sah er, daß es sich um eine schöne junge Frau handelte. Ihre runden, ausdrucksstarken Augen waren so dunkel wie ihr Haar. Die Art, wie sie das Kinn vorstreckte und die Schultern hob, wirkte herausfordernd. Doch hinter ihrer Schönheit und Aggressivität sah er auch noch etwas anderes. Die junge Frau war völlig aufgelöst.

Er hatte sie nie vorher gesehen. Da war er ganz sicher. In den vergangenen fünfzehn Jahren hatte er jeden Einwohner des Decatur County kennengelernt und dazu auch noch die meisten Bewohner der umliegenden Countys.

Die Blicke der Frau irrten ängstlich durch den ganzen Saal und erinnerten Whitley an ein Reh, das sich in einem Brombeergestrüpp verfangen hat. »Ich will Anchor McCabe sprechen«, verlangte sie so sehr hinter Atem, daß ihre Stimme nur noch wie ein Flüstern klang.

Die schweigsam gewordene Menge teilte sich, als die Frau weiterging. Offenkundig war sie zu dem Schluß gelangt, daß sie sich an Whitley wenden müsse, da er auf dem Podium stand. Ellison flankierte sie auf der einen Seite, Spiker auf der anderen, als sie weiter auf die Stirnseite des Saales zuging.

»Es tut mir leid, Mr. Whitley«, sagte Lon und schüttelte den Kopf. »Sie wurde immer lauter, als ich versucht habe, sie am Eintreten zu hindern.«

»Schon gut, Lon«, sagte er zu dem alten Mann, dessen Aufgabe es seit mehr als fünfundzwanzig Jahren war, auf Carillon die Leute herein und wieder hinaus zu lassen. Er wandte sich dem Eindringling zu.

»Ich möchte Anchor McCabe sprechen«, erklärte sie wieder, diesmal ein wenig nachdrücklicher.

»Und wer möchte mit ihm sprechen?« verlangte Whitley zu wissen. Er war verärgert, daß seine Verlobungsfeier von jemandem unterbrochen worden war, den er nicht kannte. Und wieso wollte sie mit Anchor sprechen?

Die Frau blickte von Whitley zu den beiden Männern, die sie bewachten. Sie hob das Kinn und erklärte: »Ich bin seine Tochter, und ich bin gekommen, um bei ihm zu leben.«

Ein vielstimmiges Raunen ging durch den Ballsaal. Aller Augen verließen den Eindringling und richteten sich auf Whitley. Völlig überrascht starrte Whitley sie einen Augenblick lang einfach nur an, dann regte sich Widerspruch in ihm. Er mußte diese Frau schnellstmöglich wieder aus dem Ballsaal entfernen. Er nahm sich zusammen und sagte: »Ich werde mich glücklich schätzen, mich mit Ihnen zu unterhalten, Miss ...«

»Phina. Mein Name ist Phina.« Diesmal klang ihre Stimme sanfter, aber der verschreckte Ausdruck in den dunkelbraunen Augen war nicht gewichen.

»Ellison, Spiker, führt Phina in mein Büro, und gebt ihr eine Erfrischung. Ich komme gleich nach.«

Das Stimmengemurmel im Ballsaal wurde lauter. Whitley war starr vor Wut und, wie er sich eingestehen mußte, vor Furcht. Er schluckte, als er Flannery ansah. Sie blickte verwirrt drein. Er mußte der alarmierenden Behauptung dieser Frau auf den Grund gehen, aber zuvor mußte er sich um seine Gäste kümmern.

»Meine Damen, meine Herren, darf ich einen Augenblick um Ihre Aufmerksamkeit bitten«, sagte er und wartete einen Moment, bis die Versammlung nach einer zweiten Aufforderung so weit zur Ruhe gekommen war, daß man ihn überall verstehen konnte. »Es gibt keinen Grund, das Fest abzubrechen. Trinken Sie getrost Ihren Champagner, und tanzen Sie weiter.« Er wandte sich den Musikanten zu und sagte mit leicht verunsicherter Stimme: »Spielen Sie – laut, bitte.« Er ignorierte das Murmeln ringsum und sprang vom Podium, um sich um Flannery zu kümmern.

»Whitley, wer ist das? Was will sie?« fragte Flannery, während ihre blauen Augen zwischen ihm und ihrem Vater hin und her gingen.

Er nahm ihre Hände in seine. Das dunkle Rosa ihres Kleides verstärkte den rosigen Schimmer noch, mit dem sich ihre Wangen überzogen hatten. »Ich weiß es nicht. Ich habe sie noch nie gesehen.« Er küßte ihr die Hand. »Mach dir keine Gedanken. Es handelt sich bestimmt um einen Trick, um Geld von mir oder ein Bett für die Nacht zu bekommen.« Er sah ihren Vater an, den stattlichen Besitzer der wohlhabenden Plantage *The Pines*. »Ich bedaure diesen Zwischenfall.«

»Ich denke, man hört immer mal wieder, daß solche Dinge passieren. Sind schon einmal andere als sie hier aufgetaucht?« fragte der große, breitschultrige Mann.

»Nein«, beteuerte Whitley. »Es gibt überhaupt keinen Grund zur Besorgnis, weil nichts dran ist an dem, was sie behauptet.« Dabei verspürte er sehr wohl tiefe Besorgnis. Zudem war er wütend. Die Musik spielte laut, aber niemand tanzte. Alle standen in kleinen Gruppen herum und redeten miteinander, und jeder hatte eine andere Erklärung. Whitley kochte innerlich. Wie konnte diese schwarzhaarige Frau es wagen, ihm ausgerechnet diese Nacht zu verderben?

»Whitley, du wirst sie doch rausschmeißen, oder?« fragte Flannery, und ihre blauen Augen blitzten.

Er lächelte sie an und küßte ihr erneut die Hand. »Natürlich.« Er wandte sich ihrer Mutter zu, einer freundlich dreinblickenden Frau, die fast so schön war wie ihre Tochter. »Mrs. Matheson, ich weiß, dies ist für Sie beide sehr beunruhigend. Setzen Sie sich doch mit Flannery an einen Tisch, und bestellen Sie sich etwas zu trinken. Ich werde das regeln, bevor Sie sich umgesehen haben, und dann komme ich zurück, um unsere Ankündigung zu machen.«

»Ich komme mit Ihnen«, sagte George Matheson und reichte seiner Frau sein Champagnerglas. Whitley hob die Hand. »Nein«, sagte er, »das regele ich ganz allein. Kümmern Sie sich nur um Flannery.« Er drückte ihr leicht die Hand und eilte davon.

Mehrere Gäste versuchten, ihn auf seinem Weg ins Büro aufzuhalten, um ihm gute Ratschläge zu erteilen, doch Whitley wehrte sie alle ab. Er wollte sich nicht aufhalten lassen. Er war wild entschlossen, zu dieser jungen Frau zu gelangen und herauszufinden, was sie, zum Teufel, mit ihrer dreisten Lügengeschichte bezweckte.

Whitley konnte sich nur an eine einzige Gelegenheit in seinem Leben erinnern, zu der er ein vergleichbares Gefühl gehabt hatte. Damals hatte er mit einem Strick um den Hals auf dem Rücken eines Pferdes gesessen. Es gab keinen Grund, jetzt die gleichen Gefühle zu haben, aber so war es nun mal.

Über den Patio stürmte er durch die Doppeltüren in sein Büro und schlug sie mit lautem Krachen hinter sich zu. Seine Augen richteten sich sofort auf die blasse Frau, die dort vor dem Kamin stand. Breitbeinig und mit gerunzelter Stirn stellte er sich kampfbereit vor sie hin. »Wer, zum Teufel, sind Sie, und was wollen Sie?«

Sie wich einen Schritt zurück und öffnete die Bänder, die das Cape auf ihren Schultern hielten. »Das habe ich schon gesagt. Mein Name ist Phina, und ich bin Anchor McCabes Tochter.«

Whitley verzog spöttisch das Gesicht und sah sich in dem Raum um. Spiker stand vor dem niedrigen Louis-XIV-Schreibtisch. Ellison lehnte sich lässig dagegen. Ihn schien die ganze Angelegenheit zu langweilen. Keiner der beiden sagte ein Wort.

Phina legte das Cape über den Arm und blickte Whitley an. Sie schien ihm nicht älter als zwanzig, war zierlich gebaut, und ihr ganzes Auftreten zeugte von guter Herkunft. Ihr Teint hatte eine natürliche Blässe und kontrastierte hervorragend mit dem schwarzen Haar und den schwarzen Augen. Aber welche ehrbare Frau trug schon in der Öffentlichkeit das Haar so verführerisch über die Schultern gebreitet? Als er sie näher betrachtete, beruhigte er sich wieder. Wieso ließ er es zu, daß ihn dieser Hänfling von einer Frau derart aufregte? Niemand außer ihm selbst hatte ein Anrecht auf Carillon. Warum hatte er auf ihre Drohung reagiert? Er hätte sie ohne Umschweife als Glücksritterin hinauswerfen sollen. Vielleicht empfand sie jetzt so etwas wie Genugtuung, daß sie bei ihm einen Punkt getroffen hatte, an dem er empfindlich war.

»Ihr kleiner Plan funktioniert nicht. Anchor hat keine Tochter und hat nie eine gehabt.« Er betrachtete sie mit kühlem Blick.

Unbeeindruckt von seiner zur Schau gestellten Verärgerung ging sie einen Schritt auf ihn zu. »Was Sie sagen, interessiert mich nicht. Ich habe die weite Reise nicht gemacht, um mich mit Ihnen zu unterhalten. Ich weiß, daß dies hier Anchor McCabes Haus ist. Ich bestehe darauf, daß Sie ihm von meiner Ankunft Mitteilung machen.«

Wäre Whitley nicht so wütend gewesen, hätte ihre Hartnäckigkeit ihn sicher amüsiert. Daß sie verängstigt war, zeigte sich nur in ihren Augen. »Sie sind nicht in der Position, auf irgend etwas zu bestehen. Jetzt sagen Sie mir bitte, wer Sie sind.«

»Das habe ich Ihnen schon gesagt. Mein Name ist Phina.« Sie zeigte sich weiter unbeugsam. »Ich bin den weiten Weg von New Orleans hergekommen, um Anchor zu besuchen, nicht Sie.«

»Sie werden schon mit mir vorliebnehmen müssen«, erwiderte Whitley und entspannte sich wieder ein wenig.

»Nein, das muß ich keineswegs«, sagte sie mit Festigkeit in der Stimme und machte einen weiteren Schritt auf ihn zu. »Ich kann beweisen, daß ich seine Tochter bin. Ich verlange, daß Sie mir sagen, wo er ist, damit ich mit ihm reden kann.«

Ihre Worte jagten Whitley einen Schauder über den

Rücken. Sie schien ihrer Sache sehr sicher zu sein. Nein. Sie konnte nicht Anchors Tochter sein.

»Welchen Beweis haben Sie denn?« In seiner Stimme lag ein drohender Unterton.

»Glauben Sie, das erzähle ich dem Mann, der mich von meinem Vater fernhalten will?« Sie lehnte sich vor und stemmte die Hände in die Hüften. »Sagen Sie mir, wo er ist.«

Whitley ging auf sie zu und blieb erst stehen, als sich ihrer beider Nasen fast berührten. »Anchor ist tot«, sagte er steif. »Vor drei Monaten ist er ganz überraschend gestorben.«

Ihre Augen und ihr Mund wurden kreisrund. »Nein!« flüsterte Phina. »Das kann nicht sein. Ich bin von zu weit hergekommen. Ich hatte ihm so vieles zu sagen – ihn so vieles zu fragen.« Sie blickte sich im Raum um, sah die beiden anderen Männer an und wandte sich dann wieder Whitley zu. »Sie lügen. Ich weiß, daß Sie nicht die Wahrheit sagen.« Ihre Stimme klang heiser. »Er kann nicht tot sein.«

»Er lügt nicht«, sagte Ellison. »Eines Morgens spürte Anchor heftige Schmerzen in der Brust und in einem Arm. Noch vor dem Lunch war er tot.«

»Und wer sind Sie?« wollte Phina wissen.

»Ich bin Ellison Hartly, Whitleys bester Freund«, erwiderte er und setzte ein wenig sarkastisch hinzu: »Einigen Leuten eher bekannt als Aufseher auf dieser großartigen Plantage.«

»Und Sie?« fragte sie und wandte sich dem gutgekleideten, muskulösen Farbigen zu. »Wie heißen Sie?«

»Spiker, Miss Phina. Ich kümmere mich um die persönlichen Belange von Mr. Whitley.«

Sie wandte sich um und blickte Whitley an.

»Ist er dazu selbst nicht in der Lage?«

»Doch, Miss Phina. Mr. Whitley kann …«

»Spiker«, fiel Whitley ihm beherrscht ins Wort. Ganz gleich, was Spiker auch sagen mochte, es könnte die Bedeutung der Worte von Miss Phina nicht ungeschehen machen.

»Und wer sind Sie?« fragte sie.

Whitley war überrascht, daß sie ihn nicht kannte, und straffte sich. »Ich bin Anchors Sohn und *einziger* Erbe. Mein Name ist Whitley.«

Phinas Lippen entrang sich ein leises Stöhnen. Sie hatte damit gerechnet, daß Anchor andere Kinder hatte – Söhne und Töchter, aber sie hatte nicht damit gerechnet, daß er tot sein könnte. Sie wäre vielleicht in der Lage gewesen, ihn zu besänftigen und einen Zuschuß von ihm zu bekommen, damit sie besser für ihre Mutter sorgen konnte, was aber konnte sie jetzt tun? Anchors Sohn dürfte keinen Anlaß sehen, sich der unehelichen Tochter seines Vaters gegenüber großzügig zu zeigen.

Das Bild ihrer Mutter schoß ihr durch den Kopf. Sie erinnerte sich der langen Nächte mit nicht enden wollendem Husten, mühsamem Atmen und hohem Fieber. Sie konnte jetzt nicht so einfach aufgeben. Anchor McCabe hatte ihrer Mutter vor neunzehn Jahren unrecht getan, und nie hatte sie ihn auch nur um einen einzigen Cent gebeten. Auch wenn er jetzt tot war, konnte Phina ihre Pläne nicht einfach aufgeben. Nicht, da ihre Mutter Medikamente und Pflege brauchte. Ginge es nur um sie selbst, sie wäre nicht einmal hier, aber jetzt, da ihre Mutter krank war und nicht arbeiten konnte, brauchten sie Hilfe.

Phina atmete tief durch, hob das Kinn und die Schultern und machte sich selbst Mut. »Ich bin seine Tochter, und als dieser stehen mir alle Privilegien zu, die sich aus meiner Abstammung ergeben«, sagte sie mit neu gewonnener Stärke. Sie kramte in ihrer Handtasche und förderte zwei Briefe zutage. »Hier ist der Beweis für das, was ich sage.«

Whitley blickte Ellison an, bevor er die vergilbten Papiere entgegennahm. Er überflog kurz den ersten Brief. Er war in einer markigen, männlichen Handschrift abgefaßt und besagte, daß Anchor McCabe im Frühjahr 1824 anläßlich eines Besuches in New Orleans im Haus der Groutas logiert hatte. Zu der Zeit war Diana Groutas eine junge Frau. Mr.

McCabe hatte viele Nächte im Bett jener Diana Groutas verbracht. Acht Monate später brachte sie eine Tochter zur Welt und nannte sie Phina. Der Brief war von einem Arzt unterzeichnet.

Ohne den Kopf zu heben, öffnete Whitley den anderen Brief und las ihn. Die Schrift war kleiner, runder, und er war nicht so leserlich wie der erste. Er erzählte dieselbe Geschichte und war von Diana Groutas unterzeichnet.

»Sie haben weiter nichts als Papier«, sagte Whitley und reichte ihr die Schreiben zurück. »Und das soll ich glauben, obwohl Anchor weder Sie noch Ihre Frau Mutter jemals erwähnt hat?«

Sie nahm die Briefe und hielt sie mit festem Griff. »Er hat nie von meiner Existenz erfahren. Mama wußte, daß er verheiratet war, und sie wollte sein Leben nicht zerstören. Sie brauchte sein Geld nicht, denn ihre Eltern hatten ihr ein ansehnliches Erbe hinterlassen.«

»Und nun wollen Sie, daß ich Ihnen glaube, Sie seien hergekommen, um etwas zu verlangen, was Ihre Mutter nie hatte haben wollen – einen Teil von Anchors Vermögen? Spiker, führen Sie sie wieder hinaus.«

Spiker streckte die Hand nach ihr aus, aber sie wich zurück. »Ich habe Ihnen gesagt, Sie sollen mich nicht anfassen«, erinnerte sie den Sklaven. Mit vor Wut blitzenden Augen, in denen Entschlossenheit wie Verzweiflung zu lesen standen, sah sie Whitley an. »Diese Briefe sagen die Wahrheit. Sehen Sie mich an. Mama sagt, ich hätte Anchors dunkle Haare und Augen und sähe ihm außerdem ähnlich.«

»Tausend Männer hätten Ihnen all das mitgeben können«, konterte Whitley.

»Ich verlange, daß Sie mich ernst nehmen!« Sie trat näher an ihn heran. Diesmal war sie es, die beider Gesichter so nahe zusammenführte, daß einer des anderen Atem spüren konnte.

»Sie haben gar nichts zu verlangen. Sie haben keinerlei Anspruch auf irgendeinen Anteil an Anchors Vermögen.«

»Whitley.« Ellison faßte seinen Arm. »Das hier läßt sich offenbar heute abend nicht endgültig klären. Geh zurück zu deinen Gästen. Das hier kannst du morgen mit dem Sheriff weiter behandeln. Er wird das für dich regeln.«

Whitley sah ein, daß er die Unterhaltung zu hitzig hatte werden lassen. Er wollte sich nicht auf ein Wettschreien mit dieser Frau einlassen. Er sah Ellison an den Augen an, daß dieser reichlich getrunken hatte, und doch war er es, der als einziger begriffen hatte, daß Whitleys Gespräch mit Phina zu nichts führen würde. Aber der Gedanke, außer ihm könne noch jemand Anspruch auf Carillon erheben, erschütterte ihn bis ins Mark.

Whitley wandte sich an seinen persönlichen Diener. »Spiker, rufen Sie eines der Hausmädchen. Sie soll Phina ein Gästezimmer zuweisen und ihr etwas zu essen machen.«

»Und zu trinken.«

Whitley blickte sie durchdringend an.

»Ich bin seit drei Tagen mit der Kutsche unterwegs und würde gern ein Bad nehmen.«

»Kümmern Sie sich darum«, sagte er zu Spiker.

»Ja, Sir.« Der Schwarze nickte Phina zu und verschwand durch die Verandatür.

Whitley wandte sich wieder Phina zu und sagte: »Ich werde Ihnen zu essen geben, ein Bad und ein Bett für die Nacht. Aber morgen besuchen wir den Sheriff. Und dann möchte ich, daß Sie aus diesem Haus verschwinden.«

Kapitel 2

In Whitleys Nacken versteiften sich alle Muskeln, als er sich auf den Weg zurück zum Ballsaal machte. Aus ihren Haltern sandten die Kerzen kleine Blitze und Fünkchen über den mit vergoldetem Holzwerk geschmückten Saal. Die Musiker spielten weiter zarte Weisen, aber niemand tanzte. Die Gäste standen noch immer in kleinen Gruppen beisammen. Erhobene Stimmen sanken zu einem Flüstern herab, als Whitley in den Saal kam.

»Whitley, jetzt erzählen Sie uns endlich, was hier vorgeht.«

Er klopfte dem Plantagenbesitzer auf die Schulter und versicherte ihm, alles werde geregelt werden.

»Jeder weiß, daß keine von Anchors Frauen ein Kind hatte«, sagte eine ältere Frau, als Whitley an ihr vorbeiging.

»Da haben Sie recht«, sagte er.

»Woher kommt das Mädchen?« fragte eine andere Frau.

»Aus New Orleans, glaube ich«, erwiderte Whitley und ging weiter.

»Was hat sie denn gesagt, wie sie heißt?« fragte ein Politiker und kam näher.

»Phina, Herr Senator – mehr weiß ich auch nicht.«

»Ist sie Anchors Tochter, Whitley?«

»Whitley, auf eine Sekunde.«

»Was hat sie von sich erzählt?«

Während Whitley sich einen Weg durch all die wohlmeinenden Fragen und Kommentare bahnte, verlor er sein eigentliches Ziel nicht aus den Augen. Er wollte Flannery finden und ihr versichern, er habe alles unter Kontrolle.

Schließlich entdeckte er sie an der Tür zum Patio, umringt von Freundinnen mit besorgt aussehenden Gesichtern. Sie erspähte ihn, schob die Mädel beiseite und eilte auf ihn zu, daß das pinkfarbene Kleid nur so wehte.

»Bist du dieses schreckliche Mädchen wieder losgeworden?« fragte sie ihn voller Hoffnung, wobei sich ihre Lippen zu einem Schmollmündchen verzogen.

Er schüttelte den Kopf. »Noch nicht. Flannery, ich fürchte – wir werden die Bekanntgabe unserer Verlobung verschieben müssen.«

Ihre Augen weiteten sich, und sie ließ ein Stöhnen hören.

»So ist es am besten«, sagte er beruhigend, als ihr Vater an ihre Seite trat. Er blickte George Matheson an. »Sicher stimmen Sie mir zu, Sir, daß das Erscheinen dieses Mädchens die allgemeine Aufmerksamkeit vom eigentlichen Anlaß unserer Festlichkeit abgelenkt hat. Mit Ihrem Einverständnis schlage ich vor, daß wir in einem oder zwei Monaten ein neuerliches Fest ansetzen, um unsere Verlobung bekanntzugeben. Das wäre besser, als wenn wir jetzt versuchen wollten, mit der Show zu konkurrieren, die heute abend bereits in Gang gekommen ist.«

»Nun – ah …«, stammelte Mr. Matheson, der sichtlich nicht wußte, wie er auf Whitleys erstaunlichen Vorschlag reagieren sollte.

»Ich wollte genau dasselbe nahelegen, Papa«, sagte Flannery, um die Spannung zwischen den beiden Männern ein wenig abzubauen. »Wir hätten vielleicht gar nicht zustimmen sollen, dieses Fest noch innerhalb einer angemessenen Trauerzeit für Mr. McCabe anzuberaumen, auch wenn er vor seinem Tod darauf bestanden hat, daß wir unsere Pläne vorantreiben. Wir haben nicht die geringste Chance, die Aufmerksamkeit zu finden, die wir heute nacht verdient hätten, wenn wir jetzt weitermachen.« Sie blickte sich im Raum um. »Alle sind sie zu sehr damit beschäftigt, über diese Frau zu reden, die vor ein paar Minuten hereinstolziert kam, die Bekanntgabe unterbrach und die Soiree sprengte. Wenn die Neuigkeit von unserer Verlobung verkündet wird, dann möchte ich, daß das ganze County von uns redet und nicht von dem irren Geschwafel irgendeiner verrückten Frau.«

»In Ordnung«, sagte George und preßte einen Augenblick lang die Lippen fest zusammen. »Wir werden warten.«

»Ich glaube, es ist wohl am besten, wenn Sie Flannery jetzt nach Hause bringen.«

George Matheson nickte. »Einverstanden. Ich schlage vor, wir sehen uns dann wie gewohnt am Sonntag zum Dinner.«

»Ich werde da sein. Würde es Ihnen etwas ausmachen, Sir, wenn Sie Flannery und mich einige Augenblicke hier auf der Veranda allein lassen, während Sie sich von den anderen verabschieden?«

Flannery sagte nichts.

Mr. Matheson dachte kurz nach und sagte dann: »In Ordnung. Eine Minute oder zwei.« Er tätschelte Flannery den Arm. »Warte auf der Veranda auf uns, Liebes, wir sind gleich da.«

Whitley nahm Flannerys Ellbogen und geleitete sie durch die Eingangstür hinaus in die frische Nachtluft des beginnenden Frühlings. Der Himmel war übersät mit glänzenden Sternen und einem Halbmond. Andere Pärchen, die sehr viel mehr aneinander als an Whitleys Sorgen interessiert waren, waren ebenfalls hier draußen auf der Veranda, und so führte Whitley seine Beinahe-Braut die Stufen hinunter und hinein in die Dunkelheit des Rasens an der Vorderfront.

»Whitley, ich bin alles andere als glücklich, daß du mich so weit vom Haus weggeführt hast«, beklagte sie sich, als sie neben einer Reihe von Büschen stehenblieben.

»Bis dein Vater wieder zurück ist, habe ich dich wieder auf die Veranda gebracht.« Er nahm ihre Hände. »Ist etwas falsch daran, wenn ich eine Minute mit dir allein sein möchte?«

Sie versuchte, ihm ihre Hände zu entziehen, aber Whitley ließ sie nicht los. Schließlich akzeptierte sie es, daß er sie festhielt, und sah zu ihm auf. »Nein. Aber eigentlich dürfte ich das nicht erlauben. Ich muß auf meinen Ruf achten, und du auch.«

»Ich weiß«, sagte Whitley. Seine Stimme war nicht mehr als

ein geflüsterter Seufzer, der seine Verunsicherung nicht verbergen konnte. Manchmal war ihm danach, die gesellschaftlichen Regeln zu verfluchen und Flannery auch, weil sie von ihnen beeinflußt wurde.

»Du hast genau eine Minute, dann müssen wir wieder auf der Veranda sein, wie Papa gesagt hat.«

»Schon gut«, stimmte er widerstrebend zu. »Ich wollte dir sagen, wie leid es mir tut, daß die Dinge heute abend eine solche Wendung genommen haben.«

Sie lächelte zu ihm hoch, und Whitley war einmal mehr beeindruckt, wie schön sie mit ihren blauen Augen, den blonden Haaren und den vollen Lippen war. Welcher Mann würde sich wohl nicht wünschen, sie in sein Bett zu holen, um sie die ganze Nacht hindurch zu lieben?

»Kein Grund, dich zu grämen, Whitley«, sagte sie mit unbeschwert klingender Stimme. »Ob wir einen Monat früher oder später heiraten, spielt keine Rolle. Wir werden den ganzen Rest unseres Lebens zusammen haben.«

Ihm machte es sehr wohl etwas aus, dachte er, als er ihre Hände drückte und sie zur Veranda zurückführte. Als er ihr seinen Antrag gemacht hatte, hatte er sich selbst das Versprechen gegeben, daß er zu keiner anderen Frau mehr gehen werde, um sein Verlangen zu befriedigen. Das war vor drei Monaten gewesen, als Flannery achtzehn geworden war. Sie hatte auf einer halbjährigen Verlobungszeit bestanden und durchblicken lassen, daß ihr ein ganzes Jahr lieber wäre. Whitley wußte, daß er kein ganzes Jahr warten konnte. Sie hatten daran gedacht, die offizielle Verkündigung ihrer Verlobung aufzuschieben, als Anchor starb, aber Anchor wollte keine Verschleppung, und so hatten sie ihre Pläne weiter verfolgt.

Er hatte nie eine junge Frau kennengelernt, die sich so strikt an die Regeln hielt wie Flannery. Über ein Jahr hatte er ihr den Hof gemacht, und in der ganzen Zeit war es ihm gelungen, vier Küsse auf die Wange und einen auf den Mund zu bekommen. Dieser eine war ihm an dem Abend gestattet worden, als er sie gefragt hatte, ob sie ihn heiraten wolle. Und sie hatte sofort klargestellt, daß ihm kein weiterer gewährt werden würde, bis sie offiziell verlobt waren. Eine bloße Absichtserklärung reichte ihr nicht, ihm irgendwelche Freiheiten zu erlauben. Whitley war nicht glücklich darüber, daß Flannery ihm vorschrieb, wann er sie küssen durfte und wann nicht, aber er wollte auch eine Frau, die über jeden Vorwurf erhaben war.

Whitley wußte, daß alle die Gründe, derentwegen er Flannery zur Frau wollte, nichts mit Liebe zu tun hatten. Er wollte die schönste Frau, die begehrteste, die fehlerloseste und anständigste Frau, die umschwärmteste Frau, die der Süden zu bieten hatte. Die perfekte Dame zu heiraten und mit ihr Söhne zu haben, das war nur einer der Wege, auf denen er Anchor all das zu vergelten gedachte, was dieser für ihn getan hatte.

Verdammt, es tat noch immer weh, wenn er an Anchor dachte und daran, was diese Nacht ihnen beiden bedeutet hätte. Vor fünfzehn Jahren hatte Anchor ihm das Leben gerettet und ihm die Chance geboten, sein Erbe und Herr über diese ausgedehnte Plantage zu werden. Anchor hatte ihm nicht nur das Leben gerettet, er hatte ihm von allem nur das Beste gegeben. Und deshalb mußte er auch die beste aller Frauen als seine Ehefrau gewinnen. Und, verdammt noch mal, wenn die besten Frauen nun einmal kalt und abweisend waren, dann mußte er das eben akzeptieren. Weniger als das Beste kam für ihn nicht in Frage.

Whitley hatte damit begonnen, nichts zu besitzen – und hatte damit geendet, alles zu besitzen. Nie würde er es zulassen, daß irgend jemand ihm Carillon wieder wegnahm. Das zumindest schuldete er Anchor.

Phina zog die Tür hinter sich zu und lehnte sich dagegen. Ihr Atem ging schwer. Ein paar Sekunden lang schloß sie die Augen, um wieder zur Ruhe zu kommen. Um niemandes außer um ihrer Mutter willen hätte sie auf sich genommen, was sie heute nacht durchgemacht hatte. Das Geld eines Mannes, den sie nicht einmal kannte, bedeutete ihr nichts.

Als Phina die Augen öffnete und sich umsah, fand sie sich in dem schönsten Schlafzimmer wieder, das sie je gesehen hatte. Sie trat von der Tür weg und ging durch das Zimmer, spürte den wollenen Teppich unter den Füßen, berührte das feine Holzwerk der Möbel und fühlte die kühle Sanftheit der Bettwäsche. Die Wände waren in einem leichten Lavendelton gestrichen, und Vorhänge und Tagesdecke trugen ein Blumenmuster in hellen und dunkleren rosa Farbtönen, lichtem Lavendel und dunklem Purpur. Über dem breiten Bett wölbte sich bogenförmig ein Baldachin mit einem Bezug aus rosafarbenem Chiffon, der in weichen Falten bis auf den Boden fiel. Eine niedrige Kommode und der Kleiderschrank hatten die gleichen gedrechselten Füße aus vom Alter gedunkeltem Mahagoni wie das Bett.

Beeindruckt betrachtete Phina das Arrangement der Möbel im Zimmer und wie alles zueinander paßte. Die Möbelstücke mußten vom selben Schreiner gefertigt worden sein. Die farbenfrohen Stoffe, Bilder und Einrichtungsgegenstände waren geschmackvoll aufeinander abgestimmt. Wenn sie da an die drei Zimmer dachte, die sie mit ihrer Mutter in dem heruntergekommenem Haus teilte …

Wut und Widerwillen wallten in Phina auf. Verfluchter Whitley! Anchor McCabes Sohn lebte in diesem prächtigen Haus, während sie und ihre Mutter auf dem dritten Stock einer kleinen, ärmlichen Pension hausten und bis in die Nacht an Kleidern für die wohlhabenden Frauen von New Orleans arbeiteten. Sie war so sicher Anchors Tochter, wie er sein Sohn war, und das würde sie dem Sheriff morgen beweisen. Phina langte in den Ausschnitt ihres Kleides und förderte ein kleines Silberglöckchen zutage, das sie um den Hals trug. Zart streichelte sie das warme Metall. Nichts würde sie davon abhalten können, um ihr Erbe zu kämpfen, das ihr von Rechts wegen zustand.

Sie war es ihrer Mutter schuldig. Sie wollte keinerlei Anteil an Carillon für sich selbst, aber genau das mußte sie Whitley glauben lassen. Er würde niemals zustimmen, der früheren Mätresse seines Vaters auch nur einen Penny zu geben.

Phina hatte mehrere Wochen gebraucht, um genug Geld für das Kutschen-Ticket zusammenzubringen und ein paar Cent übrigzubehalten für den Fall, daß sie Carillon nicht gleich fand. Was sie allerdings tun würde, wenn es ihr nicht gelang, den Sheriff davon zu überzeugen, daß sie Anchor McCabes Tochter war, wußte sie nicht.

Phina ging zu dem mit Brokat bezogenen Stuhl und setzte sich, um sich die Schuhe aufzumachen. Sie durfte das weitere Vorgehen nicht von ihrem Ärger leiten lassen. Sie mußte ruhig und gelassen bleiben, wenn sie sich gegen Whitley McCabe durchsetzen wollte. Die Arbeit war ihr nie zuwider gewesen. Nähen war keine besonders schwere oder schmutzige Arbeit. Zumindest brauchte sie nicht hinter Fremden her aufzuräumen oder Nachtgeschirre zu entleeren wie ihre Freundin Irene. Irene und deren Mutter Sally kochten und putzten für die Pensionsgäste.

Vor fünf Jahren, als Phina dreizehn Jahre alt gewesen war, hatte ihre Mutter Diana ihr Haus in der Stadt verkaufen und sich Arbeit suchen müssen, weil die Ersparnisse aufgebraucht waren. Sie hatte drei Zimmer in der Pension Elms genommen.

Diana fertigte die Kleider an, und Phina fügte dann Knöpfe, Schleifchen, Borten, Bändchen oder welcher Zierat auch immer erforderlich war, hinzu, um das jeweilige Stück zu vervollständigen. Oft geschah es, daß sie die Applikationen wieder entfernen und noch einmal von vorn anfangen mußte, wenn irgendeine arrogante Frau es sich anders überlegt hatte.

Für die Reichen zu nähen hatte seine Vorteile. Phina hatte von den Frauen, die zur Anprobe kamen, viel darüber gelernt, wie man sich in der Gesellschaft bewegte und sprach. Ihre Mutter achtete darauf, daß sie lesen und schreiben lernte, um die Maße der Damen aufschreiben und ihre speziellen Wünsche notieren zu können und bis wann das Kleid fertig sein mußte. Es machte ihr Spaß, zu schreiben und mit Zahlen umzugehen. Und darüber, daß sie so viel gelernt hatte, war sie nie glücklicher gewesen als in dem Augenblick, da sie mit dem gebildeten Whitley McCabe gesprochen hatte.

Sie streifte sich die Schuhe von den Füßen und ließ die Zehen spielen. Es war ein wunderbares Gefühl, den knöchelhohen Ballast los zu sein. Schuhe waren gut, um außerhalb des Hauses getragen zu werden, aber drinnen sollten die Füße frei sein. Sie erhob sich wieder und trat ans Fenster, um hinaus in die Dunkelheit zu schauen. Im schattigen Mondlicht sah sie Whitley, der sich mit einer blonden Frau in einem phantastischen rosafarbenen Kleid unterhielt. Sie war wunderschön mit ihrem Haar, das einer Göttin hätte gehören können. Phina hätte seit jeher gern helle Haare und Augen gehabt. Aber mit ihrem Haar, das so dunkel wie die Nacht war, und mit Augen, so braun wie geröstete Kastanien, schlug sie ihrer Mutter und ihrem Vater nach.

Ihr Blick kehrte zu Whitley zurück. Vielleicht sah er recht gut aus, wenn er einmal nicht grollte, dachte sie. Er war groß und schlank, aber breit in den Schultern. Sie hatte ihn als Mann mit wenig Geduld kennengelernt. Von den guten Eigenschaften, die ihre Mutter an Anchor so gepriesen hatte, entdeckte sie nichts an ihm.

Phina war zu nervös, um dem Paar weiter zuzuschauen, und wandte sich vom Fenster ab, um zum Kleiderschrank zu gehen. Sie mußte sich auf die Argumente vorbereiten, die Whitley und der Sheriff ihr morgen mit Sicherheit entgegenhalten würden. Sie zog sich den Polsterstuhl heran und setzte sich vor den Spiegel. Ihr langes schwarzes Haar bedeckte ihre

Schultern wie eine Pelerine. Die vier Kämme, die sie getragen hatte, als sie New Orleans vor drei Tagen verlassen hatte, hatte sie einen nach dem anderen verloren. Ihre bleichen Wangen waren unter der nervlichen Anspannung von einem feinen Rot überhaucht, und ihr Kleid hing formlos und zerknittert an ihr hinunter. Sie verzog das Gesicht. Kein Wunder, daß Whitley nichts von dem glauben wollte, was sie zu sagen hatte. Womöglich war er entsetzt gewesen, als sie so wenig achtungsgebietend und unansehnlich ins Haus gekommen war mit ihren aufgelösten Haaren, die sich über Schultern und Rücken ausgebreitet hatten.

Ohne weiter darüber nachzudenken, zog sie die oberste Schublade der Frisierkommode in der Hoffnung auf, Kämme, Bänder oder Haarnadeln zu finden, um ihr Haar neu zu ordnen. Doch zu ihrem großen Verdruß waren sämtliche Schubladen leer. Verärgert schlug sie mit der Faust auf die Tischplatte, daß der Deckel der Puderdose klapperte.

Die Tür des Schlafzimmers öffnete sich, und Phina sprang auf. Ein dunkelhäutiges Mädchen trat mit einem Tablett in den Händen ein, das mit einem großen weißen Tuch abgedeckt war. Verlegen wegen ihres kleinen Temperamentsausbruchs, hoffte Phina, das Mädchen habe nicht gehört, wie sie mit der Faust auf das Tischchen geschlagen hatte.

»Man mir sagen, ich dies bringen zu Euch. Wenn nich' genug is', ich mehr holen.«

Phina fiel auf, wie stolz sich das Mädchen gab. Sie war keineswegs schwerfällig, und wenn sie auch die Worte nicht richtig aussprach, so verstand Phina sie doch. Sie trug eine Selbstsicherheit zur Schau, von der Phina sich wünschte, sie hätte sie jetzt ebenfalls. Das Mädchen war nicht sonderlich groß, und ihr Alter schätzte sie auf vielleicht dreizehn oder vierzehn Jahre.

Genau wie der Schwarze, den Whitley Spiker genannt hatte, war das Mädchen sauber, und ihre Kleidung wirkte gepflegt. Ihr Haar war unter einem schwarzen Tuch verborgen. Die meisten Neger, die sie auf den Straßen von New Orleans gesehen hatte, waren schmutzig, sie trugen zerlumpte Kleider und sprachen ein unverständliches Kauderwelsch. Whitley sorgte offenkundig sehr gut für seine Sklaven. Das ließ sie hoffen, daß er im Herzen ein wohlanständiger Mann war und zu gegebener Zeit für sie und ihre Mutter tun werde, was Anstand und Gesetz geboten.

»Vielen Dank«, sagte Phina sanft und ging hinüber zu dem niedrigen Tischchen, wo das Mädchen das Tablett abgestellt hatte. Das Wasser lief ihr im Mund zusammen, als ihr der Geruch des Essens in die Nase stieg. Sie hatte New Orleans mit vier Kleidern und zwei Laib Brot verlassen. Ob es der Gedanke an richtiges Essen war oder an das, was ihr morgen bevorstand, wußte sie nicht, sie spürte nur, daß sich ihr Magen verkrampfte.

Das Mädchen zog einen gepolsterten Schemel zur Truhe und sah Phina mit ausdrucksstarken schwarzen Augen an. »Setzen hier und zu Abend essen. Ich Tasma. Mr. Whitley sagen, ich soll heute abend um Sie kümmern.«

»Vielen Dank«, sagte Phina wieder, diesmal eine Nuance schärfer, »aber ich kann für mich selbst sorgen.«

Das Tablett war überladen mit gekochten Kartoffeln, dicken Bratenscheiben, Gemüsen und einem großen Stück Brot. In kleinen separaten Schälchen befanden sich löffelweise Butter, Apfelkompott und zwei Stückchen Kuchen. Es war ein Festmahl. Phina leckte sich die Lippen. Sie war entschlossen, auch nicht einen Bissen zurückzulassen. Vielleicht sah sie ja nie wieder so viel Essen auf einem einzigen Tablett. Während sie kräftig zulangte, sah sie, wie Tasma ihren Ranzen in die Hand nahm und ihn auf das Bett legte.

»Das alles, was Sie mitbringen?«

»Ja«, erwiderte Phina und wischte sich den Mund ab. »Aber darum brauchen Sie sich nicht zu kümmern. Ich kann später auspacken.«

»Ist aber mein' Arbeit.«

»Nein, das kann ich wirklich selbst machen«, widersprach Phina. »Ich bin es nicht gewöhnt, daß jemand anderer etwas für mich tut.«

Tasma winkte ab. »Sie zu Ende essen, Miss Pennie. Ich muß tun, was Mr. Whitley sagen.«

Phina blickte auf ihren Teller und stellte fest, daß sie unmöglich alles aufessen konnte. Das schlechte Gewissen ließ ihren Appetit schwinden. Wie konnte sie nur so schwelgen, wo sie doch wußte, daß ihre Mutter nur karge Mahlzeiten bekam? Still für sich erneuerte sie ihren Schwur, sich einen Anteil am Erbe zu sichern, um ihrer Mutter Medizin kaufen und ein besseres Leben für sie sicherstellen zu können.

Sie legte die Gabel beiseite und holte tief Luft. »Sagen Sie mir, hat Whitley noch andere Brüder oder Schwestern?« fragte Phina bei dem Gedanken, es könne noch jemanden in der Familie geben, mit dem leichter zu verhandeln wäre als mit Whitley.

»Nein, Mr. Anchor nur ihn haben. Er schon hier, bevor ich geboren.«

Wenn sie nicht so müde gewesen wäre, hätte Phina vielleicht gelacht. Es war nicht schwer, sich vorzustellen, daß Whitley mindestens fünfzehn Jahre älter war als Tasma. Nun gut, wenigstens brauchte sie keine weiteren Brüder oder Schwestern davon zu überzeugen, daß sie ihren Anteil des Erbes haben wollte.

»Essen Sie zu Ende. Ich dann heißes Wasser und eine Wanne kommen lassen, damit Sie können waschen. Und dann ich bringen Sie in Bett.«

Phina verzog die Lippen. Sie war seit Jahren nicht mehr ins Bett gebracht worden. Es war doch verrückt, so etwas von jemand anderem tun zu lassen, wenn man selbst dazu in der Lage war. »Ich bin kein Kind mehr, ich kann für mich selbst sorgen.«

»Nicht hier, Miss Pennie. Und jetzt essen zu Ende, bevor alles kalt.«

Phina blickte dem freundlichen Mädchen in die vertrauensvoll auf sie gerichteten dunklen Augen und wußte, daß sie Tasma erlauben würde, ihren Pflichten nachzukommen. Zudem war sie viel zu müde, um noch lange zu diskutieren. Sie sehnte sich danach, sich auf dem Bett auszustrecken und Geist und Körper zu entspannen.

Von draußen drangen die Geräusche vom Aufbruch der Gäste herauf, Gespräche, das Rattern der Kutschen, das Trappeln der Pferdehufe.

Als sie in Bainbridge beschlossen hatte, eine Kutsche zu nehmen und die zwei Stunden lange Reise nach Carillon anzutreten, hatte sie natürlich nicht gewußt, daß hier ein Fest gefeiert wurde.

Wenn es andererseits stimmte, daß Anchor McCabe erst vor kurzem gestorben war, wieso hielt sein Sohn dann ein Fest, ohne eine angemessene Trauerzeit einzuhalten? Was war das für ein Sohn?

Sie dachte an ihre eigene Mutter. Es gab Tage, da wollte Diana nicht aus dem Bett aufstehen. Während des Winters hatte sie sich ein Lungenfieber und einen schlimmen Husten mit periodischen Fieberschüben zugezogen. Einmal, als Phina schon dachte, sie werde sterben, hatte Diana sich entschlossen, ihrer Tochter die Wahrheit über ihren Vater zu erzählen. Sie wollte, daß Phina zu ihm ging, falls sie starb. Diana bestand darauf, Anchor McCabe sei ein freundlicher Mann mit einem guten Herzen und werde sie willkommen heißen. Es wurde dann draußen wieder wärmer, und das Fieber ließ nach, aber Diana hatte sich nicht wieder ganz erholt. Sie blieb schwach und teilnahmslos.

Später wollte Diana nicht, daß Phina die Reise unternahm, aber Phina bestand darauf, sie müsse ihren Vater finden und ihn um finanzielle Hilfe bitten. Aber natürlich sagte Phina ihrer Mutter nicht, daß sie es für sie tun wolle. Damit wäre Diana nie einverstanden gewesen.

Und Phina wußte, daß sie jederzeit nach New Orleans

zurückkehren und Mr. Braxton heiraten konnte, einen der Pensionsgäste. Seit nahezu einem Jahr umwarb er sie jetzt schon. Er war ein netter Mann, und es ging ihm als Buchhalter unten an den Docks recht gut. Aber Mr. Braxton war fast fünfzig Jahre alt, und Phina konnte sich einfach nicht überwinden, ja zu sagen.

Jetzt war sie hier, aber Anchor war tot, und sie würde sich mit seinem Sohn Whitley McCabe und dem Sheriff auseinandersetzen müssen. Sie mochte nicht daran denken, was wohl sein würde, wenn der Sheriff ihren Anspruch nicht anerkannte. Um der Gesundheit ihrer Mutter willen aber mußte sie einfach Erfolg haben.

»Das alle Kleider, die Sie mitgebracht, Miss Pennie?« fragte Tasma und sah über die Schulter zurück Phina an.

»Ja.« Phina nickte und sagte dann: »Mein Name ist Phina. Fie-na.«

»Phina«, wiederholte Tasma mit breitem Grinsen. »Miss Phina.«

»So ist's richtig.« Phina lächelte.

Plötzlich wurde an die Tür geklopft, und Phina sprang auf.

Tasma winkte Phina kurz zu und ging zur Tür. »Das bestimmt Ihr Waschwasser. Kommen genau richtig.«

Phina reckte die Arme über den Kopf und knetete die steifen Muskeln im Nacken. Sie mochte Tasma. Sie mochte dieses Zimmer. Ihre Finger spielten mit dem silbernen Glöckchen an ihrem Hals. Im großen und ganzen gefiel ihr dieses Carillon. Aber im Moment mußten alle Gefühle dieser Art beiseite geschoben werden. Sie mußte bereit sein für den morgigen Kampf mit Whitley McCabe im Büro des Sheriffs.

Mit einem Lächeln auf dem Gesicht schloß Tasma die Tür zu Phinas Schlafzimmer. Sie hatte für die neue weiße Frau getan, was sie konnte. Diese Frau war seltsam. Die meisten weißen Mädchen wollten von vorn bis hinten bedient werden, und sogar das Laken mußte man noch richtig über sie breiten, wenn sie sich ins Bett gelegt hatten. Miss Phina war da ganz anders, dachte Tasma. Sie wollte sich nicht einmal beim Waschen helfen lassen.

Tasma lehnte sich gegen die Tür. Seit Spiker vor über einer Stunde ins Küchenhaus gekommen war und laut ihren Namen gerufen hatte, hatte sie unentwegt gelächelt. Sie beobachtete ihn nun schon seit einigen Monaten und hatte bei einer ganzen Reihe von Gelegenheiten immer wieder versucht, seine Aufmerksamkeit zu erregen, wenn sie ihm in den Fluren und Gängen des großen Hauses begegnete. Meistens aber sah er nicht einmal in ihre Richtung. Als er ihren Namen gerufen hatte, hatte ihr Herz zu pochen begonnen.

Vor ein paar Monaten war sie vierzehn geworden, und Rubra, ihre Mutter, hatte ihr gesagt, es sei jetzt Zeit, sich nach einem Mann umzusehen, um selbst Kinder zu bekommen. Tasma hatte sich umgesehen, und der einzige Mann, den sie gern gehabt hätte, war der einzige, der nicht das geringste Interesse an ihr zeigte – Spiker.

»Was machst du da?«

Tasma zuckte zusammen.

»Was treibst du hier draußen vor der Tür?« fragte Spiker und kam langsam durch den im Dämmerlicht liegenden Flur auf sie zu.

Tasmas Herz klopfte wie wild. Nie hatte sie einen so gutaussehenden Mann wie Spiker gesehen. Er hatte schmale Hüften, eine breite Brust und kräftige Arme. Anders als die meisten anderen Sklaven auf Carillon trug er das Haar kurz geschoren. Und er war der einzige, der den Mut aufbrachte, einen sauber gestutzten, schmalen Schnurrbart zu tragen. Tasma lächelte wieder. Bestimmt hatte er heute abend gut ausgesehen in den feinen Kleidern, wie sie ein weißer Mann trug.

Sie wußte, daß Spiker noch vor einigen Jahren eine Frau gehabt hatte, die bei einer Geburt gestorben war. Soweit

Tasma wußte, hatte er seitdem keine andere Frau mehr angesehen. Wenn es da ein entsprechendes Gerede gegeben hätte, hätte sie bestimmt davon gehört.

»Ich mich um Miss Phina kümmern, genau wie du sagen«, sagte Tasma, als sie endlich die Sprache wiedergefunden hatte. »Was du denken sonst?«

»Und wie kannst du dich um sie kümmern, wenn du dich gegen die Tür lehnst?« fragte er und blieb nur wenige Inches vor ihr stehen.

Ihre Position als Hausmädchen und die Tatsache, daß sie Rubras Tochter war, ließ sie sich sicher fühlen. »Wieso du glauben, du führen dieses Haushalt? Das Mamas Job, nicht deiner.«

Spiker bedachte sie mit einem kühlen Blick. »Ich tue, was Mr. Whitley mir aufträgt, genau wie du und deine Mama.« Er warf einen kurzen Blick auf die Tür. »Was macht sie gerade?«

»Sie sagen, sie müde, und ins Bett gegangen.« Tasma fühlte sich wie Talg, der im Feuer schmilzt. Kein anderer Mann konnte Spiker das Wasser reichen. Aber wie stellte sie es an, daß er sie als Frau zur Kenntnis nahm? Sie wünschte sich nichts mehr, als daß Spiker den Arm um sie legte und sie küßte. Das wäre besser als ein fauler Nachmittag ohne rechte Beschäftigung.

»Wozu willst du wissen?« fragte sie und blickte mit verträumten Augen zu ihm auf.

Sein Blick blieb unbeirrt. »Ich will gar nichts wissen, aber Mr. Whitley.«

Tasma trat näher und senkte die Stimme. »Du können sagen, sie essen zu Abend, waschen und schon in Bett.«

»Du kümmerst dich um sie, bis Mr. Whitley etwas anderes sagt. Er will, daß sie morgen ganz früh bereit ist, wieder zu gehen.«

Spiker wandte sich zum Gehen, aber Tasma rief ihn zurück. »Spiker, warum du mich nicht manchmal ansprechen?«

»Was?« fragte er, sichtlich geschockt von ihrer Frage. »Wovon redest du? Du bist weiter nichts als ein kleines Mädchen.«

»Ich jetzt heiratsfähig, ich vierzehn, ich bereit für ein' Mann. Mama sagen.«

Sie streckte die Hand aus, um ihn zu berühren, aber Spiker trat einen Schritt zurück. »Deine Mama will bloß, daß du einen Mann findest, damit sie sich keine Sorgen mehr um dich machen muß. Aber das werde nicht ich sein.« Damit drehte er sich auf dem Absatz herum und eilte den Flur entlang und dann die Treppe hinunter.

Tasma war nicht glücklich. Im Sklavenquartier hatten andere Männer schon seit einem Jahr ein Auge auf sie geworfen und warteten nur darauf, daß Rubra das Signal gab, sie sei bereit, abendliche Männerbesuche zu akzeptieren.

Nachdem Mr. Anchor gestorben war, hatte Mr. Whitley ihnen gesagt, daß er sie alle ihr eigenes Leben führen lassen werde, solange sie ihre tägliche Arbeit verrichteten. Das bedeutete, daß sie keine Heiratserlaubnis von ihm brauchten. Alle Sklaven mochten ihn, weil er nicht so streng und so herrisch war, wie es Mr. Anchor gewesen war. Und jeder wußte, daß Spiker Mr. Whitleys Lieblingssklave war, seit Mr. Anchor ihn einmal hatte auspeitschen lassen, weil er weggelaufen war. Tasma war damals ein kleines Mädchen gewesen, aber sie erinnerte sich noch, wie sie zugesehen und dabei gedacht hatte, Spiker müsse der stärkste Mann auf der Welt sein, weil er nicht geweint hatte, als die Lederpeitsche seinen Rücken getroffen hatte. Zehn Schläge, und Spiker hatte nie mehr als ein Knurren oder zwei hören lassen.

Tasma lächelte. Spiker war ein wunderbarer Mann.

Er stand, nur bekleidet mit seinem Morgenrock, vor dem Fenster im Salon, in der Hand ein Glas Whisky. Ellison fand, jetzt, wo Anchor tot war, schlafe er weniger und trinke dafür mehr als früher. Anchor war gut zu ihm gewesen, aber nie so generös, wie er sich Whitley gegenüber stets gezeigt hatte. Alles in allem konnte Ellison sich nicht beklagen. Anchor hatte ihm ein großes Haus gegeben, fünf Acres Land und einen älteren Schwarzen namens Samson als persönlichen Diener. Aber in Nächten wie diesen schien ihm das alles ein geringer Ausgleich für die Jahre voller Arbeit, die er und Papa für Carillon geopfert hatten.

Als Ellisons Vater vor vier Jahren gestorben war, hatte Anchor ihn zum neuen Oberaufseher gemacht. Ellison hatte sein eigenes Büro am nördlichen Ende des Sägewerks im Westen. Einen Teil seiner Zeit verbrachte er damit, den Arbeitsplan der Sklaven für die laufende Woche zu erstellen. Den Rest des Tages verbrachte er damit, sie zu beaufsichtigen und darauf zu achten, daß sie ihr jeweiliges Tagewerk schafften. Einmal in der Woche brachte er Whitley seine Papiere, damit er sie durchsehen konnte, und gemeinsam entschieden sie dann, wie es auf der Plantage weitergehen sollte. Eines hatte er dabei schon früh gelernt: Anchor und Whitley hatten stets das letzte Wort.

Ellison trank sein Glas aus und wischte sich mit dem Handrücken über die Lippen. Er hätte derjenige sein müssen, der heute abend die große Party gab. Er hätte alle Rechte an Carillon haben sollen. Nicht Whitley. Seit er sechs Jahre alt war, hatte Anchor ihn stets allen anderen vorgezogen bis zu dem Tag, an dem er Whitley mit nach Hause gebracht hatte.

Er schob den schweren Vorhang beiseite und blickte auf die im Dunkel liegende schmale Straße hinaus. Sie hätte Zeit genug gehabt, zu ihm zu kommen. Einen Augenblick lang schoß es ihm durch den Kopf, daß Samson vielleicht nicht zu ihr gegangen war, um sie zu rufen, doch dann verwarf er diesen Gedanken wieder. Samson würde ihm den Gehorsam nicht verweigern. Ellison zog den Vorhang wieder vor und kehrte zu dem auf Hochglanz polierten Beistelltisch zurück, wo er sich ein neues Glas Whisky einschenkte.

Er hatte davon reden gehört und wußte, daß einige der anderen Sklavenhalter im County sich immer mal wieder die eine oder andere Frau herauspickten. Der Umstand, daß Anchor und Whitley zu vornehm und zu mächtig waren, um sich die Schönen in ihre Betten zu holen, war für ihn kein Grund, Entbehrung zu leiden, wenn er eine Frau haben wollte. Er lachte leise glucksend vor sich hin. Das Schlimme daran war nur, daß er eigentlich keine Schwarzen mochte. Er war nicht gern in ihrer Nähe bis auf die eine, die seine Blicke immer wieder auf sich zog; Chatalene.

Ruhelos blickte Ellison sich im Zimmer um. Wenn Anchor diesen Whitley vor fünfzehn Jahren nicht mitgebracht hätte, wäre er heute der Herr von Carillon.

An der Haustür erklang ein leises Klopfen. Ellison lächelte und setzte sein Glas ab, um zur Tür zu eilen. Er konnte die freudige Erwartung nicht verbergen, die er spürte. Seit Monaten hatte er Chatalene jetzt schon beobachtet.

Mit begierigen Fingern öffnete er die Tür. Da stand sie in einem unförmigen, rauchfarbenen Rock, über den Haaren ein schwarzes Tuch. Chatalene war eine schöne Negerin mit einer Haut wie Milchkaffee. Ihre Augen waren groß und ausdrucksstark. Ihre Lippen waren voll, verführerisch und einschüchternd zugleich. Er öffnete die Tür etwas weiter, um sie eintreten zu lassen. Samson stand hinter ihr.

Der Schwarze schickte sich an, ihr zu folgen, aber Ellison hob den Arm und stoppte ihn. »Geh, such dir irgendwas zu tun, alter Mann«, sagte er und schloß die Tür.

Kapitel 3

Beklommenheit stieg in Phina hoch, als sie am nächsten Morgen die Treppe hinunterging, über dem Arm das Cape und in der Hand den Hut. Sie war von der Reise so müde gewesen, daß sie sofort eingeschlafen war, sobald sie sich hingelegt hatten, und sie hatte noch immer geschlafen, als Tasma hereingekommen war und ihre Vorhänge geöffnet hatte, so daß das ganze Zimmer vom Sonnenschein durchflutet wurde.

Phina hatte sich für ihr salbeifarbenes Kleid entschieden, weil sie fand, es passe am besten zu ihren dunklen Augen und Haaren. Während sie ausgiebig gefrühstückt hatte, hatte Tasma mit einem heißen Eisen die Falten aus ihrem Rock gebügelt. Alle ihre Kleider waren von einfachem Schnitt mit langen Kragen, rundem Halsausschnitt, eng anliegendem Miederteil und weiten Röcken. Phina wußte, daß ihre Kleider nicht gerade luxuriös waren, aber sie waren aus den besten Stoffen gefertigt, die zu bekommen waren. Hin und wieder hatte man ihr und ihrer Mutter erlaubt, Stoffreste zu behalten, und mitunter war es genug gewesen, um daraus ein Kleid zu machen oder doch zumindest einen neuen Rock. Und niemand verstand es besser als ihre Mutter, Kleider zu entwerfen und zu nähen.

Zu wissen, daß ihre Haare sauber dufteten und ihr Kleid frisch gebügelt war, verlieh Phina ein wenig mehr Selbstvertrauen als gestern abend, als sie müde und schmutzig von einer Drei-Tage-Reise in einer unbequemen Kutsche hier angekommen war. Tasma hatte keine Kämmchen für ihr Haar finden können, aber sie hatte es geschafft, mit Hilfe der Haarnadeln und Bänder, die das Mädchen ihr gebracht hatte, einen annehmbaren Knoten im Nacken zu binden.

Tasma hatte ihr erzählt, Whitley wolle sie sehen, sobald sie angezogen sei, und daß er sie in seinem Büro erwarte. Bei dem

Gedanken an eine erneute verbale Auseinandersetzung mit ihm spürte sie einen Kloß im Magen. Phina wollte nichts von einem Mann, der nie gewußt hatte, daß sie überhaupt geboren worden war. Aber sie glaubte aus ganzem Herzen, daß Anchor McCabe ihrer Mutter einiges schuldete.

Schließlich stand Phina vor der Tür zu seinem Büro und bemühte sich um die alte Kraft und Stärke. Sie hatte keine großen Erfahrungen im Umgang mit Männern, und der Gedanke, wieder mit Whitley streiten zu müssen, erschreckte sie. Aber weil sie ihn nicht länger warten lassen wollte, klopfte sie schließlich an die Tür und wartete darauf, daß er sie hereinrief. Noch einmal holte sie tief Luft und drehte dann den Knauf, öffnete die Tür und trat ein. »Ich bin bereit, jederzeit, wenn es Ihnen recht ist, zum Sheriff zu gehen«, sagte sie.

Der Ledersessel knarrte leise, als Whitley sich vom Schreibtisch erhob. Er war ein ebenso achtunggebietender wie gutaussehender Mann mit seinem hellbraunen Haar, das ihm bis knapp über den Kragen fiel, und den blaugrauen Augen, die sie fast zu durchbohren schienen. Bekleidet war er mit einem weißen Hemd und einer schwarz gestreiften Krawatte, und dazu trug er ein schwarzes Jackett und eine schwarze Hose.

»Ich freue mich, daß Sie sofort zur Sache kommen wollen. Freundlichkeiten wie ›Guten Morgen‹ oder ›Wie geht es Ihnen?‹ sind zwischen uns nicht vonnöten.« Er lehnte sich mit der Hüfte gegen den Schreibtisch und blickte ihr in die Augen. »Sollten wir diesen Unsinn nicht gleich hier beenden, Phina? Ich bin bereit, die Störung zu vergessen, die Sie gestern abend verursacht haben, und Sie unbehelligt wieder ziehen zu lassen, wenn Sie mir erzählen, wer Ihnen diese Masche eingeredet hat und warum.«

Die Härchen im Nacken hoben sich leicht. »Das hier ist keine Masche. Ob es Ihnen nun gefällt oder nicht, Anchor McCabe ist mein Vater, und was immer Sie tun oder sagen können, es ändert nichts.«

Whitley trat von seinem Schreibtisch zurück und blickte sie

starr an. »Ich bin Anchors einziger Erbe«, sagte er. »Die Kutsche wartet auf uns. Es ist eine lange Fahrt bis zum Büro des Sheriffs in Bainbridge. Sind Sie sicher, daß Sie bereit sind?«

»Absolut sicher.« Phina nahm den grünen Hut, setzte ihn sich auf den Kopf und befestigte das Band unter dem Kinn.

Seite an Seite gingen sie dann steif aus dem Haus und die Eingangsstufen hinunter. Die Abende waren noch kühl, aber die helle Frühlingssonne wärmte die Tage schon deutlich an diesem Morgen.

Lon, einer der Schwarzen, die letzte Nacht versucht hatten, sie zum Verlassen der Plantage zu bewegen, stand vor der Kutsche und verjagte gerade eine Fliege. Während Whitley mit dem Sklaven sprach, blickte Phina sich um. Als sie angekommen war, war es zu dunkel gewesen, um irgend etwas erkennen zu können.

Eine kreisrunde Auffahrt führte zur Vorderseite des stattlichen Herrenhauses, einem Gebäude mit sechs großen ionischen Säulen davor, die ein halbrundes Dach trugen, das die Veranda im Stil einer Ritterburg überdeckte. Der Balkon zog sich über die ganze Front des Hauses hin und wurde von zwölf kleineren korinthischen Säulen getragen. Die zweiflügeligen Eingangstüren waren verglast.

Vor dem Haus breitete sich ein ausgedehnter Rasen aus und zog sich an einem Fahrweg entlang, der von einer Reihe von Weißeichen überschattet wurde. Links der Rasenfläche sah sie ein kleines Aussichtstürmchen, das von farbenprächtigen Blumen umgeben war. Von der Decke hing eine silberne Glocke herunter. Phina holte tief Luft und suchte unter dem Halsausschnitt ihres Kleides nach dem silbernen Glöckchen, das dem in dem Aussichtsturm in allem glich, und streichelte es.

Whitley nahm ihren Arm, um ihr in die Kutsche zu helfen. Phina verzog das Gesicht und drehte den Kopf, um ihm ins Gesicht zu sehen.

»Sie möchten doch, daß ich Ihnen hinaufhelfe, oder?«

fragte er, und noch immer wirkte sein Gesicht sehr angespannt.

»Natürlich«, versuchte sie zu sagen und wunderte sich, warum sie sich so – merkwürdig fühlte, als er sie berührte. Es war, als laufe ein Prickeln ihren Arm hinauf und niste sich in ihrem Magen ein. Phina setzte sich und raffte die Röcke um ihre Beine, als Whitley hineinkletterte und sich neben sie setzte, wobei er sorgsam darauf achtete, sie nicht zu berühren. Der Schwarze ließ die Peitsche knallen, und das Pferd trabte an.

Phina verharrte regungslos, ganz auf die eine Seite der Kutsche gedrängt, und versuchte ebenfalls, jeden Kontakt mit ihm zu vermeiden, als sie die Auffahrt hinunterfuhren. Die Kutsche fuhr durch ein Schlagloch, und sie stieß mit dem Kopf gegen das Dach. Es würde eine lange Fahrt in die Stadt werden.

Nach zehn Minuten hätte Whitley sich am liebsten selber geohrfeigt, daß er Cass, den Stalljungen, nicht angewiesen hatte, ein Pferd für ihn zu satteln. In der Kutsche war es stickig und heiß und die Fahrt sehr unruhig. Als er zu Phina blickte, wirkte sie geradezu unerträglich kühl.

Sie trug ein einfaches Kleid, wie er feststellte, nur wenige Petticoats darunter, während er in Krawatte und Jackett steckte. Er nahm den Hut ab und fächelte sich Luft zu. Das war alles nur ihre Schuld, dachte er. Wegen ihr hatte er in der letzten Nacht nicht eine einzige Stunde geschlafen. Es war ihm nie in den Sinn gekommen, jemand könne ihm Carillon streitig machen, schon gar nicht eine Frau, eine Fremde.

Eines der Kutschenräder geriet in ein anderes Schlagloch und warf Whitley gegen Phina. Dabei drückte sich sein Handrücken auf ihre weiche Brust, und er zog sie schnell zurück, aber schon hatten sich sein Magen und die Muskeln in seinen Lenden versteift. Ihr Blick traf ihn.

»Tut mir leid«, murmelte er, als Phina sich weiter in die Ecke der Kutsche zurückzog. Er hätte lieber ›verdammt noch mal‹ gesagt. Dies würde eine lange Fahrt in die Stadt werden.

Zwei Stunden später hielt Lon die Kutsche vor dem Büro des Sheriffs von Decatur County an. Whitley sprang hinunter und nahm Phinas Arm, um ihr aus der Kutsche zu helfen. Er war froh, daß sie seinen Blick mied. Sie schien ihm zu nahe zu sein, wenn er in ihre dunklen Augen blickte. Dann fühlte er sich unbehaglich.

»Während du hier auf uns wartest, Lon, kannst du in den Laden gehen und nachsehen, ob Post für uns da ist.«

»Ja, Sir, Mr. Whitley«, sagte der alte Mann und wickelte die Zügel um den Handbremshebel.

Ein kurzer Blick zeigte Phina, daß es in diesem Ort nicht viel zu sehen gab. Windschiefe Gebäude säumten rechts und links die schmutzige Straße. Die Taverne, die gleichzeitig Einkaufsmöglichkeit war, war an den großen Schildern über dem Eingang leicht zu erkennen.

Als sie zum Büro des Sheriffs schritten, bemerkte Phina, daß die Straßen keine Bürgersteige hatten. Das Büro des Sheriffs war kleiner, als sie erwartet hatte. Die hölzernen Wände waren nicht gestrichen, und der Geruch von Schweiß, Whisky und abgestandenem Kaffee waberte in der Luft.

»Ich habe Sie schon erwartet, Whitley«, sagte der kleine, rundliche Sheriff, als sie eintraten. Die beiden Männer schüttelten sich die Hand. »Ich habe schon gehört, was letzte Nacht passiert ist.«

Daran zweifelte Whitley nicht, und sicher hatte der Sheriff von mehr als einem der Gäste von den Vorfällen gehört. Solche Skandale verbreiteten sich rasch. Schließlich gab es sonst nicht viele Neuigkeiten.

»Schön, Sie zu sehen, Abe«, begrüßte Whitley ihn, ohne auf seine Bemerkung einzugehen. »Dies ist Phina ...?« Er wandte sich um und blickte sie fragend an.

»Einfach nur Phina«, sagte sie mit leiser Stimme.

Phinas Worte trafen ihn mit der Gewalt einer präzise geschlagenen Faust und erinnerten ihn an längst vergangene

Zeiten, als er lediglich als Whitley bekannt war. Er erinnerte sich, wie stolz er gewesen war, als man ihn zum erstenmal als Anchor McCabes Sohn angesprochen hatte. Phina stand aufrecht da, die Hände vor sich ineinander verschränkt. Ihre geschnürte Handtasche mit den Fransen baumelte von ihrem Handgelenk hinunter. Sie wirkte so zerbrechlich, dachte er, daß ein anständiger Windstoß sie davonblasen könnte, aber in sich trug sie die Stärke, die sein Leben zerstören könnte.

Whitley schüttelte die unangenehmen Erinnerungen, die sich mit ihren Worten verbanden, ab und fuhr fort: »Phina, dies ist Abe Pelham, der Sheriff des Decatur County.«

»Ich freue mich, Sie kennenzulernen, Sheriff«, sagte sie.

Er nickte, sagte: »Miss Phina« und blickte dann wieder zu Whitley hinüber. »Was kann ich für Sie tun?«

Phina hielt den Blick auf den Sheriff gerichtet, als sie als erste das Wort ergriff. »Ich habe den Beweis, daß ich Anchor McCabes Tochter bin«, sagte sie, »und daß ich berechtigt bin, einen Anteil an seinem Vermögen zu beanspruchen.«

»Das wissen Sie also.« Der Blick des Sheriffs ging von Phina zu Whitley. Er hakte die Finger in seine Hosenträger ein. »Soweit wir alle wissen, hatte Anchor keine Tochter, Miss Phina. Welche Art Beweis haben Sie denn?« fragte er.

Sie löste den Verschluß der Handtasche und förderte die beiden Briefe zutage. Whitley schien von ihnen nicht beeindruckt gewesen zu sein, aber vielleicht war es ja der Sheriff. Sie reichte ihm die beiden Briefe.

»Phina erschien gestern abend auf Carillon und behauptete, sie sei Anchors lange verschollene Tochter«, sagte Whitley. »Aber wie Sie schon gesagt haben, niemand hat je gehört, daß Anchor eine Tochter erwähnt hätte.«

Phina mochte seine abfällige Bemerkung nicht. »Ich war nicht verschollen«, sagte sie und warf Whitley einen irritierten Blick zu. »Anchor wußte gar nichts von mir. Wenn er etwas gewußt hätte, bin ich sicher, hätte er sich darum bemüht, daß ich bei ihm lebe. Meine Mutter wußte, daß

Anchor verheiratet war, und hat ihm deshalb nie gesagt, daß sie schwanger war. Das steht alles da in diesen Briefen.«

»Auf jeden Fall glaubt sie ...«, begann Whitley.

»Wenn Sie erlauben«, unterbrach Phina ihn, »würde ich meine eigene Geschichte gern selbst erzählen.«

»Verzeihung.« Whitley verbeugte sich spöttisch. »Ganz wie Sie meinen. Erzählen Sie Ihre eigene Geschichte. Ich fürchte, ich könnte es sowieso nicht richtig. Ich bin kein Experte im Lügen, und wie schaffen Sie eigentlich den verschreckten Gesichtsausdruck?«

Phina hatte gewußt, daß Whitley es ihr nicht einfach machen würde. Sie mußte sich daran erinnern, daß sie das hier für ihre Mutter tat, und so biß sie die Zähne zusammen, um Anchors arrogantem Sohn nicht die Meinung zu sagen. Sie mußte sich der Realität stellen. Selbst wenn der Sheriff ihr zustimmte, daß diese Briefe ein Beweis seien, war Phina noch immer auf Whitleys Gnade hinsichtlich der Höhe ihres Anteils angewiesen.

So ignorierte sie Whitleys gehässigen Kommentar und wandte sich wieder an Sheriff Pelham. Sie versuchte, äußerlich zuversichtlich zu erscheinen, aber innerlich war sie am Boden zerstört. Was sollte sie wohl tun, falls der Sheriff diesen Briefen keine größere Bedeutung beimaß als Whitley?

Sie räusperte sich und wiederholte ihre Erklärung von der vergangenen Nacht vor dem Sheriff. »Beide Briefe besagen, daß ich das Kind ihrer Vereinigung war«, schloß sie.

»Verstehe.« Sheriff Pelham nahm die Briefe und blickte darauf.

Phina verhielt sich ruhig, während er die Papiere durchlas. Whitley ging in dem kleinen Raum auf und ab. Anfangs rieb er sich den Nacken, dann die Schulter und später das Kinn.

Schließlich sah der Sheriff auf und blickte von einem zum anderen. »Nun, die Briefe sagen genau das aus, was Sie behaupten. Die Schwierigkeit ist nur, daß ich nicht weiß, ob Ihre Behauptung dadurch wahr wird.«

»Vielleicht kann das hier helfen.« Phina langte an ihren Nacken und löste das Kettchen, an dem das kleine Silberglöckchen hing. Dann reichte sie es auf der offenen Handfläche dem Sheriff. »Das hat mein Vater meiner Mutter kurz nach seinem Aufenthalt bei ihr geschickt.« Ein schneller Blick in Whitleys Gesicht sagte ihr, daß er das Glöckchen wiedererkannte. Aus der Rocktasche holte sie die kleine Notiz, die Anchor für Diana geschrieben hatte. »Das hier hat er zusammen mit dem Glöckchen geschickt.« Phina las aus dem Papier:

> *Die Zeit, die ich vergangenen Monat mit Dir zusammen verbracht habe, hat mich zu einem glücklichen Mann gemacht, aber wie wir schon besprochen haben, hindert meine Ehe mich daran, daß wir zusammenbleiben. Da es also für Dich keinen Platz auf Carillon geben kann, nimm bitte das beigefügte Glöckchen an und erinnere Dich immer daran, daß ich mir wünschte, die Dinge wären anders für uns gelaufen.*
>
> *Liebe Grüße, Anchor*

»Lassen Sie mich das sehen.« Whitleys Gesicht war rot vor Wut, als er ihr das Papier aus der Hand riß.

»Sieht das aus wie Anchors Handschrift?« fragte der Sheriff Whitley.

»Ein wenig.« Mit einem harten Ausdruck auf dem Gesicht blickte er auf Phina hinunter. »Aber das heißt nicht, daß es auch so ist.«

»Es ist Anchors Handschrift«, sagte sie ruhig. »Und das Glöckchen paßt genau zu der Glocke, die ich heute morgen in dem kleinen Aussichtstürmchen auf dem Rasen vor dem Haus gesehen habe.«

Der Sheriff kratzte sich den Hinterkopf. »Mir scheint, das ist eine Sache, die das Gericht und Richter Rogers entscheiden müssen. Er wird aber frühestens in sechs Wochen wieder in der Stadt sein.«

Whitley murmelte einen Fluch. »Das ist doch verrückt, Abe. Sie und jeder andere im County weiß, daß sie nicht Anchors Tochter ist.«

»Das bin ich sehr wohl«, erwiderte Phina mit Heftigkeit. »Sie haben kein Recht, mich zu verleugnen.«

»Dies ist eine Masche, mit der Sie sich einen Anteil an seinem Vermögen sichern wollen. Ein jeder hätte sich diese Story und diese Briefe ausdenken können, und das Glöckchen dazu.«

»Das ist nicht wahr«, widersprach sie. »Überprüfen Sie die Daten in Anchors Geschäftsbüchern. Das wird Ihnen beweisen, daß er zur richtigen Zeit in New Orleans gewesen ist.«

»Es beweist nicht, daß er mit Ihrer Mutter geschlafen hat«, konterte er wütend.

»Jetzt beruhigen Sie sich mal alle beide«, sagte der Sheriff und trat zwischen die zwei. Wieder schob er die Daumen unter die Hosenträger. »Whitley, Sie wissen, es ist meine Pflicht, das hier nachzuprüfen, und ich habe vor, es auch zu tun. Sollten wir herausfinden, daß sie nicht die Wahrheit sagt, werden wir sie dorthin zurückschicken, wo sie hergekommen ist, aber ich muß ihre Geschichte überprüfen. Sie hat genauso große runde Augen wie Anchor, und jeder hier in der Stadt weiß, daß er seinen beiden Ehefrauen jeweils ein Glöckchen geschenkt hat, als er sie heiratete.«

»Abe…«, sagte Whitley beschwörend, als er wieder anfing, auf und ab zu gehen und die Hände in die Taschen seiner Hose zu schieben und sie wieder herauszuziehen. »Auf wessen Seite stehen Sie eigentlich?«

»Anders als Sie versucht er, fair zu sein«, schaltete Phina sich in die Unterhaltung ein.

Der Sheriff lachte, daß sein rundlicher Bauch zu hüpfen begann. »Sieht mir ganz so aus, als würdet ihr beide noch als Bruder und Schwester enden. Jedenfalls zankt ihr euch schon genauso. Und genau das schlage ich euch jetzt vor. Fahrt zurück nach Carillon, und lebt zusammen wie Bruder und

Schwester, bis der Richter wieder hier ist. Vielleicht merkt ihr sogar am Ende, daß ihr einander mögt.«

Bei dem Gedanken, diesen arroganten Mann zu mögen, entrang sich Phina ein Stöhnen.

»Eher friert die Hölle zu«, murmelte Whitley gepreßt.

Phina mußte irgend etwas unternehmen, und sie mußte es schnell tun. Sie brauchte umgehend Geld, um ihrer Mutter zu helfen. Jetzt, da sie beide nicht arbeiteten, mußte sie ihrer Mutter Geld für Medikamente und die laufenden Kosten schicken. »Sheriff?« fragte sie daher, »ich verstehe ja, daß Sie meine Geschichte überprüfen müssen, aber ich überlege mir gerade, ob ich Sie nicht bitten soll, daß Sie Whitley aufgeben, mir eine Unterstützung in Höhe von 20 Dollar pro Monat zu zahlen, bis der Richter kommt.«

»Was? Das ist doch die Höhe«, sagte Whitley und trat neben die beiden. »Sicher haben Sie nicht vor, über diesen widersinnigen Vorschlag auch nur nachzudenken.«

»Sheriff, ich mußte meinen Job als Näherin aufgeben, um hierherkommen zu können. Eine Frau braucht nun einmal bestimmte persönliche Dinge.« Sie riskierte einen kurzen Blick zu Whitley hinüber. Mehr brauchte sie nicht, um zu wissen, wie wütend er war. »Wenn ich nur eine kleine Unterstützung bekommen könnte, bis der Richter wieder in der Stadt ist.«

Der Sheriff blickte sie freundlich an. »Scheint mir vernünftig zu sein. Ich denke, es wird Ihnen oder Carillon nicht weh tun, wenn Sie ihr ein paar Dollar überlassen, damit sie sich durchschlagen kann. Auf diese Weise braucht sie nicht für jede Kleinigkeit, die sie benötigt, zu Ihnen zu kommen. In der Zwischenzeit, während wir auf Richter Rogers warten, werde ich ein paar Briefe nach New Orleans schicken und ihre Geschichte selber überprüfen. Sind Sie mit diesem Vorgehen zufrieden?«

»Ja«, sagte Whitley steif. Er konnte seinen Ärger kaum unter Kontrolle halten.

»Wie ist denn der Name dieser Pension, in der Sie und Ihre Mutter leben?«

»Pension Elms. Der Name meiner Mutter lautet Diana Groutas. Wir haben nichts zu verbergen.«

Whitley ging zur Tür und riß sie auf. »Sagen Sie Bescheid, wenn Sie irgend etwas hören«, sagte er steif.

»Ich halte Sie auf dem laufenden«, sagte der Sheriff zu Whitley, dann nickte er Phina zu. »War schön, Sie kennenzulernen, Miss.«

Phina lächelte. »Bitte, lassen Sie es mich wissen, wenn Sie weitere Informationen brauchen, Sheriff. Ich werde auf Carillon sein.« Ohne Whitley auch nur eines Blickes zu würdigen, ging Phina an ihm vorbei und zur Tür hinaus.

Whitley folgte ihr und schloß lautstark die Tür hinter ihnen. Er packte Phina am Handgelenk und wirbelte sie herum, so daß sie ihn ansehen mußte. Er hielt sie an den Oberarmen fest und zog ihr Gesicht ganz nah an seines heran.

Unter seinem festen Griff stöhnte sie schmerzerfüllt auf. Seine Augen schossen Blitze vor Wut, und sie spürte, wie sein ganzer Körper zitterte. »Eines will ich Ihnen noch sagen.« Seine Worte klangen wie ein Zischen. »Eher fahren Sie zur Hölle, als daß ich die Plantage mit Ihnen teile.«

Wutentbrannt, daß er sie angefaßt hatte, riß Phina sich los und rieb sich den Arm, wo er sie so fest gepackt hatte. »Ich habe vor, meinen mir rechtens zustehenden Platz hier auf Carillon einzunehmen. Ihr flegelhaftes Benehmen wird mich nicht abschrecken.«

Kapitel 4

Wenn Whitley gedacht hatte, die Reise in die Stadt sei lang und verwirrend gewesen, so war die Reise zurück nach Carillon die reine Hölle. Er schwor, sich nie wieder in der Enge einer kleinen Kutsche mit Phina gefangennehmen zu lassen. Er war nicht nur unglücklich über die Enge hier drinnen, er war wütend, daß diese Winzigkeit von Frau versuchte, Anspruch auf Carillon zu erheben. Und der Sheriff hatte auch noch ihrem Wunsch nach einer Apanage zugestimmt.

Er riskierte einen Blick in ihre Richtung. Ganz kurz schoß ihm die Erinnerung an den letzten Abend durch den Kopf, wie sie da mit ihrem offenen seidigen schwarzen Haar, das ihr bis auf den Rücken fiel, in den Ballsaal geschossen kam. Er spürte einen Kloß im Magen. Er wollte sie nicht attraktiv finden. Er wollte in ihr keine Frau sehen. Sie war eine geborene Glücksritterin, eine Betrügerin, und als solche wollte er sie behandeln.

Phina drehte sich um und ertappte ihn dabei, wie er sie anstarrte. Ihre Augen trafen sich, bevor Whitley sich auf seinem Sitz umwandte und auf die langsam vorbeiziehende Landschaft blickte. Sie schien ihm nicht so selbstzufrieden, wie sie eigentlich sein sollte, wenn man bedachte, daß sie sich gerade einige Wochen auf Carillon sowie eine nicht zu verachtende Geldsumme erschlichen hatte.

Er hätte Abe dafür erwürgen können, daß dieser entschieden hatte, die Rückkehr von Richter Rogers abzuwarten, bevor er sie aus Carillon rausschmeißen konnte. Er war schon immer der Meinung gewesen, Sheriff Pelham lasse sich zuviel Zeit, in bedeutsamen Angelegenheiten einen Standpunkt einzunehmen. Er hatte wieder einmal bewiesen, daß er sich nicht durchsetzen konnte. Abe Pelham hätte auf der Stelle sagen können, diese Briefe seien kein Beweis dafür, daß sie Anchors Tochter sei, und es damit bewenden lassen.

Was sollte er tun, falls Rogers ihre Geschichte glaubte? Whitley seufzte und rieb sich die Stirn, als sich erste Selbstzweifel meldeten. Sie hatte mehr als nur die Briefe. Sie hatte beschworene Aussagen, die ihre Behauptungen als wahr erwiesen. Was, wenn der Richter seine Papiere zu sehen wünschte? Er hatte nichts Schriftliches. Sein einziger Beweis lag in der allgemeinen Kenntnis, daß Anchor *vorgehabt* hatte, ihn zu seinem legalen Erben zu machen. Würde das vor Gericht ausreichen – gegen die eidesstattliche Erklärung eines Arztes und der Mutter?

Wie viele Leute wußten eigentlich, daß Anchor jenes Testament, das Whitley zu seinem legalen Erbe gemacht hätte, nicht unterschrieben hatte, bevor er starb? Whitley überlegte. Ellison und Anchors Anwalt, Robert Higgins, waren die einzigen. Würde es hart auf hart gehen, könnte jeder Anspruch auf Carillon erheben. Aber Whitley wußte, daß er der einzige war, der Kontrolle über die Bankkonten, die Sklaven, das Haus und den gesamten Besitz hatte. Und so sollte es bleiben.

Mit Robert Higgins hatte er bereits über das Testament gesprochen. Anchor hatte vorgehabt, die Papiere in der Nacht der Party zu unterzeichnen und jedermann kundzutun, daß Whitley sein legaler Sohn und Erbe sein sollte, und dann sollte bekanntgegeben werden, daß Whitley und Flannery heiraten würden. Robert Higgins hatte ihm versichert, daß es keine Probleme bei der Übernahme von Carillon geben würde, da Anchor keine anderen lebenden Verwandten hatte – soweit bekannt war. Doch was sollte wohl jetzt passieren, da es eine gab, die ihm sein Erbe streitig machte?

Er war sicher, Robert Higgins würde bezeugen, daß Anchor ihn beauftragt hatte, die Dokumente auszuarbeiten. Aber, verdammt, er hatte sie nie dadurch offiziell gemacht, daß er die Papiere auch unterzeichnet hatte. Wie würde das vor Gericht aussehen? Whitley wußte es nicht, aber er nahm sich vor, mit Robert zu reden. Und er mußte beweisen, daß Phina log.

Die Kutsche geriet in ein Schlagloch, und Phina stieß gegen Whitleys Schulter. »Verzeihung«, murmelte sie, als Whitley sich tiefer in seine Ecke der Kutsche zurückzog. Wieder hatte er dieses starke Gefühl im Magen. Verdammt, es gab keine Notwendigkeit, in dieser Weise zu reagieren. Sie war einfach nur eine Frau. Vielleicht lag es an der Hitze und daran, daß er es leid war, so eng mit ihr zusammen in der Kutsche zu reisen.

Es war gar nicht nötig abzuwarten, bis der Sheriff Phinas Geschichte nachgeprüft hatte, dachte Whitley. Er würde selbst jemanden nach New Orleans schicken. Er traute dem Sheriff nicht mehr so recht, daß er auf seiner Seite sei. Er war auf Phinas traulichen Augenaufschlag hereingefallen. Er würde Ellison losschicken, um ihre wahre Identität festzustellen.

Die Gedanken an Ellison riefen ihm wieder sein Gespräch mit Rubra ins Gedächtnis. Vielleicht würde es seinem Freund guttun, von Carillon wegzukommen. Ellison trank zuviel. Er wußte es, und Ellison wußte es auch. Whitley seufzte leise vor sich hin, als er sich an etwas erinnerte, was Anchor ihm vor einigen Jahren gesagt hatte. »Ellison ist ein guter Junge. Er ist auch klug. Aber er ist ständig hungrig. Ganz gleich, was man auch für ihn tun mag, er will immer noch mehr. Vergiß das nicht.« Whitley hatte nicht wirklich verstanden, was Anchor damit gemeint hatte. Ellison wollte mehr als sein kleines Haus und fünf Acres Land. Whitley wußte, er wollte Carillon.

Ja, er würde ihn nach New Orleans schicken. Dort gab es haufenweise Frauen, mit denen er ins Bett gehen konnte. Vielleicht ging es ihm besser, wenn er wieder zurückkehrte.

Als sie Carillon erreichten, war es Phina sehr heiß, sie war müde, und ihre Nerven vibrierten.

Whitley hatte auf der ganzen langen Reise kein Wort zu ihr gesagt. Ein- oder zweimal hatten sich ihre Arme berührt, und jedesmal war er von ihr zurückgezuckt, als habe sie eine ansteckende Krankheit. Er hatte seine Pflichten als Gentleman erfüllt und ihr aus der Kutsche geholfen, sobald sie anhielt, aber sie war sicher, daß er das höchst widerwillig getan hatte.

Nachdem sie das Haus betreten hatten, wandte er sich ihr zu und sagte mürrisch: »Ich habe Ihnen einiges zu sagen, aber darüber reden wir später am Abend. Im Moment bin ich müde, und ich habe noch Dinge zu erledigen. Sobald Sie sich umgezogen haben, dürfte das Dinner bereit sein.« Er holte seine Uhr aus der Westentasche. »Wir sehen uns dann in einer Stunde.« Er wandte sich zum Gehen, drehte sich dann aber ganz schnell noch einmal um, blickte ihr ins Gesicht und sagte: »Wir ziehen uns zum Dinner um und treffen uns im Salon.«

Während Whitley noch dort stand, trat eine große, kräftig gebaute Frau aus einem kleinen Zimmer abseits der Galerie und ging auf Phina zu. Sie trug ein abgetragenes schwarzes Kleid mit einer sauberen Schürze darüber. Ein rotes Tuch schmückte ihren Kopf. In den Händen hielt sie einen Stapel zusammengefalteter Kleider.

»Haben Mr. Whitley nach mir gerufen?« fragte die Frau.

»Ich glaube nicht«, erwiderte sie. »Wir kennen uns noch nicht. Ich bin ...«

»O ja, ich Sie kennen.« Die Frau lachte heiser, und ihre dunkelbraunen Augen blitzten. »Sie sind die Frau, die Mr. Whitleys Party beendete.«

»Aha – nun ...«, stotterte Phina angesichts der Beschuldigung. »Aber ich bin nicht so sicher, daß ich das wirklich getan habe«, sagte sie schließlich abwehrend.

»Doch, war so. Mr. Whitley nicht viel sagen, aber ich sehen in seine Augen. Er genug sauer.« Ein neuerliches glucksendes Lachen ließ ihre Brust hüpfen. »O ja, ich denken, jeder in diese County Sie inzwischen kennen.«

Phina wußte nicht genau, wie sie die Frau einzuordnen

hatte. War sie verärgert über Phina, oder gönnte sie Whitley den Ärger? Es schien, als wäre sie in jedem Fall amüsiert.

»Whitley hätte gestern abend die Party nicht abbrechen müssen, nur weil ich angekommen bin. Ja, wirklich, ich hatte angenommen, er habe mich aus dem Ballsaal entfernt, damit die Party weitergehen konnte.«

Die Frau schob die Kleider von einem Arm auf den anderen. Ihr amüsierter Gesichtsausdruck wandelte sich zu Mißfallen. »Er nicht wollen ankündigen seine Heiratspläne, nachdem Sie so hereinplatzen.«

Phina schauderte, als ihr die Worte der Sklavin klar wurden. Kein Wunder, daß Whitley sich ihr gegenüber so feindselig verhalten hatte. Nicht nur, daß sie darauf bestanden hatte, seine Halbschwester zu sein, hatte sie auch noch seine Verlobungsfeier gestört. Ihr Blick ging den Korridor hinunter zu seinem Büro. Noch war es nicht zu spät für eine Entschuldigung – aber vielleicht sollte sie damit besser warten und heute abend anbringen, wenn sie sich zum Dinner trafen, statt ihn gleich jetzt zu stören.

Sie blickte wieder zu der Frau zurück. »Es tut mir leid, ich habe Ihren Namen nicht verstanden.«

»Rubra. Ich kümmere mich um Mr. Whitley und sein Haus.«

»Verstehe«, sagte Phina, während sie die Bänder ihres Hutes löste und ihn abnahm. Aber sie verstand keineswegs. Gestern abend hatte man ihr erzählt, Spiker kümmere sich um ihn. Sie konnte sich nur wundern, warum Whitley so viele Leute brauchte, die sich um ihn kümmerten.

»Mein Mädchen Tasma«, fuhr Rubra fort, »kümmert sich um Sie.«

Zum erstenmal, seit sie New Orleans verlassen hatte, lächelte Phina. »Ich mag Tasma. Sie ist ein sehr liebes Mädchen.«

Auf Rubras Gesicht breitete sich ein stolzes Grinsen aus, als sie die Kleider mit dem Arm gegen ihren Busen drückte.

Phina ahnte, daß ihr Kompliment ihr eine Freundin gewonnen hatte. Sie brauchte Menschen auf ihrer Seite.

»Ich nehme an, Sie sind schon lange auf Carillon.«

»Ja, stimmt. Der Daddy von Mr. Anchor hat mich gekauft, kurz bevor er sterben.«

»Dann haben Sie also Anchors Frau gekannt?« fragte sie und bemühte sich sehr, nicht so zu klingen, als wolle sie sie aushorchen.

»Habe ich. Habe alle beide gekannt.«

»Sheriff Pelham hat erwähnt, Anchor sei zweimal verheiratet gewesen. Welche dieser beiden Frauen war denn Whitleys Mutter?«

Rubra lachte so laut, daß sie fast die Kleider hätte fallen lassen. »War keine von den Frauen seine Mama. Nein. Mr. Whitley haben nicht Mama.«

Phina trat näher an sie heran. »Ich verstehe nicht. Natürlich hatte er eine Mutter.«

So schnell, wie Rubra zu lachen angefangen hatte, langweilte sie das Thema auch schon wieder, und sie ging zur Treppe, um nach oben zu gehen. »Wenn er eine hatte, ich nie von ihr gehört. Mr. Anchor einmal weggehen, nachdem seine zweite Missus sterben. Er kommt zurück, und Mr. Whitley bei ihm.«

»Warte noch«, rief sie der Schwarzen nach, die schon oben auf der Treppe war. Phinas Herz hämmerte. »Sind Sie sicher, daß Whitley nicht der Sohn von einer von Anchors Ehefrauen ist?«

Rubra wandte sich um und blickte auf Phina hinunter. »Natürlich bin ich sicher. Ich hier in dieses Haus mehr als dreißig Jahre. Aber jetzt ich muß weiter arbeiten.«

Die Wut stieg in Phina auf, wie die Dunkelheit über einen Wald kommt. Sie raffte die Röcke auf und wirbelte herum in Richtung auf Whitleys Büro. Sie vergaß, daß sie sich vorgenommen hatte, nett und umgänglich mit Whitley zu sein, als sie in sein Büro platzte. Sie stampfte an Spiker vorbei und marschierte direkt auf Whitleys Schreibtisch zu. »Wie viele Bastarde von Kindern hat Anchor McCabe eigentlich?« fragte sie.

Whitley erhob sich, und die Wut stand ihm ins Gesicht geschrieben. »Wovon, zur Hölle, reden Sie?«

»Rubra hat mir gerade erzählt, daß Sie zu keiner von Anchors Frauen gehören. Daß er eines Tages davonging und mit Ihnen zurückkehrte. Ich nehme an, Sie waren das illegitime Kind, von dem er wußte.«

»Anchor hat keine unehelichen Kinder.«

Aufgebracht über die Unrichtigkeit seiner Worte, schlug Phina zurück. »Ich bin seine Bastard-Tochter!«

Mit einer einzigen Handbewegung wischte Phina die Papiere, das Tintenfaß und die Schreibfeder von Whitleys Schreibtisch, daß sich die schwarze, dicke Flüssigkeit über den Teppich ergoß. Spiker packte sie bei den Armen, aber sie kämpfte sich frei.

»Spiker, laß sie los!« hörte sie Whitley rufen. Sie wandte sich mit geradezu tödlicher Ruhe an den Sklaven und sagte: »Es macht mir nichts aus, ob ich mich gegen Whitley oder Sie wehre, aber ich warne Sie. Wenn Sie mich noch einmal anfassen, kratze ich Ihnen die Augen aus.«

»Ja, Miss Phina.« Seine Antwort kam nicht weniger ruhig.

»Spiker.« Whitley ging ein paar Schritte vom Schreibtisch weg. »Geh und sag Rubra, sie soll jemand schicken, der diese Schweinerei hier wegmacht, und dann sag Ellison, daß ich ihn noch vor dem Dinner sprechen will.«

»Ja, Sir.« Spiker blickte Phina an, als wolle er sich vergewissern, daß sie weder ihn noch Whitley anzugreifen gedachte, dann wandte er sich ab. Phina blickte dem Sklaven nach, bis er den Raum verlassen hatte. Sie atmete abgehackt, als sie auf die dunkle Tinte starrte, die den Teppich und Whitleys Papiere verunreinigt hatte. Phina stieß einen unterdrückten Wehlaut aus. Was hatte sie da nur angerichtet? Sie hatte gar nicht gemerkt, wie wütend sie geworden war. Jetzt, wo sie sich ein wenig beruhigt hatte, schämte sie sich für ihren Ausbruch. Sie schämte sich für das, was sie zu Spiker gesagt hatte.

Sie befeuchtete sich die Lippen. »Tut mir leid wegen des Teppichs. Ich wollte nicht derartig die Beherrschung verlieren.«

Whitley zog das Jackett aus und warf es über einen Stuhl. »Vergessen Sie den Teppich. Zu Ihrer Information, Phina, ich bin nicht Anchors Bastard-Sohn, ich bin sein adoptierter Sohn.«

Ihre Augen weiteten sich.

»Adoptiert?« Sie hatte aus sich selbst einen Narren gemacht. Sie hätte ihn in aller Ruhe bitten sollen, es ihr zu erklären, statt dessen war sie wie eine Irre in sein Büro gestürmt.

»So ist es.« Er legte die Krawatte ab und warf sie auf die Jacke.

Sie vermied seinen Blick. »Ich – ich habe – nicht an diese Möglichkeit gedacht ...«

»Oh, ihr Heiligen.« Rubra eilte in den Raum. »Wie diese Tinte kommen auf Teppich?« Sie zog Phina einfach beiseite und beugte sich über das Durcheinander.

»Du wolltest mich sprechen?«

Whitley blickte von seinen Papieren auf und sah Ellison in der Tür zu seinem Büro stehen. »Ja, komm rein.«

Er trat vom Schreibtisch zurück und rieb sich den Nacken. Die lange Reise in der Kutsche und der Streit mit Phina hatten seine Laune auf den Nullpunkt gebracht. Rubra hatte den Teppich kurzerhand aus dem Büro entfernt. Er war ruiniert, aber die Tinte war wenigstens nicht bis auf den hölzernen Fußboden durchgesickert.

»Was hat Abe gesagt?«

»Genau darüber will ich mit dir reden«, erwiderte er. »Setz dich.« Whitley räusperte sich. »Trotz meines energischen Protests war Abe damit einverstanden, daß Phina auf Carillon bleiben darf, bis Richter Rogers in die Stadt zurückkehrt«, sagte er. »Er hat versichert, er werde Phinas Geschichte überprüfen, aber die Wahrheit ist, daß ich ihm nicht zutraue, das auch wirklich gründlich zu tun. Ich möchte, daß du das für mich erledigst.«

Ellison hob die Hände. »Und wie?«

Whitleys Gesichtsausdruck war undurchdringlich. »Indem du nach New Orleans fährst.«

Ellisons Augenbrauen hoben sich, aber Whitley fuhr fort: »Das ist ein Job, den ich lieber selbst erledigen würde, aber aus genau denselben Gründen kann ich Carillon ausgerechnet jetzt nicht verlassen.«

»Du mußt also hierbleiben und ein Auge auf Phina haben. Und ich soll für dich nach New Orleans fahren, um ihre Geschichte zu überprüfen?« Ellison rieb sich nachdenklich das sauber rasierte Kinn.

»Genau. Ich möchte wissen, ob es diese Pension, von der sie redet, wirklich gibt. Mach den Doktor ausfindig und versuche, alles über ihre Mutter herauszufinden.« Er reichte Ellison ein Blatt Papier. »Ich habe dir hier alle notwendigen Informationen aufgeschrieben. Lies sie durch und sag mir dann, ob du noch irgendwelche Fragen hast.«

Ellison nickte, als er das Papier zur Hand nahm und die Informationen überflog. »Du machst dir wirkliche Sorgen ihretwegen, nicht wahr?« fragte er.

»Nein«, log Whitley leichthin, und beide wußten, daß er log. »Aber ich wäre ein Narr, ohne verfügbare Informationen vor Richter Rogers zu treten. Wie ich schon sagte, ich würde selbst fahren, aber ich möchte sie nicht unbeaufsichtigt hier auf Carillon lassen.«

»Wann soll ich fahren?« fragte Ellison und erhob sich vom Stuhl, wobei sein Blick auf die Anrichte mit den alkoholischen Getränken fiel.

»Montag morgen – klingt doch gut, oder?«

Ellison nickte.

Whitley erhob sich und nahm einen Umschlag mit zweihundert Dollar zur Hand. Er ging davon aus, daß Ellison während seines Aufenthaltes dort ein paar Bordelle besuchen und ein paar Spielchen machen werde.

Kapitel 5

Tasma beobachtete Miss Phina, wie sie in den Salon ging, um sich mit Mr. Whitley zum Dinner zu treffen. Das junge Mädchen hob die Röcke und eilte durch die vordere Tür nach draußen. Sie wollte ein wenig Zeit mit Spiker verbringen, bevor sie wieder in Miss Phinas Zimmer sein mußte, um ihr beim Ausziehen behilflich zu sein. Alle auf der Plantage redeten davon, daß Mr. Whitley und Miss Phina einander nicht mochten, und so rechnete sie nicht damit, daß die beiden einander lange am Tisch beim Essen gegenübersitzen würden.

Sie wußte, daß Spiker für gewöhnlich dann aß, wenn Mr. Whitley seine Mahlzeiten einnahm, damit er sofort für den Fall verfügbar war, daß Mr. Whitley ihn noch für irgend etwas brauchte, bevor er zu Bett ging.

Spiker lebte in einem kleinen Haus mit einem Raum am Ausgang des Sklavenquartiers mit zwei anderen Männern zusammen. Beide waren Feldarbeiter, und Tasma würde einen solchen Landarbeiter nicht von der Seite anschauen.

»Wo willst du denn so spät hin?« erklang eine Stimme hinter ihr.

Tasma wirbelte herum und sah Cush aus dem Küchenhaus kommen. Cush war groß und so hager, daß es schien, als habe er am ganzen Körper keine Muskeln. Cush arbeitete im Gemüsegarten, und wenn auch einer, der im Gemüsegarten arbeitete, etwas Besseres war als ein einfacher Landarbeiter, so hatte Tasma trotzdem kein Interesse an Cush.

»Ich jetzt kein Schwätzchen halten, Cush«, sagte sie, als er neben ihr war. »Ich jetzt essen, damit wieder rechtzeitig zurück, wenn Miss Phina mit dem Dinner fertig ist.«

»Das will ich ja auch gar nicht«, sagte Cush, wobei er auf den Boden blickte, weil er viel zu schüchtern war, ihr in die Augen zu sehen, während er die alles entscheidende Frage aussprach. »Ich wollte bei dir vorbeikommen heute abend.«

»Ich – ich nicht wissen …«, sagte Tasma ausweichend, wobei sie noch immer die Röcke zusammengerafft hielt. Sie hoffte, Spieker werde denselben Wunsch äußern wie Cush.

Cush hob den Kopf und zwinkerte ein paarmal mit den Augen. »Ich schon deine Mama fragen. Sie sagen, ganz in Ordnung, wenn ich heute abend vorbeikomme. Sie hat nichts dagegen.«

Tasma dachte, die einfachste Art, ihm zu entkommen, sei, wenn sie einverstanden war. »In Ordnung«, sagte sie deshalb, »aber ich erst spät zu Hause.«

Auf seinem Gesicht erschien ein breites Lächeln. »In Ordnung. Ich warte auf Treppe.«

Tasma nickte ihm zu, bevor sie ihren Weg unter den Kiefern zum Sklavenquartier fortsetzte. Als sie an dem kleinen Haus anlangte, in dem Spiker lebte, verlangsamte sie den Schritt. Die Vorhänge waren geschlossen, und das Haus wirkte verlassen. Sie wischte sich mit dem Handrücken über die Lippen und wartete, bis ihr Atem sich beruhigte.

Da sie nicht genau wußte, was sie wirklich wollte, näherte sich Tasma vorsichtig dem Ziel. Einen Augenblick stand sie dann da und nahm allen Mut zusammen, bevor sie an die Tür klopfte. Niemand antwortete. Sie rief Spikers Namen, öffnete dann die Tür und blickte ins Zimmer, wobei sie wieder seinen Namen rief.

Sie lugte um den Türpfosten herum ins Innere des Raums. Er lag im Dunkeln, aber sie konnte einen grob gezimmerten hölzernen Tisch mitten im Zimmer mit einem Kerzenständer darauf und drei Stühle erkennen. An jedem der drei Wände sah sie eine Bettstatt, und vor dem einzigen Fenster stand eine hohe Kiste mit Rasierzeug und einem schmalen Spiegel darauf. Tasma stieg die drei Stufen hinauf und betrat auf Zehenspitzen die Kabine. Hemden und Hosen verschiedenster Größe hingen an den Wänden. Sie ging hinüber zum Rasierstand und nahm die Rasierseife zur Hand, die in einem kleinen Schüsselchen lag. In ihrem Bauch begann es zu prickeln, als sie die Rasierseife an die Nase führte. Sie roch genau wie Spiker.

»Was machst du denn hier?«

Überrascht von der lauten Stimme, ließ Tasma das harte Stück Rasierseife direkt auf ihren Zeh fallen. »Aua!« rief sie und beugte sich hinunter, um sich den Fuß zu reiben. »Was schreist du so? Ich nicht draußen irgendwo auf dem Feld. Ich direkt vor dir.« Sie erwartete, Blut auf ihrem Zeh zu sehen, und war ein wenig enttäuscht, sich zu irren.

»Was machst du hier drin?« fragte Spiker wieder.

Tasma vergaß ihren Fuß, richtete sich wieder auf und blickte ihn an. Er setzte einen Teller, gefüllt mit einer großen Portion Bohnen, zwei Stücken Brot und drei Streifen Schinken mit Rührei, auf den Tisch.

»Warum ich nicht hier sein dürfen?« fragte sie. »Ich nichts kaputtmachen.« Während sie das sagte, wurde ihr bewußt, daß sie seine Rasierseife in der Hand gehalten hatte, als sie ihm zugehört hatte.

»Dies ist *mein* Haus und für dich verboten. Und jetzt verschwinde.«

Er wandte ihr den Rücken zu und füllte sich eine Tasse mit Wasser.

»Du immer noch hier?« fragte er, als er sich umdrehte und sich einen Stuhl heranzog.

»Ich doch nichts machen verkehrt, einfach nur hier stehen, nicht?«

»Trotzdem«, sagte er rauh, »mein Abendessen wird kalt.« Er faßte sie am Arm und drängte sie zur Tür.

Tasma wollte sich wehren, aber er war zu stark für sie. »Ich hoffe, du kommst vorbei, um mit mir reden«, sagte sie.

»Ich habe dir schon gestern abend gesagt, ich bin nicht interessiert.« Er legte jetzt einen Arm um ihre Taille und drückte sie an seine Hüfte, als er sie vom Boden hochhob und die drei Stufen hinunterzog.

»Wie kannst du wissen, daß du nicht interessiert bist, wenn du mich nie besuchen?« fragte Tasma.

»Du bist zu jung für mich«, schnappte er.

»Ich jetzt eine Frau. Hat Mama gesagt.«

»Und ich habe dir gesagt, ich höre weder auf deine Mama noch auf sonst jemanden.« Er stellte sie wieder auf die Füße.

Tasma machte ein Schmollmündchen und stemmte die Hände in die Hüften. »Cush mich fragen, ob er mich besuchen kann«, sagte sie. »Und ich ihm sagen, er kann.«

»Gut. Er wird ein guter Mann für dich sein.«

Das war es nun gerade nicht, was sie hören wollte. »Ich will nicht, daß er nach mir fragt, ich will dich, Spiker«, klagte sie mit sanfter Stimme.

Spiker seufzte. »Geh nach Hause, Tasma. Ich bin zu alt für dich.« Er ging wieder ins Innere und schloß die Tür hinter sich.

Nachdem Phina wegen ihres Temperamentsausbruchs am frühen Nachmittag ernsthaft mit sich ins Gericht gegangen war, schritt sie in ihrem roten Kleid in den Salon. Es war keinesfalls ein formelles Kleid, wie Whitley es von ihr zum Dinner erwartete, aber das neueste Kleid, das sie hatte.

Als sie eintrat, bereitete Whitley sich gerade einen Drink zu. Ein schönes, mit dunkelgrünem Samt bezogenes Empire-Sofa mit zwei dazu passenden kleinen Sesselchen bildete die Mitte des Raums. An der Rückwand hing ein deckenhoher

Spiegel in kunstvoll gedrechseltem Holzrahmen. In diesem Spiegel sah Whitley sie in der Tür stehen. Sie beobachtete, wie sein Blick sie von oben bis unten musterte. Einen Augenblick lang meinte sie, Wohlwollen in seinen Augen zu erkennen, aber dieser Ausdruck war so schnell wieder vergangen, daß sie schon dachte, das müsse sie sich eingebildet haben. Der abweisende Ausdruck kehrte zurück.

Mitunter fiel es ihr schwer, sich über ihn zu ärgern. Sie konnte seinen Widerwillen verstehen, eine Halbschwester akzeptieren zu müssen, die er nie gesehen hatte, und einen Teil seines Erbes mit ihr zu teilen. Aber sie konnte sich nicht allzu viele Gedanken um seine Gefühle machen. Sie mußte an das Wohlergehen ihrer Mutter denken.

»Guten Abend«, sagte sie schließlich und ging weiter in den Salon hinein, wobei ihre Unterröcke leise raschelten.

Er nickte. »Sie kommen genau richtig. Was möchten Sie trinken?« fragte er und betrachtete sie noch immer durch den Spiegel. »Limonade oder etwas Stärkeres?«

Phina hatte nie etwas Stärkeres gekostet als Tee, und sie mochte den bittersüßen Geschmack von Limonade nicht. »Nichts, vielen Dank. Ich fühle mich recht gut. Mir ist, als sollte ich mich noch einmal für meinen Ausbruch heute nachmittag entschuldigen.«

Whitley setzte den Drink an die Lippen und nahm einen tiefen Schluck, bevor er sie anblickte. »Sie haben sich jetzt schon zweimal entschuldigt, Phina. Das reicht.«

Sie war überrascht, daß ihm der ruinierte Teppich so wenig ausmachte, und wenn er nicht wollte, daß es noch einmal erwähnt wurde, so wollte sie seinem Wunsch gern entsprechen.

»Wir sollten zum Dinner hineingehen.« Er setzte sein Glas auf der Kommode ab und bedeutete ihr mit einer Geste, ihm durch den bogenförmigen Durchgang ins Eßzimmer voranzugehen.

Sie fühlte sich zurückgewiesen. Er hätte ihr seinen Arm

anbieten oder doch zumindest an ihrer Seite hineingehen müssen. Sie nahm an, das sei seine Art, sie daran zu erinnern, daß sie ein Eindringling war.

Jedes Detail des Eßzimmers zeigte atemberaubende Eleganz, von den reich verzierten Simsen über den Vorhängen bis zu den Stuckverzierungen an der Decke. Phina blickte sich schnell im Raum um. Nie hatte sie so viel Kristall gesehen. Schüsseln, Gläser, Vasen, Kerzenständer und Kandelaber standen auf eingebauten Regalen, Beistelltischen und in offenen Kabinetten. Ein Mahagonitisch mit Chippendale-Stühlen bildete den Mittelpunkt des Raumes, und eine massive Empire-Anrichte mit zwei Kerzenständern auf jeder Seite zierte eine Wand. Zwei ionische Säulen trugen die Kaminverkleidung.

Phina versuchte, sich nicht beeindruckt zu zeigen, als sie sich auf den Stuhl setzte, den Whitley ihr zurechtrückte, aber wie hätte sie das wohl schaffen sollen? Der Reichtum der McCabes erwies sich in jedem Detail dieses Hauses.

Whitley goß ein wenig roten Wein in ihre Gläser, bevor er seinen Platz am Kopfende der Tafel einnahm. Sobald er saß, kam eine junge Frau aus dem Warmhaltezimmer und trug eine Terrine heißer Suppe auf, von der sie in jeden Teller eine Schöpfkelle füllte.

Die Fischcremesuppe war köstlich, so daß Phina alles aufaß, aber feststellte, daß Whitley nicht alles aß. Chatalene trug ein opulentes Mahl voller Köstlichkeiten auf, und Phina wurde sich bewußt, wie deplaziert sie in diesem Haus war. Während Whitley kein einziges Wort gesagt hatte, seit sie sich hingesetzt hatten, war es am Eßtisch in der Pension immer sehr lebhaft zugegangen, wenn die Pensionsgäste von den Ereignissen des Tages erzählten.

Sie hatte annähernd die Hälfte des vorzüglichen Mahles gegessen, als ihr klar wurde, daß sie es nicht länger ertragen konnte, einfach nur schweigend weiter zu essen. Whitley mochte es ja gewohnt sein, so schweigsam zu sein, sie war es nicht.

»Wie groß ist Carillon genau?« fragte sie.

Zunächst schien er überrascht, daß sie überhaupt etwas gesagt hatte, doch dann legte er die Gabel beiseite. »Warum fragen Sie?«

Seine Frage klang anklagend, aber Phina beschloß, sich von seinem Ton nicht beeindrucken zu lassen. Sie hatte ein Anrecht darauf, mehr über die Plantage ihres Vaters zu erfahren. »Nun, da es für die nächsten Wochen mein Zuhause sein wird, wüßte ich schon gern etwas mehr darüber.«

»Hat Ihre Mutter Ihnen davon nichts erzählt?«

Phina tupfte sich die Mundwinkel mit der Serviette ab. »Sie wissen, daß sie nie hier war. Sie hat Anchor einige wenige Wochen gekannt, als er in ihrem Haus wohnte.«

Whitley nahm das Weinglas zur Hand und nippte daran. »Was *hat* sie Ihnen denn über Carillon erzählt?«

»Nicht viel. Nur, daß es eine große Plantage auf dem Westufer des Chattahoochee River war. Wie lange gibt es Carillon hier denn schon?«

»Ich denke, es schadet wohl nicht, wenn ich Ihnen die Geschichte der Plantage erzähle. Jeder hier könnte Ihnen dasselbe erzählen.« Whitley setzte sich in seinem Stuhl zurück und nahm sein Glas zur Hand. »Anchors Vater hat Carillon im Jahre 1790 mit weniger als zehntausend Acres und sieben Sklaven gegründet. Oben im Norden Georgias war das Land besser für eine Farm, aber die Cherokees hatten bereits zu jener Zeit einen großen Teil davon reklamiert, so daß sich Anchors Vater hier am südlichen Ufer des Chattahoochee River niederließ. Anchor war sein einziges überlebendes Kind und erbte 1805 Carillon mit allen Rechten. Zu dieser Zeit waren weitere fünfundzwanzigtausend Acres dazugekommen, und die Anzahl der Sklaven war auf über dreißig angewachsen. Über die Jahre hinweg gliederte Anchor den Rest des Landes an, was uns vor fünf Jahren auf über sechzigtausend Acres brachte. Mit dem Bau dieses Hauses wurde 1801 begonnen, aber erst wenige Monate, bevor Anchors Vater starb, war es vollständig fertig.«

»Und wie viele Sklaven hat Carillon heute?« fragte sie.

»Über siebzig, aber wir haben in zehn Jahren nicht einen einzigen Sklaven gekauft. Die, die wir haben, bescheren uns Jahr für Jahr drei oder vier neue dazu.«

»Sie meinen, dadurch, daß sie Kinder bekommen.«

»Ja.«

Phina schob den Teller zurück. »Ich weiß nichts über den Besitz von Sklaven. Aber irgendwie scheint es mir nicht richtig zu sein.«

Whitley lächelte, und Phina spürte ein Kratzen im Hals. Es war das erste aufrichtige Lächeln, das er ihr geschenkt hatte, und es übte eine große Wirkung auf sie aus. Was fiel ihr nur ein, sich von diesem Mann angezogen zu fühlen? Der bloße Gedanke daran war schon empörend. Sie konnte nicht erlauben, daß ihre Gefühle für ihn freundlicher wurden. Er war dabei, alles in seiner Macht Stehende zu tun, um ihr eine Leibrente vorzuenthalten, aber sie brauchte dieses Geld für die Pflege und die Medizin ihrer Mutter.

»Bestimmt haben Sie einige der gleichen Horrorgeschichten darüber gehört wie ich, wie schlecht Sklaven behandelt werden. Und ich bin sicher, daß das in einigen Fällen auch stimmt. Aber nicht auf Carillon. Wir behandeln unsere Sklaven wie Menschen. Es gibt bestimmte Regeln, die sie beachten müssen, aber grundsätzlich sind sie frei, ihr eigenes Leben zu leben. Sie arbeiten, heiraten und haben Kinder wie wir anderen auch. Ja, sie haben sogar ihr eigenes kleines Dorf, etwa eine halbe Meile entfernt.«

»Ein Dorf?« fragte sie.

»Ja. Wir nennen es das Sklavenquartier. Die Schwarzen haben ihr eigenes Küchenhaus, ihren Gemüsegarten und ein Gemeinschaftshaus, in dem sie sich des Abends versammeln können. Ein jeder hat eine Aufgabe. Im Alter von fünf oder sechs Jahren können wir in der Regel beurteilen, für welche

Arbeit sich jedes Kind am besten eignen wird, und dann fangen wir an, es genau für diesen Job vorzubereiten. Beispielsweise werden einige Mädchen Nähen lernen, andere Putzen und wieder andere Kochen. Die Jungen werden entweder auf den Feldern arbeiten oder in den Sägewerken, Ställen oder Gärten. Und ein jeder hat sonntags frei, es sei denn, es liegt Arbeit an, die keinen Aufschub duldet.«

Phina war nicht überrascht über den Stolz, den sie in Whitleys Gesichtszügen sah und aus seiner Stimme heraushörte. Er liebte die Plantage, und es war kein Wunder, daß er sie mit niemandem teilen wollte. Und Phina mußte zugeben, daß das alles nicht so klang, als hätten die Sklaven auf Carillon ein sehr hartes Leben.

»Ich glaube, der einzige Unterschied zwischen Sklaven und Angestellten besteht darin, daß diese nicht einfach gehen können«, sagte sie.

»Da gibt es noch mehr. Angestellten wird weder ihre Kleidung gestellt noch ihr Essen, ganz zu schweigen von medizinischer Versorgung und der Wohnung.«

So hatte sie die Sache noch nie betrachtet. Sie war begierig, mehr über die Plantage und ihre Menschen zu erfahren, und solange sie Whitley noch zum Reden bewegen konnte, wollte sie weitere Fragen stellen. »Dann sagen Sie mir doch, was das beispielsweise für eine Art von Arbeit wäre, die nicht bis Montag warten könnte?«

Er bewegte sich ruhelos in seinem Stuhl. »Wenn es beispielsweise drei Wochen lang nicht geregnet hat und das Korn auf den Feldern vertrocknet, nimmt sich niemand frei. Ein jeder arbeitet, um es einzubringen.«

Chatalene kam heraus und räumte die Teller ab.

»Ich bin dafür bekannt, daß ich meine Tage auf einem Kornfeld verbringe, einem Baumwollfeld und dergleichen«, fuhr er fort. »Ich habe auch viele Tage in der Sägemühle verbracht.« Seine Augen verengten sich. »Auf dieser Plantage gibt es keine Arbeit, die ich nicht schon getan hätte, Phina.

Anchor bestand darauf, daß ich alles über Carillon wußte. Bis Anchor gestorben ist, habe ich meine Tage oft damit verbracht, Bäume zu fällen, Baumwollstauden zu ernten oder Korn zu schneiden. Jetzt muß ich zuviel Zeit im Büro verbringen, deshalb bin ich selten draußen.«

Chatalene trug kleine Schälchen mit süßem Brot auf, das mit Zucker und Zimt überstreut war.

Es schmeckte wundervoll. »Sie sagten, Sie wollten etwas mit mir besprechen«, sagte Phina. »Worum geht es denn?«

»Nachdem der Sheriff Ihnen die Erlaubnis erteilt hat, bis zur Ankunft von Richter Rogers hierzubleiben, möchte ich Sie bitten, einige Regeln zu beachten.«

»Regeln?« fragte sie, und ihr Blick suchte seinen.

»Ja.« Er schob das Dessert beiseite und nippte wieder an seinem Wein. »Ich erwarte nicht, Sie zum Frühstück zu sehen oder zum Mittagessen, falls Sie eines einnehmen möchten, aber ich erwarte Sie jeden Abend um sieben Uhr zum Dinner. Tasma, die junge Frau, die sich bis jetzt um Sie gekümmert hat, wird weiterhin Ihre persönliche Dienerin sein. Sollten Sie in die Stadt müssen, lassen Sie es mich wissen, und ich werde jemanden abstellen, der Sie hinbringt. Ansonsten können Sie sich in Haus, Garten und Feldern frei bewegen.«

»Ich brauche keine Dienerin«, widersprach sie. Ihr gefiel sein Tonfall nicht, der sich für sie anhörte, als gebe er Anweisungen an eine Gefangene. »Anders als Sie bin ich absolut in der Lage, für mich selbst zu sorgen. Ja, ich bin es nicht anders gewöhnt.«

»Aber in diesem Haus«, sagte er betont ruhig, »halten wir es so.«

Phina entschied, sich über diesen Punkt nicht mit ihm zu streiten. In den nächsten Wochen würde es noch genug Streit geben. Also nahm sie Tasma als ihre persönliche Zofe an.

»Sonst noch etwas?« fragte sie ein wenig schmallippig.

»Das wäre im Moment alles.«

»Sehr schön.« Sie schob den Stuhl vom Tisch und schwang

die Beine zur Seite. »Bevor ich mich jetzt entschuldige, möchte ich Sie noch wegen einer anderen Sache um Verzeihung bitten. Rubra hat mir erklärt, daß ich gestern abend in Ihre Verlobungsfeier hereingeplatzt bin, und ich möchte, daß Sie wissen, daß mir das sehr leid tut.«

Er blickte sie bedauernd an. »Ich habe keine Ahnung, wie Sie das gemacht haben, aber der Zeitpunkt konnte von Ihnen nicht schlechter gewählt sein. Sie sind genau im rechten Augenblick angekommen, um die formelle Ankündigung zu unterbrechen.«

Phina hielt seinem Blick stand. »Tut mir leid.« Es war ihr ernst damit, und das war das letzte Mal, daß sie sich dafür entschuldigen würde.

»Versuchen Sie keine Spielchen mit mir, Phina«, sagte er kühl. »Sie haben Ihren Auftritt hier so geplant, daß jeder anschließend wissen mußte, daß Sie Anspruch auf Carillon erheben.«

Phina wäre fast aus dem Stuhl hochgefahren. Sie war wütend. »Wie hätte ich so etwas wissen können?«

»Jeder im Umkreis von sechzig Meilen hätte Ihnen von dieser Party erzählen können.«

»Die Kutsche hat mich in der Stadt abgesetzt, und ich habe niemanden nach etwas anderem gefragt als nach dem Weg nach Carillon. Wie können Sie mir etwas anderes unterstellen?«

Whitley warf seine Serviette auf den Tisch. »Wie können Sie sich herausnehmen, in mein Haus zu kommen und zu behaupten, Sie hätten irgendwelche Rechte daran? Nach Ihrem grandiosen Auftritt gestern abend halte ich Sie zu allem fähig.«

Sie rutschte auf die Stuhlkante vor. »Ich will nur, was nach Recht und Gesetz mein ist. Einen angemessenen Anteil am Besitz meines Vaters.«

»Sie wissen aber, daß ich selbst dann noch immer die Kontrolle über die Plantage behalten würde, wenn der Richter feststellen sollte, sie seien Anchors Tochter.«

»Ja, aber ich werde das Recht haben, an Ihrem Wohlstand beteiligt zu sein.«

»Carillon gehört mir.« Whitleys Augen wurden kalt. »Ich werde es nicht mit Ihnen teilen. Mir kommt es sehr gut geplant vor, daß Sie drei Monate nach Anchors Tod hier auftauchen und behaupten, seine lange verschollene Tochter zu sein.«

»Ich war niemals verschollen!« Ihre Stimme wurde lauter, und sie verschränkte die Hände. »Wie oft muß ich Ihnen das noch sagen? Anchor wußte gar nicht, daß er eine Tochter hat. Er dachte, er habe nur Sie.«

»Sie wissen, wir können das alles umgehen und direkt zum eigentlichen Grund Ihres Hierseins kommen, wenn Sie mir sagen, wer Sie geschickt hat.«

»Niemand hat mich geschickt. Ich kam aus eigenem Antrieb. Anchor McCabe schuldet mir *und* meiner Mutter einiges. Ich werde nicht wieder gehen.«

Whitley erhob sich. »Ihre Mutter? Dann hat also Ihre Mutter irgendwie herausgefunden, daß Anchor gestorben ist, und Sie hierhergeschickt, um zu versuchen, Geld zu erpressen.«

»Nein!« Sie sprang aus dem Stuhl hoch und blieb vor ihm stehen. »Meine Mutter wollte nicht, daß ich herkomme. Ich bin ohne ihren Segen gegangen.«

»Warum sind Sie dann hier?« fragte er, den Blick kalt und unnachgiebig.

»Ich habe vor, dafür zu sorgen, daß Anchor für das bezahlt, was er getan hat. Er hat mit meiner Mutter geschlafen, während er verheiratet war, und ob es Ihnen nun gefällt oder nicht, ich bin Ihre Halbschwester. Er war seiner zweiten Frau ein untreuer Ehemann.«

»Sagen Sie das nicht!« Whitley packte sie am Oberarm und zog ihr Gesicht gefährlich nahe an seines heran. »Sie können über mich so gemein reden, wie Sie wollen. Das meiste wäre vielleicht sogar wahr, aber sagen Sie niemals irgend etwas Böses über Anchor. Niemals. Sie haben ihn nicht gekannt.«

»Das ist nicht meine Schuld.«

»Sie sind nur wegen seines Geldes gekommen.«

»Wegen Geld, was mir zusteht.« Sie befreite ihren Arm aus seinem Griff.

»Nein! Das ist nicht wahr.« Er deutete mit dem Finger auf sie. »Sie können nicht einfach hier hereinplatzen und glauben, Sie werden jetzt einen Anteil an Carillon bekommen, nur weil Ihre Mutter ihre Röcke nicht unten halten konnte und schwanger wurde.«

Ohne darüber nachzudenken, hob Phina die Hand und schlug Whitley hart und klatschend mitten ins Gesicht. Er packte ihr Handgelenk und riß sie näher an sich heran. Vor Schmerz schrie sie auf und versuchte, ihn noch einmal zu schlagen. Er drängte ihren Rücken gegen den Tisch, wobei er sein Weinglas umstieß. Die Tischkante drückte schmerzhaft gegen ihre Hüfte. Sie kämpfte gegen ihn an und versuchte, seinen Körper zurückzudrängen. Endlich konnte sie einen Arm befreien und schlug wild um sich, bis er ihn einen Augenblick später wieder unter Kontrolle hatte.

Seine Augen glühten vor Wut, als er sich über sie beugte. »Machen Sie das nie wieder, Phina. Ich würde Ihnen sehr weh tun.« Seine Worte klangen leise und schwer.

Sie nickte zum Zeichen, daß sie verstanden hatte. Ihr wurde zu spät klar, daß er Anchor nicht nur geliebt, sondern auch zutiefst verehrt hatte.

Whitley richtete sich wieder auf. Keiner wich dem Blick des anderen aus, als er eine samtene Börse aus der Jackentasche holte und sie auf den Tisch neben dem Weinfleck legte.

»Hier ist Ihre Apanage für drei Monate. Das sollte Sie zufriedenstellen, bis der Richter zurückkehrt. Genießen Sie sie. Mehr werden Sie nicht bekommen.«

Kapitel 6

Whitley stieg vor dem vertrauten Haus mit den vier Säulen, in dem George und Bertha Matheson lebten, vom Pferd. Im letzten Jahr hatte er jeden Sonntagnachmittag mit Besuchen bei Flannery und ihren Eltern im Salon der Plantage *The Pines* verbracht.

Er reichte Zügel und Handschuhe dem Schwarzen, der ihm freundlich begrüßte.

»Guten Tag, Mr. Whitley.«

»Hallo, Hirsh.«

»Sieht aus, als geben Regen, bevor Abend ist.«

Whitley blickte zum grau verhangenen Himmel. Sie hatten einen ungewöhnlich trockenen Winter hinter sich, und so war der Frühlingsregen hoch willkommen. »Vielleicht schaffe ich es noch bis nach Hause, bevor es anfängt zu regnen.«

In der letzten Zeit hatte er sich jedesmal, wenn er hierher zu Besuch gekommen war, gewünscht, es gebe eine Möglichkeit, das nächste Mal nicht wiederkommen zu müssen. Während er die sechs Stufen zur Veranda hinaufging, die sich zu beiden Seiten des großen Hauses hinzog, mußte er daran denken, daß sich die Routine dieser Nachmittage niemals geändert hatte.

An der Tür begrüßte ihn Moses, nahm ihm den Hut ab und bat ihn, auf der Galerie zu warten, während er hineinging, um den Mathesons Whitleys Besuch zu melden. Sie erwarteten ihn, hatten sich auf seinen Besuch vorbereitet, und trotzdem durfte er nicht in den Salon, bevor er nicht ordnungsgemäß angemeldet war.

Whitley fand es heute noch schwerer als sonst, den geziemenden Augenblick abzuwarten, während Moses seine Pflicht tat. Während der Stunde, die der Ritt gedauert hatte, hatte er sich Vorwürfe gemacht, wie er Phina gestern abend behandelt hatte. In der Nacht zuvor hatte er sie dafür verflucht, daß er immer wieder daran denken mußte, was für eine schöne Frau sie war und daß er gern mit ihr ins Bett ginge. Er hatte sich einfach zu eng an sie gedrängt, als er sie gegen den Tisch gepreßt hatte. Ihr schwarzes Haar, das sich bei der Auseinandersetzung gelöst hatte, und die braunen Augen und ihre bleiche Haut machten sie sehr schön und begehrenswert. Whitley schüttelte den Kopf, um ihr Bild wieder loszuwerden. Wenn er in die Stadt fahren und Robert besuchen würde, hatte er vor, die obere Etage der Branchwater-Taverne zu besuchen. Er würde gern über Nacht bleiben. Anchor hatte ihm gesagt, er solle niemals etwas mit einem Mädchen von guter Abstammung anfangen und statt dessen sein Vergnügen lieber bei den Frauen in der Stadt suchen. Whitley hatte diese Regel stets beachtet.

Moses kam zurück, und Whitley folgte ihm in den Salon. Er begrüßte George mit Handschlag. Bertha lächelte ihm von ihrem üblichen Platz auf dem Sofa aus zu und streckte ihm die Hand entgegen. »Wie schön, Sie wieder einmal zu sehen«, sagte er und drückte einen leichten Kuß auf ihren Handrücken.

»Sie wissen, wir sind hocherfreut, Sie hierzuhaben.«

»Ja, Ma'am«, sagte er und wandte seine Aufmerksamkeit Flannery zu. Sie sah zauberhaft aus in ihrem apricotfarbenen, reich verzierten Kleid. Die Löckchen, die aus ihrem hochgesteckten goldenen Haar herunterhingen, glänzten im Sonnenlicht.

»Flannery«, sagte er leise und wünschte sich, er könnte sie stärker begehren, als er es wirklich tat. »Ich habe die ganze Woche darauf gewartet, dich wiederzusehen.« Noch während Whitley die Worte sagte, wußte er, daß sie gelogen waren, aber er wußte auch, daß sie einfach so und nicht anders erwartet wurden.

»Pst ...«, flüsterte sie, »bevor Mama etwas hört.«

»Was möchten Sie trinken, Whitley?« fragte George.

»Scotch«, sagte Whitley und fügte in Gedanken ›verdammt noch mal‹ hinzu. Jeden Sonntag hatte er im letzten Jahr nach Scotch verlangt, und immer noch fragte George ihn, was er trinken wolle. Bertha nahm jedesmal einen kleinen Schluck Sherry und Flannery eine Limonade. Aber George wäre nie auf den Gedanken gekommen, Whitley könne nach Scotch verlangen.

»Haben Sie schon von den Banditen gehört, die weiter nördlich die Gregory-Plantage angegriffen haben?«

»Nein«, erwiderte Whitley, während er sich Flannery gegenüber in dem Armsessel niederließ. »Ich dachte, alle Probleme mit den Indianern seien geklärt worden, als Jackson sie vor ein paar Jahren nach Westen ausgesiedelt hat.«

»Das dachten alle hier, aber es geht das Gerücht, daß ein paar der Wilden sich zu Banden zusammengeschlossen und das Reservat verlassen haben. Es scheint, als seien sie zurückgekehrt, um Rache an allen weißen Männern zu nehmen.«

»Es waren nicht die Pflanzer, die die Indianer nach Westen vertrieben haben«, sagte Whitley. »Es war die Regierung.« Dabei wußte er sehr gut, daß einige der Siedler auf die Vertreibung gedrängt hatten.

Whitley hatte nichts gegen die Roten. Anchor hatte sogar einiges von ihnen über die Bearbeitung des Bodens gelernt. Er blickte hinüber zu Flannery, die intensiv auf ihren Vater blickte. »Wie schlimm war es denn?« fragte er.

»Sie haben die Obstgärten und drei Ställe niedergebrannt, wie man hört. Tote gab es nicht. Noch nicht«, fügte er trocken hinzu. »Wir sind aber in keiner Gefahr, oder, Papa?« fragte Flannery, und in ihren großen blauen Augen stand ein wenig Angst.

George reichte ihr die Limonade und tätschelte ihr zärtlich die Wange. »Nicht im geringsten. Sie sind zweihundert Meilen weit weg. Sollte ich hören, daß sie näher kommen, werde ich auf jeden Fall alle erforderlichen Maßnahmen ergreifen, um deine Sicherheit zu garantieren, wenn es dich beruhigt, Flannery.«

Nachdem sie noch ein paar Minuten über die Indianer geredet hatten, kam George endlich auf die Frage, die Whitley von ihm erwartet hatte, seit er sich hingesetzt hatte. »Wie war es denn gestern beim Sheriff?«

Whitley nippte an seinem Drink, bevor er antwortete. Auf diese Frage war er vorbereitet. »Es scheint, als müßten wir warten, bis Richter Rogers diese Sache regelt. Abe hat Angst, von sich aus eine Entscheidung zu fällen. Er erwartet den Richter in etwa sechs Wochen zurück.«

Bertha seufzte. Whitley blickte weiter auf George, wohl wissend, daß er in Flannerys Gesicht sehen würde, was er von ihrer Mutter hörte. Innerlich verfluchte er Phina dafür, daß sie ihn in eine solche Situation gebracht hatte.

»Soll ich mal mit ihm reden?« erbot sich George.

»Ich fürchte, er wird darauf bestehen, daß das eine Sache für eine gerichtliche Entscheidung ist, aber wenn Sie meinen, daß es hilft, dann tun Sie's ruhig.«

George nickte.

Whitley setzte sich im Sessel zurecht und nippte noch einmal an seinem Drink, bevor er fortfuhr: »Ich fürchte, dieser Affront gegen Anchors Name ist nicht so schnell zu bereinigen, wie ich gehofft hatte. Für den Augenblick hat der Sheriff entschieden, daß Phina auf Carillon leben kann und daß ich ihr eine Apanage zahle.« Er blickte in die Gesichter vor ihm. In Berthas Gesicht meinte er Erleichterung zu lesen. Die Mathesons hielten sich von allem fern, was nach Skandal auch nur aussah. »Ich schlage vor, wir verschieben die Ankündigung unserer Verlobung, bis ich meine Aufmerksamkeit wieder ungeteilt Flannery widmen und unserer Verlobung das allgemeine Interesse verschaffen kann, das ihr zukommt.«

»Diese Frau meint es wirklich ernst mit ihrem Anspruch?« fragte George.

»So scheint es. Ich werde Ellison morgen nach New Orleans schicken, um mehr über sie in Erfahrung zu bringen. Wenn sie darauf besteht zu bleiben, bis der Richter zurückkommt, werde ich auf sie vorbereitet sein.«

»Gute Idee. Sicher wird sie zu entlarven sein.« George wandte sich seiner Frau zu. »Bertha?«

Sie drückte sich das reich bestickte Taschentuch an die Brust. »Oh, was immer du für das beste hältst.«

»Flannery?« George blickte seine Tochter an.

»Oh, ich bin derselben Ansicht wie Whitley, Papa. Wir können unsere Verlobung jetzt nicht ankündigen. Wir wissen ja nicht, was aus den Anschuldigungen dieser Frau wird, und ich möchte da nicht hinein verwickelt werden. Das würde meine Chancen auf einen anderweitigen Heiratsantrag ruinieren.«

Ihre Bemerkung ließ Whitley fast aus dem Sessel hochfahren. Was, zum Teufel, machte sie sich Gedanken über einen Heiratsantrag von anderer Seite? Sie würde ihn heiraten. Hier ging es doch nur um eine Verschiebung der öffentlichen Bekanntgabe.

»Das stimmt«, pflichtete Bertha ihr bei. »Wir müssen Flannerys Reputation im Auge behalten. Sie könnte wegen dieser Geschichte ruiniert werden.«

»Genau das denke ich auch«, sagte George. »Wir akzeptieren, daß Sie die Ankündigung verschieben wollen, jedoch lassen wir Ihnen ausreichend Zeit, dieses Problem aus der Welt zu schaffen. Danach allerdings werden wir anderen Gentlemen gestatten, Flannery den Hof zu machen. – Nun, wie klingt das?« Er sah zu seiner Frau hinüber.

»Mehr als fair«, erwiderte Bertha.

George wandte sich an Whitley.

Whitley sah die Frau an, die er heiraten wollte, nicht, weil er sie liebte oder danach schmachtete, sie ins Bett zu bekommen. Nein, er wollte sie um dessentwillen heiraten, was sie für sein Leben bedeuten würde, und weil Anchor gewollt hatte, daß er sie heiratete. Selbst noch nach seinem Tod mochte er Anchors Wunsch nicht abschlagen. Whitley schob einmal mehr seine wahren Gefühle beiseite und lächelte Flannery und ihre Mutter an.

»Mehr als fair«, stimmte er zu.

Phina stand am Fenster ihres Schlafzimmers, von dem aus sie den östlichen Garten mit seiner Rosenlaube und die große Rasenfläche an der Frontseite überblicken konnte. Zu gern wäre sie in die Blütenpracht dieser letzten Märzwoche hinausgegangen, aber sie hatte im Hause Wichtigeres zu tun.

Tasma hatte ihr gesagt, Whitley verbringe die Sonntage immer bei den Mathesons auf *The Pines*, und nun wartete sie darauf, daß er das Haus verließ. Sobald sie ihn davonreiten sah, ging sie hinunter, um mit ihrer Suche zu beginnen. Die Bibliothek schien ihr der am besten geeignete Ort, mit der Suche nach alten Zeitschriften oder Geschäftsbüchern zu beginnen, die beweisen konnten, daß Anchor McCabe zur fraglichen Zeit in New Orleans gewesen war. Wenn sie dort nicht fand, wonach sie suchte, wollte sie auf dem Dachboden suchen, und wenn sie auch dort nichts fand, wollte sie auch in Whitleys Büro und in sein Schlafzimmer gehen, um seine persönlichen Dinge zu durchwühlen. Sie nahm an, Anchor habe seinen Besuch in New Orleans irgendwie dokumentiert, und sie hatte vor, den schriftlichen Beweis zu finden, bevor Whitley ihn vernichtete.

Auch ein Besuch in der Stadt stand auf der Liste der Dinge, die sie tun wollte. Sie mußte das Geld, das Whitley ihr gestern abend gegeben hatte, an ihre Mutter schicken. Sie fragte sich, ob Whitley eigentlich gemerkt hatte, wie generös er gewesen war. Die kleine samtene Börse, die er ihr auf den Tisch geworfen hatte, hatte so viel Geld enthalten, wie sie in vier Monaten verdienen konnte. Bis auf einen kleinen Rest für ihre eigenen ganz persönlichen Bedürfnisse wollte sie alles an ihre Mutter schicken.

Sobald Whitley unter dem Torbogen verschwunden war, wandte Phina sich vom Fenster ab und eilte zur Bibliothek. Sie wunderte sich, wie still es im Haus war, als sie die Treppe hinunterging, doch dann erinnerte sie sich wieder, daß Whitley ihr gesagt hatte, die Schwarzen hätten sonntags frei.

Die Bibliothek lag Whitleys Büro gegenüber im rückwärtigen Teil des großen Hauses. Die eine Wand wurde von bodenhohen Fenstern eingenommen, die anderen drei Wände waren bedeckt mit nachgedunkelten hölzernen Regalen voller Bücher in allen Farben und Größen. Einen Augenblick lang schien ihr die Aufgabe einfach zu groß. Sie würde sich zunächst auf jene Bücher beschränken, die schon von außen als Geschäftsbücher zu erkennen waren.

Phina glaubte, noch nicht sehr lange in der Bibliothek zu sein, als sie hörte, wie sich hinter ihr ein Mann räusperte. Erschreckt wirbelte sie herum und erkannte den Mann, der direkt neben Whitley gestanden hatte, als sie hier angekommen war: Ellison.

»Ich meinte, ein Geräusch hier drinnen gehört zu haben«, sagte er mit freundlicher Stimme, auf den Lippen ein kleines Lächeln. »Wie geht es denn so?«

»Ich habe mich schon recht gut eingewöhnt«, erwiderte Phina, als sich ihr Atem wieder ein wenig beruhigt hatte. »Vielen Dank.«

Sie wußte nicht, warum sie so nervös war. Mit einiger Wahrscheinlichkeit konnte niemand den wahren Grund erraten, aus dem sie die Bücher hier in der Bibliothek durchwühlte. Sie stellte das Buch, das sie gerade in der Hand hielt, wieder ins Regal zurück und blickte ihn an.

»Ich hatte gehofft, Whitley noch anzutreffen, bevor er sich auf den Weg nach *The Pines* macht. Haben Sie ihn gesehen?«

»Ja, da haben Sie ihn verpaßt«, sagte sie. »Ich habe gesehen, wie er erst vor wenigen Minuten weggeritten ist.«

»Egal.« Er kam lächelnd näher. »Ich treffe ihn ja morgen.«

Phina fand, daß Ellison in seinem weißen Hemd, der gestreiften Weste mit dazu passender brauner Hose und Jacke gut aussah. Er schien ihr genauso groß wie Whitley zu sein und vielleicht ein wenig schwerer. Sein dunkelbraunes Haar war an den Schläfen schon vorzeitig ein wenig ergraut.

»Suchen Sie etwas Bestimmtes?« fragte er. »Vielleicht kann ich Ihnen helfen. Man könnte sagen, ich bin in diesem Haus aufgewachsen.«

»Ach nein, eigentlich nicht«, wehrte sie ab und trat von dem Bücherregal zurück. »Ich wollte nach etwas zum Lesen für die Abende suchen. Heute nachmittag wollte ich mich ein wenig im Haus umsehen, um alles kennenzulernen.«

Ellison trat an einen kleinen Tisch aus Rosenholz und goß sich einen Drink ein. »Ich mußte gerade daran denken, daß eigentlich jeder Mann, der ein so großes Haus sein eigen nennt, mindestens ein Dutzend Kinder haben sollte, um es zu füllen.«

Phina lächelte. Dasselbe hatte sie sich auch schon gedacht. »Mindestens.«

Ellison lachte leise. Phina fühlte sich in seiner Gesellschaft gelöster als in der Gesellschaft Whitleys. Wenn er in der Nähe war, mußte sie sich ständig zusammennehmen.

»So, Sie können also lesen«, sagte er. »Das ist allerdings eine Leistung für eine junge Dame.«

»In meinem Beruf muß ich lesen können«, sagte sie. Obwohl sie die Unterhaltung mit ihm genoß, hoffte sie doch, er werde es sich mit seinem Drink nicht allzu gemütlich im Sessel machen. Sie mußte noch eine Menge Bücher durchsehen.

»Welchen Beruf haben Sie denn, Phina?«

»Ich bin Näherin, und da mußte ich schreiben und lesen lernen, um mir die Wünsche unserer Kundinnen notieren zu können.«

»Und wo arbeiten Sie in New Orleans?«

»In der Pension, in der ich auch wohne.« Phina war sicher, er wollte diese Informationen, um sie Whitley weitergeben zu können, aber das störte sie nicht. Sie wäre glücklich gewesen, Whitley McCabe alles über sich und ihre Mutter zu erzählen, was er wissen wollte. Sie hatten nichts zu verheimlichen. Aber er unterstellte ihr ja, daß sie bei jedem Wort log.

»Meine Mutter mußte ihr Haus vor ein paar Jahren verkaufen. Wir sind dann in einer Pension untergekommen. Eine Frau namens Sally und ihre Tochter Irene betreiben es und kümmern sich um die fünf Pensionsgäste. Mama und ich wohnen und arbeiten auf der dritten Etage.«

Ellison nickte. »Und der Name Ihrer Mutter ist Diana Groutas?«

»Ja. Wollen Sie sonst noch etwas wissen?« fragte sie. Es gefiel ihr gar nicht, daß Whitley die Drecksarbeit von jemand anderem erledigen ließ.

Wieder lachte Ellison leise vor sich hin. »Ich sehe, ich habe Sie mit meinen Fragen nicht aufs Glatteis führen können.«

»Nicht einen Augenblick.«

»In diesem Fall gehe ich wohl besser wieder und überlasse Sie Ihrer – Lektüre.« Er stellte das leere Glas auf das silberne Tablett zurück und schickte sich an, das Zimmer zu verlassen. Doch dann kam ihm noch ein Gedanke. »Ich nehme an, Sie wissen, daß Whitley mich nach New Orleans schickt, um Ihre Geschichte zu überprüfen.«

Sie versuchte nicht, ihre Überraschung zu verbergen. »Nein, das wußte ich nicht, aber jetzt, wo Sie es sagen, begreife ich nicht, wieso ich nicht selbst drauf gekommen bin, daß er jemanden losschicken wird. Wahrscheinlich bin ich davon ausgegangen, daß er es dem Sheriff überlassen wird, sich darum zu kümmern.« Plötzlich kam ihr ein Gedanke. »Haben Sie vor, meine Mutter zu besuchen?« fragte sie und trat einen Schritt näher.

»Ich fürchte, ich werde sie wohl befragen müssen. Schließlich ist sie diejenige, die behauptet, Anchor sei Ihr Vater.«

Phina räusperte sich. Ihre Mutter hatte nicht gewollt, daß sie diese Reise unternahm. Was sollte sie tun, wenn ihre Mutter sich entschloß zu leugnen, daß Anchor ihr Vater gewesen war? Doch nein, das würde ihre Mutter ihr nicht antun.

»Ellison, wenn ich meiner Mutter einen kurzen Brief schreiben und ein kleines Päckchen herrichten würde, würde es Ihnen dann sehr viel Mühe machen, ihr beides auszuhändigen?«

Er hob die Schultern. »Warum denn nicht, wenn ich ohnehin zu ihr fahre? Natürlich überbringe ich beides. Aber ...«

»Oh, wenn es Ihnen zu viele Mühen macht oder wenn Sie meinen, Whitley könnte etwas dagegen haben, dann könnte ich das verstehen.«

Er lachte leise. »Darum geht es nicht. Ich bin nur einfach überrascht, daß Sie mir die Überbringung anvertrauen.«

Da war etwas dran. Vielleicht sollte sie ihm wirklich nicht trauen. Sie blickte ihn an, wie er sie da so freundlich anlächelte. Sicher, wenn man ihm nicht trauen könnte, hätte er es wohl nicht selbst angesprochen. »Ich bin sicher, wenn Whitley Ihnen die Aufsicht über diese Plantage anvertraut und Sie für ihn nach New Orleans fahren, um meine Geschichte zu überprüfen, dann kann ich Ihnen auch die Überbringung meines Briefes und meines Päckchens an eine kränkelnde Frau anvertrauen.«

»Sie können auf mich zählen, Phina.«

»Vielen Dank. Ich brauche nur eine Minute, um nach oben zu laufen und alles vorzubereiten.«

»Lassen Sie sich Zeit. Ich mache mir noch einen Drink, während ich hier auf Sie warte.«

Whitley war denkbar schlechter Laune, als er durch das Hauptportal von Carillon trat. Die letzten zwanzig Minuten war er durch einen feinen Nieselregen geritten und bis auf die Haut durchnäßt.

Schon wollte er die Treppe hinauflaufen, sich die nassen Kleider vom Körper streifen und ins Bett fallen, als er den Flur hinunterblickte und einen Lichtschimmer bemerkte, der aus der Bibliothek kam. Weil er dachte, Rubra habe vielleicht eine Lampe brennen lassen, und weil er wußte, wie gefährlich das sein konnte, eilte er zur Bibliothek.

Als er durch die Tür trat, sah er, daß Phina sich in einen der Sessel niedergelassen hatte. Die Schuhe standen vor ihr auf dem Fußboden, und die Beine hatte sie unter sich auf dem Sitz verschlungen. Dichtes schwarzes Haar fiel ihr über die Schultern und auf die Brust hinunter. Das Licht der Lampe ließ ihr Haar glitzern und flimmern. Im Kamin brannte ein kleines Feuer und wärmte den Raum – und Whitley. Sie hob den Kopf und sah ihn mit ihren schönen dunklen Augen an. Er war zutiefst beeindruckt von ihrer Schönheit und davon, wie wenig sie sich ihrer Attraktivität bewußt schien.

Er ärgerte sich maßlos über sich selbst, daß er sie so attraktiv fand. Verdammt noch mal, er hatte gerade erst die Frau verlassen, die er eigentlich bewundernswerter als alle anderen finden müßte.

»Was tun Sie hier?« fragte er, und seine Stimme klang herausfordernd.

»Ich lese.« Einen kurzen Augenblick lang funkelten ihre Augen ausgesprochen trotzig. »Wollen Sie mich jetzt, da Sie wissen, daß ich lesen kann, vielleicht aus der Bibliothek verbannen?«

Er spürte, er mußte sich beruhigen, bevor sie ihn noch für einen Idioten hielt. Mit einer Hand fuhr er sich über das feuchte Haar. »Natürlich nicht. Ich meinte nur, ich bin überrascht, Sie so spät noch hier zu sehen.« Er fuhr fort, sich das Wasser aus Gesicht und Nacken zu wischen.

Phina setzte sich wieder gerade hin und steckte die bestrumpften Beine in die aufgeschnürten Schuhe zurück. »Sie sind ganz naß.«

»Diese Feststellung ist nicht weniger trivial als meine Frage«, erwiderte er in wesentlich ruhigerem Tonfall.

Whitley kam es vor, als bedenke Phina ihn mit der Andeutung eines Lächelns, und seine Bauchmuskeln versteiften sich. Sie förderte ein feines Taschentuch aus ihrem Ärmel zutage und hielt es ihm entgegen. Whitley sah das weiße Stückchen Stoff an und hatte auf einmal das Gefühl, als handele es sich um ein Friedensangebot. Ihre Augen trafen sich, und er sah in ihren Augen nur Sanftheit und Freundlichkeit. Er nahm das Taschentuch aus ihrer Hand.

»Sie sehen aus, als könnten Sie eine Tasse warme Milch vertragen.« Sie legte das Buch auf einen Stuhl. »Sie sollten nach oben gehen und aus diesen nassen Kleidern steigen. Ich werde inzwischen ins Küchenhaus gehen, das Feuer ein wenig anfachen und Ihnen etwas Milch warm machen. Sicher wollen Sie sich nicht noch eine Erkältung holen.«

»Das klingt sehr lieb«, sagte Whitley, noch bevor er sich zurückhalten konnte. Was sagte er denn da? Er konnte sich doch von ihr keine Milch warm machen lassen! »Aber ich denke, ich werde es überstehen. Ich möchte nicht, daß Sie sich meinetwegen so viel Mühe machen.«

Sie blickte zu ihm auf und lächelte. »Aber das macht doch keine Mühe.«

Es lag ihm auf der Zunge zu sagen, sie habe ihn überredet, aber er wußte, er mußte ihr freundliches Angebot ablehnen. »Nein, ich muß nach oben.«

Eine ungewohnte innere Wärme überflutete ihn. Phina war gefährlich. Sie ließ ihn sich in seinem eigenen Haus so ungezwungen und frei fühlen, daß er sich mit aller Macht zu ihrer Liebenswürdigkeit hingezogen fühlte. Am liebsten hätte er sie in die Arme genommen und ganz fest gehalten. Verdammt noch mal, es gefiel ihm, daß ein Licht brannte, um ihn willkommen zu heißen, wenn er nach Hause kam. Es gefiel ihm, daß ein Feuer brannte, um ihn zu wärmen, und daß es eine Frau gab, die ihm Milch anbot. Es hatte nie eine Frau gegeben, die so etwas für ihn getan hätte, und er empfand Phinas Angebot als tröstlich und ihre Gegenwart als anregend. In dem letzten Jahr, seit er Sonntag für Sonntag zu Flannery reiste, hatte er sich nie so willkommen und so umsorgt gefühlt wie in diesem Moment.

»Dann will ich Sie nicht aufhalten, aber bevor Sie gehen, wollte ich Sie noch fragen, ob ich eine der Kutschen benutzen darf, um irgendwann diese Woche in die Stadt zu fahren.«

Ihre Worte erinnerten ihn wieder daran, warum sie auf Carillon war. Er schaffte es einfach nicht, in Phina eine Schwester oder eine Geliebte zu sehen. Er mußte sie aus Carillon vertreiben, aus seinem Leben, und Flannery heiraten. Ohne Zweifel wollte sie in die Stadt, um das Geld auszugeben, das er ihr gegeben hatte. Das ungute Gefühl, das ihn gleich nach seiner Heimkehr beschlichen hatte, kehrte zurück. Er gab sich keine Mühe, sein Mißfallen zu verbergen. »Natürlich. Ich werde Ihnen Spiker mitgeben.«

Phina blickte ihn überrascht an. »Spiker? Ich hatte gedacht, Lon werde mich begleiten.«

Zu spät erinnerte Whitley sich wieder daran, daß Phina und Spiker nicht besonders gut miteinander auskamen. Aber nachdem er gehört hatte, marodierende Indianer hätten im nördlichen Teil des Staates Ärger gemacht, zögerte er, Lon auszuschicken. Whitley rechnete nicht damit, daß die Indianer so weit südlich vorgedrungen sein könnten, weil das Land der Cherokesen weiter nördlich gelegen hatte, aber es machte keinen Sinn, irgendein Risiko einzugehen.

»In seiner Gesellschaft werden Sie sicher sein. Wenn Sie wollen, können Sie ja Tasma mitnehmen. Sagen Sie mir nur, an welchem Tag Sie fahren möchten, und ich werde den beiden sagen, daß sie sich bereithalten sollen.«

Phina seufzte erleichtert auf, als Whitley sich abwandte und den Raum verließ. Ja, sie würde Tasma mitnehmen. Whitley mochte diesem großen Schwarzen mit dem kurz geschnittenen Haar und dem dünnen Schnurrbart ja trauen, sie tat es nicht.

Gott sei Dank hatte Whitley sie nicht nach dem Buch gefragt, in dem sie gerade gelesen hatte. Sie hatte eines von Anchors Tagebüchern gefunden. Ein kurzes Durchblättern hatte ihr gezeigt, daß die Eintragungen fünf Jahre nach ihrer Geburt erfolgt waren. Wenn sie auch ziemlich sicher war, daß ihre Mutter in diesem Band nicht erwähnt wurde, so bewies er doch ihre Theorie, daß Anchor Aufzeichnungen über sein Leben gemacht hatte, und ganz sicher würde sie auch eine über seine Reise nach New Orleans und seinen Aufenthalt bei ihrer Mutter finden – falls Whitley sie nicht vernichtet hatte.

Tasma wußte nicht, wie lange sie es noch ertragen konnte, neben Cush zu sitzen. Sie wußte nicht, was genau sie von ihm erwartet hatte, als sie ihm gesagt hatte, er könne abends vorbeikommen, aber daß es mehr war, als nur hier auf den Stufen ihres Hauses zu sitzen und ihm zuzuhören, wie er von seinen Zukunftsplänen sprach, das wußte sie schon.

Als er gekommen war, hatte er sie gefragt, ob sie vielleicht hinunter zum Weiher gehen und dort auf den Felsen sitzen wolle oder ob sie vielleicht lieber ins Gemeinschaftshaus gehen und sehen wolle, ob dort etwas los war, oder ob sie einfach nur draußen sitzen und sich unterhalten wolle.

Sie konnte sich nicht vorstellen, daß Spiker sie fragen würde, wozu sie Lust hätte. Nein, er war so stark und befehlsgewohnt, daß er ihr einfach nur gesagt hätte, was sie jetzt zusammen unternehmen würden.

»Du so ganz schweigsam, Tasma«, sagte Cush, als sie beide eine Zeitlang geschwiegen hatten.

»Was soll ich sagen?« fragte sie und blickte hinaus in die Dunkelheit. »Ich weiß nichts, wenn du nicht fragen.« Tasma reckte gelangweilt die Arme zum Himmel und blickte hinaus in die Dunkelheit. Der schwarze, samtene Himmel war übersät mit kleinen Sternen, die nach ihr riefen, die ihr zuwinkten. Sie erinnerten sie an Spikers Augen. Seine Augen blitzten genauso, wenn er sie anschaute, und wärmten sie ganz tief drinnen.

»Vielleicht fragen wir dein' Mama, ob wir nicht reden können mit Mr. Whitley wegen ein' Haus nur für uns. Was sagst du dazu?«

Überrascht von seinen Worten sprang Tasma auf und stemmte die Hände in die Taille. »Du verrückter wie heulender Hund! Das erst zweites Mal, daß wir zusammen reden. Ich bin nicht soweit, Haus mit dir zu gründen.«

»Ich weiß, nicht richtig, jetzt so zu reden, Tasma, aber ich will dich zur Frau.« Seine Stimme klang eindringlich.

»Nun, ich nicht soweit. Erst mehr Männer mir den Hof machen, bevor ich Kinder kriegen.«

Cush richtete sich zu seiner vollen Größe auf. »Du willst Spiker, habe ich gehört.«

»Wo gehört?« konterte sie.

»Überall reden Leute, Tasma. Du machen ihm schöne Augen. Er nicht interessiert an andere Frauen, nur an seine tote Frau. Und außerdem ist er zwanzig Jahre älter wie du.«

Tasma hatte gewußt, daß man früher oder später merken würde, daß sie in Spiker verliebt war. Das störte sie nicht. Dann würde auch niemand überrascht sein, wenn sie ihn heiratete.

»Ich denken, das ist meine Sache, Cush. Und jetzt gehen nach Hause. Ich müde und ins Bett. Morgen ganz früh müssen nach Miss Phina schauen.«

Einen Moment stand er reglos da. »Kann ich haben ein' kleinen Kuß?« fragte er und blickte auf seine Füße hinunter.

Es lag ihr auf der Zunge, nein zu sagen, als ihr einfiel, daß sie wissen mußte, wie man richtig küßt. Spiker war schon einmal verheiratet gewesen. Vielleicht wollte er keine Frau, die noch nicht einmal wußte, wie man küßt.

»Aber nur einen kleinen«, sagte sie.

Ellison lag in seinem Bett und blickte durch das offene Fenster hinaus in die Nacht. Er konnte nicht schlafen. Er war über die Reise nach New Orleans nicht gerade begeistert, aber er wollte Whitley bei Laune halten. Und es interessierte ihn mächtig, was Phina da wohl für ihre Mutter eingepackt haben mochte. Vielleicht würde er einen Blick darauf riskieren, bevor er es der Frau aushändigte. Ihm war, als brauche er mal wieder Chatalene, als er an dem Drink nippte, der wie immer an seinem Bett stand. Obwohl er sie mit aller Macht begehrte, hielt er es doch nicht für klug, allzuoft nach ihr zu rufen. Bisher schien sein Geheimnis noch nicht bis zu Whitley durchgedrungen zu sein, und er wollte es so lange wie nur möglich auch dabei belassen. Er legte keinen Wert auf salbungsvolle Sprüche über die Rechte von Sklaven aus Whitleys Mund.

In der Stadt gab es eine Frau namens Beverly, der er den Hof zu machen gedachte. Sie gäbe sicher eine gute Frau für ihn ab und würde ihm Söhne gebären, aber er war schon entschlossen, Chatalene nicht aufzugeben. Er schloß die Augen und rief sich ins Gedächtnis, wie sich ihre Brüste unter seinen Händen anfühlten und wie perfekt er körperlich zu ihr paßte. Er lächelte. Nein, er würde sie nie aufgeben.

Ellison öffnete die Augen. In seinem Kopf erwartete er ein Bild von Beverly, aber zu seiner Überraschung sah er auf einmal Phina vor sich, wie sie ihn so hübsch anlächelte. Sie war eine Frau, die er keineswegs in seinem Bett verschmähen würde. Ihre Haut war nicht so dunkel wie die von Chatalene, aber sie hatte schöne schwarze Haare. Er lachte. Warum sollte er nicht beide Frauen haben?

Eine Idee nahm in seinem Kopf Gestalt an. Ellison verschränkte die Hände hinter dem Kopf und ließ sich in die Kissen zurücksinken. Warum eigentlich Phina nicht den Hof machen? Was das Heiraten und Kinderkriegen anging, war schließlich eine Frau so gut wie die andere, und als er daran dachte, mit ihr ins Bett zu gehen, erschien ihm Phina ungleich reizvoller als die blonde Beverly.

Was wäre wohl, wenn ihre Geschichte stimmte? Wenn sie Anchors Tochter war, konnte Whitley zumindest gezwungen werden, eine anständige Entschädigung springen zu lassen. Das wäre Ellison alles andere als unangenehm. Dann gab es da noch diese kleine Information, die Whitley noch niemandem hatte zukommen lassen: die nicht unterzeichneten Papiere, die Whitley zu Anchors Sohn und Erben gemacht hätten. Ellison saß aufrecht im Bett. Bestand gar die Möglichkeit, daß der Richter Phina die ganze verdammte Plantage zusprach, wenn er wußte, daß die Papiere nie unterzeichnet worden waren? Er leckte sich die Lippen und wischte sich den Geschmack des teuren Whiskys aus den Mundwinkeln. Er schlug die Faust in die Bettdecke neben ihm. Bei Gott, möglich wäre es!

Ellison änderte urplötzlich seine Meinung hinsichtlich seiner Abneigung gegen die Reise nach New Orleans. Auf einmal wollte er fahren und den Beweis dafür erbringen, daß Phina wirklich Anchors Tochter war. So treu, wie er das ganze letzte Jahr hindurch Flannery geblieben war, bestand überhaupt keine Chance, daß Whitley an Phina interessiert sein könnte. Whitleys einzige Chance lag darin, den Richter zu bestechen. Ellison lachte vor sich hin. Whitley versuchte, einen Richter zu bestechen? Niemals. Dafür war er viel zu anständig. Er hätte eher Carillon aufgegeben, als etwas so Skrupelloses zu tun. Was aber würde Whitley tun, wenn er Phina den Hof machte und sie um ihre Hand bat? Der Gedanke, seine Hände sowohl nach Phina wie nach Carillon auszustrecken, ließ Ellison heiß und erregt werden. Er langte nach oben und zog an der Schnur, die in Samsons Zimmer eine Glocke ertönen ließ. Wie konnte er sich heute nacht Chatalene versagen? Zur Hölle mit Whitleys Ansichten. Er brauchte die dunkelhäutige Schönheit in seinem Bett.

Kapitel 7

»Ich habe mich schon gefragt, wie lange es wohl noch dauern wird, bis ich von Ihnen höre«, sagte Robert Higgins, als Whitley am Mittwoch morgen in sein Büro trat.

»Bestimmt haben Sie schon von meinem Gast gehört«, sagte Whitley trocken.

Higgins schnaufte kurz und lehnte sich im Stuhl zurück. Seine große Gestalt ließ den Stuhl unter seinem Gewicht knarren, und sein runder Bauch ließ die Knöpfe seiner Weste einen nach dem anderen aufspringen. Robert liebte gutes Essen, und das konnte man an seinem Doppelkinn und seinen fetten, kurzen Fingern deutlich sehen.

»Whitley, bitte.« Er deutete auf einen Stuhl. »Sie hat Ihre Verlobungsfeier gesprengt. Inzwischen weiß das ganze County, daß eine junge Frau behauptet, Anchor McCabes Tochter zu sein. Schade, daß ich nicht dabeisein konnte. Das war bestimmt ein beeindruckender Anblick, wie sie da durch die Tür geschossen kam und Spiker und Ellison beiseite schob wie zwei Wattebällchen.« Er lachte glucksend. »Ja, ich wünschte, ich hätte das sehen können.«

Whitley kam sofort zur Sache. »Ja, Robert, Sie haben recht. Sie behauptet, seine Tochter zu sein. Ich habe Ellison nach New Orleans geschickt, um herauszufinden, wer sie wirklich ist. Er ist sofort am Montag morgen abgereist. In ein paar Wochen dürften wir mehr wissen.«

Robert legte den Zeigefinger an die Lippen. »Denken Sie daran, daß Anchor in seinen jungen Jahren viel Zeit in New Orleans verbracht hat. Es besteht immer die Möglichkeit ...«

»Nein!« Whitley flog herum. »Nein, sie ist nicht Anchors Tochter. Wenn Anchor es für denkbar gehalten hätte, daß er irgendwo einen Sohn oder eine Tochter gehabt hätte, hätte er mich niemals in sein Haus aufgenommen und mir Carillon versprochen.«

Robert legte die Hände auf den Bauch und verschränkte die Finger ineinander. »Das stimmt«, sagte er. »Wenn Anchor gewußt hätte, daß er ein Kind hat, dann hätte er Ihnen auch nicht mehr gegeben als Ellison.«

Whitley schluckte hart. Er wußte, in welch prekärer Situation er steckte. Verdammt noch mal, er wußte es! »Sie haben die Papiere ausgearbeitet, die mich zu seinem legalen Sohn machen und mir testamentarisch Carillon hinterlassen sollten.« Whitley deutete mit dem Finger auf Robert.

Der Mann verzog keine Miene. »Aber sie sind nie unterzeichnet worden.«

»Das ändert seine Absicht nicht«, konterte Whitley kurz und bündig. »Nach seinem Tod haben Sie mir immer wieder gesagt, Gerichte schauten immer genauso auf die Absicht wie auf die Fakten.«

»Wohl wahr, Whitley. Es war Anchors Absicht, Sie zu seinem Erben zu machen …« Er unterbrach sich. »Weil er nicht gedacht hatte, er könnte einen Erben von eigenem Blut haben.«

Die Furcht, er könne Carillon verlieren, ließ Whitley sich so stark anspannen, daß es körperlich weh tat. »Was sagen Sie da? Anchor liebte mich wie einen eigenen Sohn.«

»Ich sage, daß Sie auch nicht auf einen einzigen Pfennig von Carillon hoffen können, *wenn* diese Frau beweisen kann, daß sie Anchors Tochter ist. Phina wird alles bekommen.«

»Sie kann nicht beweisen, daß Anchor ihr Vater war.«

»Woher wissen Sie das?«

»Weil es nicht stimmt.«

»Ich habe gehört, sie hätte seine Hautfarbe, seine Haare und sehe ihm ähnlich.«

»Verdammt! Robert, ich bin Anchors einziger Erbe. Und ich würde gern davon ausgehen können, daß mein Anwalt auf meiner Seite ist.«

Robert seufzte hörbar und setzte sich auf seinem Stuhl zurecht. »Anchor wollte, daß Sie Carillon bekommen. Das werde ich bezeugen. Aber wenn der Richter glaubt, daß sie Anchors Tochter ist, spielt es keine Rolle mehr, was Anchor beabsichtigte, als er starb.«

»Spielen Sie nicht mit mir, Robert. Dafür bin ich nicht in der Stimmung.« Whitleys Stimme klang gefährlich leise. Zu denken, daß er noch gestern abend freundliche Gefühle für Phina gehabt hatte! »Als Anchor mir diesen Strick vom Hals genommen und mir das Leben gerettet hat, da hat er mir gesagt, wenn ich hart arbeite und mich beweise, werde Carillon eines Tages mein sein. Ich habe ihn wie einen Vater geliebt und er mich wie einen Sohn. Ich habe ihn stets in Ehren gehalten. Ich werde es nicht zulassen, daß irgend jemand mir diese Plantage wegnimmt.«

Robert blickte ihn beunruhigt an. »Diese Entscheidung haben Sie nicht zu fällen, Whitley.«

»Anchor hat diese Entscheidung vor fünfzehn Jahren gefällt.«

Spiker hielt Phinas Ellbogen, um ihr in die Kutsche zu helfen. Auf der anderen Seite kletterte Tasma auf den Kutschbock und verstaute einen Korb mit Essensvorräten zu ihren Füßen. Spiker sprang zu ihr auf den Bock und nahm die Zügel auf, und schon rumpelte die Kutsche davon. Phina hörte, wie Rubra ihrer Tochter und Spiker noch ein paar letzte gute Ratschläge zurief, konnte aber die Worte nicht verstehen.

Schon drei Minuten später wünschte Phina sich, sie säße jetzt auf dem Kutschbock bei Tasma und Spiker. Sie konnte nicht viel von der Landschaft sehen. Sie versuchte, die weißen Eichen zu zählen, aber Spiker hatte die Pferde zu einem schnellen Trab angetrieben.

Ohne es anfangs recht zu registrieren, bemerkte sie, wie

Tasma ständig näher an Spiker heranrückte. Gelegentlich blickte sie zu ihm hinüber, aber Spiker hielt die Augen unverwandt auf die Landstraße vor ihm gerichtet und konzentrierte sich ganz auf seine Aufgabe.

Als Tasma ihm so nahe gekommen war, daß sein Ellbogen einige Male ihren Arm berührt hatte, wandte er sich ihr zu. »Warum rückst du so nahe?« fragte er. »Mach mir Platz, damit ich die Zügel besser führen kann.«

»Ich nicht zu nahe, um ...« Sie verstummte, als die Kutsche in ein Schlagloch geriet und Spiker mit dem Ellbogen gegen ihr Kinn stieß. Ihre Augen weiteten sich schreckerfüllt.

»Siehst du, ich habe es dir gesagt«, sagte er mit Schärfe in der Stimme. »Und jetzt rück mehr da rüber.«

Schweigend faßte Tasma sich ans Kinn und rutschte zur Seite, aber ein paar Minuten später erschien ein Lächeln auf Phinas Gesicht, als sie sah, wie sich das Mädchen langsam wieder näher an Spiker heranschob.

Tasma war in Spiker verliebt. Phina kannte die Anzeichen. Als sie und ihre Mutter vor ein paar Jahren in die Pension eingezogen waren, hatte sie sich genauso verhalten. Ein junger Mann namens Billy Swanson wohnte dort. Phina wollte in jeder Minute, die er da war, ganz nahe bei ihm sein, aber er behandelte sie stets wie ein lästiges kleines Mädchen. Ein paar Monate später zog er aus, und sie sah ihn nie wieder. Fast hatte sie ihn schon wieder vergessen. Jetzt zeigte Mr. Braxton Interesse an ihr.

Phina lehnte sich zurück. Warum konnte Mr. Braxton nicht so jung sein wie Whitley und so gut aussehen wie er? Warum konnte er nicht ... Phina unterbrach den Fluß ihrer Gedanken. Whitley wollte sie von dem fernhalten, was rechtens ihr gehörte. Daran mußte sie denken, statt sich mit dem zu beschäftigen, was ihr an ihm gefiel.

Als sie fast zwei Stunden später in der Stadt ankamen, war Phina froh, der stickigen Kutsche zu entkommen. Spiker hatte verschiedenes für Whitley zu erledigen, und so erhob Phina keine Einwendungen dagegen, daß Tasma sie zur Handelsniederlassung begleitete.

Als sie das Geschäft betraten, japste Tasma laut los. »Sehen das alles an, Miss Phina. Haben so was schon mal gesehen?! Ich noch nie so viele verschieden Sachen in einem Raum sehen.«

Phina lächelte. »Sieh dir ruhig alles an, Tasma, aber faß nichts an«, sagte sie und ging in den Teil des Ladens, wo sie Bändchen und Schleifchen zu finden hoffte.

Eine halbe Stunde später war Phina froh, genug Accessoires gefunden zu haben, um ihr rotes und ihr honigfarbenes Kleid ein wenig zu verschönern. Unter einem Ballen Kattun entdeckte sie dann noch ein großes Stück Tüll, aus dem sie sich ein Überkleid würde machen können, um die beiden anderen zu schonen.

Danach nahm Phina sich Zeit, an jeder Flasche mit Parfüm zu riechen. Jede hübsche Puderdose berührte sie mit der Hand und streichelte kurz jedes kleine aus Holz gedrechselte Tierchen. Als sie endlich ihre Einkäufe zusammenpackte und damit zum Zahltisch ging, bemerkte sie vier zauberhafte Elfenbein-Kämmchen auf einem Regal hinter der Frau an der Kasse.

»Könnte ich diese Kämmchen vielleicht einmal sehen?« fragte sie und deutete auf das Regal. Sie brauchte unbedingt ein Paar.

Die Frau holte sie herunter und legte sie vor Phina auf den Tresen.

»Oh, Miss Phina, die sind so hübsch«, sagte Tasma.

»Ja, das sind sie«, erwiderte sie. Das Elfenbein war kunstvoll in die Form von Schmetterlingsflügeln geschnitten worden. Sie blickte die Besitzerin des Ladens an. »Es sind wunderschöne Kämme.«

»Sie müssen die junge Frau sein, die auf Carillon wohnt.«

Phina lächelte. »Ja, ich bin Anchor McCabes Tochter.«

»Er hat uns nie etwas von Ihnen erzählt«, sagte die Frau. Es klang endgültig.

Phina war unbeeindruckt. »Ich weiß, aber das liegt daran, daß meine Mutter ihm nie etwas von mir erzählt hat. Was kosten sie?« Sie reichte der Frau die Kämme zurück.

»Acht Dollar«, sagte diese. »Diese Kämme sind bestes Kunsthandwerk.«

Phina sank das Herz. Es waren die exquisitesten Kämme, die sie je gesehen hatte. Auf die Applikationen für ihre Kleider konnte sie nicht verzichten, und beides konnte sie nicht kaufen. Also würde sie weiterhin mit Haarnadeln auskommen müssen. Diese fielen ihr immer so leicht aus den Haaren und hielten sie nie richtig zusammen, aber es mußte einfach so gehen.

»Ja, das kann man sehen, aber ich fürchte, das ist mehr, als ich mir im Moment leisten kann. Vielleicht später.«

»Ich kann sie für Sie auf Whitleys Rechnung setzen. Die übrigen Sachen übrigens auch.«

»O nein«, sagte Phina schnell. »Ich bezahle selbst. Und wegen der Kämme werde ich später selbst noch einmal wiederkommen. Wenn ich sie bezahlen kann.«

Die Verkäuferin hob die Schultern. »Ich hoffe, sie sind noch hier, wenn Sie das Geld haben. Diese Farbe wurde extra für Haar gemacht, das so schwarz ist wie Ihres.«

Phina bezahlte ihre Einkäufe, und dann gingen sie und Tasma zurück zur Kutsche, wo Spiker sie erwartete. Spiker nahm ihren Ellenbogen, um ihr in die Kutsche zu helfen, aber sie entzog sich ihm und sagte: »Spiker, ich glaube, ich würde gerne hier vorne mit Ihnen fahren. Setzen Sie Tasma ins Innere der Kutsche.«

Spiker trat überrascht einen Schritt zurück.

»Das ist nicht in Ordnung, Miss Phina«, sagte Tasma schnell und stellte sich zwischen die beiden.

»Sie hat mit *mir* geredet«, sagte Spiker und deutete mit dem Daumen auf seine Brust. Tasma drehte sich zu Phina um. »Warum Sie wollen reisen an Spikers Seite?« fragte sie und zog ein kleines Schmollmündchen.

»Ich kann dir versichern, es geht nicht darum, daß ich neben Spiker sitzen will.« Sie blickte in Spikers Richtung. »Ich möchte nur gern das Land sehen, wenn wir nach Carillon zurückfahren.«

»Aber es nicht in Ordnung«, beschwerte sich Tasma erneut.

Phina sah, daß Tasma die Oberhand in dieser Unterhaltung gewinnen werde, wenn sie die Kontrolle nicht gleich an sich riß. »Es ist mir egal, was in diesem Punkt in Ordnung ist oder nicht, Tasma. Ich will sehen, was zwischen hier und der Plantage liegt, und das kann ich nicht aus dem Rückraum der Kutsche heraus.«

Tasma stemmte die Hände in die Hüften und schob die Unterlippe vor. »Meine Mama zu mir sagen …«

»Es interessiert niemanden, was deine Mama sagt, das habe ich dir schon einmal gesagt«, fauchte Spiker, als er Tasma am Arm faßte. »Deine Mama leitet diese Plantage nicht. Jetzt geh in die Kutsche und halt den Mund, damit wir endlich losfahren können.«

»Sie ihn lassen reden so mit mir, Miss Phina?« fragte Tasma, während sie sich gegen Spikers Griff wehrte.

Es war eindeutig, daß Tasma daran gewöhnt war, daß ihre Mutter alles für sie regelte. Ebenso klar war, daß Spiker eine ganz bestimmte Art an sich hatte, andere Leute anzufassen. »Lassen Sie sie los, Spiker. Sie müssen andere nicht unbedingt anfassen, damit sie tun, was Sie wollen.«

Seine Augen wollten Phina durchbohren. Es war offenkundig, daß er sie nicht mochte.

Tasma sah Spiker mit einem Blick voller Genugtuung an.

»Tasma, ich weiß, dir liegt mein Wohlergehen am Herzen. Ich weiß das zu schätzen, aber ich kann für mich selbst sorgen.« Sie blickte wieder zu Spiker hinüber. »Zweitens habe ich so gut wie keine Kenntnisse über Sklaven und wie man mit ihnen umgehen muß. Aber so viel weiß ich, daß du tun mußt, was ich dir sage, und zwar ohne Widerworte.« Sie machte eine kleine Pause. »Und jetzt geh in den Rückraum der Kutsche, und laß mich einen anderen Tonfall von dir hören, oder ich werde ein paar Worte mit Rubra und Whitley reden müssen.«

Tasma blies die Luft aus der Nase wie ein Bulle und stampfte in die Kutsche.

Die Fahrt nach Carillon war wunderschön. Nachdem Spiker und Phina ihre anfängliche Scheu voreinander abgelegt hatten, begann Phina, ihm Fragen zu stellen, und Spiker antwortete bereitwillig, auch wenn er von ihrer inquisitorischen Attitüde alles andere als begeistert schien. Unterwegs zeigte er ihr dann auch, wo Carillon begann, und er zeigte ihr auch eines der Sägewerke, das am Flußufer weiter oben lag. Phina wurde sich so richtig bewußt, daß die Carillon eine riesige Plantage war. Und es war wunderschön.

Phina spielte mit dem Silberglöckchen, das um ihren Hals hing. Das bleiche Gesicht ihrer Mutter stand plötzlich vor ihren Augen, ihr ergrauendes Haar und die zitternden Hände. Warum konnte sie nicht an die Möglichkeit denken, ihre Mutter hierher nach Carillon zu bringen? Sie wußte, Diana würde kräftiger werden, wenn sie die stickige alte Pension verlassen und hier im Sonnenschein sitzen, die Blumen riechen und den Vögeln lauschen könnte.

Ja, es lohnte sich wirklich, darüber nachzudenken.

Kapitel 8

Whitley bestieg sein Pferd und machte sich auf den Weg nach Hause. Statt einen Ersatz für Ellison während der zwei oder drei Wochen, die er nach New Orleans unterwegs war, anzuheuern, hatte Whitley sich entschlossen, die Arbeit selbst zu tun. Er konnte den Papierkram aufarbeiten, wenn Ellison wieder da war. Aber jetzt waren dreißig Feldarbeiter vom Sonnenaufgang bis zum Sonnenuntergang mit Pflügen beschäftigt. Jetzt, wo das Korn ausgesät war, mußten sie den Boden für die Erdnuß- und die Baumwollsaat vorbereiten, die in den kommenden Wochen anstand.

Es geschah zum erstenmal seit Monaten, daß er den ganzen Tag im Sattel war, und so war Whitley in den vergangenen Nächten derart müde gewesen, daß er nur ein leichtes Abendessen in der Küche zu sich genommen hatte und dann direkt ins Bett gefallen war. Jetzt hatte er sich wieder ein wenig an die langen arbeitsreichen Tage gewöhnt, und er fühlte sich nicht mehr so müde. Daher hatte er Rubra Bescheid sagen lassen, daß er heute abend wieder im Eßzimmer essen wolle, und sie gebeten, Phina auszurichten, sie möchte ihm doch bitte Gesellschaft leisten. Der Gedanke, daß sie das Dinner mit ihm zusammen einnehmen würde, gefiel ihm. Es war tröstlich zu wissen, daß er nicht den ganzen Abend allein verbringen mußte.

Während er sich im eiskalten Fluß den Staub des Tages vom Körper wusch, mußte er daran denken, wie merkwürdig das doch war, daß ihm Phina einfach nicht aus dem Sinn gehen wollte. Er hatte sich entschlossen, mehr Zeit mit ihr zu verbringen, um sie besser kennenzulernen. Bestimmt war es einfacher, sie auszufragen, ohne ihr Mißtrauen zu erwecken, wenn sie sich in seiner Gegenwart wohl fühlte. Vielleicht würde sie dann irgend etwas sagen, was er später gegen sie verwenden konnte. Da war er eigentlich sicher.

Im Salon nahm Whitley später einen Scotch, während er auf Phina wartete. Als er sie die Treppe herunterkommen hörte, erhob er sich von seinem Stuhl. Sie betrat den Salon, und sosehr er auch versuchte, es zu leugnen, er fühlte sich zu Phina hingezogen wie zu einer Frau, mit der er gern ins Bett gehen würde.

Phina war eine schöne Frau, aber er wußte, daß ihre Attraktivität auch andere Ursachen hatte. Whitley kannte viele schöne Frauen, einschließlich seiner Verlobten. Er hätte nicht sagen können, was an Phina war, das ihm jedesmal die Brust zusammenzog, das seine Lenden erstarren ließ. Ihr Selbstbewußtsein konnte es nicht sein. Flannery war voller Selbstbewußtsein, und es hatte ihn nicht weiter beeindruckt. Vielleicht war Phina sensibel. Das hatte sie an dem Abend gezeigt, als er durchnäßt nach Hause gekommen war. Nach ihrer ganzen Kleidung und ihrem Benehmen zu urteilen, wußte er, daß sie ebenfalls sehr konservativ war. Vielleicht war es ein angeborenes Verlangen, zu erobern und zu kontrollieren, was ihn so herausforderte. Ganz sicher hatte sie ihn mit ihrer Behauptung herausgefordert. Oder war es einfach nur die frauliche Präsenz in seinem Haus?

Ihre Augen trafen sich, als sie den Raum betrat, und Whitley wußte, was es auch immer sein mochte, das ihn zu ihr zog, es war auf jeden Fall schwer zu bekämpfen.

»Guten Abend«, sagte sie leise. »Ich hoffe, Sie fühlen sich ein bißchen besser.«

Er legte den Kopf zur Seite und grinste leicht. Sein Blick ging von ihrem Gesicht über ihre ganze Gestalt hin. »Wer hat Ihnen denn gesagt, ich sei krank?«

Sie lächelte und strich sich eine lose Strähne aus der Stirn. »O nein, nicht krank, nur sehr müde. Rubra hat mir erzählt, Sie arbeiteten jetzt auf den Feldern und nähmen abends nur eine kleine Mahlzeit auf Ihrem Zimmer ein.«

»Ja. Ich habe versucht, sowohl meine eigene Arbeit als auch die von Ellison zu erledigen, solange er fort ist. So langsam gewöhne ich mich wieder an ein Leben im Sattel. Und so war es heute ein wenig leichter.« Whitley wünschte sich, er hätte nicht bemerkt, wie gut Phina die Farbe Rot stand. Auf den ersten Blick meinte er, das Kleid sei neu, aber er merkte schnell, daß es sich um dasselbe handelte, das sie schon einmal getragen hatte, nur daß sie jetzt einen weißen Kragen und einige andere Verzierungen hinzugefügt hatte. Es war ihr hervorragend gelungen, das alte Kleid neu und ganz anders aussehen zu lassen. Er wünschte sich, sie hätte sich das Haar hochgebunden und auf dem Hinterkopf zu einem festen Knoten zusammengezogen, so wie Flannery es mitunter tat, damit ihr diese seitlichen Strähnen nicht so apart um das Gesicht fielen.

Anfangs war er sicher gewesen, sein sexuelles Verlangen nach ihr habe seinen Grund darin, daß er schon seit einiger Zeit keine Frau mehr gehabt hatte. Aber das hatte er anfangs der Woche bereits geregelt, als er in die Stadt gefahren war, um Robert zu besuchen. Er hatte auf der oberen Etage der Taverne ein paar schöne Stunden mit einem der Mädel verbracht. Aber als er jetzt Phina anblickte, war doch allzu offenkundig, daß er diesen Ort heute wieder hätte besuchen müssen. Phina erregte ihn einfach zu leicht.

»Möchten Sie etwas trinken?« fragte er, um sich von diesen Gedanken abzulenken.

»Nein. Vielen Dank. Mir geht es gut, aber bevor wir mit dem Dinner beginnen, würde ich Sie doch ganz gerne etwas fragen.«

»Warum nicht? So bekomme ich Zeit, meinen Drink zu Ende zu trinken. Setzen Sie sich.« Er deutete auf das mit grünem Samt bezogene Sofa.

»Ich hatte gehofft, Sie könnten morgen vielleicht ein wenig Zeit für mich erübrigen.«

Er versuchte, seine Überraschung zu verbergen. »Ich bin nicht sicher, ob ich weiß, was Sie damit meinen«, sagte er.

»Ganz einfach.« Sie faltete die Hände im Schoß. »Ich würde gern mehr über diese Plantage erfahren. Ich möchte genauer wissen, wie hier alles funktioniert.«

Erinnerungen zogen durch Whitleys Gedanken. Er hatte genau dasselbe Gefühl gehabt, als Anchor ihn damals nach Carillon gebracht hatte, als er noch ein schlaksiger junger Bursche gewesen war. Whitley hatte nie gewußt, wie alt er wirklich war, aber Anchor hatte ihm gesagt, er sehe aus wie fünfzehn, und so hatte Anchor den Tag, an dem er auf Carillon angekommen war, den elften Oktober, zu Whitleys Geburtstag erklärt.

Das ganze Konzept eines sich selbst unterhaltenden Hauses und Landes, das so viele Menschen ernährte, faszinierte ihn, und er wollte alles über Carillon wissen. Und wie Phina hatte er gedacht, er könne das alles an einem einzigen Tag lernen. Er war ganz aufgeregt darüber, seine Kenntnisse über die Plantage mit jemandem zu teilen, so wie Anchor sein Wissen mit ihm geteilt hatte. Doch dann fiel ihm ein, daß es Phina war, die ihm die ganze Plantage wegnehmen konnte. Er würde warten müssen, bis er und Flannery einen Sohn hatten. Ihn konnte er dann alles lehren, was er wußte.

Mühsam kämpfte er gegen seine wachsende Zuneigung zu Phina an. Barsch sagte er: »Sie werden nicht lange genug hier sein, um alles zu verstehen.«

Phinas Rücken versteifte sich, und ihre Augen blitzten. »Das ist Ansichtssache. Ich glaube schon, daß ich bleiben werde.«

Seine Worte hatten sie getroffen. Whitley sah es in ihren Augen. Er wollte sie nicht verletzen, aber er wollte auch nicht, daß sie dachte, zwischen ihnen habe sich irgend etwas geändert. Auf eine Art fiel es ihm leicht, sich mit ihr zu identifizieren, denn genau wie sie hatte er niemanden gehabt, den er Vater nennen konnte, bis Anchor ihn aufgenommen und ihm Carillon versprochen hatte. Außerdem tat sie ihm leid.

»Ich verspreche Ihnen, ich werde Ihnen nicht zur Last fallen«, sagte sie, als er weiter schwieg. »Ich möchte mehr über diese Plantage erfahren.«

»Warum?« fragte er abrupt. »Damit Sie später den Richter damit beeindrucken können, wieviel Sie über Carillon wissen?«

»Nein, weil Anchor mein Vater war«, erwiderte sie genauso schnell. Phina rutschte auf dem Sofa nach vorn und lehnte sich ein wenig vor, um ihren Worten Nachdruck zu verleihen. »Sie mögen niemals glauben, daß Anchor mein Vater ist, aber ich werde es immer glauben. Meine Mutter würde über so etwas nie die Unwahrheit sagen.« Ihre Hand ging hinauf zu ihrem Hals. »Außerdem habe ich das Glöckchen als Beweisstück.«

»Sie wissen, was ich über dieses Glöckchen denke«, sagte er vorsichtig.

Als er ihr in die Augen blickte, begriff Whitley, daß sie aufrichtig davon überzeugt war, Anchor sei ihr Vater. Er mochte es leugnen, sosehr er auch wollte, ihre Auffassung würde das nie ändern. Ihre Mutter hatte es behauptet, und für Phina war es das Evangelium. Zum erstenmal seit ihrer Ankunft begriff Whitley, daß es keinen Zweck hatte, mit Phina darüber zu streiten. Er mußte nur den Richter davon überzeugen, daß es vernünftige Zweifel an Anchors Vaterschaft gab. Robert Higgins sollte in der Lage sein, das durchzusetzen. Wenn Diana Groutas einen Mann in ihr Bett gelassen hatte, dann bestand die Möglichkeit, daß sie dieselbe Freiheit auch anderen zugestanden hatte.

Whitley trank sein Glas aus und setzte es auf das kleine Tischchen neben ihm. Jetzt konnte er sich das Vergnügen an den Dingen erlauben, die ihm an Phina gefielen. Ja, es gab keinen Grund, warum er Phinas Anwesenheit in seinem Haus nicht genießen sollte.

Der Gedanke besänftigte Whitley spürbar. »Was möchten Sie denn gern über Carillon wissen?« fragte er.

»Alles.«

Er lachte. Diese Antwort zeigte, wie anspruchsvoll sie war und wie wenig sie wußte. »Alles? Ich glaube nicht, daß Sie eine Ahnung davon haben, wieviel man über ein Anwesen dieser Größe lernen muß. Am besten fangen wir damit an, daß Sie mir erzählen, was Sie schon über Carillon wissen.«

Phina strich sich noch einmal über ihr widerspenstiges Haar und setzte sich etwas bequemer auf dem Sofa zurecht. »Ich glaube, Sie haben mir erzählt, *wir* hätten sechzig Acres

Land und über siebzig Sklaven. Gestern erzählte mir Spiker auf dem Weg zurück von der Stadt, *wir* hätten vierzig Pferde, zwölf Pferdewagen und dreißig Pflüge. Dinge wie Holzräder, Hacken, Spaten und Äxte seien viel zu zahlreich, um sie genau zählen zu können. Einer der Gründe dafür sei, daß die Sklaven die Sachen mit auf die Felder nähmen und sie dort verlören, und dann kaufen *wir* neue, und dann finden sich die verlorenen Gegenstände doch wieder.«

Whitley bedachte sie mit einem amüsierten Lächeln. »Nicht *wir*, Phina. Carillon besitzt diese Dinge. Und *ich* besitze Carillon.«

Zufrieden mit sich selbst, fuhr sie fort, als habe er gar nichts gesagt: »Spiker hat mir auch gezeigt, wo der Chattahoochee und der Fluß Flynt sich treffen und den Apalachicola-Fluß bilden. Er ist an der Sägemühle auf dem westlichen Ufer in der Nähe unserer Docks vorbeigefahren, wo wir unser Korn, unsere Baumwolle und unser Holz den Fluß hinunter zum Golf von Mexiko verschiffen.«

»Sind Sie sicher, daß Spiker Ihnen all dies erzählt hat? Er ist kein Mann von vielen Worten. Und Sie beide sind nicht gerade gut miteinander ausgekommen.«

»Ich glaube, er hat geantwortet, weil er das Gefühl hatte, es sei seine Pflicht. Nachdem ich ihn erst einmal zum Reden gebracht hatte, taute er auf und beantwortete jede Frage. Ich habe herausgefunden, daß wir pro Jahr an die zwölfhundert Dollar für Pferde und Ochsen ausgeben, an die dreihundert für Pflüge, Karren, Sensen und all die anderen Dinge, die für die Bebauung des Landes erforderlich sind. Oh, er hat mir erzählt, etwa fünfhundert Dollar würden ausgegeben für ...«

Whitley hob die Hand. »Genug. Ich sehe schon, daß Spiker nichts ausgelassen hat. Ich wußte, daß er ganz gewitzt ist, aber ich habe gar nicht gewußt, daß er über die Jahre hinweg so viel von mir gelernt hat.«

»Er ist Ihnen zudem sehr ergeben, wissen Sie.« Ihre Stimme war sanft, ihr Gesichtsausdruck freundlich.

»Hat er Ihnen gesagt, warum?«

Sie schüttelte den Kopf, und eine weitere Strähne löste sich aus dem Knoten. »Ich nehme an, das liegt daran, daß Sie sein Master sind. Ich weiß, daß er wild entschlossen ist, Sie zu beschützen, wie alle Sklaven.«

Whitley nickte. Einen flüchtigen Augenblick lang spürte er das Bedürfnis, ihr zu erzählen, warum Spiker ihm so sehr ergeben war, aber irgend etwas hielt ihn zurück. Diesen Teil seines Lebens mit Phina zu teilen konnte sie einander näherbringen, und das mußte er unbedingt vermeiden. Whitley wußte, daß er verwundbar war. Er war in seinem Leben nicht mit sehr vielen Frauen zusammengewesen und hatte noch nie mit einer zusammengelebt. Er konnte es sich nicht erlauben, etwas mit Phina anzufangen. Flannery wartete auf ihn.

Er erhob sich. »Ich denke, Sie wissen so viel über Carillon, wie Sie müssen, weil Sie wieder werden gehen müssen, sobald der Richter zurück in der Stadt ist.«

Ihr Blick suchte seinen. Wieder wußte er, daß seine Worte sie verletzt hatten, aber sie mußten gesagt werden. Er wollte nett zu ihr sein, ihre Gegenwart genießen, aber er konnte sie nicht denken lassen, er habe seine Meinung über ihren Anspruch auf Carillon geändert.

Phina hob das Kinn. »Whitley, ich erwarte, daß der Richter voll und ganz auf meiner Seite sein wird. Es sei denn, Sie würden sich entschließen, etwas ganz Ungesetzliches zu tun.«

Er blickte auf sie herunter. »Ungesetzlich? Wovon reden Sie?«

»Ich nehme an, Sie könnten den Richter bestechen, damit er die Dinge so sieht wie Sie.«

Seine Brauen hoben sich in einem Stirnrunzeln. Niemals würde er etwas tun, das Anchors Andenken Schande machen müßte, aber er war nicht so sicher, ob er wollte, daß sie das wußte. »Ich bin Anchors Sohn und einziger Erbe. Der Richter wird es genauso sehen, weil es die Wahrheit ist.«

Sie erhob sich. »Nein, das ist es nicht. Ich bin seine Tochter.«

Sie standen einander Auge in Auge gegenüber. Whitley gefiel es, daß sie nicht vor ihm kuschte. Und nichts von dem, was er gesagt hatte, hatte sie verunsichert. Auch das gefiel ihm. »Da Sie offenbar unbedingt etwas tun wollen, während wir auf den Richter warten, werde ich Ihnen die Oberaufsicht über das Hauspersonal übertragen. Ich werde Rubra und den anderen sagen, sie hätten Ihnen Bericht zu erstatten. Glauben Sie, daß Sie das schaffen werden?«

»Natürlich kann ich das. Was ich nicht weiß, werde ich lernen.«

»Außerdem sollten Sie sich frei fühlen, Rubra zu bitten, daß sie Samella abstellt, um Ihnen bei der Anfertigung neuer Kleider zu helfen. Sie ist äußerst geschickt im Umgang mit der Nadel.«

Phina öffnete schon den Mund, um etwas zu sagen, zögerte dann aber. »Ich glaube nicht, daß ich so bald irgendwelche neuen Kleider anfertigen werde«, sagte sie schließlich.

Er blickte sie neugierig an. »Ich dachte, Sie seien in die Stadt gefahren, um Stoffe für neue Kleider zu kaufen. Ich war der Meinung, Sie wollten Ihre Apanage dafür haben.«

»Nein.« Der verschreckte Ausdruck, den sie in der Nacht ihrer Ankunft hier gehabt hatte, kehrte in ihre Augen zurück.

»Ich verstehe nicht ganz.«

»Ich – ich werde Ihnen die Wahrheit sagen. Ich habe das meiste von dem Geld an meine Mutter geschickt. Sie ist schon lange krank und kann nicht arbeiten. Sie braucht dieses Geld, um Zimmer, Verpflegung und Medizin zu bezahlen.«

»Und Sie würden einfach alles tun, um ihr das zu verschaffen, richtig?« Seine Worte verbargen sein Mißtrauen keineswegs.

Sie versteifte sich und richtete sich noch etwas auf. »Ich habe nicht gelogen, wenn es das ist, was Sie andeuten wollen.«

»Und Sie glauben nicht, daß Ihre Mutter Sie bezüglich Anchors belogen haben könnte?«

»Ich würde mein Leben darauf verwetten.«

Whitley hörte die Ernsthaftigkeit in ihrer Stimme. Plötzlich schienen die Dinge für Whitley klarer. Phina war nicht hier, weil sie irgend etwas von Anchors Vermögen haben wollte. Sie war wegen ihrer Mutter hier. Dafür bewunderte er sie. Er bewunderte ihre Stärke und ihren Mut, zweihundert Meilen weit zu reisen und Wiedergutmachung zu fordern. Aber das hieß nicht, daß er sie gewinnen lassen würde.

»Es tut mir leid, wenn meine Kleider für Ihre Dinnertafel noch immer nicht angemessen sind. Ich habe mein Bestes getan, sie vorzeigbar zu machen. Ich werde das Dinner gern in meinem Zimmer einnehmen.«

Ihre Entschuldigung berührte ihn warm. »Nein, Phina. Sie sind mehr als vorzeigbar. Sie sind in der Tat eine sehr schöne Frau und sehr gut gekleidet. Und es ist bewundernswert, daß Sie so um das Wohlergehen Ihrer Mutter besorgt sind. Wird das Geld, das ich Ihnen gegeben habe, bis zu Ihrer Rückkehr reichen?«

Phinas Schultern entspannten sich. »Ja«, flüsterte sie.

Er nickte. »Lassen Sie uns zum Dinner gehen.«

Später in der Nacht lag Phina auf ihrem Bett und las die letzten Seiten von Anchors Tagebuch. Jetzt war sie nicht mehr so sicher, daß es eine gute Idee gewesen war, dieses Tagebuch zu lesen, das Auskunft über sein Leben gab. Schon nach wenigen Seiten wußte sie, daß Anchor McCabe ein guter Mann gewesen war. Das Tagebuch bewies, daß er auch ein gerechter Mann gewesen war. Er hatte alle Menschen fair behandelt. Er hatte für seine Sklaven gesorgt, und er hatte der Kirche in der Stadt Geld gespendet.

Phina schloß das Buch und lehnte den Kopf gegen das Kopfende des Bettes. Ganz unwillkürlich fragte sie sich, ob sie heute eine andere wäre, wenn sie in einem solchen Haus aufgewachsen wäre. Eines war sicher. Sie hätte es nicht nötig, darüber nachzudenken, einen Mann zu heiraten, den sie nicht liebte, nur um genug Geld zu haben, damit sie sich um ihre Mutter kümmern konnte.

Sie dachte an Mr. Braxton. Er war kein unangenehmer Mann. Aber sie hatte stets mehr erwartet, mehr von diesen unerklärbaren prickelnden Gefühlen, der Gänsehaut und den Schmetterlingen im Bauch, wenn sie den Mann anschaute, den sie zu heiraten gedachte.

Ein leichtes Klopfen erklang an der Tür, und sie riß die Augen auf. Tasma mußte vergessen haben, ihr irgend etwas zu erzählen. Sie schob das Laken zurück und lief barfuß zur Tür, um sie zu öffnen. Vor ihr stand Whitley. Einen Augenblick lang sahen sie einander in die Augen, und Phina spürte, wie etwas, das sie nicht zu fassen wußte, zwischen ihnen vorging. Ihr Herz fing an, schneller zu schlagen.

»Oh«, sagte sie und faßte sich an die Vorderseite ihres baumwollenen Nachthemds, um die Bänder zusammenzuhalten. »Ich dachte, Sie seien Tasma. Einen Augenblick bitte.« Zitternd rannte Phina zurück zum Bett und warf sich ihren abgetragenen Morgenrock aus Satin über.

Whitley trat in ihr Zimmer. »Tut mir leid, Sie noch so spät zu stören, aber ich habe Licht bei Ihnen gesehen, als ich nach oben kam, und bin deshalb noch einmal hinuntergegangen und habe das hier für Sie heraufgeholt, damit Sie es sich einmal ansehen.« Er hielt ihr ein Blatt Papier entgegen.

Den Morgenrock fest um die Taille gebunden, nahm Phina das Papier entgegen und warf einen Blick darauf. Im abgedunkelten Lampenlicht sah sie, daß es eine Kopie des Flurplans von Carillon war. Sie blickte zu Whitley auf, und zum erstenmal sah sie Sanftheit und Freundlichkeit in seinen Augen. Ihr Atem ging schneller.

»Es ist ein Lageplan von Carillon.« Er stand ihr so nahe, daß Phina seine Wärme spüren konnte. Sie spürte Schmetterlinge im Bauch, ein Prickeln den ganzen Rücken hinauf und eine Gänsehaut auf den Armen. Whitley lehnte sich über sie und deutete auf die mit Bäumen gesäumte Einfahrt unten auf dem Papier. Sein Arm strich über ihre Schulter hin. Phina war überrascht, wie eine einfache Berührung von ihm ihre Bauchmuskeln versteifen konnte.

»Hier sehen Sie den Eingang mit dem Bogen und den Weg hinauf zum Haupthaus, in dem wir uns befinden. Das Kutschenhaus ist auf der linken Seite und die *Garconniere* auf der rechten. Die Küche befindet sich direkt hinter dem Haupthaus, und dahinter liegt das Räucherhaus. Links liegt der eigentliche Garten und dort drüben der Gemüsegarten. Dieses Gebiet hier ist das Quartier der Sklaven, und dahinter kommen die Docks und der Fluß. Das gesamte umliegende Land ist Acker- oder Waldland. Die Legende wird Ihnen helfen.«

Er blickte auf sie hinunter, und sie blickte zu ihm auf. Phina wußte nicht, was es war, sie wußte nur, daß irgend etwas sie zu ihm hinzog. Sie schluckte. »Vielen Dank«, flüsterte sie.

»Wenn Sie diese Zeichnung studiert haben und wissen, wo alles ist, werden Sie eher verstehen können, wie eine Plantage funktioniert.«

»Ja, ich verstehe.« Sie befeuchtete sich die Lippen. »Warum haben Sie sich denn entschieden, mir das hier zu zeigen?«

Die Art, wie er sie ansah, ließ einen kleinen Hoffnungsschimmer in ihr aufflackern.

»Ich möchte nicht, daß Sie sich verlaufen, wenn Sie einen Spaziergang unternehmen. Und – weil ich langsam begriffen habe, daß Sie ein Recht haben, Ihrer Mutter zu glauben.«

»Aber Sie glauben ihr nicht.«

Er schüttelte den Kopf und wandte sich ab.

KAPITEL 9

Phina stand in der Bibliothek und überblickte die letzte Wand mit Bücherregalen. Zwei Wände hatte sie bereits durchsucht und drei verschiedene Tagebücher zutage gefördert, die Anchor zu verschiedenen Zeiten seines Lebens geschrieben hatte. Eines davon enthielt einen Hinweis auf eine Reise nach New Orleans, aber das war drei Jahre vor Phinas Geburt. Sie kam zu dem Schluß, daß die Tagebücher irgendwann einmal womöglich zusammen ins Regal gestellt worden waren. Das Abstauben und Reinigen der Bücherborde und der Bücher mußte sie dann über die Jahre hinweg voneinander getrennt haben.

Im letzten Monat hatte sie sich stets gefreut, an den Sonntagnachmittagen das Haus für sich zu haben. Tasma kam für gewöhnlich ein paarmal, um zu sehen, ob sie ihr Dinner wollte, aber ansonsten war sie allein.

Seit jener Nacht vor ein paar Wochen, als Whitley ihr den Lageplan von Carillon gegeben hatte, hatte es keine harten Worte mehr zwischen ihnen gegeben. Es war noch früh am Abend, und Phina hatte noch vier Regale vor sich. Sie beschloß, eine kleine Pause einzulegen. Wenn Whitley genausolange wie sonst bei den Mathesons blieb, konnte sie sich ein paar Minuten ausruhen und immer noch fertig werden, bevor er wieder da war.

Phina öffnete sich die Schuhe, zog sie aus und lehnte sich auf dem Sofa zurück, um eine Tasse Tee zu trinken und noch einmal über die vergangenen beiden Wochen nachzudenken. Sie hatte nicht lange gebraucht, um eine gewisse Routine hier auf Carillon zu entwickeln. Mit den Sklaven, die für sie im Haus arbeiteten, hatte sie sehr leicht Kontakt gefunden. Hetty beaufsichtigte das Kochen, und Chatalene servierte bei den Mahlzeiten und verrichtete auch noch andere Arbeiten im

Haus. Samella war die Näherin. Sie fand heraus, daß die Sklaven es mochten, wenn sie sie über ihre Arbeit befragte. Sie waren ganz begierig, ihr zu erzählen, was sie für Carillon und Whitley taten, und schienen ausgesprochen stolz auf sich selbst zu sein.

Tasma war jeden Tag an Phinas Seite und immer bereit, ihr zur Hand zu gehen. Sie wußte, daß Tasma in Spiker verliebt war. Und ihr war klar, daß Spiker in ihr nur ein Kind sah, das ihm dauernd in die Quere kam. Rubra gefiel es, die anderen Sklaven zu befehligen, hatte aber auch keine Probleme damit, Anweisungen von Phina entgegenzunehmen.

In den vergangenen drei Tagen hatte sie Samella geholfen, neue Kleider für die Sklaven zu machen. Eine Aufgabe, die sie genossen hatte.

Als sie ihren Tee getrunken hatte, wanderten ihre Gedanken wieder zu Whitley. Tagsüber sah sie ihn selten, aber an den Abenden trafen sie sich zum Dinner. Stets beantwortete er ihr Fragen über die Plantage, und einmal war er einverstanden, daß sie mit ihm zu den Ställen ging, als ein neues Pferd geliefert wurde. Am nächsten Abend fragte sie ihn, ob er etwas dagegen habe, wenn sie reiten lernte, sobald die neue Kleidung für die Sklaven fertig war. Whitley war einverstanden, daß Tass ihr am späten Nachmittag Reitunterricht gab.

Phina schloß die Augen und lehnte den Kopf gegen die Sofalehne. Whitley. Sie war sicher, daß er sie nicht mehr mochte als an dem Abend, als sie ankam, aber manchmal ertappte sie ihn dabei, wie er sie auf eine Art anblickte, die sie außer Atem brachte und ein Kribbeln in ihrem Bauch auslöste. Manchmal wollte sie am liebsten die Hand ausstrecken und ihn berühren, doch dann erinnerte sie sich wieder, daß er alles daransetzen würde, sie aus Carillon zu vertreiben, und schon verging eine solche Anwandlung wieder.

Phina stellte die leere Tasse auf das Tablett. Das vierte Buch, das sie aus dem Regal nahm, war ein Tagebuch. Als sie es öffnete, schlug ihr der Muff des rauhen, vergilbten Papiers entgegen. Die erste Eintragung war datiert auf den Januar des Jahres, in dem sie geboren worden war. Ihre Finger zitterten, und ihr Magen hob sich vor Erwartung. Ihre Finger zitterten so stark, daß sie das Buch einige Minuten lang nur festhalten konnte. Dieses Buch konnte den allerletzten Rest an Information enthalten, den sie noch brauchte. Sie hatte ihres Vaters Gesichtsfarbe, sein Haar und sein Aussehen, sie hatte seine von ihm unterzeichnete Nachricht und das Glöckchen; und wenn jetzt auch noch dieses Tagebuch beweisen konnte, daß er genau zur rechten Zeit in diesem Jahr in New Orleans gewesen war, wie konnten dann der Richter und Whitley nicht glauben, daß sie Anchors Tochter war?

Während sie allen Mut zusammennahm, das Buch durchzusehen, hörte Phina, wie sich die Haustür öffnete. Das Herz pochte ihr hoch im Hals. Whitley war früh zurückgekehrt! Wenn er nun nach dem Tagebuch fragte, das sie in der Hand hielt? Sie preßte das Buch an ihre Brust und hielt es fest umklammert. Nein, sie spürte so etwas wie Schuldbewußtsein. Er konnte überhaupt nicht wissen, daß sie nach einem Beweis für Anchors Reise nach New Orleans gesucht hatte. Das Buch noch immer fest gegen ihre Brust gedrückt, trat sie hinaus auf den Flur und rief: »Hallo.«

»Phina, ich bin's, Ellison. Ich bin im Foyer.«

Sie sank gegen den Türrahmen und seufzte erleichtert auf. Sie hatte fast Todesängste ausgestanden. Sie streifte sich schnell die Schuhe über und eilte hinunter, und Ellison hängte gerade seinen Hut an den Hutständer neben der Tür.

»Sind Sie gerade erst zurückgekommen?« fragte sie.

Er wandte sich ihr zu und lächelte breit. »In dieser Minute. Ich bin noch nicht einmal zu Hause gewesen.« Er blickte ihr ins Gesicht. »Sie sehen so hübsch aus wie immer.«

»Willkommen daheim.« Phina erwiderte sein Lächeln. Sein Kompliment schmeichelte ihr, obwohl sie wußte, daß es nicht ernst gemeint war. Sie war müde, das Haar war teilweise aufgelöst, und das Oberteil ihres Kleides war verstaubt.

»Vielen Dank.« Er trat einen Schritt näher. »Es ist fast zwanzig Jahre her, seit hier eine Frau gelebt hat. Es ist ein gutes Gefühl, eine schöne Frau hier zu wissen, die einen auf Carillon willkommen heißt.«

Sie bemerkte, daß er dunkle Ringe unter den Augen hatte und seine Lider schwer waren. Es sah so aus, als habe er in der Zeit seiner Abwesenheit nicht besonders gut geschlafen. »Es ist eine lange Reise in der Kutsche von New Orleans. Ich weiß, Sie müssen müde sein.«

»Ein wenig. Aber jetzt, wo ich Sie gesehen habe, fühle ich mich schon besser.«

Phina wußte nicht, was sie auf seine Bemerkung antworten sollte. Er übertrieb die Schmeicheleien jetzt eindeutig.

»Ich habe versucht, meine Ankunft zeitlich so einzurichten, daß ich sicher sein konnte, Whitley werde noch bei den Mathesons sein. Er ist doch weg, oder?« fragte Ellison.

»Ja«, sagte sie und wunderte sich, warum er Whitleys Anwesenheit nicht wollte. Natürlich hätte Whitley der erste sein müssen, dem er von seinen Erkundigungen berichtete. »Er ist zur üblichen Zeit gegangen und wird wohl in einer Stunde oder so wieder hier sein.«

»Gut. Das gibt uns einige Minuten allein.« Sein Lächeln wurde wieder breiter. »Ich habe etwas für Sie, und ich wollte es Ihnen nicht geben, wenn Whitley dabei ist.« Ellison schob die Hand in die Jackentasche, holte ein Kuvert heraus und reichte es ihr. Seine Augen funkelten zufrieden. »Ein Brief von Ihrer Mutter.«

»Oh, wie wundervoll!« Phina legte das Buch auf einem kleinen Tischchen ab und strahlte vor Vergnügen, als sie den Brief entgegennahm. »Ich habe nichts mehr von ihr gehört, seit ich vor einem Monat weggegangen bin.«

Ihre Finger zitterten, als sie das Kuvert öffnete. Dann überflog sie schnell den Brief, wohl wissend, daß sie in den nächsten Wochen jedes einzelne Wort wieder und wieder lesen würde. »Sie sagt, der Husten sei völlig verschwunden und sie fühle sich wieder besser. Sie vermißt mich und bedankt sich für das Päckchen, das ich ihr geschickt habe.« Phina blickte mit einem Lächeln auf dem Gesicht auf. »Ich kann Ihnen gar nicht genug danken, daß Sie das für mich getan haben. Ich weiß gar nicht, wie ich Ihnen das je wiedergutmachen soll.«

Sein Gesichtsausdruck wurde ernst. »Vielleicht fällt mir etwas ein. Irgendwann.«

Wieder lächelte er, und auf einmal fühlte Phina sich unbehaglich. Seine Worte schienen mehr anzudeuten, als sie wirklich aussagten. »Sie haben meine Mutter gesehen?« fragte sie und verdrängte die störenden Gefühle wieder. »Wie hat sie denn ausgesehen?«

»Ich werde Ihnen alles erzählen, aber vielleicht sollten wir in den Salon gehen, damit ich mir einen Drink machen kann. Es war heute ein langer, heißer Tag für mich.«

»Aber natürlich.« Sie tadelte sich selbst, ihm nicht umgehend eine Erfrischung angeboten zu haben. »Ich mache Ihnen einen Drink«, sagte sie und stopfte den Brief ihrer Mutter in die Rocktasche. »Was möchten Sie denn?«

»Ich hätte gern einen Whisky.« Ellison ließ sich auf dem Sofa nieder und legte einen Arm auf die Lehne.

Phina ging zu dem Tischchen, auf dem die Kristallkaraffen standen.

»Die mit dem viereckigen Stopfen«, sagte Ellison, als sie einen Moment zögerte.

»Ich weiß, daß Whitley abends vor dem Dinner meistens einen Drink nimmt, aber ich habe mir nie gemerkt, aus welcher der Karaffen er sich eingießt.«

Ellison lachte leise. »Whitley würde Scotch trinken, und der befindet sich in der Karaffe mit dem runden Stopfen.«

Phina nahm den gläsernen Verschluß aus der Karaffe. Ein strenger, beißender Geruch schlug ihr entgegen, und wenn der Inhalt so schlecht schmeckte, wie er roch, wußte sie nicht, wie irgend jemand das Zeug trinken konnte. Sie goß eine gute Menge in ein Glas und reichte es Ellison.

Er klopfte auf das Sitzkissen neben sich. »Setzen Sie sich zu mir.«

Irgend etwas in seinem Blick störte sie. Sie war nicht ganz sicher, ob es angebracht war, sich so nah zu ihm zu setzen, wo niemand im Haus war. Aber da sie nicht unfreundlich erscheinen wollte, setzte sie sich neben ihn. Sie fragte sich, ob Ellison wohl wußte, daß er sie verwirrte. Sie wollte etwas über ihre Mutter erfahren, aber Ellisons Benehmen war ein wenig zu vertraulich.

Er nippte an seinem Drink. »Ich will ganz ehrlich mit Ihnen sein, Phina. Ihre Mutter sieht gar nicht gut aus. Sie ist sehr dünn, blaß und schwach. Während ich mit ihr redete, passierte es einige Male, daß sie kaum die Augen offenhalten konnte.«

Phina stöhnte leise. Ihre Hände verkrampften sich zu Fäusten. Was sollte sie tun? Sie blickte ihn flehentlich an. »In ihrem Brief erzählt sie mir, sie fühle sich besser. Ich lese es Ihnen vor.«

»Ich bin sicher, sie wollte Sie nicht beunruhigen. Ja, wirklich, sie bat mich, Ihnen nicht zu sagen, wie schlecht sie sich fühlt, aber ich hatte das Gefühl, als sollten Sie es wissen.«

»Ja, natürlich, Sie hatten recht, es mir zu erzählen. Ich hätte sie nie allein lassen dürfen.« Phina erhob sich vom Sofa. »Ich werde so schnell wie möglich wieder zurückkehren.«

»Nein!« sagte er eine Spur zu laut, als er von seinem Sitz hochsprang. »Nein, Phina«, sagte er dann noch einmal etwas ruhiger, »Ihre Mutter ist in guten Händen. Irene und ihre Mutter kümmern sich sehr gut um sie. Und mit dem Geld, das Sie ihr geschickt haben ...«

Phina sah ihn an.

Er räusperte sich. »Ah – sie bat mich, das Päckchen für sie zu öffnen und ihr Ihren Brief vorzulesen. Das habe ich getan. Ich war froh, ihr diesen Gefallen tun zu können. Sie war sehr glücklich, daß Sie in der Lage waren, ihr Geld zu schicken. Phina, ich glaube nicht, daß Sie jetzt sofort wieder zu Ihrer

Mutter fahren müssen. Sie können mehr für sie tun, wenn Sie hier bleiben und sich als Anchors Tochter etablieren. Diana möchte von Ihnen, daß Sie hier bleiben und um Ihr Erbe kämpfen. Und ich glaube, sie hat recht.«

»M… mein Erbe?« Konnte es sein, daß Ellison ihr wirklich glaubte? Und wenn Ellison ihr glaubte, mußte es da den anderen nicht leichter fallen, ihr ebenfalls zu glauben?

Er trat näher und nahm eine ihrer Hände in seine. »Das stimmt.«

»Aber ich – ich verstehe nicht. Meine Mutter wollte nicht, daß ich diese Reise machte.«

»Ich glaube, Ihr Brief, in dem Sie schreiben, wie gut es Ihnen geht, hat geholfen, ihre Meinung zu ändern. Und, Phina, ich habe keinerlei Beweis dafür gefunden, daß Sie in irgendeiner Hinsicht gelogen hätten.«

Ellison verhielt sich sehr seltsam. Sie wußte nichts Rechtes mit ihm anzufangen. Sie hatte gedacht, er werde ihr gar nichts sagen wollen, bevor er nicht mit Whitley gesprochen hatte. Aber ganz gleich, was er sagte, sie war noch immer nicht ganz sicher, ob sie nicht doch auf der Stelle abreisen und zu ihrer Mutter fahren sollte.

Phina sah zu, wie er einen großen Schluck aus seinem Glas nahm, es erneut füllte und sich ihr dann wieder zuwandte. »So, bevor ich es vergesse: Irene wollte, daß ich Ihnen ausrichte, ein junger Mann namens Pete sei schon zweimal zu ihr zu Besuch gekommen. Und ein anderer der Pensionsgäste, ein Gentleman namens Charles Braxton, hat nach Ihnen gefragt. Ich habe ihm hinterlassen, daß Sie in einem der schönsten Herrensitze im ganzen Süden wohnen. Daß Sie Ihre eigene persönliche Sklavin haben, die sich um jeden Ihrer Wünsche kümmert, und …«

Die Eingangstür öffnete sich, und Ellison brach ab. Auf seinem Gesicht erschien ein irritierter Ausdruck. »Verdammt! Das muß Whitley sein«, flüsterte er und blickte auf das Glas in seiner Hand.

»Ellison!« rief Whitley vom Foyer her.

»Hier drinnen, Whitley«, erwiderte Ellison.

Whitleys Magen verkrampfte sich, als er in den Salon trat und Ellison so nahe bei Phina stehen sah. Es war jetzt etwa die Zeit, zu der er zurückkommen mußte, aber er fragte sich doch, was, zum Teufel, er mit Phina zu besprechen hatte.

»Guten Abend, Whitley«, sagte Phina, als er ins Zimmer trat.

Er nickte ihr zu und wandte sich sofort wieder Ellison zu. »Wann bist du zurückgekommen?«

»Vor höchstens zehn Minuten.« Ellison hob das Glas. »Ich habe ein wenig von dem Staub heruntergespült. Willst du mir nicht Gesellschaft leisten?«

»Nein, danke.« Whitley konnte sehen, daß Ellison schon lange zurück war, um das Glas fast geleert zu haben. Whitley blickte hinüber zu Phina.

»Nun, ich habe einen Brief von meiner Mutter und ein Buch zu lesen. Wenn Sie mich also bitte entschuldigen wollen, werde ich nach oben gehen. Gute Nacht, Ellison, gute Nacht, Whitley.«

»Gute Nacht, Phina. Und wie ich Ihnen schon gesagt habe, machen Sie sich keine Gedanken um Ihre Mutter. Für sie wird gut gesorgt.«

Whitley stand steif da und beobachtete Phina, wie sie Ellison betont süß zulächelte und dann aus dem Zimmer eilte. Er wandte sich an Ellison. »Was, zum Teufel, soll das, daß du dich hier mit ihr unterhältst?« fragte er.

Ellisons grüne Augen verengten sich, und seine Hand schloß sich fester um das Glas. »Ich bin gerade von einem Besuch bei ihrer Mutter zurückgekehrt. Diana ist eine kranke Frau. Es ist nur natürlich, daß Phina wissen wollte, wie es ihr geht. Außerdem hat ihre Mutter mir einen Brief für sie gegeben. Den habe ich übergeben. Ist das ein Verbrechen?«

»Nein, natürlich nicht.« Whitley schämte sich für sein Verhalten. Es gab keinen Grund anzunehmen, zwischen den beiden ginge irgend etwas vor. Er hatte einfach nur schlechte Laune, und er wußte es. Er war den sonntäglichen Zwei-Stunden-Ritt zu den Mathesons leid. Auf halbem Weg nach Hause hatte er sich selbst versprochen, er werde einen Grund finden, warum er nächste Woche nicht kam. Ihm war, als könne er auch nicht einen einzigen weiteren sonntäglichen Aufenthalt in ihrem Haus ertragen.

»Was macht Flannery?« fragte Ellison.

»Ihr geht es gut. Und jetzt erzähl mir, was du herausgefunden hast.«

Whitley trat näher an Ellison heran. Ihrer beider Augen trafen sich.

»Es sieht nicht gut aus.«

»Für mich oder für Phina?«

»Für dich.«

Whitley zwang sich, den Gesichtsausdruck nicht zu wechseln. »In welcher Hinsicht?«

»Ihre Story stimmt.«

»Details, Ellison«, sagte er irritiert.

»Ich habe mit dem Doktor gesprochen, und er bestätigt alles, was er in seinem Brief geschrieben hat.«

»Um ihn mache ich mir keine Gedanken.«

»Zwei von Dianas Nachbarn, mit denen ich gesprochen habe, bestätigen, sie habe ihr ganzes Leben im selben Viertel verbracht. Sie war nie verheiratet. Sie entstammt einer gut beleumundeten Familie, aber vor ein paar Jahren hat sie ihr Haus verkauft und ist mit Phina in die Pension gezogen. Der einzige Hinweis auf einen Skandal, der je aus dem Haus der Groutas kam, war, als Diana vor neunzehn Jahren schwanger wurde – kurz nach dem ausgedehnten Besuch eines Reisenden.«

»Verdammt!« Whitley rieb sich das Kinn. »Was hattest du für einen Eindruck von ihrer Mutter?«

Ellison seufzte tief auf, dann leerte er sein Glas. »Diana ist krank. Ich weiß nicht, was mit ihr nicht stimmt. Sie ist schwach – ich glaube, teilnahmslos wäre wohl der bessere Ausdruck. Sie tat sich schwer, sich auf unsere Unterhaltung zu konzentrieren, aber ...«

»Sprich weiter.«

»Sie hat mich davon überzeugt, daß Phina Anchors Tochter ist.«

Whitley konnte sich nicht mehr bewegen. Er war einfach zu steif vor Wut. »Eine teilnahmslose Frau, die sich nicht auf die Unterhaltung konzentrieren konnte? Wie?«

Ellison lockerte seine Krawatte. »Über ihre Zeit mit Anchor sprach sie ganz frei. Sie bekommt vielleicht nicht mehr viel von dem mit, was heute um sie herum vorgeht, aber sie erinnert sich an die Vergangenheit, als sei es gestern gewesen. Sie wußte einiges, was nur Anchor ihr erzählt haben konnte. Zum Beispiel wußte sie, daß er seiner ersten Frau eine goldene Glocke und daß er eine silberne Glocke mit einem Brillanten in der Mitte für seine zweite Frau hatte anfertigen lassen. Anchor schenkte ihr die Glocke aus reinem Silber, die Phina heute trägt.«

»Jeder hier im County weiß um diese Glöckchen, Ellison.« Er fuhr sich mit der Hand durch das Haar.

»Weiß denn auch jeder, daß er die andere Glocke für seine zweite Frau deshalb hat anfertigen lassen, damit er die goldene Glocke für seinen Erstgeborenen aufbewahren konnte? Ich habe das jedenfalls nicht gewußt. Ich dachte, er habe sie mit ihr zusammen begraben.«

Whitley verschränkte die Arme vor der Brust. »Ich wußte es. Anchor hat mir das Glöckchen in der Nacht gegeben, in der er mir erzählte, er habe Robert beauftragt, die Papiere vorzubereiten, die mich zu seinem Sohn machten.« Er bemerkte, daß diese Information Ellison zu beunruhigen schien.

»Na schön, dann hat sie also nicht gelogen, als sie erzählte, sie habe Anchor gekannt, und vielleicht hat sie auch nicht gelogen, als sie erzählte, sie habe mit ihm das Bett geteilt. Aber das beweist natürlich immer noch nicht, daß Phina seine

Tochter ist. Wenn sie *einen* Mann in ihr Bett ließ, kann sie das auch einem anderen gewährt haben. Wenn diese Frau Anchor kannte, müßte sie wissen, daß er nicht gewollt hätte, daß seine Tochter als Bastard aufwächst.«

Ellisons Augen wurden rund vor Überraschung. »Whitley, Anchor war keineswegs der Heilige, zu dem du ihn stilisierst. Er hätte doch auf keinen Fall diese Frau oder ihr Kind auf die Plantage gebracht und damit seine Frau bloßgestellt.«

»Du irrst dich«, sagte Whitley. »Er wünschte sich so sehr ein Kind, daß er mich von der Straße aufgelesen und mir sein Erbe angeboten hat.«

»Aber erst, nachdem seine zweite Frau gestorben war und ihn immer noch kinderlos zurückgelassen hatte. Und ich glaube, daß du manchmal vergißt, daß Anchor *mich* wie einen Sohn behandelt hat, bevor er dich gefunden hat. Ich glaube, er hat dich aufgenommen, weil er wußte, daß ich einen Vater hatte und du nicht.«

»Ich möchte darüber nicht streiten, Ellison. Ich weiß, er wäre zu Phinas Mutter gegangen, wenn er gewußt hätte, daß sie mit seinem Kind schwanger war.«

»Und was hätte er dann getan?« Ellisons Stimme hob sich ein wenig. »Anchor war mit einer jungen Frau aus guter Gesellschaft verheiratet. Glaubst du wirklich, er hätte Phina oder ihre Mutter in dieses Haus gebracht und seine Frau damit bloßgestellt?«

Whitley beruhigte sich wieder. »Nein, natürlich nicht. Aber er hätte sie zu sich gerufen, als seine zweite Frau starb, ohne ihm ein Kind geschenkt zu haben. Er hätte mich bestimmt nicht mit nach Hause genommen, wenn er von Phina gewußt hätte.«

»Da stimme ich dir zu. Das hätte er wohl kaum.« Ellison setzte das Glas ab. »Ich fürchte, du wirst dich den Tatsachen stellen müssen. Ich glaube, Phina ist Anchors Tochter, und du solltest dich darauf vorbereiten, daß der Richter dasselbe glauben wird.«

Wut wallte in Whitley auf. »Gib mir bitte keine Ratschläge, um die ich dich nicht gebeten habe.«

Ellison hob die Schultern. »Ich bin müde. Wenn sonst nichts mehr anliegt, würde ich gerne ins Bett gehen.«

»Geh ruhig.«

Als sich die Tür hinter Ellison geschlossen hatte, fluchte Whitley. Was sollte er tun, wenn sogar sein bester Freund Phina glaubte?

Mochte doch jeder Phina glauben – er nicht. Und er würde niemals die Kontrolle über Carillon aus der Hand geben.

Tasma lag auf ihrem Lager, blickte hinaus in die Dunkelheit und lauschte auf das Schnarchen ihrer Mutter. Sie hatte gehört, daß Spiker jede Nacht hinunter zum Fluß ging, um dort zu schwimmen. Tass und einige der anderen Sklaven machten sich lustig darüber. Sie sagten, er wasche sich dort, und das nur, weil Weiße sich gerne und oft waschen. Sie hänselten Spiker damit, daß er sich wie ein Weißer benehme.

Vorsichtig verließ sie das Bett und hoffte nur, sie könne hinaus und wieder zurück ins Haus kommen, ohne Rubra zu wecken. Es war ein langer Weg hinunter zum Fluß, aber am Himmel hingen genügend Sterne, um die Nacht zu erhellen.

Auf Zehenspitzen schlich sie sich zur Tür und wagte kaum zu atmen. Mit äußerster Vorsicht öffnete sie die Tür. Das leise Quietschen klang in der nächtlichen Stille wie ein Gewehrschuß. Ihre Mutter murmelte etwas im Schlaf, wachte aber nicht auf. Einen Augenblick lang blieb Tasma still stehen, bevor sie hinaustrat und vorsichtig die Tür hinter sich wieder zuzog.

Sobald ihre bloßen Füße den kalten Erdboden berührten, rannte sie los. Als sie Spikers Hütte auf der Lichtung stehen sah, verlangsamte sie ihren Schritt. Sie hatte es geschafft. Lange Minuten wartete sie, bis sie schon glaubte, Spiker sei bereits zum Fluß gegangen, aber da öffnete sich seine Tür, und er trat heraus.

Ihr Herz schlug immer schneller. Über die Schulter hatte er ein sauberes Hemd und eine Hose geworfen. Tasma zitterte am ganzen Körper, als sie sich aus der Sicherheit des Schattens löste, den das Haus spendete, und Spiker auf die Lichtung folgte.

Spiker ging schnell, und Tasma mußte rennen, um mit ihm Schritt zu halten.

Irgendwo auf ihrem Weg trat sie auf etwas Scharfes, und der Schmerz schoß ihr ganzes Bein empor. Sie hielt sich die Hand vor den Mund, um kein Geräusch zu machen. Sie nahm sich auch nicht die Zeit, einen Blick auf ihren Fuß zu werfen, aber er schmerzte jedesmal, wenn sie ihn belasten mußte.

Als sie Spiker ein Liedchen summen hörte, verlangsamte sie ihren Schritt und ging sehr vorsichtig weiter. Schließlich sah sie ihn, wie er sich gerade das Hemd auszog, und drückte sich hinter einen dichten Busch, von wo aus sie ihn durch das Blattwerk hindurch beobachten konnte.

Er legte sein Hemd auf einen großen Felsblock direkt am Wasser. Tasma seufzte leise. Seine Haut schimmerte im Mondlicht in einem dunklen Kaffeebraun. Die Muskeln an Brust und Armen zogen sich zusammen und entspannten sich wieder, als er sich die Hose abstreifte. Ein paar Sekunden lang stand er nackt in seiner ganzen Schönheit direkt vor ihr. Tasma versuchte, ihre Augen sogar am Blinzeln zu hindern. Sie wollte auch nicht eine Sekunde lang seinen Anblick vermissen. Er war ein großartig aussehender Mann.

Spiker wandte sich um und lief auf das Wasser zu, und sie sah seinen kraftvollen Rücken, seine festen Pobacken und die kräftigen Schenkel. Als sie genauer auf seinen Rücken starrte, sah sie die entsetzlichen Narben, und sie erinnerte sich wieder an die Prügelstrafe, die er vor ein paar Jahren erlitten hatte. In ihren Augen ließen die Narben ihn nur noch besser aussehen. Er war der erste Mann, den sie je ganz nackt gesehen hatte, und sie war sicher, daß er der bestaussehende Mann war, den der Herr je geschaffen hatte. Wie konnte sie auch nur einen einzigen Gedanken daran verschwenden, Cush zu heiraten?

Als er endlich ins Wasser tauchte, hatte sie ganz wacklige Beine. Sie sank auf die Hacken hinunter und holte tief Luft. Hände und Füße waren in der kühlen Frühlingsnacht kalt geworden, aber in ihrem ganzen Leben war sie noch nie so glücklich gewesen.

Spiker summte und sang ein paar Worte, während er im Wasser planschte. Wenn sie schwimmen gelernt hätte, wäre sie an seine Seite geschwommen.

Ein paar Minuten später stieg er wieder in seine Hosen. Plötzlich fühlte sie etwas Kaltes und Feuchtes über ihren Fuß kriechen. Im ersten Moment dachte sie an eine Schlange und kreischte laut los. Sie sprang hinter dem Busch hoch, rannte vorwärts und warf sich Spiker in die Arme, daß sie fast beide zu Boden gefallen wären.

»Was, zum Teufel! Tasma, warum schreist du so? Wer ist hinter dir her?« fragte er und versuchte, ihre Arme um seinen Nacken wieder zu lösen. »Was machst du überhaupt hier draußen?«

»Et… etwas Feuchtes und Kaltes über meine Füße gelaufen«, behauptete Tasma und versuchte, sich weiter an Spiker festzuhalten. Nicht nur mochte sie das Gefühl seiner feuchten Haut unter ihren Händen, sie hatte es auch nicht eilig, wieder auf den kalten Boden gesetzt zu werden. Ohne weiter darüber nachzudenken, langte sie nach oben, drückte ihre Lippen auf seine und küßte ihn.

Spiker löste ihre Hände, faßte ihr Gesicht mit beiden Händen und stieß sie von sich. »Mach das nur ja nie wieder, du kleine Närrin.«

Tasma blickte mit ihren großen dunklen Augen zu ihm auf. »Ich will wissen, wie das ist, dich zu küssen.«

Er blickte sie mißtrauisch an, als er sein Hemd aufnahm

und es anzog. »Du bist mir hierher gefolgt, um mich zu beobachten, während ich im Wasser war, stimmt's?«

Tasma antwortete nicht. Sie sah ihn nur einfach an und tat so, als sei sie von seinem harschen Ton verletzt. Sie konnte nicht verstehen, warum er sie so böse behandelte. Er trat ganz nah an sie heran. »Wenn du mir jemals wieder folgst, lege ich dich übers Knie und versohle dir deinen kleinen Hintern.«

Dieses Versprechen weckte Tasmas Interesse. »Ich habe nichts Falsches getan.«

»Glaubst du mir nicht?« fragte er harsch.

Sie schüttelte den Kopf.

»Gut. Ich meine es ernst. Du solltest wissen, daß man einem Mann nicht hinunter zum Fluß folgt. Das könnte dich in große Schwierigkeiten bringen. Und jetzt komm mit, ich bringe dich nach Hause.«

Spiker packte ihren Arm und zwang sie, mit ihm Schritt zu halten. Ihr Fuß begann wieder zu schmerzen, und Tasma hätte am liebsten laut losgeschrien, aber sie verhielt sich ruhig. Spiker schien wütend genug, um ihr tatsächlich eine runterzuhauen, wenn sie noch irgend etwas sagte. Ein paar Minuten später kamen sie auf die Lichtung und zu seiner Hütte, und dort begegneten ihnen zwei Boys. Sie kicherten und deuteten mit den Fingern auf sie.

»Verdammt noch mal«, sagte Spiker, als er sie losließ. »Morgen weiß es das ganze Quartier, daß wir heute nacht zusammen draußen gewesen sind.« Spiker preßte die Zähne zusammen und blickte sich kurz um, als erwartete er noch weitere Zeugen. »Geh jetzt nach Hause, bevor ich es mir anders überlege und dir eine runterhaue, weil du mich in solche Schwierigkeiten gebracht hast.«

»Du willst nicht Schwierigkeiten, Spiker?«

»Zum Teufel, nein. Weiß deine Mama eigentlich, daß du hier draußen bist und mir nachspionierst?«

Tasma schüttelte den Kopf.

»Das habe ich mir gedacht. Geh jetzt nach Hause, bevor

noch jemand auftaucht und ich ihm eine Kopfnuß verpassen muß.«

Er war aufgebracht, aber sie fühlte sich wundervoll. Ein jeder würde jetzt annehmen, sie sei Spikers Frau. Nichts könnte sie glücklicher machen. Sie hob ein wenig die Schultern und lächelte zu ihm empor. »Wir sehen uns morgen, Spiker.«

Tasma meinte, den Anflug eines Lächelns auf seinem Gesicht gesehen zu haben, bevor sie sich umwandte und davonlief.

KAPITEL 10

»Bist du sicher, Rubra?« fragte Whitley, als er auf der Ostseite des Hauses auf der Veranda saß und darauf wartete, daß Chatalene ihm das Frühstück servierte.

»Ja, Sir«, sagte sie mit Bestimmtheit.

»Woher weißt du das?«

»Chatalene. Das ist nicht zum erstenmal passiert. Samson kommt in ihr Haus und sagt, Mr. Ellison will sie sehen, und so sie muß gehen.«

Er blickte zu der großen Frau auf und schob den Stuhl vom Tisch zurück. »Und seit wann macht ihr, was Mr. Ellison sagt?«

Ihre Augen weiteten sich. »Er der Oberaufseher, oder nich'? Mr. Anchor ihn machen zum Oberaufseher, wenn Mr. Ellisons Papa vor drei Jahren sterben. Wenn Regeln geändert, niemand uns etwas sagen.«

»Er hat nur die Oberaufsicht über die Felder und die Feldarbeiter. Die Hausmädchen hören nur auf dich oder Phina. Ich dachte, das hätte ich klargestellt.«

»Ja, jetzt schon«, sagte Rubra und wischte sich mit der Hand über die makellos saubere Schürze.

Der Gedanke, daß Ellison Chatalene zwang, zu ihm zu kommen, machte Whitley nicht nur wütend, es enttäuschte ihn auch. Er hatte mehr Disziplin von Ellison erwartet. Ganz sicher war sein exzessives Trinken der Grund für diese Vergewaltigung Chatalenes. »Hat er sie verletzt?« fragte Whitley.

»Nein, Sir, nicht an Körper, aber an Seele.«

Whitley fluchte lautlos vor sich hin. Ellison hatte sich verändert, seit Anchor gestorben war. Whitley war davon überzeugt, daß die Wurzel allen Übels im Alkohol lag. Aber was auch immer der Grund sein mochte – es mußte aufhören. Die Sklaven mußten sich in ihren Hütten sicher fühlen. Ellison würde sich entweder an die Regeln halten, oder er mußte gehen.

Die Tür öffnete sich, und Chatalene kam mit zwei Tellern heraus. Der eine war gefüllt mit lockerem Rührei und einem Streifen gebratenen Schinkens. Auf dem anderen Teller lagen drei golden getoastete Scheiben Weißbrot. Rubra trat beiseite, und Chatalene stellte die beiden Teller vor ihn hin.

Chatalenes Kleid war sauber und frisch gebügelt, eine Bedingung dafür, im Haus arbeiten zu dürfen. Sie war nicht recht groß für eine Frau, aber nicht so stämmig gebaut wie Rubra. Sie hielt den Kopf gesenkt, und so konnte er ihr Gesicht nicht sehen, als sie zum Sideboard ging, um frischen Kaffee zu holen.

»Chatalene?« sagte er mit sanfter Stimme. Sie blickte zu ihm auf. Ihre großen braunen Augen waren klar und ausdrucksvoll. Sie hatte hoch angesetzte Wangenknochen und volle Lippen. Ihre Nase war kleiner als die der meisten anderen Sklavinnen, und ihre ganze Erscheinung wirkte schlank und feingliedrig. Eine schöne Frau. Kein Wunder, daß Ellison sich zu ihr hingezogen fühlte, aber er durfte seinem Verlangen nicht so einfach nachgeben.

»Ja, Sir?«

Ihre Stimme war leise, aber kehlig, und er sah Hoffnung in ihren Augen aufsteigen.

»Sagen Sie Samson, daß …«

»Samson nicht hören auf sie!« unterbrach ihn Rubra indigniert. »Er gehören zu Mr. Ellison. Er nicht gehören zu Ihnen.«

»Du hast natürlich recht, Rubra.« Er wandte sich wieder an die junge Sklavin. »Wenn Samson noch einmal zu dir kommt, brauchst du nicht mit ihm zu gehen. Statt dessen möchte ich, daß du zu Rubra gehst und es ihr sofort erzählst.«

»Das mag Mr. Ellison bestimmt nicht«, erwiderte Chatalene leise.

»Das kann ich mir vorstellen.« Er wandte sich in seinem Stuhl um. »Rubra, wenn Chatalene zu dir kommt, sagst du Spiker Bescheid, daß er herüberkommt und es mich wissen läßt. Warte nicht bis zum nächsten Morgen. Du verstehst?«

»Ja, Sir, ich verstehen. Sie wollen Mr. Ellison zwingen, nich' mehr mit uns Frauen herumzuspielen.«

Whitley nickte und setzte sich wieder am Tisch zurecht. Er war nicht sehr hungrig, aber er mochte das Essen nicht zurückgehen lassen, das sie für ihn zubereitet hatten. Also nahm er die Gabel zur Hand und machte sich über die Rühreier her.

Später am Morgen saß Whitley in seinem Büro über seinen Geschäftsbüchern. Er hatte die letzten drei Wochen auf den Feldern mit den Sklaven sehr genossen, aber ihm wurde jetzt schnell klar, daß er nicht beide Aufgaben, die Aufsicht über die Feldarbeiter und die schriftlichen Angelegenheiten, erledigen konnte. Jedes erforderte einen ganzen Mann.

Das Ausbleiben des Regens machte ihm Sorgen. Wenn es so weiterging, würde das Korn auf den Halmen vertrocknen, und die Aussaat der Erdnüsse und der Baumwolle war gefährdet.

Und als habe er mit Korn und Erdnüssen noch nicht genug Probleme, gingen ihm jetzt auch Phina und Ellison nicht mehr aus dem Kopf.

Als es an der Tür seines Büros klopfte und er aufsah, stand Lon in der Tür. »Mr. Whitley, Mr. Robert ist hier, um zu besuchen.«

»Robert? Schick ihn herein.« Whitley rückte von seinem Schreibtisch ab. Es war ungewöhnlich, daß Robert mitten in der Woche den ganzen Weg bis nach Carillon ritt. Irgend etwas mußte geschehen sein. Robert kam sonst gern an einem Freitag nach Carillon, so daß er übers Wochenende bleiben und gutes Essen und Ruhe genießen konnte.

»Kommen Sie herein, Robert, und setzen Sie sich.« Whitley deutete auf den Stuhl vor ihm, während er sich erhob. »Was möchten Sie trinken?«

Robert ließ seinen massigen Körper vorsichtig in den Sessel vor dem Schreibtisch sinken. Sein Jackett stand offen und ließ eine Weste mit blitzenden Messingknöpfen und eine dicke Uhrkette sehen. »Puh!« Er holte sein Taschentuch hervor und wischte sich über Gesicht und Nacken. »Wasser, bitte, Lon. Später hätte ich gerne eine Tasse heißen Tee und dazu vielleicht etwas Süßes.«

»Ja, sofort. Was kann ich Ihnen bringen, Mr. Whitley?« fragte Lon.

»Für mich nichts.« Whitley lehnte sich entspannt gegen den Schreibtisch. »Ich bin ein wenig überrascht, Sie hier zu sehen, Robert.«

Der Anwalt faltete sein Taschentuch zusammen und steckte es wieder weg. »Ich habe gute Neuigkeiten für Sie.«

»Ich könnte ein paar gute Nachrichten brauchen. Die Felder sind so trocken, daß ich mich scheue, die Baumwollsaat auszubringen.« Whitley hoffte, seine Stimme klinge ruhig. Er wollte nicht, daß Robert spürte, wie sein unvorhergesehener Besuch ihn zutiefst beunruhigte.

»Ja, ich habe schon unterwegs bemerkt, daß es hier aussieht wie nach einem Sandsturm. Die letzten paar Meilen mußte ich mir sogar das Taschentuch über die Nase legen, so schwer ist die Luft vom Staub.«

»Erzählen Sie mir die guten Neuigkeiten, Robert.«

Robert blickte zu Whitley auf. »Abe hat gestern Nachricht bekommen, daß Richter Rogers am Donnerstag wieder in der Stadt sein wird.«

»Er kommt früher zurück?« Ein Schauder rann Whitley den Rücken hinauf. Der Ärger über Phina wuchs erneut. Ihretwegen mußte er um das kämpfen, was sein war. Neben der Ernte und Ellisons Benehmen hatte er nicht auch noch die Zeit, gegen Phina zu kämpfen.

»So scheint es.«

Robert zog sich die Weste über seinen runden Bauch. »Ich schlage vor, Sie und Phina kommen am Freitag in die Stadt und reden mit ihm. Je eher Sie beide das hinter sich bringen, um so besser wird es für alle Beteiligten sein.«

Whitley trat vom Schreibtisch zurück und blieb vor dem Fenster stehen. Er blickte hinunter in den Blumengarten und sah Phina auf Händen und Knien in einem Blumenbeet graben. Wie konnte er wütend auf eine Frau sein, die die Arbeit im Blumengarten liebte? Seine Wut schwand dahin, und der Anflug eines Lächelns erschien auf seinen Lippen. Phina hatte ihm gesagt, der Garten sei vernachlässigt und sie wolle ihm ein wenig dringend benötigte Aufmerksamkeit schenken. Er hatte erwartet, daß sie einer der Sklavinnen sagen würde, was getan werden mußte. Nicht, daß sie die Sache selbst in die Hand nahm.

Er wandte sich wieder vom Fenster ab. Übermorgen oder an sonst einem Tag, was machte das schon? Flannery würde sich um die Wiederherstellung des Blumengartens kümmern müssen. Weil Phina nach diesem Freitag nicht mehr auf Carillon sein würde, nicht mehr in seinen Gedanken, wie er sich selbst zu überzeugen versuchte.

Whitley ging wieder an seinen Schreibtisch und fragte den Anwalt: »Werden Sie mit mir kommen?«

»Selbstredend.«

Lon kam mit dem Wasser, und Robert trank das ganze Glas

in einem Zug leer. Dann seufzte er dankbar und setzte es auf das Tablett, das der Sklave ihm entgegenhielt. »Sehr gut, Lon, vielen Dank.«

»Ich werde es dich wissen lassen, wenn wir für den Tee bereit sind.«

»Ja, Sir«, sagte Lon. »Soll ich Rubra sagen, Mr. Robert werden bleiben für Abendessen?«

»Nein, nein«, warf Robert ein. »Sosehr ich auch die Gastfreundschaft und das gute Essen auf Carillon zu schätzen weiß, ich muß noch heute in die Stadt zurück.«

»Das wäre im Moment alles, Lon.«

Der alte Mann nickte und verschwand wieder. Whitley rieb sich das Kinn mit der Hand und studierte Robert eine Minute lang. Ehrlich gesagt, es gefiel ihm gar nicht, was er jetzt mit Phina machen mußte. Nachdem er sich dazu durchgerungen hatte, sie habe das Recht, ihrer Mutter zu glauben, hatte er es immer mehr genossen, sie in der Nähe zu haben. Ja, er hatte festgestellt, daß er dieses rein physische Verlangen, das bei verschiedenen Gelegenheiten zwischen ihnen aufgebrochen war, zu gern auf die Probe stellen würde. Aber er war Flannery versprochen, und er konnte Phina keinen Anteil an Carillon überlassen.

»Ich habe seit unserem letzten Zusammentreffen nachgedacht.«

»Das habe ich als sicher angenommen.« Higgins legte die Hände auf seinen umfangreichen Bauch und schob die Finger ineinander. »Die Frage ist, worüber haben Sie nachgedacht?«

Whitley zögerte kurz, bevor er sagte: »Ich glaube, es müßte Wege und Möglichkeiten geben, unseren Fall dem Richter vorzutragen, ohne ihm zu eröffnen, daß Testament und Adoptionspapiere nicht unterzeichnet worden sind.«

»Natürlich geht das.« Seine Augen verengten sich, und er begann, mit den Fingern zu trommeln.

»Und der Richter hätte doch keinen Grund, an Ihren Worten zu zweifeln, oder?«

»Eigentlich nicht ...«

Whitley lehnte sich gegen den Schreibtisch und blickte Robert an. »Ich höre ein *Aber* in Ihren Worten.«

»*Aber* was ist dabei für mich drin?« Robert machte eine bezeichnende Geste mit der Hand.

Natürlich erwartete Whitley nicht, daß der Anwalt dies ohne Gegenleistung tat. Und er erinnerte sich wieder daran, daß er Robert Higgins nicht gebeten hatte zu lügen. Er sollte nur nicht mit der ganzen Wahrheit herausrücken. »Sie bekommen natürlich Ihr übliches Honorar plus einen angemessenen Bonus, wenn der Richter Phina zum Packen schickt.«

Whitley mochte es gar nicht, in dieser Weise unseriös zu sein. Anchor hatte ihn gelehrt, zunächst und vor allem ehrenhaft zu handeln. Und in einer gewissen Weise tat er das ja auch. Er hatte keinen Zweifel, daß dies der rechte Weg war. Anchor wäre damit einverstanden gewesen, da war er sicher. Mit ein wenig Glück würde der Richter Phinas Trick durchschauen und ihren Anspruch als falsch zurückweisen, ohne nach Anchors Testament oder nach den Adoptionspapieren zu fragen.

»Zu meiner eigenen Information, Whitley, sagen Sie mir, glauben Sie ihrer Geschichte? Glauben Sie, daß sie Anchors Tochter ist?«

»Nein.« Er sagte es, ohne zu zögern. Wenn er je anfing, ihr das zu glauben, dann mußte er ihr auch Carillon übergeben. Und das würde Whitley niemals tun.

»Gut. Unsere Überzeugung wird uns in unserem Fall helfen.« Robert nestelte an seiner Weste. »Wir sollten die Möglichkeit nicht leugnen, daß Anchor im Haus von Diana Groutas war oder daß er mit ihr intim war. In jedem Fall werden wir unterstellen, sie habe auch andere in ihr Bett gelassen, und aus diesem Grund könnte eine große Anzahl Männer als Phinas Vater in Frage kommen, die ihr ebenfalls dunkle Haare und dunkle Augen vererbt haben könnten.«

Ein Hauch von Schuldgefühl streifte Whitley, aber er schob es beiseite. Er tat ja nur, was auch Anchor gewollt hätte.

»Sollte Richter Rogers entscheiden, daß eine Anhörung erforderlich ist, werde ich zustimmen, ihr eine Abfindung zu zahlen.«

»Das könnten Sie, aber richten Sie sich dann darauf ein, daß sie im nächsten Jahr wieder hier ist und im Jahr darauf abermals, und jedesmal wird sie mehr Geld verlangen.« Higgins stützte sich schwer auf die Armlehnen und erhob sich. »Ich denke, ich mache mich noch ein wenig frisch, bevor ich meine Tasse Tee trinke.«

»Phina, mein Gott! Was tun Sie denn da auf Händen und Knien im Garten?«

Phina blickte von ihren Saaten auf und sah Ellison auf sich zukommen. Er sah aus, als stünde ihr Kleid in Flammen.

»Oh, guten Tag, Ellison.« Sie nahm die Gartenhandschuhe ab und strich sich mit dem Handrücken über die Stirn, während sie sich erhob, um ihn zu begrüßen.

»Warum tun Sie das? Cush, Deke, Jasper oder einer der anderen Sklaven sollte das für Sie erledigen.«

Sie lächelte und klopfte sich den Staub aus dem Rock. »Ich arbeite an den Blumen, weil es mir gefällt.«

Ellisons Gesichtsausdruck änderte sich abrupt. »Nun ja, Phina, wenn es Sie glücklich macht, zwischen den Blumen zu graben, dann tun Sie es. Aber ich muß Ihnen etwas sagen: Sie sind die schönste Blume in diesem Garten.«

Überrascht von Ellisons Schmeicheleien, antwortete sie in der einzigen ihr angemessen scheinenden Art und sagte: »Vielen Dank. Es ist nett, daß Sie so etwas sagen.«

»Es ist die Wahrheit, Phina. Sie sind sehr schön mit Ihren dunklen Haaren und Augen.«

»Nun«, sagte sie und schob eine widerspenstige Haarsträhne unter ihre Haube, »Sie wissen wirklich sehr gut, wie

Sie einer Frau den Tag verschönern können.« Sie wußte nicht, was sie von Ellisons überzogenen Schmeicheleien halten sollte. Er schien sie damit zu überschütten zu wollen, sobald sie sich sahen.

Ellison kam etwas näher. »Phina, wo wir jetzt einen Moment oder auch zwei allein sind, würde ich gern mit Ihnen über etwas reden.«

»Bitte.«

»Ich bin sehr von Ihnen angetan. Natürlich habe ich mit Rücksicht auf Whitley versucht, meine Gefühle nicht zu zeigen. Ich glaube nicht, daß er sehr glücklich wäre zu wissen, daß sein Oberaufseher sich für eine Frau interessiert, die ihrerseits versucht, ihm die Plantage wegzunehmen.«

Völlig überrascht schnappte Phina nach Luft. »Ich versuche nicht, ihm Carillon wegzunehmen. Ich möchte nur haben, was von Rechts wegen mein ist. Eine Abfindung ist alles, was ich haben möchte.«

»Ja, das meinte ich.« Er lächelte, aber dieses Lächeln erreichte seine Augen nicht, wie sie feststellte. »Was ich Sie fragen wollte, ist, ob ich die Erlaubnis habe, um Sie zu werben.«

Einen Augenblick war sie sprachlos. »Um mich werben?« fragte sie schließlich. Ellison steckte heute voller Überraschungen. Phina schüttelte den Kopf. »Es tut mir sehr leid, Ellison, aber damit kann ich aus einer ganzen Reihe von Gründen nicht einverstanden sein.«

»Und was, wenn ich fragen darf, sollte Sie davon abhalten, mir zu erlauben, Ihnen den Hof zu machen?« Sein Grinsen hatte etwas Jungenhaftes an sich.

Sein Interesse an ihr verwirrte sie. Am besten ließ sie ihn gleich jetzt wissen, daß sie an ihm kein Interesse hatte. In dem Versuch, freundlich zu bleiben, sagte sie: »Ellison, Sie sind ein sehr gut aussehender und charmanter Mann, aber es gibt zuviel anderes in meinem Leben, um auch nur daran zu denken, mir von Ihnen oder von irgend jemand sonst den Hof machen zu lassen. Ich habe nicht nur meine Auseinandersetzung mit Whitley, sondern ich muß auch noch an meine Mutter und an mein Leben in New Orleans denken.«

Wieder lächelte er. »Ich hatte nicht erwartet, daß Sie sofort einverstanden sein würden. Aber gewöhnen Sie sich schon einmal an den Gedanken, Phina. Ich habe nicht vor, so leicht aufzugeben.«

Ellison langte herüber und berührte ihre Wange. Phinas erster Impuls war, sich von ihm zurückzuziehen, aber noch bevor sie es überhaupt konnte, hörte sie Schritte, und als sie sich umwandte, sah sie, daß Whitley auf sie zukam. Phina hielt den Atem an. Das letzte, was sie wollte, war, in einer kompromittierenden Situation mit Ellison angetroffen zu werden.

»Ich hoffe, ich unterbreche keine allzu innige Situation«, sagte Whitley steif, als er vor ihnen stehenblieb.

»Überhaupt nicht, Whitley«, sagte Ellison ruhig. »Ich habe Phina nur gerade gesagt, daß wir für diese Art Arbeit Sklaven haben.« Er wandte sich wieder an Phina. »Ich habe zwar nicht den ganzen Staub von Ihrer Wange wischen können, aber so geht es schon besser.«

Phinas Hand flog hinauf an ihre Wange, als sie Whitley ansah. Der Ausdruck auf seinem Gesicht sagte ihr, daß er Ellison nicht glaubte. Normalerweise sah sie weder Whitley noch Ellison während des Tages. Wieso sah sie plötzlich beide am selben Tag? Sie klopfte sich den Rock. »Ich weiß, ich muß schlimm aussehen.«

»Ich nehme an, niemand kann im Garten arbeiten, ohne sich dabei schmutzig zu machen.«

Phina war sicher, in seinen Worten liege noch ein Hintersinn, aber er wandte sich abrupt Ellison zu und fragte: »Was macht die Aussaat?«

»Im Augenblick arbeiten wir auf den östlichen Feldern direkt am Fluß. Sonst noch etwas?«

Whitley schüttelte den Kopf.

Ellison wandte sich an Phina und tippte sich an die Hutkrempe. »War nett, sich mit Ihnen zu unterhalten.«

»Guten Tag, Ellison.«

Whitleys Augen trafen sich mit ihren. »Ich würde nicht zu allzu großer Freundlichkeit im Umgang mit Ellison raten«, sagte Whitley.

Es war nicht schwer, sich vorzustellen, daß irgend etwas zwischen diesen beiden Männern vorging, und Phina war entschlossen, sich da nicht hineinziehen zu lassen.

Sie blickte Whitley an. Er war ein gut aussehender, kräftig gebauter Mann. Sie mochte es, wie sein Haar auf seinen Kragen fiel. Sie mochte die Kraft, die Stärke, die sie in seiner Figur zu sehen meinte. Und einen verrückten Augenblick lang wünschte sie sich, Whitley möge derjenige sein, der Interesse an ihr zeigte.

»Ich bin nur gekommen, um Ihnen zu sagen, daß der Richter Ende der Woche wieder in der Stadt erwartet wird. Wir werden ihn am Freitag besuchen gehen.«

Phinas Brust zog sich zusammen. In ihrem Magen spürte sie Übelkeit. Noch ein paar Tage, und alles war vorüber. Einerseits war es eine Erleichterung zu wissen, daß der Zeitpunkt gekommen war, doch andererseits war diese Neuigkeit unwillkommen, ja bedrückend. Trotz all der Beweise, die sie gesammelt hatte, konnte der Richter ihren Anspruch immer noch verneinen.

»Ich werde um sieben Uhr am Freitag morgen bereit sein«, sagte sie und gab sich alle Mühe, sich nicht ansehen zu lassen, wie es tief drinnen in ihr aussah.

»Und, Phina, auch wenn Sie und Ellison sich näherkommen, würde Sie das Ihrem Ziel, Carillon unter Ihre Kontrolle zu bringen, nicht näherbringen.« Damit drehte er sich auf dem Absatz um und ging davon.

Tasma lief durch das halbhohe Korn, bis sie Cush und zwei andere Männer auf einer freien Fläche sah, wo sie Tomatenpflanzen in die Erde setzten.

»Cush!« rief sie ihm zu. Als er den Kopf hob, winkte sie ihn zu sich.

Sekunden später stand er kurzatmig vom Laufen direkt vor ihr. Sein Hemd war schmutzig und verschwitzt. »Das aber schön, dich sehen mitten am Tag, Tasma. Was machen hier?«

»Ich hier wegen Miss Phina. Sie brauchen Werkzeuge für Garten. Spaten oder Hacke oder so was. Sie sagen, sie gar nichts wissen von diesen Sachen, aber du wissen, was sie brauchen.«

»Was Miss Phina wollen mit Spaten und Hacke?«

»Sie anfangen, den Blumengarten herrichten.«

»Das nicht nötig.«

»Ich weiß. Aber sie nicht hören auf mich.« Tasma strich sich mit den Fingern über die Stirn. »Viel zu heiß hier draußen.«

Cush nahm ihren Ellenbogen und sagte: »Dann hier unter diesen Baum kommen und abkühlen.«

Tasma erlaubte Cush, sie in den kühlen Schatten eines in der Nähe stehenden Baumes zu führen. »Ich nicht verstehen, wie du können arbeiten hier in solche Hitze.«

Cush lachte, während er nach einer Fliege schlug, die ihm um den Kopf schwirrte. »Ich lieber hier als in Haus eingeschlossen.«

Sie lehnte sich gegen den Baumstamm und blickte zu Cush auf. »Ich muß ausruhen, bevor zurück zu Miss Phina.«

»Ich bringen dir diese Werkzeuge, wenn du willst«, erbot er sich.

Tasma gähnte und reckte die Hände über dem Kopf.

»Du siehst hübsch heute aus, Tasma.« Cush stützte sich mit der Hand an dem Baumstamm neben ihrer Schulter ab und lehnte sich über sie. »Ich so gern diese schönen Lippen küssen.«

Sie wollte schon nein sagen, erinnerte sich dann aber, daß sie von Cush die Kunst des Küssens erlernen wollte, damit sie, wenn Spiker sie je einmal küssen sollte, wußte, wie man das richtig macht. Tasma langte also nach oben und legte ihre Arme um Cushs Nacken. Mit einem Seufzer preßte er seine Lippen auf ihre und seinen Körper gegen ihren. Seine Hand glitt über ihren Rippenbogen und blieb auf ihrer Taille liegen.

Tasma gestattete ihren Händen die Freiheit, über Cushs Rücken zu streichen, während seine Lippen mit den ihren verschmolzen. Zu ihrem großen Mißvergnügen fühlte Cushs Rücken sich dünn und knochig an, nicht so fest, nicht so voll wie der von Spiker. Sie fragte sich, wie lange sie es Cush wohl noch gestatten wollte, ihr den Hof zu machen, wenn sie doch in Wirklichkeit nur Spiker wollte. Schließlich schob sie ihn sanft von sich, und er trat auch einen Schritt zurück.

»Du mich in Feuer gesetzt«, sagte er atemlos. »Diese Küsse – ich dich am liebsten heiraten noch heute abend.«

»Verrückt!« sagte sie und strich sich das Kleid glatt. Eines Tages würde sie sich bei ihm bedanken, daß er ihr das Küssen beigebracht hatte. »Ich nicht heiraten. Wir gehen jetzt besser. Holen Werkzeuge für Miss Phina.«

KAPITEL 11

Phina saß steif in der Kutsche, die Richtung Stadt rumpelte. An ihrem Hals hing das silberne Glöckchen, das Anchor ihrer Mutter vor neunzehn Jahren gegeben hatte. Am Handgelenk hing das kleine Täschchen, das die beiden Briefe enthielt. In den Händen hielt sie das Tagebuch, das bewies, daß Anchors Geschäfte ihn zu der Zeit nach New Orleans geführt hatten, in der ihre Empfängnis stattgefunden haben mußte. Aus ganzem Herzen betete sie, das alles werde dem Richter reichen, ihrem Antrag stattzugeben und ihr einen Anteil am Erbe zuzusprechen. Sollte das geschehen, hatte sie schon daran gedacht, Whitley eventuell zu fragen, ob sie und ihre Mutter nicht hier auf Carillon leben konnten.

Sie würde zu gerne auf Carillon bleiben und sich um Haus und Garten kümmern. Es war so wunderschön am frühen Morgen bei den ersten warmen Sonnenstrahlen und am späten Nachmittag mit der lauen Luft. Tasma könnte sich um ihre Mutter kümmern, wie sie sich jetzt um sie kümmerte. Diana würde es bestimmt bessergehen. Doch je länger Phina solchen Gedanken nachhing, um so deutlicher schob sich eine schöne blonde Frau in einem rosafarbenen Kleid vor ihr geistiges Auge.

Sie hatte herausgefunden, daß die Frau Whitleys Verlobte war. Flannery war ihr Name. Und sosehr Phina sich auch wünschen mochte, es möge anders sein, hatte sie doch das Gefühl, daß Flannery das uneheliche Kind Anchors und seine frühere Mätresse nicht auf Carillon sehen wollte.

Aus dem Fenster der Kutsche konnte Phina auf Whitley sehen, der ein Stück voraus auf seinem Pferd ritt. Sie hatte schon früher bemerkt, daß ihr Atem schneller ging und ihre Brust sich zusammenzog, wann immer sie in seiner Nähe war. Phina mußte Whitleys Stärke bewundern, auch wenn er sie gegen sie einsetzte. Er kämpfte hart für das, woran er glaubte, und sie hatte keinerlei Anzeichen dafür bemerkt, daß er irgend etwas heimlich unternahm. Hätte sie Whitley unter anderen Umständen kennengelernt, sie hätte sich nicht so dagegen gewehrt, sich zu ihm hingezogen zu fühlen. Eine Zeitlang hatte sie auch angefangen zu glauben, seine Gefühle für sie würden sanfter, doch jetzt schien es, als könne er es gar nicht mehr abwarten, sie aus seinem Haus und seinem Leben zu entfernen.

Die Kutsche rollte vor dem Büro des Sheriffs aus. Sie fragte sich, ob Whitley wohl wußte, wie wichtig ihr dieses Zusammentreffen war. Er hatte gedacht, sie wolle nur eine Abfindung. Jetzt wollte sie mehr. Sie wollte, daß Carillon ihr Zuhause wurde. Sie spürte einen schweren Druck auf der Brust. Ihre Beine wollten ihr nicht mehr so recht gehorchen, als sie aus der Kutsche kletterte. Sie zitterte. Sie hatte Angst und kämpfte verzweifelt darum, diese Angst nicht deutlich werden zu lassen. Phina war entschlossen, stark und unerschütterlich in ihrem Glauben zu sein, sie sei Anchors Tochter.

Whitley wartete mit dem Hut in der Hand an der Tür zum Büro des Sheriffs auf sie. Als sie ihn sah, wünschte sie sich, ihre beiderseitige Beziehung wäre eine andere.

Irgendwie schaffte sie es auf wackligen Beinen bis zu Whitley, und ihr Atem ging so schwer, daß ihre Brust schmerzte. Vielleicht war es sinnlos, ruhig und gelassen erscheinen zu wollen, wenn ihr Leben und das ihrer Mutter auf dem Prüfstand war. Sie fragte sich, ob sie sich selbst nicht zuviel abverlangte. Konnte sie denn wirklich vor dem Richter aufstehen und sich selbst als Anchor McCabes Bastard bezeichnen? Doch dann dachte sie wieder an ihre Mutter, die so zerbrechlich und krank war. Ja, sie konnte es sehr wohl.

Als sie vor ihm stand, schaute sie ihn aus verkniffenen Augen an, und einen Augenblick lang meinte sie, Bedauern in seinen Zügen lesen zu können. Nervös spielte sie mit ihrem Hut. Er sagte ihren Namen so leise und so sanft, daß es auch ein Seufzen hätte sein können, aber sie hörte ihn.

»Ich möchte, daß Sie wissen, daß das hier nicht persönlich gegen Sie geht. Ich würde genau dasselbe tun, ganz gleich, wer auch immer einen Anteil an Carillon haben wollte.«

»Das habe ich von Anfang an gewußt«, erwiderte sie ruhig, aber bestimmt.

Er wartete noch einen Augenblick, als wolle er noch etwas sagen. Er öffnete sogar schon den Mund, als wolle er sprechen, aber im letzten Augenblick ließ er es dann doch. Statt dessen öffnete er die Tür zum Büro des Sheriffs und bedeutete ihr, zuerst einzutreten.

Der Sheriff und ein anderer beleibter Mann standen in der entgegengesetzten Ecke des Raumes beieinander. Als sie eintrat, lösten die beiden sich voneinander, und der untersetzte Mann eilte ihr entgegen. »Wir haben schlechte Nachrichten«, sagte er.

»Was?« fragte Whitley, als er hinter Phina den Raum betrat.

»Es ist schlicht unglaublich.« Seine Stimme klang aufgeregt. »Die Kutsche, in der Richter Rogers reiste, wurde etwa hundert Meilen weiter nördlich von Indianern überfallen und niedergebrannt. Alle Reisenden wurden getötet.«

»O nein!« japste Phina und umklammerte mit beiden Händen das Tagebuch. »Das ist ja schrecklich.«

»Mein Gott! Robert, Abe, sind Sie ganz sicher?«

»Ich bin absolut sicher«, sagte Abe und zog sich die Hose höher auf die Taille hinauf, als er auf sie zukam. »Ich habe die Nachricht gerade erst vor wenigen Minuten bekommen. Die Marshals im Norden konnten bis jetzt ermitteln, daß es sich um zwei verschiedene Banden von jeweils zehn oder zwölf Männern handelt.« Er schüttelte den Kopf und schien die Situation noch einmal zu überdenken.

»Was treibt sie nur dazu?« fragte Whitley. »Die Cherokesen sind stets friedliche Indianer gewesen.«

»Das sind die meisten auch jetzt noch, soweit wir wissen. Der Mann, mit dem ich heute morgen gesprochen habe, sagte, eine kleine Gruppe von ihnen habe sich zusammengerottet und sich entschlossen, nach Georgia zurückzukehren und die weißen Männer dafür zu bestrafen, daß sie ihnen ihr Land genommen und sie auf die andere Seite des Mississippi vertrieben haben.«

»Es ist bereits eine Eingreiftruppe der Regierung unterwegs, um sie ausfindig zu machen.« Der schwer gebaute Mann, den Whitley mit Robert angesprochen hatte, sagte: »Da ihre Anzahl so gering ist, ist es ganz leicht für sie, sich im

Buschland und in den Sümpfen zu verstecken. Sie sind äußerst geschickt. Es war recht einfach, sie einzukesseln, als sie noch in ganzen Dörfern zu Tausenden zusammenwohnten. Aber jetzt wird das wohl nicht so leicht sein.«

»Und sie brauchen so gut wie nichts zum Leben«, fügte der Sheriff hinzu. »Sie ernähren sich notfalls von Beeren, Blättern und ähnlichem. Ich hätte auch nie gedacht, daß sie uns einmal so nahe kommen würden. Wir haben ihnen nichts von ihrem Land genommen, als die Regierung sie vor drei Jahren wie Vieh nach Westen getrieben hat.«

»Ganz ehrlich – nach allem, was ich darüber gehört habe, wie man mit ihnen umgegangen ist, bin ich nicht weiter überrascht, daß einige von ihnen zurückgekommen sind, um sich zu rächen. Ich bin sicher, für sie sind alle Weißen gleich.«

»Nein«, verteidigte Whitley sie. »Davy Crockett, John Ross, Daniel Webster haben sich für die Cherokesen eingesetzt. Sie alle haben hart darum gekämpft, ihnen zu helfen, daß sie ihren Teil von Georgia behalten können. Der Vertrag, der schließlich dem Senat zur Abstammung vorgelegt wurde, ging nur mit einer Stimme Mehrheit durch.«

Phina hörte der Unterhaltung ringsum aufmerksam zu. Sie war nicht besonders gut vertraut mit den hier besprochenen Verhältnissen. Aber irgendwie war ihr, als habe sie etwas mit den Cherokesen gemein. Man würde auch sie mit Gewalt aus Carillon hinauswerfen müssen. Freiwillig würde sie niemals gehen. Sie würde für ihren Erbanspruch kämpfen.

»Aber was sollen wir jetzt tun?« unterbrach sie die Unterhaltung der anderen über das Indianer-Problem. Aller Augen wandten sich ihr zu. Sie legte ihre Handtasche und das Tagebuch auf einen kleinen Tisch neben ihr. »Was sollen wir jetzt machen ohne einen Richter, der eine Entscheidung fällen kann?«

Robert Higgins schob Abe beiseite und blieb vor Phina stehen. »Ich glaube, wir kennen uns noch nicht. Ich bin Robert Higgins. Sehr erfreut, Sie kennenzulernen.«

»Ich bin Phina. Es tut mir leid um den Richter, auch um die Indianer. Trotzdem läge mir sehr daran, mein persönliches Schicksal heute entschieden zu sehen.«

»Sie hat recht, Abe«, sagte Whitley. »Was machen wir jetzt?«

Abe hob die Hände. »Wir werden warten müssen, bis ein neuer Richter bestellt werden kann«, sagte er.

»Nein!« riefen Whitley, Robert und Phina unisono.

»Ein jeder von uns muß sein Leben weiterleben, Abe.« Whitleys Stimme klang fest.

Phina wußte, daß Whitley von seiner Verlobung und von seiner Heirat sprach, und einen Augenblick lang verspürte sie so etwas wie Eifersucht. »Ich bin Anchor McCabes Tochter, und mir steht ein Anteil zu.«

Whitley blickte sie durchdringend an. »Sie sind eine Glücksritterin und nur darauf aus, etwas zu bekommen, was Ihnen nicht zusteht.«

»Wie können Sie so etwas sagen? Nichts könnte weiter an der Wahrheit vorbeigehen. Im übrigen interessiert es niemanden, was Sie über mich denken.«

»Wollen Sie wissen, was ich in Wahrheit von Ihnen denke, Phina? Ich glaube, Sie und Ihre Mutter haben einfach keine Lust mehr, für den eigenen Lebensunterhalt zu arbeiten, und Sie versuchen jetzt, sich das Leben ein wenig zu erleichtern, indem Sie einen Mann ausnehmen, mit dem Ihre Mutter einmal geschlafen hat.«

Wut stieg in ihr hoch. Es war schlimm genug, daß er solche Sachen von ihr behauptete. Aber sie wollte es unter keinen Umständen hinnehmen, daß er so gemein von ihrer Mutter sprach. »Das nehmen Sie zurück!«

»Es ist die Wahrheit!«

»Whitley! Phina!« rief Robert Higgins scharf, um sich Gehör zu verschaffen. »Auf diese Weise wird überhaupt nichts geregelt. Jetzt beruhigen Sie sich mal alle beide.«

Abe rieb sich die Nase. »Ich habe bereits erklärt, daß dies

eine Sache für die Gerichte ist. Ich kann das nicht klären. Mein Job besteht darin, Recht und Gesetz aufrechtzuerhalten. So, wie ich es sehe, verletzt keiner von Ihnen beiden das Gesetz. Das einzige, was ich Ihnen raten kann, ist, so weiterzumachen wie bisher, bis ein neuer Richter bestellt worden ist.«

»Und wie lange wird das dauern?« wollte Whitley wissen.

»Wie soll ich das wissen? Ich kann mir nicht denken, daß die Leute in der Regierung sich große Gedanken um uns machen, solange noch mordende und brandschatzende Banden durchs Land ziehen.«

»Warum können Sie sie nicht einfach wieder nach Hause schicken?«

Phina zitterte vor Wut. Wie konnte er wieder damit anfangen! »Ich bin Anchors Tochter, und Sie wissen, daß ich es bin. Ich habe meine Rechte.«

Das Blitzen in seinen Augen wirkte auf einmal gemein. Die Muskeln in seinem Nacken arbeiteten wie wild. »Wenn ich auch nur einen Augenblick geglaubt hätte, Sie seien Anchors Tochter, wäre ich glücklich gewesen, Sie auf Carillon willkommen zu heißen. Aber ich glaube, dies ist ein Trick, um Geld für sich selbst und für Ihre Mutter zu beschaffen, weil sie ihr eigenes Erbteil verschleudert hat.«

Phinas Hand flog und traf ihn mitten ins Gesicht. Whitley packte ihre Handgelenke und schob Phina gegen die Wand, daß sie mit dem Kopf gegen den Putz schlug. Sie schrie unterdrückt auf und versuchte, sich aus seinem festen Griff zu befreien. »Ich habe Ihnen gesagt, ich würde Ihnen weh tun, wenn Sie das je wieder tun«, stieß er zwischen den zusammengepreßten Zähnen hervor.

Aus den Augenwinkeln sah Phina, daß Abe und Robert versuchten, Whitley an den Armen zurückzureißen. Sie hörte, wie die beiden Männer eindringlich auf ihn einredeten, sie wieder loszulassen, aber Whitley ignorierte sie einfach. Sie war so wütend, daß sie sich wünschte, Abe und Robert würden gehen, damit sie das mit ihm allein auskämpfen konnte.

»Wie können Sie es wagen, so über meine Mutter zu reden! Anchor hat es wohl nicht geschafft, Ihnen Manieren beizubringen!«

Whitley schüttelte die Hände seiner Freunde mit Leichtigkeit ab. »Lassen Sie Anchor aus dem Spiel«, sagte er in grenzenloser Rage. »Ich bin nahe daran, Sie zu schlagen, Phina, damit Sie sehen, wie das ist.«

»Nur zu! Ihre Hände können mich niemals so schwer verletzen wie Ihre Worte.« Ihre Worte waren nur noch ein Zischen.

»Sie zwingen mich ja mit Ihren Lügen, zu solchen Mitteln zu greifen!«

»Ich lüge nicht!« Sie kämpfte wieder gegen ihn und war wild entschlossen, ihn noch einmal zu schlagen, wenn sie nur die Gelegenheit dazu bekam. Als sie endlich eine Hand frei hatte, schlug sie tatsächlich nach ihm, aber ihre Hand traf Roberts Wange. Der Anwalt knurrte und zog sich zurück. Whitley packte ihre Hände und riß sie über ihren Kopf in die Höhe, als der Knall eines Gewehrschusses sie beide auf der Stelle erstarren ließ. Von der Decke fiel Putz auf den Boden.

Phina schnappte mühsam nach Luft. Whitley erging es nicht anders, als er sich weiter mit aller Kraft gegen sie drängte. Ihrer beider Blicke trafen sich. Sie wich ihm nicht aus und sah, daß der Ausdruck in seinen blaugrünen Augen von purer Rage zu Leidenschaft wechselte, und einen betörenden Augenblick lang dachte Phina, er werde sie gleich küssen. Abrupt ließ er sie los und trat zurück.

»So ist's besser«, sagte Abe und setzte den Gewehrkolben auf den Fußboden. »Ich habe jetzt genug von dieser Schreierei und Schimpferei. Jetzt fahrt beide nach Hause und benehmt euch wie vernünftige Leute. Sollte ich hören, daß ihr diese Auseinandersetzung weiterführt, komme ich und stecke euch beide wegen Ruhestörung ins Gefängnis.«

Whitley und Phina blickten ihn verdattert an.

»Sie wollen doch wohl nicht sagen, daß Sie die beiden

zusammen nach Carillon zurückgehen lassen nach allem, was Sie hier miterlebt haben?« fragte Robert Higgins und wischte sich mit dem Taschentuch über das Gesicht.

»Aber sicher sage ich das. Brüder und Schwestern streiten sich dauernd in dieser Weise miteinander. Ehemänner und Ehefrauen ebenfalls.« Er unterbrach sich kurz. »Ich will nur nicht hören, daß das wieder passiert ist.«

Phina blickte Whitley an. Dieser starrte Robert an, während er sich das Hemd wieder in den Hosenbund schob und sein Jackett richtete.

»Whitley, ich weiß nicht, was ich tun soll«, sagte Robert Higgins und steckte das Taschentuch wieder weg. »Ich schlage vor, wir gehen zum Gouverneur und versuchen ...«

»Nein«, sagte er mit geradezu tödlicher Ruhe.

»Nun, hier werden wir jedenfalls keine Genugtuung erfahren.«

»Ich sagte nein.«

Er strich sich mit beiden Händen das Haar aus der Stirn. »Phina und ich werden nach Carillon zurückgehen und uns wie zivilisierte Menschen benehmen, bis ein neuer Richter gefunden worden ist, genau wie es der Sheriff gesagt hat.«

Er nahm seinen Hut, setzte ihn sich wieder auf den Kopf und ging zur Tür hinaus.

Auf dem Weg zurück nach Carillon wollte Whitley nicht neben der Kutsche reiten. Er wollte schnell und rauh reiten, um einiges von der Wut abzuarbeiten, die sich gegen Phina gerichtet hatte. Jetzt, wo das Debakel vorüber war, schämte er sich schrecklich. Er hörte Phina noch immer sagen: ›Ihre Hände können mich niemals so schwer verletzen wie Ihre Worte‹. Und, verdammt noch mal, er wußte, daß es stimmte. Er hatte sie verletzen wollen, weil sie Carillon haben wollte, weil sie so begehrenswert war, daß er Flannery glatt vergessen hatte.

Er ging hinüber zu seinem Pferd und holte sein Gewehr aus dem Sattelschuh. Als wenn er den Gefühlswirrwarr seines Masters spürte, lief Spiker zu ihm hinüber. Whitley schob Spiker das Gewehr in den Arm, und die Augen des Schwarzen wurden rund vor Schreck.

»Mr. Whitley ...«

»Halt den Mund, Spiker, und hör mir zu.« Whitley durchsuchte die Satteltaschen nach Ersatzpatronen. In gewisser Weise konnte er die Wut der Indianer verstehen. Er fühlte für Phina ganz genauso, weil sie ihm einen Teil von Carillon wegnehmen wollte. Er könnte ihr auch einfach nur eine Abfindung zahlen und sie ihrer Wege schicken, aber Robert hatte recht, er würde sich dann nie mehr sicher fühlen können. Eines Tages würde sie zurückkehren und mehr und immer mehr Geld haben wollen, bis sie ihn wieder vor einen Richter zerrte und ihm die ganze Plantage wegnehmen wollte. Nein, er mußte sie jetzt bekämpfen und die Sache regeln.

»Halt dieses Gewehr den ganzen Weg zurück nach Carillon zwischen deinen Beinen, und fahre ohne Aufenthalt nach Hause. Die Indianer, mit denen es weiter oben im Norden Ärger gegeben hat, sind näher, als wir dachten. Ich glaube zwar nicht, daß sie auch so weit südlich auftauchen werden, aber es ist besser, wenn du sehr aufmerksam bist, für alle Fälle.«

»Ja, Sir.«

»Laß Phina hier nicht mehr herumtrödeln. Hol sie und fahr nach Hause.«

Spikers dichte Augenbrauen gingen nach oben. »Ich glaube nicht, daß Miss Phina gern von mir hört, was sie tun soll, und ich weiß auch, daß sie von mir nicht angefaßt werden will, Mr. Whitley.«

»Tu es trotzdem. Falls sie nach dir schlägt, wird es jedenfalls nicht lange weh tun.«

Whitley schwang sich in den Sattel. Er blickte auf Spiker hinunter. »Los.«

Ellison saß auf einem bequemen Stuhl in seinem Salon und lauschte auf das ferne Gewittergrollen. Ein Glas und eine Flasche seines Lieblingswhiskys standen auf dem Tischchen neben ihm. Licht von einer heruntergedrehten Lampe ließ Schatten über die Wand vor ihm tanzen.

Er hatte Whitleys Rückkehr auf Carillon abgewartet. Der Mistkerl war kurz angebunden gewesen, als er versuchte, ihn über den Termin beim Richter auszufragen. Das einzige, was Ellison aus ihm herausgebracht hatte, war, daß der Richter von irgendwelchen Indianern umgebracht worden war.

Ein Blitz erhellte für Bruchteile von Sekunden das Zimmer. Ellison nahm sein Glas und nippte daran. Es war an der Zeit, Whitley einen Kopf kleiner zu machen. Und er hatte die dafür erforderliche Information in der Hand. Whitley würde den Tag noch bereuen, an dem er ihm anvertraut hatte, daß Anchor weder das Testament noch die legale Adoption Whitleys jemals unterschrieben hatte.

Ellison kicherte, während draußen der Donner rollte. Wenn er Phina den Hof machte und sie bewegen konnte, ihn zu heiraten, würde er ihr erzählen, daß Whitleys Anspruch auf Carillon auf wackligen Füßen stand und sie eine gute Chance hatte, daß der Richter ihr alles zugestehen würde. Zumindest hatte sie einige schriftliche Beweise. Alles, was Whitley vorzuweisen hatte, war, daß er die letzten fünfzehn Jahre in Anchors Schatten gelebt hatte.

Er lächelte. Verdammt noch mal, wenn er seine Karten richtig ausspielte, konnte er Phina, Carillon und Chatalene haben.

»Chatalene.« Ihr Name entfloh seinen leicht geöffneten Lippen so leicht wie das Rauschen von Engelsflügeln. Sie hatte einen wunderschönen Körper. Er hatte ihn einmal eingehend in Augenschein genommen, bevor er sie zum erstenmal angefaßt hatte. Bisher hatte er sie noch nicht einmal geküßt. Er war auch nicht sicher, ob sie das wollte. Er schloß die Augen und erinnerte sich wieder an das letzte Mal, als er mit ihr zusammen war.

Den verschreckten Ausdruck in den Augen, den sie noch gezeigt hatte, als er sie das erste Mal zu sich gerufen hatte, hatte sie ganz verloren, auch wenn sie noch immer sehr zögerlich war, wenn sie sich vor ihm auszog. Bei jenem ersten Mal hatte sie nicht gewußt, was er mit ihr vorhatte. Inzwischen wußte sie, daß er ihr nicht weh tun würde. Die Dinge, die er mit ihr machte, waren sehr angenehm.

Vor seinem geistigen Auge sah er einen schönen braunen Körper mit festen Brüsten, einer schmalen Taille und runden Hüften. Ja, er genoß es, sie zu berühren. Ellison schloß die Augen und legte den Kopf gegen die Stuhllehne, während ihr letzter Besuch vor seinem geistigen Auge Revue passierte.

Sie war hereingekommen, und er hatte hinter ihr die Tür geschlossen. Da sie wußte, was er wollte, war sie sofort ins Schlafzimmer gegangen und am Fußende des Bettes stehengeblieben. Auf der Anrichte hatte eine Lampe gebrannt und den ganzen Raum in ein sanftes Licht getaucht.

»Zieh dein Kleid aus«, sagte er.

Sie gehorchte wortlos. Seine Blicke gingen über ihre Brüste und ihren Leib hin, von dort noch wenig tiefer und zurück zu den Brüsten. Es bereitete ihm ein unbeschreibliches Vergnügen, die nackte schwarze Frau zu betrachten. Er nickte, und sie warf die Kissen auf den Fußboden und schob die Decke ans Fußende des Bettes. Er bekam eine Erektion, während er jede Bewegung ihres dunklen Körpers beobachtete, ihre sanft abfallenden Schultern, die schmale Rückenlinie, die sanft gerundeten Hüften, während sie das Bett für sie beide vorbereitete. Als sie fertig war, legte sie sich auf das Bett. Sie erinnerte sich wieder, was sie beim letzten Mal hatte tun müssen. Das gefiel ihm.

Ellison öffnete seinen Bademantel.

Ein lauter Donner riß Ellison aus seinen Tagträumen. Er schüttelte den Kopf, um wieder klar denken zu können. Er konnte Chatalene haben, wenn er sie haben wollte. Warum sollte er hier auf dem Stuhl sitzen und sich Erinnerungen hingeben, wenn er doch nach ihr schicken konnte. Wieder zuckten Blitze auf. Und das sollte er besser jetzt gleich tun. Ein Sturm braute sich zusammen.

KAPITEL 12

Unruhig ging Whitley vor dem Fenster seines Büros auf und ab. Seit einer Stunde blitzte und donnerte es jetzt, aber noch war nicht ein einziger Tropfen Regen gefallen. Hitzegewitter waren in dieser Gegend nichts Ungewöhnliches, aber normalerweise traten sie erst in den heißen Sommermonaten auf, nicht schon Ende April.

Doch selbst wenn er nicht auf Regen gewartet hätte, wäre er nicht in der Lage, heute nacht zu schlafen. Phina ging ihm nicht aus dem Kopf. Sie hatte durch Tasma ausrichten lassen, sie habe Kopfschmerzen und werde ihn deshalb nicht zum Dinner treffen. Das war ihm lieb. Er wollte jetzt nicht mit Phina zusammentreffen. Er wußte, daß er sich für sein rüdes Benehmen im Büro des Sheriffs würde entschuldigen müssen, sobald er sie sah. Und sich zu entschuldigen war ihm noch nie leichtgefallen.

Abes Vorschlag, mit ihr wie Bruder und Schwester zusammenzuleben, konnte niemals funktionieren. Da war er ganz sicher. Er fühlte für Phina nicht wie für eine Schwester. Er spürte, wie er eine Erektion bekam. Nein, er fühlte eine Menge Dinge, wenn er Phina ansah. Doch brüderliche Liebe gehörte nicht dazu. Phina war schön, eigenwillig und couragiert. Sie hatte sich ohne Probleme auf Carillon eingelebt, und wie Rubra ihm berichtet hatte, kam sie hervorragend mit allen

Sklaven aus. Dazu war Phina sehr loyal. Ihm imponierte, wie sie ihrer Mutter zu Hilfe kam und für sie einstand.

Was er auch an Phina mochte, war ihre Unberechenbarkeit. Er hätte in jeder Situation gewußt, wie Flannery sich verhalten würde. Er brauche nur die Regeln der Gesellschaft zu kennen, um Flannerys Handeln absolut sicher vorhersagen zu können. Aber sie war die Art von Frau, von der Anchor gesagt hatte, er brauche sie. Und Whitley hatte Anchor nie den Gehorsam verweigert. Er konnte sich nicht vorstellen, daß Phina ihn zurechtweisen würde wie einen schmutzigen kleinen Jungen, nur weil er ein paar Küsse von ihr wollte. Ja, das einzige Problem, das er mit Phina hatte, war, daß sie einen Teil von Carillon haben wollte.

Als er plötzlich hörte, wie sich die Hintertür öffnete, versteifte Whitley sich. Das Geräusch hätte ihn nicht weiter beunruhigt, wären da nicht die Indianer gewesen. Ganz offensichtlich töteten sie und verbrannten Felder wie Häuser, ohne sich etwas dabei zu denken. Er blickte zu der in Messing gefaßten Uhr auf der Kaminhaube und sah im schwachen Schimmer der Lampe, daß es fast Mitternacht war. Es war viel zu spät, als daß einer der Sklaven jetzt noch ins Haus käme.

Schnell trat er an den Schreibtisch und öffnete die oberste Schublade auf der rechten Seite, wo seine schußbereite Pistole lag. Seine Hand schloß sich um den perlmuttbesetzten Griff, während er unentwegt die Tür im Auge behielt. Unter den gegebenen Umständen konnte er gar nicht vorsichtig genug sein.

Ein Blitz zuckte auf, als Spiker in der Tür erschien. Erleichtert ließ Whitley die Pistole wieder los. Wenn die Behörden die Renegaten nicht bald faßten oder die Indianer noch weiter nach Süden vordrangen, würde er sich überlegen müssen, ob er den Sklaven nicht Waffen gab. Er war alles andere als sicher, ob er das wollte. Zu Anchors klaren Regeln gehörte es, einem Sklaven niemals eine Waffe in die Hand zu geben. »Wenn du das tust, wird er sie gegen dich richten«, hatte er gesagt. Jetzt, wo er älter geworden war, war Whitley nicht mehr ganz so sicher, ob er das glauben sollte. Er hatte heute keinerlei Probleme mehr damit, Spiker ein Gewehr anzuvertrauen.

»Was gibt es denn?«

»Ellison«, sagte Spiker ruhig. »Er hat Samson geschickt, um Chatalene abzuholen.«

»Verdammt!« Was wollte Ellison beweisen? Warum konnte er die Finger nicht von Chatalene lassen? Das einzige, was Whitley sich in diesem Zusammenhang vorstellen konnte, war, daß Ellison ihn auf die Probe stellte. Er wollte wohl wissen, ob er in dieser Angelegenheit genauso fest und unbeugsam war wie Anchor. Ganz offenbar war die Zeit gekommen, ihm zu zeigen, daß die Regeln nicht mit Anchor zusammen gestorben waren.

»Bist du ganz sicher?« Er konnte nicht glauben, daß Ellison ausgerechnet heute nacht jemanden in diesen Sturm hinausgeschickt hatte.

»Es ist wahr. Ich habe Lon gesagt, er soll Samson festhalten, damit er nicht zurückgehen und Ellison sagen kann, daß sie nicht kommt.«

Whitley schloß die Schreibtischschublade. »Lon ist älter als Samson. Wie könnte er Samson notfalls aufhalten?«

»Er hält das Gewehr auf ihn gerichtet, das Sie mir heute nachmittag gegeben haben.«

»Gut.« Whitley trat hinter dem Schreibtisch hervor und langte nach Hut und Jacke. »Wie lange ist er denn schon hier?« fragte er, als sie durch den Flur zur Hintertür gingen.

»Noch nicht lange, Sir. Ich bin sofort gekommen, als Tasma bei mir auftauchte.«

»Tasma?«

Spiker nickte. »Ihre Mama hat sie geschickt, um mich zu holen, genau wie Sie gesagt haben.«

Als sie hinaus in die Dunkelheit traten, bemerkte Whitley erste Regentropfen.

»Wie war es denn heute auf der Fahrt zurück?« fragte Whitley, als sie zu den Stallungen unterwegs waren. »Hat Phina noch irgend etwas gesagt?«

»Nein, Sir. Nachdem Sie weggeritten waren, bin ich hineingegangen und habe ihr gesagt, es sei jetzt Zeit. Ich habe ihr in die Kutsche geholfen, und dann sind wir losgefahren, ohne ein einziges Mal anzuhalten, genau wie Sie gesagt haben.«

Phina hatte wohl nicht gelogen, als sie sich wegen Kopfschmerzen an der Tafel zum Dinner hatte entschuldigen lassen, dachte Whitley. Die schnelle Fahrt in der rumpelnden Kutsche mußte recht anstrengend gewesen sein.

Sie waren an den Ställen angelangt. Spiker führte Drake, Whitleys Hengst, aus dem Stall und fragte dann: »Welches Pferd soll ich reiten?«

»Du kommst nicht mit«, sagte Whitley.

Spiker hob den Sattel auf und warf ihn über die Decke. »Ich meine, Sie sollten nicht allein gehen. Ellison hat sich verändert. Er ist nicht mehr wie sonst.«

Whitley holte einen eingeölten Poncho aus der Satteltasche und legte ihn sich über den Kopf, dann setzte er den Hut wieder auf und zog ihn in die Stirn hinunter.

»Ich habe keine Angst vor Ellison.«

»Ich schon.« Spiker zog den Sattelgurt fest. »Ein paar von den Männern beschweren sich über ihn. Ich bin nicht der einzige, der die Veränderungen bei ihm bemerkt hat.«

»Ellison hatte Probleme, sich daran zu gewöhnen, daß Anchor tot ist. Im Moment trinkt er zuviel, aber ich denke, das geht vorbei.« Es muß vorbeigehen, dachte Whitley bei sich, oder er würde sich von ihm trennen müssen. »Ich möchte, daß du jetzt wieder hinübergehst und Lon das Gewehr wegnimmst, bevor er nervös wird und am Ende noch versehentlich den Abzug betätigt. Danach möchte ich, daß du ins Haus zurückgehst und wartest, bis ich zurück bin. Ich möchte Phina nicht allein im Haus lassen.«

»Wegen der Indianer?« fragte Spiker.

Er trat von dem Pferd zurück, und Whitley schwang sich in den Sattel.

»Sie sind noch immer mehr als hundert Meilen weit weg, sagt der Sheriff. Sorgen macht mir die Tatsache, daß es zwei oder gar drei Banden geben soll. Man weiß nie, ob nicht eine von ihnen sich entschließen könnte, einmal so weit nach Süden vorzudringen.« Spiker reichte ihm die Zügel. »Mir wird wohler sein, wenn ich höre, daß sie gefaßt sind. Ich bin so schnell wie möglich zurück.«

Whitley drückte die Schenkel an den Pferdeleib und trieb den Hengst vorwärts. Die Wolken hatten Mond und Sterne verdunkelt, aber ständig erhellten neue Blitze den Weg vor ihm. Sein Poncho reichte bis auf die Knie, aber Regen und Wind hatten das ölgetränkte Tuch bald zur Seite geweht, und seine Beine waren dem Wetter ungeschützt ausgesetzt. Der Regen wurde stärker, und das war ihm sehr willkommen. Nicht, daß er glücklich darüber gewesen wäre, durch den Regen zu Ellisons Haus reiten zu müssen, aber er war über alle Maßen glücklich, daß es überhaupt regnete. Alle Anzeichen sprachen dafür, daß ein gewaltiges Unwetter zu erwarten war. Whitley konnte nur hoffen, daß das Schlimmste erst passierte, wenn er wieder zu Hause war.

Als Whitley auf das Haus zuritt, brannte in einem der Fenster an der Vorderfront Licht. Er wünschte sich, sie bräuchten dieses Gespräch nicht miteinander zu führen. Es hätte nie so weit kommen müssen. Whitley hatte Ellison die Gelegenheit gegeben, die Sache zu klären, aber er hatte diese Gelegenheit nicht wahrgenommen. Nun blieb Whitley keine andere Wahl mehr. Er mußte mit ihm reden.

Ellison öffnete ihm und riß erschreckt die Augen auf. »Whitley, was machst du denn zu dieser nachtschlafenden Zeit hier?« Er trat zur Seite. »Komm herein. Stimmt irgend etwas nicht?«

Der Gesichtsausdruck seines Oberaufsehers sagte Whitley, daß dieser genau wußte, warum er mitten in der Nacht an seine Tür geklopft hatte. »Ich triefe vor Regen. Deshalb bleibe ich lieber hier draußen. Außerdem will ich nicht lange bleiben.«

»Wie du willst.« Ellison zog den Gürtel seines Morgenmantels enger. »Was kann ich also für dich tun?«

»Ich weiß von Chatalene«, sagte Whitley. »Halten wir uns nicht bei den Einzelheiten auf. Ich bin hier, um dir zu sagen, daß das aufhören muß. Bestell Chatalene oder eine der anderen Frauen nie wieder zu dir.«

Ellison lachte nervös. »Hör mal, Whitley, jetzt mach da mal keine große Sache draus. Da ist nichts.« Er hantierte an der Vorderseite seines Morgenmantels. »Ich weiß nicht, was man dir erzählt hat, aber ich zwinge Chatalene nicht, zu mir zu kommen. Frag sie, ob ich sie verletzt habe. Frag sie ruhig.«

»Es würde mich nicht weiter interessieren, wenn du nach Hause kämst und fändest sie nackt in deinem Bett«, sagte Whitley mit unverändert abweisendem Gesichtsausdruck. »Allerdings würde ich erwarten, daß du sie hinauswirfst. Du hast sie nicht anzufassen.«

Der joviale Ausdruck auf Ellisons Gesicht verschwand. »Und warum? Auf den meisten Plantagen wird es akzeptiert, daß der Master, seine Söhne oder sein Oberaufseher sich die eine oder andere schwarze Frau herauspickt. Ich weiß nicht, warum Anchor davor stets zurückgeschreckt ist. Bestimmt würde das nicht so oft praktiziert, wenn daran irgend etwas falsch wäre. Zur Hölle, die Frauen wollen es doch selbst.«

Seine Worte ärgerten Whitley. Er glaubte auch nicht einen Augenblick lang, daß Chatalene oder irgendeine andere Frau gern in das Bett eines Mannes gezwungen wurde. Aber er verstand auch, warum Chatalene dachte, sie müsse kommen, wenn Ellison rief.

»Du bist der Oberaufseher der Plantage, Ellison. Sie dachte, sie müsse dir gehorchen.« Er hatte nicht vor, Ellison oder irgend jemand anderem zu erlauben, seine Sklavinnen zu mißbrauchen.

Ellison trat zu Whitley hinaus auf die Veranda. Der Wind wehte ihm das dunkelbraune Haar ins Gesicht und preßte den Morgenmantel gegen seine Brust. »Hör mal, wir sind jetzt zu lange gute Freunde, um etwas derart Unwichtiges zwischen uns treten zu lassen.«

Whitley machte einen drohenden Schritt vorwärts. »Ich wäre in diesem Sturm nicht hier herausgekommen, wenn es nicht wichtig wäre.«

»In Ordnung!« Ellison trat zurück. »Glaub mir, ich wollte nicht, daß das passiert. Ja, wirklich, ich habe seit Monaten dagegen angekämpft. Verdammt noch mal, Whitley, hast du dich noch nie zu jemandem hingezogen gefühlt, zu dem du dich nicht hingezogen fühlen möchtest? Zur Hölle, sie ist eine Schwarze.« Wieder zog er sich den Morgenmantel über der Brust zurecht. »Glaubst du, ich mag mich hinterher noch selbst? Meinst du nicht, daß ich mir selbst jedesmal hinterher sage, das war das letzte Mal, daß ich nach ihr gerufen habe? Aber dann erinnere ich mich wieder daran, wie es mit ihr war. Sie ist so ...«, er suchte nach dem richtigen Wort, »... so ohne jede Reaktion, daß ich mich hinterher doppelt schlecht fühle.«

»Ellison.« Whitley hob die Hand, um ihn zu unterbrechen. Ellisons Frage, ob er sich noch nie zu jemandem hingezogen gefühlt habe, zu dem er sich nicht hingezogen fühlen wollte, hatte ihn getroffen. Genau das traf doch auf ihn und Phina zu.

»Nein, Whitley. Ich möchte, daß du das verstehst.«

»Ich will nichts mehr davon hören. Verdammt noch mal! Wir sind nicht mehr neunzehn. Wir sind jetzt erwachsen und reden über solche Dinge nicht mehr.«

»Und warum, zum Teufel, führen wir dann dieses Gespräch? Mein Gott! Das ist doch keine große Affäre. Sie legt sich aufs Bett, ich bumse sie, und es ist vorbei. Ich habe sie sogar noch nie geküßt. Ich möchte es nicht, aber wenn sie dann unter mir liegt, dann ...«

Ein gewaltiger Donnerschlag, gefolgt von einem riesigen Blitz, unterbrach ihn. Beide Männer duckten sich, als fürchteten sie, das Dach werde über ihnen zusammenfallen. »Sag nichts mehr, Ellison. Gib mir nur einfach dein Wort, daß du keine der Sklavinnen je wieder anfassen wirst. In der Stadt gibt es reihenweise Frauen, die dir für ein paar Dollar die ganze Nacht widmen.«

»Verdammt noch mal, sie wird dir bestätigen, daß ich ihr nicht weh getan habe.«

»Das ist nicht der Punkt«, erwiderte Whitley. »Wenn du sie noch einmal rufen läßt, wirst du Carillon verlassen müssen. Damit ist es mir sehr ernst. Wenn einer von uns die Regeln beachtet, müssen wir es alle tun. Daß Anchor gestorben ist, heißt nicht, daß die Regeln sich geändert hätten.« Whitley schob sich den Hut aus der Stirn. »Habe ich mich klar genug ausgedrückt?«

»Absolut«, erwiderte Ellison und grinste verächtlich.

Whitley richtete den Poncho erneut und ging zurück in den Regen, um sein Pferd zu besteigen.

Ellison stand auf der Veranda und sah zu, wie Whitley davonritt. Er war jetzt mehr denn je entschlossen, dafür zu sorgen, daß Phina diesem hochmütigen und mächtigen Whitley Carillon wegnahm. Trotzdem mußte er vorsichtig vorgehen. Er wollte seine Beziehung zu Whitley nicht vollständig ruinieren, bevor er Phina nicht da hatte, wo er sie hinhaben wollte. Er mußte ihr ein wenig mehr Zeit geben, ihn kennenzulernen und ihm zu vertrauen. Dann war sie sicher auch nicht so schockiert, wenn er ihr Whitleys Geheimnis hinsichtlich der Adoptionspapiere erzählte und sie bat, ihn zu heiraten.

Der Tod des Richters gab ihm die Zeit, die er brauchte, ihr den Hof zu machen.

Phina erwachte vom Krachen des Donners. Ein Blitz erhellte ihr Zimmer, und vom Fenster her vernahm sie ein seltsames schabendes Geräusch. Regungslos lag sie im Bett und versuchte, die Ursache dieses Geräusches zu ergründen. Doch dann fiel ihr wieder der große Baum ein, der vor ihrem Schlafzimmer stand, und sie wußte, daß der Wind einen Ast gegen ihr Fenster gedrückt haben mußte.

Sie blieb noch ein wenig im Bett liegen und beschloß dann, aufzustehen und hinauszugehen. An Schlaf war jetzt ohnehin nicht mehr zu denken. Einmal wach geworden, merkte sie, daß sie hungrig war. Vielleicht hatte Tasma etwas Brot oder Käse im Anrichtezimmer für sie zurückgelassen. Sie zündete also eine Kerze an, zog den Morgenmantel an und legte den Gürtel um. Der hölzerne Fußboden fühlte sich kühl unter ihren Füßen an, als sie vom Teppich trat.

Vorsichtig, um kein Geräusch zu machen, eilte sie dann nach unten. Als sie den Flur hinunterlaufen wollte, bemerkte sie, daß in Whitleys Büro noch Licht brannte. Offenbar hielt der Sturm auch ihn wach. Im ersten Augenblick freute sie der Gedanke, daß er nicht gut schlafen konnte. Das geschah ihm recht angesichts der Art und Weise, wie er sie im Büro des Sheriffs behandelt hatte. Aber kaum war der Gedanke geboren, wußte sie, daß er falsch war. Sie und Whitley mußten auf unbestimmte Zeit zusammen wohnen. Um ihrer selbst und ihrer Mutter willen war es besser, Zugeständnisse zu machen und neu zu beginnen.

Barfuß ging sie den Flur entlang zum Büro. Doch statt Whitley sah sie Spiker mit geschlossenen Augen in einem der Sessel sitzen. Ihr kaum unterdrückter Überraschungsruf ließ ihn die Augen öffnen. Sofort sprang er aus dem Sessel, und sie trat einen Schritt zurück.

»Spiker, du hast mich erschreckt. Was machst du zu dieser späten Stunde hier drinnen?«

»Sie haben mich auch erschreckt, Miss Phina. Ich bin hier drinnen, um – weil ich warte, bis Mr. Whitley wieder im Haus ist.«

»Was?« fragte sie überrascht und trat in das Zimmer. »Willst du damit etwa sagen, Whitley sei in diesem Sturm dort draußen?«

Spiker blickte sich im Zimmer um, als erwarte er, irgend jemand werde statt seiner antworten. »Ja, Miss Phina«, sagte er schließlich. »Er ist vor kurzem hinausgegangen.«

»Aber wohin? Was könnte wohl so wichtig sein, daß er in diesen Wolkenbruch hinausgeht?«

»Ich erzähle Ihnen am besten nicht, was Mr. Whitley vorhat, Miss Phina.«

Sie schürzte die Lippen. »In Ordnung. Erwartest du ihn denn noch in der Nacht zurück?«

Spiker nickte.

»Dann wird er so naß sein wie ein Biber beim Dammbau. Ich werde ein paar Handtücher holen, damit er sich abtrocknen kann, und du gehst bitte mal ins Küchenhaus und siehst nach, ob du dort etwas Milch auftreiben kannst. Falls ja, schütte sie in eine Kaffeekanne, und bring sie her. Wir werden sie über einer Kerze erwärmen. Sie sollte warm sein, wenn er wiederkommt.«

»Ja, Ma'am.« Er unterbrach sich kurz. »Sind Sie denn sicher, daß Mr. Whitley warme Milch haben möchte?«

»Natürlich. Jeder mag warme Milch. Und jetzt beeil dich.«

Phina nahm die Lampe und ging hinter dem kopfschüttelnden Spiker aus dem Büro.

Während der Sklave zur Hintertür eilte, ging sie zur Treppe. Blitz und Donner erschütterten nach wie vor die Luft. Die Fenster klapperten.

Oben auf der Treppe öffnete Phina einen kleinen Wandschrank und holte zwei große Tücher aus weichem Stoff hervor. Sie wollte sofort wieder hinuntergehen, doch dann überlegte sie es sich anders und ging zu Whitleys Zimmer hinüber, um seinen Morgenmantel zu holen. Je eher er aus seinen nassen Kleidern kam, um so besser. Er konnte sich in dem kleinen Anrichtezimmer umziehen und seine Milch trinken.

Sie wußte, welches Schlafzimmer Whitley gehörte, obwohl sie nie dort drinnen gewesen war. Sie zögerte nur eine Sekunde, stopfte sich dann die Handtücher unter den Arm und trat ein. Im Zimmer standen ein Garderobenständer, ein hoher Schrank und eine kleine Kommode. An einem der beiden Fenster sah sie eine kleine Sitzgruppe aus zwei Stühlen und einem runden Tisch. Das Bett stand in der Mitte des Zimmers. Vorhänge aus einem schweren dunkelgrünen Material hingen von der Decke herunter. Sie waren zur Seite gezogen und seitlich an den Fensterpfosten befestigt.

Phina trat ans Bett. Whitleys Morgenmantel und sein Nachthemd lagen am Fußende. Phina ging ans Kopfende des Bettes und berührte das Kissen, auf dem Whitley ruhte. Sie stellte sich Whitley vor, wie er mit dem purpurroten Morgenmantel auf dem Bett lag und den Kopf in die Hand gestützt hielt. Er winkte sie mit einem Lächeln zu sich, das so verführerisch war, daß sie sich am liebsten auf das Bett hätte fallen lassen, um sich an ihn zu kuscheln.

Das Geräusch einer sich öffnenden und wieder schließenden Tür unten an der Treppe ließ sie aufmerksam werden. Entweder war Spiker mit der Milch gekommen, oder Whitley war heimgekehrt. Ein letztes Mal blickte sie auf das Bett. Whitleys Gesicht war vor ihrem geistigen Auge verschwunden. Sie schalt sich eine Närrin wegen ihrer Anwandlung, raffte den Morgenrock zusammen und eilte aus dem Zimmer.

Phina fand Spiker im Anrichtezimmer, wo er gerade die Milchkanne auf ein Drahtgestell stellte und die Kerze darunter anzündete.

Regentropfen glitzerten in Spikers Haaren. Hemd und Hose waren durchnäßt vom kurzen Weg in die Küche. Phina reichte ihm eines der Handtücher. Spiker zögerte, bevor er es entgegennahm. »Du kannst jetzt nach Hause gehen. Ich werde auf Whitley warten.«

»Nein, Miss Phina«, sagte er und wischte sich Gesicht und Nacken mit dem Handtuch trocken. »Mr. Whitley erwartet von mir, daß ich im Haus bleibe, bis er zurückkommt. Sie sollten ins Bett gehen. Ich kümmere mich schon um ihn.«

»Ja, ich weiß. Aber ich meine, Sie sollten nicht allzulange in diesen nassen Kleidern bleiben. Sie könnten sich eine Lungenentzündung holen. Meine Mutter hatte im letzten Winter eine und hat sich noch immer nicht ganz davon erholt.«

»Nein, Ma'am. Mir passiert schon nichts.« Wieder ließ ein Donnerschlag die Luft erzittern, und die Blitze hörten einfach nicht auf. »Draußen ist es ausgesprochen übel. Ich hoffe nur, Mr. Whitley kommt bald zurück.«

»Ist er sehr weit geritten?«

»Nein, Ma'am.«

»Was hat ihn denn in diesen Sturm nach draußen getrieben?« fragte sie wie nebenbei in der Hoffnung, ihn zu überrumpeln.

»Er wollte zu Mr. Ellison, um ...« Er unterbrach sich, und seine Augen weiteten sich ein wenig. »Es geht um die Ernte.«

In diesem Augenblick flog die Hintertür auf, und Spiker und Phina rannten zur Tür und blickten den Flur hinunter. Whitley stampfte fluchend herein, während er versuchte, sich den tropfnassen Poncho über den Kopf zu ziehen. Irgendwie hatte er sich im Kragen verfangen.

Spiker und Phina eilten ihm zu Hilfe.

»Dann wollen wir doch mal sehen, wo das Problem liegt«, sagte Phina, erhob sich auf die Zehenspitzen und zog ihm das Öltuch weg. Sekunden später hatte sie ihn von seinem Poncho befreit. Spiker öffnete die Tür und warf ihn hinaus auf die Veranda. Whitley blickte überrascht drein, als er Phina vor sich stehen sah.

»Was treiben Sie denn hier?« fragte er und strich sich das nasse Haar aus dem Gesicht.

»Ich konnte nicht schlafen. Was machen Sie denn zu so später Stunde noch draußen im Regen?«

Einen kurzen Augenblick lang streichelte Whitleys Blick ihr Gesicht. »Mußte mich um Geschäfte kümmern«, erwiderte er und schob sie beide beiseite, um in das Anrichtezimmer zu gehen, wo es warm war. Dort lehnte er sich an die Wand und zog sich einen durchnäßten Stiefel samt Socke aus.

»Als ich nicht mehr schlafen konnte, ging ich hinunter, um nach etwas Eßbarem zu suchen, und fand Spiker, wie er hier auf Sie wartete. Ich wußte, daß Sie durch und durch naß sein würden, wenn Sie wiederkamen, und deswegen habe ich ihn losgeschickt, Ihnen ein wenig Milch zu holen. Inzwischen bin ich nach oben gegangen, um Ihnen trockene Kleider zu holen.« Sie wandte sich an Spiker. »Du gehst jetzt am besten nach Hause und siehst zu, daß du aus den nassen Kleidern kommst.«

Sie schüttete etwas von der erhitzten Milch in ein Glas und reichte es ihm. »Wenn du zu Hause bist, ist sie vielleicht nicht mehr sehr warm, aber das wäre immer noch besser, als gar nichts Warmes im Magen zu haben.«

Spiker blickte Whitley an. Er nickte ihm zu. »Phina hat recht, Spiker. Lauf nach Hause und zieh dir etwas Trockenes an. Wir reden morgen miteinander.«

»Was ist mit Ihrem Pferd?«

»Ich habe ihm den Sattel abgenommen und eine Decke über ihn geworfen.«

»Ja, Sir. Gute Nacht, Miss Phina.«

»Gute Nacht, Spiker.«

Whitley ließ den anderen Stiefel und den anderen Socken auf den Fußboden fallen, während Spiker das Zimmer verließ.

»Sie und Spiker scheinen sich ja recht gut vertragen zu haben. Das nenne ich eine Veränderung.«

Phina ignorierte seinen Kommentar über Spiker und drehte Whitley den Rücken zu. »Dort auf dem Stuhl liegt Ihr Morgenmantel. Legen Sie die nassen Kleider ab, während ich Ihnen Milch einschenke.«

»Milch.« Sie hörte ihn leise lachen. »Phina, ich habe in meinem ganzen Leben noch keine warme Milch getrunken.«

»Nun, alles passiert einmal zum erstenmal.«

Sie hörte, wie seine Hosen auf den Fußboden fielen. Sie war nervös und wußte nicht, warum. Sie schüttete sich auch selbst eine Tasse Milch ein. Sie ersetzte zwar keine feste Nahrung, würde aber den schlimmsten Hunger ein wenig besänftigen.

»Ich denke mal, der Regen wird dem Getreide guttun«, sagte er, während das Rascheln seiner Kleider hinter ihr andauerte. »Vielleicht können wir das Korn nicht mehr retten, aber der Regen wird den Erdnüssen helfen und den Boden genügend aufweichen, so daß wir die Baumwollsaat ausbringen können.«

»Das ist wundervoll.«

»Sie können sich jetzt wieder umdrehen, Phina. Ich habe mich angezogen.«

Sie holte tief Luft, nahm seine Tasse in die Hand und drehte sich nach ihm um. Er hatte sich das nasse Haar aus Gesicht und Stirn gestrichen, und das machte ihn begehrenswerter denn je. Sie erinnerte sich wieder, wie sie ihn vor sich gesehen hatte, als sie in seinem Schlafzimmer gewesen war. Sie fragte sich, ob er an sie je in derselben Weise gedacht hatte wie sie heute nacht an ihn.

Whitley nahm die Tasse entgegen und trank, ohne den Blick von ihr zu wenden. Als er dann das Gesicht verzog, wußte Phina, daß er die warme Milch nicht mochte.

»Hier ist etwas mehr vonnöten. Folgen Sie mir.«

Sie waren beide barfuß, als sie den Flur entlang zum Salon gingen. Er nahm ihre Tasse und goß in beide Tassen einen ordentlichen Schuß aus einer braunen Flasche. Als er ihr die Tasse zurückreichte, sagte sie: »Ich habe noch nie Alkohol getrunken.«

»Nach einer solchen Nacht, meine ich, ist ein kleiner Brandy in Ordnung.« Er hob seine Tasse. »Sie dürfen mir glauben, daß er Ihnen nicht schadet.« Er nahm einen Schluck. »Mmm – schon viel besser. Vielleicht ist ja doch etwas an dieser warmen Milch.« Er setzte sich auf das kleine Sofa und streckte die Beine aus. Sein Morgenrock öffnete sich und zeigte eines seiner Beine vom Knie an abwärts. Ein feiner Film aus goldblonden Haaren bedeckte seine Haut bis hinunter zu den Knöcheln. Phina war nicht sicher, ob es schicklich war, sich in der Gegenwart Whitleys aufzuhalten, wenn beide nur ihre Morgenmäntel trugen.

»Nur zu, probieren Sie.«

Sie nippte an der Mischung. Der Geschmack kam ihr ein wenig streng und ein wenig süß vor. Er hatte recht. Es war wirklich gut. Sie trank noch einmal und nahm dann noch zwei weitere Schlucke. Es schmeckte wie stark gecremter Kaffee mit einem Hauch von Zucker darin. Das Kaffee-Aroma mußte daher rühren, daß in dieser Kanne noch nie etwas anderes serviert worden war als Kaffee.

»Setzen Sie sich, Phina, ich möchte mit Ihnen reden.«

Sie setzte sich auf die Sofakante neben ihm, ohne sich mit dem Rücken anzulehnen. Die Atmosphäre zwischen ihnen beiden war jetzt ganz anders. Lag es an dem Sturm dort draußen oder an dem Sturm, der sich in den letzten beiden Wochen zwischen ihnen zusammengebraut hatte?

»Den ganzen Nachmittag schon möchte ich mich für das entschuldigen, was heute vormittag im Büro des Sheriffs passiert ist.«

»Ich auch«, setzte sie schnell hinzu. »Manchmal fällt es mir schwer, mein Temperament im Zaum zu halten, wenn ich in Ihrer Nähe bin.«

»Mir geht es genauso. Mir ist klargeworden, daß einer der Gründe dafür darin liegt, daß ich Sie sehr attraktiv finde, Phina, und genau das möchte ich nicht.« Seine Augen ließen sie keinen Augenblick los. Phinas Atem ging schneller, als sie ihm ins Gesicht sah. Seine Nähe wollte sie schier überwältigen. Er hatte schöne Augen, wenn sie keine wütenden Blicke auf sie abschossen. Er war verführerisch, gefährlich.

»Genauso empfinde ich es auch«, erwiderte sie aufrichtig.

Nachdem sie auf diese Weise beide ihr Zugeständnis gemacht hatten, tranken sie wieder aus ihren Tassen und beobachteten einander weiter. Phina spürte, wie Gesicht und

Nacken warm wurden und ihre Fingerspitzen zu zittern begannen.

»Nun gut, wir haben beide das gleiche Problem«, sagte er. »Was sollen wir jetzt dagegen tun?«

Nacken und Wangen wurden immer heißer. Phina befeuchtete sich die Lippen mit der Zunge und blickte auf seine verführerischen Lippen. »Nichts«, flüsterte sie.

»Nichts, Phina.« Seine Stimme klang sanft, verlockend. »Das ist unmöglich. Sie sind eine schöne Frau. Sie sind eine begehrenswerte Frau.« Er setzte seine Tasse auf den kleinen Tisch vor ihm, während er ihr in die Augen sah. »Ich möchte Sie küssen, Phina. Jetzt gleich. Nur einmal.«

Seine Worte, sein Gesichtsausdruck waren so verführerisch, daß sich ihre Gefühle mit Macht Bahn brachen. Ja, sie wollte, daß er sie küßte, aber durfte sie das erlauben? »Ich – ich glaube nicht, daß das angebracht wäre«, flüsterte sie heiser und versuchte, das Beben ganz tief in ihrem Körper zu unterdrücken.

»Da stimme ich Ihnen zu. Aber in diesem Augenblick, Phina, interessiert mich das nicht.« Er nahm ihr die Tasse aus der Hand, langte herüber und legte seine Lippen auf ihre, wobei er nur sanften Druck ausübte. Phina verhielt sich absolut reglos. Es fühlte sich seltsam an. Ihr Atem ging schneller. Er zog sich ein ganz klein wenig zurück und strich mit der Zunge über ihre Lippen hin. Hitze flammte tief in ihr auf, und Phina spürte, wie sie die Kontrolle über sich zu verlieren drohte. Als sie sechzehn gewesen war, hatte ein junger Mann sie ein paarmal geküßt, und auch Mr. Braxton hatte sie einige Male geküßt, aber keiner von ihnen hatte dieses brennende Verlangen ganz tief in ihr ausgelöst.

»Gefällt dir das, Phina?« flüsterte er an ihren Lippen.

»Ja«, erwiderte sie atemlos. »Küß mich noch einmal.«

Er legte ihr die Arme um die Taille und zog sie an seine Brust. Er war warm. Sie spürte seine Kraft. Seine Lippen lehrten sie zu küssen. Wie von selbst schlangen sich ihre Arme um seinen Rücken, und sie spürte feste Muskeln unter dem flauschigen Material seines Morgenmantels.

Whitley umfing ihre Wangen mit den Händen. Behutsam zogen sein Daumen eine Spur über ihre Haut. Dann glitten seine Hände von ihrem Gesicht zum Nacken hinunter, wobei die Finger ganz leicht mit ihren Ohrläppchen spielten. Phina spürte jede Berührung, jedes Streicheln. Seine Lippen trafen ihre und wanderten zu ihrer Wange, liebkosten die Wangenknochen und gingen hinunter zu ihrer Kehle. Er barg sein Gesicht in ihre Halsbeuge, während seine Zunge ihre sanfte Haut erkundete.

Als sie den immer neuen Schüben reinsten Verlangens nicht länger widerstehen konnte, nahm sie sein Gesicht in die Hände und führte seine Lippen wieder zu ihren. Ihr Kuß wurde immer tiefer vor Hunger nach mehr. Whitley ließ seine Hand vorn in ihren Morgenmantel schlüpfen und streichelte ihre Brust. Phina stöhnte leise.

»Ich wüßte nicht, was schlimmer sein könnte, Phina«, flüsterte er an ihren Lippen. »Gegen dich zu kämpfen oder dich zu lieben.«

Seine Worte brachten sie in die Wirklichkeit zurück. Sie stieß ihn zurück und sprang vom Sofa auf. Dann strich sie sich das Haar aus dem Gesicht und richtete ihren Morgenmantel.

»Ich glaube, wir haben den Sturm bis zu uns durchdringen lassen. Wir sagen verrückte Dinge – tun verrückte Dinge.« Nervös strich sie sich mit einer Hand über den Morgenmantel.

Whitley nahm seine Tasse zur Hand und trank sie leer. »Sie haben recht. Es muß der Sturm sein.«

Sie nickte. »Gute Nacht, Whitley.« Sie wandte sich um und floh die Treppe hinauf.

Whitley hatte den Geschmack von Milch, Kaffee und Brandy von ihren Lippen gewaschen. Der Geschmack nach Whitley begleitete sie bis in die Nacht hinein.

KAPITEL 13

Tasma kauerte unter dem Dachvorsprung von Spikers Hütte und wartete auf seine Rückkehr. Der Regen klatschte auf den Boden und spritzte Schmutz über ihre Beine. Der Wind blies ihr einen feinen Nebel ins Gesicht und ließ das nasse Kleid an ihrer Haut kleben.

Sie wollte wissen, was hier vorging. Eine Stunde zuvor war Chatalene bei ihnen an der Tür gewesen und hatte ausgesehen wie ein verschrecktes Kaninchen. Rubra hatte Tasma gesagt, sie solle zu Spiker gehen und ihm ausrichten, er solle Mr. Whitley Bescheid sagen, daß Mr. Ellison erneut nach Chatalene geschickt habe.

Mehr wollte ihre Mutter ihr nicht erzählen, aber Tasma wußte, warum Mr. Ellison Chatalene bei sich haben wollte. Es gab nur einen einzigen Grund, warum ein weißer Mann mitten in der Nacht eine Sklavin zu sich bestellte. Was sie nicht wußte, war, was Mr. Whitley nun vorhatte. Und das hoffte sie von Spiker zu erfahren.

Tasma hatte Spiker die Nachricht überbracht, und er war sofort zum Herrenhaus hinübergerannt. Sie hatte nicht einmal mehr die Zeit bekommen, ihn zu befragen.

Endlich sah sie Spiker im Widerschein der Blitze auftauchen. Sofort lief sie ihm entgegen.

Der Regen und die Dunkelheit ließen Tasma den Abstand zu Spiker falsch einschätzen. Ganz plötzlich rannte sie gegen ihn und wurde praktisch noch im selben Augenblick gegen die Hauswand geschleudert. Kopf und Rücken schlugen hart gegen die Bohlen, und sie stöhnte auf vor Schmerz und Schock. Bevor sie auch nur ein einziges Wort sagen konnte, preßte sich Spikers Unterarm auf ihre Kehle und nahm ihr die Luft. In panischer Angst versuchte sie zu schreien. Er packte sie bei den Haaren und riß ihren Kopf zurück, wobei er ihn erneut gegen die Holzbohlen schlug. Ein Blitz erhellte den Himmel, und einen Augenblick lange trafen sich Spikers und Tasmas Augen.

»Verdammt!«

Spiker sprang auf, als habe er eine glühende Eisenstange angefaßt. »Verdammt noch mal, Mädchen, warum springst du mich mitten in der Nacht an? Ich hätte dich umbringen können.«

Tasma hielt sich die Kehle und keuchte in dem Versuch, wieder Luft zu bekommen. Ihr Kopf schmerzte schrecklich.

»Wer ist da draußen?« rief jemand aus dem Haus.

»Ich bin's, Spiker. Leg dich wieder schlafen.«

»Du ganz in Ordnung?« fragte der Mann.

»Alles in Ordnung, Cass. Gehe ins Bett.«

»Warum mich so angreifen, Spiker?« fragte Tasma mit heiserem Flüstern und hielt sich noch immer die Kehle.

Spiker zog sie mit sich unter den Dachvorsprung, wo er sie gegen die Hauswand preßte.

»Du dumme Gans. Wie sollte ich denn wissen, daß du auf mich zugerannt kamst? Du hättest doch auch ein Indianer sein können.«

»Ein Indianer?« Ihre Augen weiteten sich. Er drängte sich näher an sie heran, und Tasma spürte, wie etwas Hartes an seinem Bauch gegen ihre Brust drückte, aber sie ignorierte es. Es gefiel ihr, daß er ihr so nahe war. Sie wollte nicht, daß er sich zurückzog. »Hier doch keine Indianer. Was reden für dummes Zeug?«

Im Widerschein der Blitze konnte Tasma sein Gesicht recht gut erkennen. Spiker war wütend. »Was tust du hier?« fragte er wieder und lehnte sich noch stärker gegen sie. Seine Worte klangen wie ein Donnergrollen. »Du hast mir schon wieder nachspioniert, nicht wahr?«

»Ich wollte sehen, was Mr. Whitley mit Mr. Ellison machen.«

»Das geht dich nichts an. Weiß deine Mama, daß du hier draußen bist?«

Tasma machte ein Schmollmündchen. »Natürlich nicht!« sagte sie. »Sie schlafen wie Baby, als ich raus.«

»Dann geh wieder nach Hause, bevor sie dich vermißt.«

Tasma wußte, daß er jetzt gleich ins Haus gehen würde. Sie legte ihm die Arme um den Nacken und preßte sich ganz nah an seinen warmen Körper. »Ich möchte deine Frau sein, Spiker.«

Er versuchte, ihre Arme abzuschütteln, aber sie verschränkte die Hände in seinem Nacken. Schließlich packte er ihre Hände und hob sie über ihren Kopf, wobei sich sein Körper in ganzer Länge gegen ihren preßte. Irgend etwas Hartes und Unbewegliches in seinem Hemd preßte sich gegen sie. Sie schrie auf. »Was da in dein' Hemd? Es mich bringen um.«

Spiker ließ sie los und holte eine Tasse voll Milch aus seinem Hemd.

»Was machst du mit dies' Tasse in dein' Hemd? Du gestohlen aus großes Haus?«

»Natürlich nicht. Miss Phina hat sie mir gegeben.«

»Warum?«

»Geht dich nichts an. Und jetzt sage ich es dir zum letztenmal. Ich will keine Frau, Tasma. Ich hatte eine Frau, und sie war die einzige, die ich haben wollte. Such dir einen anderen Mann.«

»Ich aber nicht wollen anderen Mann, Spiker«, antwortete sie ganz ernsthaft mit ihrer kindlichen Stimme. Wieder schlang sie ihm die Arme um den Nacken.

Spiker riß ihr die Hände herunter, packte sie bei den Oberarmen und schob sie hinaus in den Regen. »Geh nach Hause! Du bist ein kleines, verdorbenes Mädchen. Du denkst, du könntest alles haben, was du willst, weil du und deine Mama in dem großen Haus arbeiten. Nun, mich bekommst du nicht. Geh und such dir einen anderen Mann.« Er wandte sich ab und floh in seine Hütte.

Tasma stand da im Regen, zitterte an allen Gliedern, und die Tränen rannen ihr über das Gesicht, vermengten sich mit dem Regen. Was konnte sie nur tun, damit Spiker sie liebte? Natürlich konnte sie einen anderen Mann haben, wenn sie wollte. Vielleicht sollte sie Spiker das zeigen. Die Blitze zuckten, und der Donner grollte. Tasma rannte davon. Der Regen schlug ihr ins Gesicht, aber sie blieb erst stehen, als sie bei Cushs Hütte angekommen war. Dort pochte sie gegen die Tür und rief seinen Namen.

Sekunden später öffnete Cush die Tür. »Was denn los?« rief er, als er sie ins Innere zog. Er riß ein Hemd von einem Nagel und fing an, ihr das Gesicht abzutrocknen.

»Halten mich einfach nur fest, Cush.« Sie fiel in seine Arme und weinte bitterlich. Cush hielt sie ganz fest und streichelte ihr tröstend den Rücken. Als ihr Weinen zu einem leisen Schluchzen verklungen war und sie aufgehört hatte zu zittern, merkte Tasma, wie warm sich Cushs Körper an ihren nassen Kleidern und dem kalten Körper anfühlte. Sie standen mitten in der Ein-Raum-Hütte und hielten einander fest umschlungen.

»Du sicher, du in Ordnung, Tasma?« fragte er. »Hat dir jemand was getan?«

Sie vergrub die Nase in der Wärme seines Halses. »Ich nur einfach noch nicht nach Hause wollen.«

»Brauchst du auch nicht«, sagte er. »Jasper heute nacht nicht hier. Er bei Chatalene bleiben.« Er küßte sie auf die Stirn und sagte leise zu ihr: »Du können bleiben, solange du willst.«

Als er ihr Kinn anhob und seine Lippen über ihre hinstreichen ließ, schloß Tasma die Augen und stellte sich vor, es sei Spiker, der sie so festhielt und sie so liebevoll berührte.

Sein Kuß wurde tiefer, und seine Hände streichelten Regionen ihres Körpers, die noch nie jemand berührt hatte. Schließlich nahm Cush sie hoch und legte sie auf sein Lager. Tasma hielt die Augen fest geschlossen, als er ihr das Kleid hochhob und ihr die Unterhose hinunterzog.

Draußen in der Dunkelheit krachte der Donner.

KAPITEL 14

Whitley machte sich Sorgen. Zum erstenmal in der Geschichte Carillons bestand die Gefahr, daß der Chattahoochee River über die Ufer trat. Er stand am Ostufer des Flusses und blickte in die zu Tal stürzenden Wassermassen. Hut und Poncho boten nur wenig Schutz gegen den mitunter sehr scharfen Wind und den unablässig niederrauschenden Regen. Hinter ihm schnaubte unwillig sein Pferd.

Der niedrigste Punkt des Flusses lag direkt vor den Häusern der Sklaven und den Obstgärten. Anderthalb Meilen weiter unten, wo die Docks lagen, stand das Wasser noch zwei Fuß tiefer. Seine Sorge galt nicht so sehr den Obstbäumen, aber die Häuser könnten überflutet oder gar zerstört werden. Es sah nicht so aus, als werde der Regen so bald aufhören.

Er wandte sich an Ellison, der neben ihm stand. »Meinst du, es könnte helfen?«

»Was?«

»Säcke mit Erde zu füllen und sie entlang der Ufer aufzuschichten?«

Ellison schüttelte den Kopf. »Wenn du mich fragst, ich meine, es sei nicht einmal den Versuch wert.« Ellisons Stimme klang verächtlich.

Whitley spürte, wie sich ihm die Nackenhaare sträubten. Es war klar, daß Ellison noch immer an ihrer Unterhaltung über Chatalene nagte. »Du meinst also, es ist den Versuch nicht wert, die Sklaven und die Häuser der Sklaven zu retten?«

Ellison zog den Hut tiefer ins Gesicht. »Die meisten davon sind Ein-Raum-Hütten. Sie wären kein großer Verlust. Selbst wenn der Chattahoochee und der Flint über die Ufer treten, könnten ihre Wasser niemals das Herrenhaus erreichen, und deswegen würde ich mir auch keine weiteren Sorgen machen.«

Whitleys Finger schlossen sich fest um die Zügel des Pferdes. Er wollte, er wüßte, was diese dramatischen Veränderungen bei Ellison seit Anchors Tod ausgelöst hatte. Ellison hatte Anchor wie einen Vater geliebt, wußte Whitley.

Doch seit neuestem schien Ellison mehr an sich selbst interessiert zu sein als an dem, was gut war für Carillon. Er schien vergessen zu haben, daß die Sklaven ein bedeutsamer Teil der Plantage waren. Der harten Arbeit der Sklaven war es zu verdanken, daß Carillon sich so gut entwickelt hatte. Whitley mußte für sie sorgen. »Es ist zu spät, mir zu erzählen, ich solle mir keine Gedanken machen«, sagte er mit Schärfe in der Stimme. »Ich möchte, daß du jetzt alle in das Versammlungshaus rufst.« Damit schwang er sich in den Sattel, gab dem Hengst die Sporen und ritt davon.

Phina stand mit Rubra zusammen im Anrichtezimmer, als Whitley ein paar Minuten später hereinstürmte. In seinen Augen war sie jetzt womöglich noch schöner als zu der Zeit, bevor er sie geküßt hatte. Jedesmal, wenn er sie sah, hätte er sie am liebsten in die Arme gezogen und sie wieder und wieder geküßt. Er genoß es, sie im Haus zu haben. Sie war über alle Maßen anziehend und höchst begehrenswert. Er liebte so viele kleine Dinge an ihr wie etwa die Art, wie ihr immer wieder kleinere Haarsträhnen aus dem Knoten fielen und ihr Gesicht einrahmten. Ihre Blicke trafen sich. In ihrem Gesicht las er Besorgnis, und es tat ihm gut, daß auch sie bangte. Er nickte Phina zu und blickte Rubra an, die ihm eine Tasse mit dampfendem Kaffee reichte. Die Wärme der Tasse, der Kaffee und Phinas Gegenwart ließen ihn sich besser fühlen. Er nahm sich Zeit, an seinem Kaffee zu nippen.

»Rubra, ich möchte, daß du jeden hier im Haus auf der Stelle in das Gemeinschaftshaus rufst. Sie werden Instruktionen erhalten, was sie unten am Fluß zu tun haben. Du bleibst bitte hier und kochst einen riesigen Topf Suppe, genug für jeden.«

»Ich? Kochen?« Sie deutete mit dem Daumen auf ihren Busen. »Ah – ich kann nicht kochen. Das nicht mein Job, Mr. ...«

»Dann lern es«, unterbrach er sie »Sei froh, daß ich dich nicht zum Stall hinunter schicke, um Sandsäcke zu füllen. Und jetzt hole sämtliche Mädchen im Haus zusammen und schick sie ins Gemeinschaftshaus.« Er nahm die Tasse in die andere Hand.

»Ja«, sagte Rubra und eilte aus dem Zimmer.

»Wie kann ich helfen?« fragte Phina und ging ein wenig näher auf ihn zu.

Aus Whitleys Poncho tropfte Wasser auf den Fußboden. Er schüttelte den Kopf. »Sie könnten Rubra mit dem Essen helfen.«

»Wozu brauchen Sie denn sämtliche Sklaven im Gemeinschaftshaus?«

»Der Fluß bedroht das Ufer in der Nähe der Sklavenquartiere. Wir werden jetzt Säcke mit Erde füllen und daraus eine Barriere errichten, um eine Überflutung und eine Vernichtung ihrer Häuser zu verhindern.«

»Dann komme ich auch«, sagte sie und legte die Schürze ab.

»Das ist nicht notwendig, Phina. Ich möchte Sie wirklich nicht gern draußen im Regen sehen. Rubra könnte Ihre Hilfe im Küchenhaus brauchen. Sie wird für die Sklaven kochen müssen. Sie werden frieren, durchnäßt sein und sehr hungrig, wenn das alles vorbei ist. Außerdem ist das Füllen der Säcke harte und schmutzige Arbeit.«

Sie blickte ihm in die Augen. »Ich habe keine Angst vor harter Arbeit.«

Whitley glaubte ihr. »Das sehe ich. Aber ich glaube, Sie sind hier von größerem Nutzen. Ich muß jetzt gehen.«

»Sollten Sie nicht zuerst wieder trockene Kleider anziehen, bevor Sie hinausgehen?«

Whitley hätte Phina so gerne in die Arme genommen und

sie ganz fest an sich gedrückt, aber er wußte, was dann folgen würde. Eines der Dinge, die er an ihr liebte, war, daß sie sich um ihn zu sorgen schien. Vielleicht bedeutete ihm das deshalb so viel, weil er nie eine Mutter gehabt hatte, die ihm Milch gewärmt oder darauf geachtet hätte, daß er trockene Kleider am Leib hatte. Bestimmt war das der Grund, warum er sich so stark zu Phina hingezogen fühlte.

»Ich habe mich heute schon zweimal umgezogen. Das nützt gar nichts. Die Sachen sind sowieso gleich wieder naß.« Er stellte die Tasse ab und ging hinaus.

Phina blickte an sich hinunter. Nein, in ihren schweren Röcken und Unterröcken wäre sie keine Hilfe für Whitley. Einmal naß geworden, wäre sie kaum noch in der Lage, ihr Gewicht zu tragen, geschweige denn, irgendwelche Arbeiten zu verrichten. Sie brauchte ein einfaches Kleid wie Tasma, Chatalene und die anderen Frauen. Oder, dachte sie, Hosen, wie Whitley sie trug, wären vielleicht besser.

Sie blickte Rubra an, die gerade zusah, wie Tasma widerwillig aus der Tür ging. »Rubra«, sagte Phina, »ich hätte gerne ein altes Paar von Whitleys Hosen, ein Hemd und ein paar Hosenträger.«

»Wofür Sie wollen alle diese Sachen?«

»Ich will sie anziehen.«

»Was?« Rubra schüttelte den Kopf. »Sie nicht können solche Sachen tragen«, brummte sie.

»Natürlich kann ich das. Ich werde die Beine auf die passende Länge kürzen, und die Hosenträger werden dafür sorgen, daß mir die Hose nicht hinunterrutscht.«

»Ich nicht können zulassen, Sie zerschneiden Mr. Whitleys Sachen«, sagte Rubra abwehrend. »Ihm das nicht gefallen.«

Phina blickte sie ausgesprochen streng an. »Whitley braucht jede helfende Hand, die er bekommen kann. Ich habe vor, ihm dabei zu helfen, eure Häuser zu retten. Und jetzt verschwenden Sie keine Zeit mehr. Holen Sie mir die Sachen, um die ich Sie gebeten habe, und bringen Sie sie in mein Zimmer.

Oh, und dann werde ich auch noch einen von diesen Hüten mit den weiten Krempen brauchen. Beeilen Sie sich.« Damit raffte sie ihre Röcke zusammen und lief aus dem Zimmer.

Nur Minuten später verließ Phina das Haus. Sie kannte sich selbst nicht wieder. Das Hemd mit dem langen Kragen, die abgeschnittenen Hosen und der Hut ließen sie wie einen kleinen Jungen aussehen. Sie wußte nicht genau, was am Fluß vor sich gehen würde, aber sie wollte daran teilhaben. Dies war ihres Vaters Zuhause gewesen, und eines Tages könnte es auch ihr eigenes und das ihrer Mutter sein. Wenn irgend etwas die Plantage bedrohte, Mensch oder Natur, war sie bereit, dagegen zu kämpfen.

Als sie die Versammlungsstätte erreicht hatte, war sie naß bis auf die Haut. Sie öffnete die Tür und trat ins Innere. Der Raum war überfüllt, und sie lehnte sich gegen die rückwärtige Wand und wischte sich das Wasser aus Gesicht und Nacken. Whitley hielt gerade seine Ansprache.

»Nachdem ich euch nun gesagt habe, worin das Problem besteht, will ich euch jetzt sagen, wie wir es beheben werden. Wir werden einen Damm bauen. Den niedrigsten Teil des Ufers werden wir voll mit Säcken voller Erde packen. Ein paar von euch gehen zu den Stallungen und füllen die Säcke. Ein paar andere werden die Säcke zubinden und sie zum Fluß bringen, wo wir sie am Ufer aufschichten. Ihr könnt ruhig Löcher in den Boden der Stallungen und Scheunen machen. Die können wir später wieder auffüllen. Aber jetzt brauchen wir trockene Erde, und die Böden der Stallungen und Scheunen sind im Augenblick die einzigen trockenen Stellen auf Carillon.«

Phina konnte Whitley nicht sehen, aber sie verstand ihn klar und deutlich, und schon überlegte sie, wie sie helfen konnte. Sie würde dabei helfen, die Säcke zuzubinden, dachte sie sich.

»Die letzten drei Tage hat sich das Wetter nicht geändert«, fuhr Whitley fort. »Wir können nicht bis zum letzten Augenblick warten, ob sich der Himmel nicht vielleicht doch noch klärt. Wir müssen schnell arbeiten. Es bleiben uns nur noch fünf Stunden Tageslicht. Ein paar von den Männern kommen jetzt bitte mit zum Fluß, um den Untergrund für die Säcke vorzubereiten. Der Rest von euch verteilt sich bei den Stallungen und Scheunen. Ellison, ich möchte, daß du den Wagen anspannst. Du fährst dann die Säcke zum Fluß. Machen wir uns also an die Arbeit.«

Phina duckte sich und eilte mit der Menge aus der Tür. Sie wollte nicht, daß Whitley sie erkannte. Sie hatte Angst, er werde sie nach Hause schicken, und das wollte sie nicht. Für sie gab es keinen Zweifel daran, daß sie ihm und Carillon nützlich sein konnte.

Sobald sie bei den Stallungen angekommen waren, sah Phina, daß irgend jemand das Kommando übernehmen und jedem einzelnen sagen mußte, was er tun sollte. Sie nahm sich sofort dieser Aufgabe an und sorgte dafür, daß genau nach Whitleys Plan verfahren wurde. Sie sagte den Kindern, sie sollten die Säcke offenhalten, während einige der Männer und Frauen Erde hineinfüllten und feststampften. Zwei Frauen stellte sie ab, um genügend lange Stücke von den Stricken abzuschneiden, und den stärksten Mann stellte sie ab, um die gefüllten Säcke zur Tür zu tragen und auf den Wagen zu werfen, sobald er ankam. Sie selbst übernahm es, die Säcke oben zuzubinden.

Kaum waren die durchnäßten Kinder ein wenig abgetrocknet, wurden sie schon wieder naß vom Schweiß. Schon nach wenig mehr als einer Stunde Arbeit brannten Phinas Hände wie Feuer. Am Ende der dritten Stunde waren Finger und Handflächen rot und geschwollen von der Arbeit mit den Stricken.

Alle schwitzten, arbeiteten aber hart und unermüdlich, wobei sie leise miteinander redeten. Draußen rauschte der Regen unverändert hernieder. Einmal hörte sie es auch donnern und sah etliche Blitze, als der Sturm vorüberzog. Sie machte sich Gedanken um Whitley und die anderen unten am Fluß. Und tief drinnen wußte sie, daß sie am liebsten hinübergegangen wäre, um in Whitleys Nähe zu sein.

Ellison kam ein paarmal während des Nachmittags herein und schrie, sie sollten schneller arbeiten. Sie hielt den Kopf gesenkt, damit er sie nicht erkannte. Einmal blickte sie kurz auf und sah, wie er Chatalene am Arm packte, sie zur Seite riß und erregt auf sie einsprach. Schon wollte sie sich einmischen, aber dann erinnerte sie sich, daß es sein Job war, die Sklaven zu beaufsichtigen, und deshalb verhielt Phina sich ruhig, denn es hätte ja sein können, daß er Chatalene beim Nichtstun erwischt hatte.

Je später es wurde, desto langsamer ging Phina die Arbeit von der Hand. Ihre Finger waren so stark geschwollen, daß sie sie kaum noch bewegen konnte, und an verschiedenen Stellen bluteten sie auch schon. Hände und Arme waren voller Dreck, die Brust schmerzte unter der staubgeschwängerten Luft. Wenn sie nicht bald eine kleine Pause einlegte und ein wenig frische Luft schnappte, würde sie ohnmächtig werden. Sie war keine große Hilfe mehr. Es wurde Zeit, ihre Aufgabe jemand anderem zu übertragen.

Vielleicht gab es ja unten am Ufer noch irgend etwas, was sie tun konnte, und deshalb übertrug sie ihre Arbeit einer anderen Frau und lief hinunter zum Fluß.

Der Regen prasselte unvermindert weiter, und in der Ferne rollte der Donner, als sie zum Ufer lief. Sie war durchnäßt und müde, und ihre Hände zitterten und schmerzten. Als sie am Fluß ankam, sah sie Whitley, Spiker und ein paar andere Sklaven, die sie nicht mit Namen kannte. Sie hatten gut gearbeitet. Der Damm war schon gut drei Lagen hoch und so lang und so breit wie ein Pferdekarren. Whitleys Plan schien zu funktionieren.

Doch dann erreichte Phina das Ufer und sah, wie hoch das Wasser bereits gestiegen war.

Ihre Hoffnung schwand. Das Wasser stand viel zu hoch.

Whitleys Plan würde nicht funktionieren. In der Ferne zuckten Blitze, und der Donner wurde wieder lauter. Der Sturm war noch nicht vorüber.

»He! Weg da vom Fluß.«

Erschreckt über den Kommandoruf, wirbelte sie herum und sah Whitley auf sich zukommen. Er winkte sie vom Wasser weg und rief noch einmal: »Weg da vom Was...« Nur wenige Fuß vor ihr blieb er stehen. »Mein Gott, Phina, Sie sind es?!«

Sie blickte ihm in die Augen und wünschte sich, sie könne alle Ängste und Besorgnisse von ihm wegnehmen.

»Natürlich bin ich es«, erwiderte sie. »Ich konnte Sie und die Sklaven doch nicht die ganze Arbeit allein machen lassen, ohne euch zu helfen.«

Whitley faßte sie am Arm und zog sie vom Ufer weg. »Bleiben Sie nicht zu nah am Wasser stehen. Wenn Sie hineinfallen, würden Sie sofort davongerissen, noch bevor irgend jemand Ihnen helfen könnte.«

Seine Stimme wurde sanfter, und sein Blick konzentrierte sich ganz auf ihr Gesicht. »Was tun Sie nur hier unten, und wie sind Sie angezogen?«

Selbst jetzt, wo das Wasser über sein Gesicht rann und sein ganzer Poncho verschmiert war, sah Whitley noch gut aus, war attraktiv und anziehend.

»Ich habe geholfen, die Säcke bei den Ställen zuzubinden.«

»Sie sollten nicht hier sein. Sie sollten doch Rubra in der Küche helfen.«

»Ich konnte dort nicht bleiben, wenn ich gleichzeitig wußte, daß Sie ...« Phina riß sich zusammen. »Wenn Carillon meine Hilfe brauchte.«

»Phina!« flüsterte Whitley heiser, als er ihre geschwollenen Finger sah. »Verdammt, was haben Sie sich nur angetan?«

Die Besorgnis, die in seinen Augen zu lesen war, wärmte sie, obwohl der Regen immer härter, immer kälter herniederprasselte. »Ich habe dafür gearbeitet, mein Zuhause zu retten.«

Wut stieg in seinen Augen auf. Seine Hände umschlossen ihre Handgelenke stärker. »Ihr Heim ist nicht in Gefahr. Es ist das Zuhause der Sklaven, das wir zu verlieren drohen.«

»Was immer irgendeinen Teil von Carillon bedroht, es bedroht auch mich«, sagte sie trotzig und entzog ihm ihren Arm.

Als sie das Geräusch eines sich nähernden Pferdes vernahmen, wandten sich beide um und sahen, daß Ellison auf sie zuritt. Zur selben Zeit rief Spiker nach Whitley.

»Mr. Whitley! Kommen Sie schnell. Das Wasser steigt immer schneller.«

Whitley rannte zu Spiker und den beiden anderen Sklaven. Auch Ellison wandte sich den beiden zu. Phina hielt sich hinter Whitley.

»Verdammt!« fluchte Whitley, als er sah, daß der Fluß bereits die oberste Reihe der Säcke erreicht hatte.

»Whitley, wir müssen von hier weg«, sagte Ellison. »Das hält nicht. Der Flint oder einer der anderen Flüsse weiter oben sind schon über die Ufer getreten.«

Einen Augenblick lang starrte Whitley nur auf den Damm. Phina wußte, daß er zu entscheiden versuchte, ob er aufgeben oder weiterkämpfen sollte. Er blickte zu Ellison auf, der noch immer auf seinem Pferd saß. »Treib sie alle zusammen und schick sie zur *Garconniere*. Dort sind sie in Sicherheit.« Ellison trieb seinem Pferd die Hacken in die Flanken und schoß davon. Whitley wandte sich an Spiker. »Du und die anderen, ihr geht auf den Wagen und sucht höher gelegenes Gelände auf. Fahrt bei den Quartieren vorbei und vergewissert euch, daß niemand zurückgekehrt ist. Wenn ihr dort noch jemanden antrefft, holt ihn sofort da raus.«

»Was ist mit Ihnen und Miss Phina?« fragte Spiker.

»Wir nehmen mein Pferd.«

Spiker kletterte mit den drei anderen Männern auf den Wagen und ließ die Zügel auf den Rücken des Pferdes klatschen.

»Kommen Sie mit mir«, sagte Whitley und faßte sie wieder am Arm. Whitley versuchte erst gar nicht, seinen Ärger darüber zu verbergen, daß er jetzt auch schon für ihre Sicherheit verantwortlich war.

»Ich kann selber gehen«, sagte sie und kämpfte sich aus seinem Griff frei. Ihre Füße sanken mitunter bis zu den Knöcheln in den tiefen Schlamm am Ufer. Der Regen fiel jetzt schon so dicht, daß sie kaum Whitleys Rücken vor sich erkennen konnte. Sie hätte es ja niemals zugegeben, aber sie war froh, daß Whitley sie führte. Sie war nicht sicher, ob sie sich in diesem Wolkenbruch noch zurechtgefunden hätte.

Whitley nahm die Zügel und band das Pferd los. Dann langte er hinüber und half Phina aufs Pferd, als plötzlich ein gewaltiger Blitz den Himmel aufzureißen schien. Das Pferd stieg vorn hoch und bockte. Dabei schleuderte es Whitley gegen Phina. Beide stürzten. Phina landete hart auf dem Boden und schrie schmerzerfüllt auf, als sich eine Wurzel in ihre Seite bohrte. Sie merkte, daß der Fluß bereits über die Ufer zu treten begonnen hatte. Sie lag in zwei oder drei Inches tiefem Wasser. Der Regen klatschte ihr ins Gesicht. Sie schrie vor Schmerzen auf und versuchte, wieder auf die Füße zu kommen. Plötzlich packte Whitley sie am Arm und riß sie auf die Füße.

»Rennen Sie, Phina! Rennen Sie!« Er packte ihre geschwollene Hand und zog sie hinter sich her.

Wasser gurgelte um ihre Füße und Knöchel, als sie losrannten, um höher gelegenes Gelände zu erreichen. Ihr Herzschlag wurde schneller. Mühsam hielt sie mit Whitley Schritt.

»Schneller!« rief Whitley.

Phina vergaß die Schmerzen. Furcht nistete sich tief in ihr ein. Sie konnte nicht schwimmen. Was sollte sie tun, wenn das Wasser weiter stieg und sie sich nicht mehr an Whitley festhalten konnte?

Bei einem neuerlichen Blitz sah sie in einiger Entfernung die Häuser der Sklaven. Neue Hoffnung keimte bei dem Gedanken auf, Spiker und den Wagen zu finden. Da geriet

Whitley auf einmal ins Stolpern und fiel in die gurgelnde, schmutzige Flut. Die Wucht seines Sturzes riß sie mit in das kniehohe Wasser. Spuckend und keuchend kamen sie wieder hoch. Phina mußte etwas von dem Flußwasser schlucken. Ihr Magen revoltierte auf der Stelle, und sie hatte auf einmal das Gefühl, ersticken zu müssen.

Whitley rief ihren Namen, packte sie am Arm und riß sie wieder auf die Füße, ohne ihr Zeit zum Nachdenken zu lassen. Sie hetzten an den ersten Hütten vorbei. Phina wußte, daß Whitley ebenfalls nach Spiker und dem Wagen Ausschau hielt. Obwohl sie jetzt schon mitten im Sklavenquartier waren, waren sie noch immer nicht in Sicherheit.

Schließlich hielten sie vor einer weißen Eiche an, und Whitley sagte ihr, sie solle hinaufklettern. Das Wasser reichte ihr schon bis über die Knie, und so nahm sie sich nicht einmal die Zeit, ihn sich genauer anzusehen, obwohl sie wußte, daß ein Baum bei Gewittern nicht gerade der sicherste Ort war. Sie schloß die Finger um den niedrigsten Ast und zog sich hinauf. Die Hände schmerzten, daß sie am liebsten geschrien hätte, aber sie biß auf die Zähne. An ihrem verlängerten Rücken konnte sie Whitleys Hände spüren, der ihr half, weiter hinauf auf den Baum zu klettern. Auf einmal gab ein kleiner Zweig unter ihrem Gewicht nach, und sie verlor den Halt mit den Füßen.

Phina schrie. Ihr Fuß traf Whitleys Kopf und rutschte von da auf seine Schulter ab. Er packte ihr Bein und verschaffte ihr so die Zeit, wieder festen Halt zu finden.

»Nicht darüber nachdenken, Phina, höher hinauf!« schrie er ihr durch Wind und Regen zu. »Schneller! Das Wasser hat seinen höchsten Stand noch nicht erreicht.«

Phina kletterte höher hinauf, bis sie sich der Spitze näherte und nicht weiterklettern konnte. Sie blickte hinunter und sah Whitley direkt unter sich. Phina lehnte den Kopf gegen einen soliden Ast und ruhte sich aus, während Whitley sich neben sie hinaufzog.

Der Regen klatschte gegen ihre Köpfe. Der Donner grollte so laut um sie herum, daß er sogar den Baum erzittern ließ. Blitze zuckten, blendeten Phina und spalteten den Baum direkt neben ihnen. Äste des gefällten Baumes klatschten gegen ihre Körper und gruben sich in ihr Fleisch.

Phina schloß die Augen und schrie.

KAPITEL 15

Phina hielt die Augen geschlossen. Whitleys warme Arme umschlangen ihren Körper und hielten sie fest an seine Brust gedrückt. Als der Sturm ein wenig nachließ, schaffte er es irgendwie, sich auf einen starken Ast zu setzen, den Rücken gegen den Stamm gelehnt. Phina kuschelte sich ganz eng an ihn. Er nahm seine Ölhaut ab und legte sie ihnen beiden über Kopf und Schultern, um sie vor dem Regen zu schützen.

Zweige brachen, der Regen rauschte, der Donner krachte, Blitze flammten fast die ganze Nacht hindurch auf. Phina konnte sich nicht erinnern, wann sie sich je so schlecht gefühlt hatte, so voller Schmerzen, so naß am ganzen Körper. Doch gleichzeitig fühlte sie sich so sicher, so warm und geborgen, als sie sich unter der Ölhaut an Whitley schmiegte.

Er versicherte ihr, daß er festen Halt gefunden hatte, und zog sie noch näher an sich. Sie vergrub ihre Nase in seiner Halsbeuge und spürte, wie sie vor Erschöpfung einschlief.

Während der Nacht wachte Phina mehrmals auf. Sie war nicht ganz sicher, was sie gestört haben konnte. Die Wange an Whitleys warme Brust gedrückt, lauschte sie aufmerksam. Aber alles, was sie hörte, war der gleichmäßige Schlag seines Herzens. Unter seiner Wärme schien sie einen Moment lang dahinschmelzen zu wollen, und sie wollte unter keinen Umständen das tiefe Gefühl von Frieden stören, das ihr seine unmittelbare Nähe vermittelte. In diesem Augenblick wurde sie nicht bedroht, nur beschützt, und sie wollte dieses wundervolle Gefühl nie mehr missen.

Irgendwann ging Phina dann auf, daß es nicht mehr regnete. Sie hörte keinen Donner mehr, sah keine Blitze. Der Sturm hatte sich für den Augenblick gelegt, aber konnte nicht noch ein anderer unterwegs sein, so, wie es in den letzten drei Tagen passiert war?

Als sie schließlich ganz wach war, schrie ihr Körper förmlich danach, die Stellung zu verändern. Ihre Muskeln hatten sich verkrampft und schmerzten. Nur äußerst ungern störte sie Whitleys Ruhe, aber auch seine Stellung war viel zu unbequem. Sie hob den Kopf und stellte fest, daß ihr Nacken ganz steif war. Vorsichtig reckte sie die Arme, und dann regte Whitley sich ebenfalls.

»Phina«, flüsterte er.

Unter dem Öltuch war es zu dunkel, um ihn sehen zu können, aber sie spürte seinen Atem auf ihrem Gesicht.

»Ich glaube, der Regen hat aufgehört.« Sie flüsterte ebenfalls und wußte nicht, warum. Es war, als fürchtete sie, den Sturm zu stören und den Regen erneut zu starten.

»Wie fühlen Sie sich?« fragte er. »Alles in Ordnung?«

Sie lächelte, zufrieden darüber, daß er um sie besorgt war.

»Ich bin naß, hungrig und wund. Aber ansonsten geht es mir prächtig. Und was ist mit Ihnen?«

»Ein paar Kratzer, glaube ich, aber das einzige, was mir ernstlich Sorgen macht, ist der Umstand, daß ich ganz naß bin.« Er bewegte sich und veränderte die Position seiner Beine. »Halten Sie sich an mir fest. Ich werde den Poncho hochheben und mich mal umsehen.«

Das erste, was Phina zu sehen bekam, als der Poncho den Blick freigab, waren Wolkenfetzen, die über den Himmel jagten und immer mal wieder den Sternen Platz machten. Wieder lächelte sie. Wenn die Wolken sich verzogen, dann hieß das, daß der Regen vorbei war.

»Es sieht so aus, als könnte das Wasser gut drei oder vier Fuß hoch sein«, sagte Whitley mit einem Blick nach unten.

Phina folgte seinem Blick auf das trübe Wasser unter ihr. Ein wolkenverhangener Mond spendete ein klein wenig Licht. »Glauben Sie, daß der Scheitelpunkt der Flut vorbei ist?« fragte sie.

»Schwer zu sagen. Ich würde sagen, ja, wenn das Wasser unbewegt wäre, aber noch sehe ich Bewegung im Wasser. Es ist nicht mehr als ein oder zwei Fuß gestiegen, seit wir hier heraufgeklettert sind.« Wieder bewegte er sich ein wenig und versuchte, sich etwas bequemer zurechtzusetzen.

»Sollten wir nicht versuchen, nach Hause zu kommen?«

Whitley schüttelte den Kopf und strich sich das Haar aus den Augen. »Ich halte das für keine sehr gute Idee. Wir sollten besser warten, bis Spiker und Ellison uns suchen. Wir wissen ja nicht, was weiter stromaufwärts vor sich geht. Ein über die Ufer getretener Nebenfluß könnte uns unter seiner Flutwelle begraben. Hier sind wir zumindest für den Augenblick sicher.«

»Sie glauben wirklich, das Wasser wird noch so hoch steigen?«

Er bedachte sie mit dem Hauch eines Lächelns. »Nun, sagen wir mal, es ist nicht sehr wahrscheinlich. Aber ich hätte auch nie geglaubt, daß der Chattahoochee jemals über die Ufer treten würde, und er hat es doch getan. Üblicherweise haben wir eher Probleme mit großer Trockenheit als mit Überschwemmungen.«

Ohne die Wärme von Whitleys Körper und ohne den Schutz unter seinem Poncho ließ der Nachtwind Phinas Haut schon bald zur Gänsehaut werden. Sie begann zu zittern. Sie wußte nicht mehr, wann sie ihren Hut verloren hatte, aber ihr Haar trocknete langsam und lag in schweren Klumpen auf ihrem Rücken. Sie beobachtete Whitley, wie er sich umschaute, und wußte, wie nahe sie daran gewesen waren, das Leben zu verlieren. Phina wollte nicht sterben und ihre Mutter ohne jemanden zurücklassen, der für sie sorgen konnte. Ein seltsames Gefühl überkam sie. Sie wollte auch Whitley nicht verlassen.

»Kommen Sie her«, sagte Whitley, als die Wolken den Mond freigaben und sie sein Gesicht im sanften Licht des Nachthimmels sehen konnte. »Lehnen Sie sich gegen mich. Ich werde Sie warm halten. Es sieht so aus, als müßten wir den Rest der Nacht hier verbringen.«

Phina brauchte keine zweite Einladung. Sie lehnte sich vor und machte es sich an seiner Brust bequem.

»Ich kann mir nicht vorstellen, daß Ihre Verlobte sehr glücklich wäre, uns hier so zu sehen«, seufzte sie zufrieden.

»Vielleicht nicht. Übrigens sind wir nicht offiziell verlobt. Wir haben nur eine entsprechende Abrede getroffen.«

Phina wußte, daß sie der Grund dafür war, daß Whitley noch nicht offiziell verlobt war. Sie hatte ja seine Verlobungsparty unterbrochen. Aber heute nacht empfand sie deswegen keinerlei Schuldgefühle.

Whitley legte sein Kinn auf ihren Kopf. »Was ist mit Ihnen, Phina? Gibt es da jemanden in New Orleans, der auf Sie wartet?«

»Nicht direkt. Mr. Braxton, ein älterer Gentleman, der auch in der Pension wohnt, hat mir einen Antrag gemacht, aber ich habe bisher ausweichen können.«

»Wie alt ist er?«

»In den Fünfzigern, da bin ich sicher.«

Whitley lachte leise. »Sie hatten recht, ihn zurückzuweisen. Er ist zu alt für Sie. Sie brauchen einen Mann an Ihrer Seite, der Ihnen hilft, Ihre Kinder großzuziehen.«

Sie kuschelte sich näher an ihn. Ja, sie brauchte einen Jüngeren, einen wie Whitley. Aber er war schon versprochen. Und wenn sie vorhatte, ihre Mutter nach Carillon zu bringen, dann mußte sie sich auch an den Gedanken gewöhnen, Whitley an der Seite der goldblonden Flannery zu sehen.

»Was machen Ihre Hände?« fragte er mit schläfriger Stimme.

»Schon besser«, erwiderte sie leise. Wie konnte sie sich wegen irgend etwas Sorgen machen, wenn sie mit der Wange hier an Whitleys Brust lag? Sie schloß die Augen.

Der Klang menschlicher Stimmen schreckte Phina schließlich aus dem Schlaf auf. Whitley erwachte zur selben Zeit. Die Nacht war noch immer purpurfarben, der Mond stand noch immer hoch am Himmel.

»Hören Sie es auch?« fragte er.

»Whitley! Miss Phina!« rief Spiker in einiger Entfernung.

»Gott sei Dank!« sagte Whitley.

»Sie suchen uns«, flüsterte Phina erfreut, obwohl sie von nun an ohne die sanfte Umarmung Whitleys auskommen mußte.

»Ich hatte schon geglaubt, sie würden bis morgen früh warten.«

Gut eine Stunde später krabbelte Phina ins Bett. Ihr war kalt. Nichts konnte so warm sein wie Whitleys Arme, aber das Nachthemd würde zumindest eine neue Gänsehaut verhindern.

Es gab zu vieles, was man an Whitley lieben und bewundern konnte. Er war fair im Umgang mit den Sklaven, und seine Bemühungen, ihre Häuser zu retten, bewies, daß er sie und ihr Leben respektierte. Und sie hatte auch keinen Grund zu glauben, er habe sie etwa unfair behandelt. Er hatte ihr bereitwillig Geld gegeben, nachdem der Sheriff darauf bestanden hatte, und während ihres Aufenthaltes auf Carillon war er bis auf einige wenige Gelegenheiten stets sehr nett zu ihr gewesen. Es müßte schön sein, so vieles für ihn zu tun, sich um ihn zu sorgen. Aber es würde ihr nur Schmerz bereiten, die zarten Gefühle für ihn weiter zu pflegen. Er war einer anderen versprochen.

Durch das Fenster war bereits die Morgensonne zu sehen, als sie die Lampe löschte und sich auf die andere Seite drehte. Da erklang ein leises Klopfen an der Tür. Phina glaubte, es sei Tasma, und rief: »Herein!«

Doch nicht Tasma, sondern Whitley öffnete die Tür und trat herein. Sein Haar war trocken und frisch gekämmt. Er trug beigefarbene Hosen, aber kein Hemd, und auch seine Füße waren bloß. Ihr Atem ging schneller, als sie sich senkrecht im Bett aufsetzte. Versuchte er etwa, die Brücke zu überschreiten, die seit jenem Abend im Bau war, an dem sie hier angekommen war?

»Ich wollte mich nur noch einmal nach Ihrem Befinden erkundigen, bevor ich mich hinlege.« Whitley lehnte sich an die Wand. Er wußte selbst nicht, was, zum Teufel, er halb angezogen in ihrem Schlafzimmer zu suchen hatte.

»Mir geht es gut. Und Ihnen?«

Ihre Stimme klang leise und ein wenig heiser in seinen Ohren, und das ermutigte ihn, seine närrische Eskapade fortzusetzen. Er *kannte* alle Gründe, warum er nicht in ihrem Raum sein durfte. Ihrer beider Emotionen gingen hoch. Er *wußte* das. Und doch mochte er sich ihre Gesellschaft nicht versagen. Er *wußte,* er würde keine Ruhe finden, bis er noch einmal nach ihr gesehen hatte.

»Ein paar Schrammen, ein bißchen wund. Nichts, das einem Sorge machen müßte.«

»Haben wir denn etwas bewirken können?«

»Das werden wir nicht wissen, solange das Wasser nicht wieder zurückgegangen ist.«

»Könnte das noch heute der Fall sein?«

»Vielleicht. Was machen Ihre Hände?«

Phina hielt sie hoch. Die Schwellung war zurückgegangen, aber noch immer waren sie rot, zerschrammt und an manchen Stellen auch blutig. »Es geht schon besser.«

Ihre Antwort war kaum mehr als ein Flüstern. Und warum auch? Sie war im Bett, in ihrem Nachthemd. Keine Frau mit Selbstachtung würde einen Mann noch in ihr Schlafzimmer lassen, nachdem sie sich für das Bett zurechtgemacht hatte. Und Whitley trug nicht einmal ein Hemd. Sie müßte ihn eigentlich auffordern zu gehen. Aber sie wollte nicht, daß er ging.

»Lassen Sie mich mal sehen.« Whitley stieß sich von der Wand ab, ging hinüber zu ihrem Bett und setzte sich auf die Bettkante.

Sie sah auf, und er sah herunter. Ihrer beider Blicke trafen sich.

Phinas Atem kam stoßweise. Noch nie war sie einer bloßen Männerbrust so nahe gewesen, und Whitley hatte eine schöne Brust. Seine Schultern waren breit, und sein Oberkörper verengte sich zur Taille hin. Feste Muskeln spielten unter der Haut seiner Oberarme. Seine Haut sah weich aus und hatte dieselbe leicht gebräunte Farbe wie sein Gesicht, ein Hinweis darauf, daß er gelegentlich ohne Hemd im Freien arbeitete. Phina hätte zu gern hinübergelangt und ihn berührt. Aber durfte sie wirklich derart schamlos sein?

Whitley nahm zuerst die eine Hand und dann die andere und betrachtete sie sorgfältig. Seine Berührung war warm, zart. »Ich glaube nicht, daß irgendwelche Narben zurückbleiben.« Er ließ ihre Hand nicht gleich wieder los, und sie entzog sie ihm nicht.

»Nein. Ich habe vom Umgang mit Nadel und Faden sowieso sehr starke Hände bekommen.«

Wieder trafen sich ihre Blicke.

»Ich war sehr stolz auf Sie wegen all dem, was Sie getan haben, um die Häuser der Sklaven zu retten«, sagte er.

»Ich habe weiter nichts getan als das, was alle anderen auch getan haben.«

»Aber Sie brauchten nicht zu helfen.«

»Erinnern Sie sich«, flüsterte sie voller Ernst. »Das mußte ich einfach versuchen.«

»Sie haben Ihr Leben für Carillon aufs Spiel gesetzt.«

»Ich wußte, was ich tat. Mir ist wichtig, was mit Carillon passiert.«

»Sie waren sehr tapfer, nachdem mein Pferd durchgegangen war.«

Sie schüttelte den Kopf, und das Haar fiel ihr über die Schulter und vorn über das Nachthemd.

»Nein, hören Sie«, sagte er und legte eine Hand auf ihr Gesicht. »Sie waren so umsichtig, angemessene Kleidung zu tragen. Hätten Sie Röcke und Unterröcke getragen, hätten sie Sie ins Wasser hinuntergezogen, zumindest hätten sie Sie daran gehindert, auf diesen Baum zu klettern. Und außerdem sind Sie keinen Augenblick lang hysterisch geworden bei all dem Blitzen und Donnern.«

Seine Hand war so warm an ihrer Wange, daß sie wegsehen mußte, damit er in ihren Augen nicht erkennen konnte, was sie tief drinnen fühlte. »Ich weiß, daß ich geschrien habe.«

Ein aufrichtiges Lächeln umspielte seine Lippen. »Gerade genug, um mir das Gefühl zu geben, gebraucht zu werden.«

Seine Finger glitten hinunter zu ihrem Kinn, und er hob ihr Gesicht mit sanfter Gewalt zu sich empor.

Phina hatte sich noch nie so friedvoll gefühlt wie in diesem Augenblick. Sie wünschte, sie könnte seine Liebe erringen. Alle Furcht um ihre Zukunft war in diesem Augenblick bedeutungslos. Ihr Herz, ihre Gedanken, ihr ganzes Sein war so voller Sehnsucht nach Whitley, daß darüber alle anderen Gefühle zur Bedeutungslosigkeit verblaßten.

»Sie sind eine sehr schöne Frau, Phina.«

»Und Sie sehen sehr gut aus«, antwortete sie.

»Als Sie damals nach Carillon kamen, habe ich mich gefragt, wie eine Frau nur solche wunderschönen Haare haben kann. Ich habe es damals für eine Protesthaltung gehalten, daß sie es vor allen anderen so offen getragen haben.«

Sie lächelte. »Ich hatte auf der Reise meine Kämme verloren und keine Haarnadeln bei mir, um die Haare zusammenzuhalten. Später war ich sehr verlegen, als mir klar wurde, was Sie von mir gedacht haben müssen.«

Er lachte leise. »Damals kam mir das reichlich unverschämt vor.« Er strich ihr mit der Hand über das Haar. Als er dabei auch ihre Brust berührte, hielt er kurz inne. Ihre Blicke trafen sich. »Ich weiß, ich sollte nicht hier bei Ihnen im Zimmer sein.«

Sie nickte. Sie hatte Angst zu sprechen. Sie wollte, daß die Verzauberung dieser Augenblicke andauerte. Irgendwie wünschte sie sich, sie könnte einen Weg finden, daß Whitley sie immer mit diesem liebenden Ausdruck ansah wie jetzt.

Mit kleinen kreisenden Bewegungen streichelte er die Innenflächen ihrer Hand mit den Fingerspitzen. Sein Blick wanderte von ihrem Gesicht hinunter zu den Brüsten unter dem Nachthemd aus weicher Baumwolle. Er schloß die Augen und atmete tief ein. »Sie riechen wundervoll und frisch. Ihre Haut ist so weich.«

Phinas Atem kam nur noch in kleinen Stößen. Sie wußte, daß ihre Emotionen wegen des Sturms und der Flut und ihrer Zeit zusammen auf dem Baum immer höher zu schlagen begonnen hatten. Aber der Sturm allein hätte alle diese Gefühle nicht bewirken können, die tief in ihr kochten. Der Grund war Whitley.

Ob er wohl wußte, daß er ein Feuer tief in ihrem Leib entfachte? Ob er wohl wußte, daß ihre Brust so angespannt war, daß sie kaum noch Luft bekam? Ob er wohl wußte, wie sehr sie sich wünschte, er würde sie ganz nahe an sich heranziehen, so daß sie seinen warmen Atem auf ihrem Gesicht spüren konnte wie in der letzten Nacht, als sie auf dem Baum gestrandet waren?

Ob er wohl wußte, daß sie sich wünschte, seine nackte Haut zu streicheln? Ob er wohl wußte, daß sie ihn aufrichtig liebte?

Whitley wußte, daß er in Gefahr war, etwas Dummes, Verrücktes, Gefährliches zu tun. Er war verdammt sicher, daß Anchor nicht damit einverstanden gewesen wäre, daß er hier an Phinas Bett saß und sich nichts sehnlicher wünschte, als sie zu küssen, bis sie keine Luft mehr bekam. Von ihm wurde erwartet, daß er Flannery heiratete. Diesem Verlangen hatte er sich auch gebeugt, bis Phina aufgetaucht war. Aber Flannery hatte es nie verstanden, seine Leidenschaft zu wecken. Oh, er hätte schon gerne mit Flannery geschlafen, aber nur, weil sie eine so ausnehmend schöne Frau war. Bei Phina, das war ihm klar, war das etwas anderes. Er wollte sie nicht, nur weil sie eine schöne Frau war, sondern wegen all der Gefühle, die sie in ihm zu wecken verstand.

Er wollte sie berühren.

Sie wollte ihn berühren.

Er wollte sie küssen.

Sie wollte ihn küssen.

Er rückte näher an sie heran.

Sie rückte näher an ihn heran.

Er senkte die Lider.

Sie schloß die Augen.

Ihre Lippen trafen sich.

Noch nie in ihrem Leben hatte Phina etwas so Wundervolles gespürt. Nichts war ihr je so nahe gewesen. Ihre Hände spielten auf Whitleys breitem, nacktem Rücken. Sie spürte die Bewegungen seiner Muskeln unter ihren Händen.

Whitley war fordernd, als seine Lippen hungrig über sie herfielen und sie lehrten, wie sie sich im Gleichklang mit ihm bewegen mußte, um den Kuß zu genießen. Er drängte Phina in die Kissen zurück und preßte sie voller Wärme an sich.

»Ich wußte, daß deine Küsse süß sein würden«, flüsterte er an ihren Lippen.

»So wie dich habe ich noch nie jemanden geküßt«, erwiderte sie leise.

Sein Hände umfaßten ihre Taille und wanderten hinauf zu

ihren Brüsten. Er umfaßte sie mit den Händen und streichelte sie unter der baumwollenen Barriere.

Anfangs versteifte sie sich noch, aber das Gefühl tief drinnen war so wundervoll, daß sie ohne Schwierigkeiten den Alarm ignorierte, der sie davor warnte, Whitley solche Freiheiten einzuräumen.

Sie seufzte leise und holte Luft, als seine Hände sie zärtlich streichelten. Sie legte den Kopf zurück, und seine Lippen wanderten über ihre Wangen hinunter zu ihrem Hals. Sie verstand dieses unbeschreibliche Gefühl nicht, das sie ganz plötzlich überkam. Sie wußte nur noch, daß es niemals enden durfte.

Phina seufzte, als er ihre Brüste schließlich unter ihrem Nachthemd streichelte. Sie fühlte sich enthemmt, verrückt, wundervoll. Ihre Hände streichelten seinen Rücken, während er sie küßte und ihren Körper ertastete. Unter seinen zärtlichen Händen fühlte sie sich einfach unbeschreiblich gut. Ihre Finger glitten in seine Nackenhaare und spielten damit.

Whitley war auch früher schon voller Verlangen nach einer Frau gewesen, aber nie war er so verrückt nach einer Frau gewesen wie nach dieser einen. Er konnte sie nicht schnell genug überall berühren. Er konnte sie nicht intensiv genug küssen. Und er konnte das Pochen seiner Männlichkeit ebensowenig aufhalten wie den immer schneller werdenden Schlag seines Herzens. Phina war sanft und nachgiebig, erwiderte seine Zärtlichkeiten, nahm teil an jeder einzelnen seiner Bewegungen. Er wußte, er hätte Flannery treu bleiben müssen, aber wie konnte er das, wenn Phina ihm so nahe war, so willig, und er so verzweifelt nach ihr verlangte?

Er wußte, er müßte sich eigentlich beherrschen, aber wie hätte er das wohl gekonnt, da ihm doch sein ganzer Körper sagte, daß er diese Frau haben sollte, jetzt, ohne Verzögerung? Zum erstenmal in seinem Leben war es ihm nicht egal, wer unter ihm lag. Er wollte Phina. Er wollte, daß sie mit derselben Intensität nach ihm verlangte wie er nach ihr.

Von draußen drang das Krachen eines Donnerschlages

herein. Phina und Whitley flogen auseinander, und die Verzauberung des Augenblicks war gebrochen.

Phina wurde bewußt, was sie sich anschickte zu tun, und sie stieß Whitley abrupt von sich.

Whitley erhob sich von dem Bett. Sein Atem ging schwer. Mit zitternden Fingern strich er sich durchs Haar. »Ich hatte gedacht, der Sturm sei vorüber«, sagte er und blickte aus dem Fenster.

Ihre Brust hob sich schwer. »Ja, das hatte ich auch gedacht.« Wie hatte sie Whitley nur solche Freiheiten gestatten können? Wie konnte sie nur so verrückt sein, so gefangen in der wundervollen Berührung, daß sie alles vergaß? Wie konnte sie sich nur anschicken, in seiner Nähe zu leben, wenn sie wußte, wie sehr sie ihn begehrte?

»Schauen Sie, Phina, ich bin …«

»Nein, bitte sagen Sie es nicht«, flüsterte sie und kehrte wieder zu der förmlichen Anrede zurück. »Der Sturm, die Flut haben uns verrückte Dinge tun lassen. Gehen Sie jetzt, und wir vergessen, was hier passiert ist.«

»Sie haben recht. Jetzt, wo das Tageslicht schon anbricht, sollte ich die Beschädigungen in Augenschein nehmen, die die Flut bei den Häusern der Sklaven verursacht hat.« Er wandte sich um und ging zur Tür, ohne sich auch nur noch einmal umzusehen.

Phina sank in die Kissen zurück. Sie preßte die Augenlider zusammen und ballte die Fäuste. Sie hätte sich besser unter Kontrolle halten müssen, aber es wollte ihr einfach nicht gelingen zu bedauern, was passiert war, und sie wollte nicht hören, daß Whitley es bedauerte. Aber sie durfte es auch nie wieder geschehen lassen.

Donner rollte über den Himmel, als Tasma sich auf den Weg zur *Garconniere* machte. Rubra hatte ihr gesagt, die Männer würden vorerst in der Wagenremise und in den Ställen übernachten. Frauen und Kinder sollten zunächst einmal in dem kleinen Gästehaus nicht weit vom Haupthaus entfernt wohnen. Sie war es leid.

Den Regen war sie leid. Sie war es leid, sich die ganze Nacht um Miss Phina zu sorgen. Sie war es leid, sich Gedanken darum zu machen, was sie Cush hatte tun lassen, sie war es leid, darüber zu grübeln, ob Spiker sie jemals lieben werde oder nicht.

»Tasma!« Tasma versteifte sich, als sie Cush auf sich zukommen sah. Er war der letzte, den sie jetzt sehen wollte.

Mit einem breiten Grinsen blieb Cush vor ihr stehen. »Ich nach dir gucken. Wie geht es?«

Tasma runzelte die Stirn. Der Sturm und die Flut hatten geholfen, ein Zusammentreffen mit ihm zu vermeiden, seit sie vor einigen Nächten seine Hütte verlassen hatte. Tausendmal hatte sie sich gewünscht, diese Nacht hätte nie stattgefunden. Sie wußte nicht, warum ihre Wut auf Spiker sie in Cushs Arme getrieben hatte.

»Mir geht' gut«, erwiderte sie. »Warum suchen nach mir?«

»Ich nur wollen sicher sein, daß du in Ordnung nach das, was wir gemacht. Ich hoffen, du einverstanden, wenn ich mit dein' Mama über uns reden.«

Sie blickte ihm ins Gesicht. »Wozu? Meine Mama keine Zeit, mit dir reden. Und ich auch keine Zeit.« Sie wollte weitergehen.

Cush hielt sie am Arm fest. »Tasma, wohin du gehen? Ich mit dir reden wollen.«

Sie machte sich von ihm los und starrte ihn feindselig an. »Ich müde. Ich die ganze Nacht wach und mir Sorgen machen wegen Miss Phina draußen im Sturm. Sie mir sagen, ich jetzt schlafen.«

Sein Gesichtsausdruck wurde sanfter. »Ich bringe dich nach Hause.« Er versuchte, ihren Arm zu fassen.

»Nein!« Sie stieß ihn weg. »Ich will allein sein, Cush. Geh weg!«

»Tasma, ich jetzt dein Mann. Du kannst nicht sagen, was ich tun. Ich muß sagen, was du tun.«

Wut flackerte in ihr auf. Sie war Rubras Tochter. Sie konnte jeden Mann haben, den sie wollte. Sie hob die Schultern und stemmte die Hände in die Taille. »Du nicht mein Mann. Du nie mein Mann. Und jetzt geh weg.«

Cush riß sie rauh an sich. »Was du meinen? Nach dieser andere Nacht ...«

»Das bedeuten gar nichts.« Sie war so wütend, daß sie ihm die Worte förmlich ins Gesicht spie. »Laß mich los!«

Er hielt sie eisern fest und zog sie noch etwas näher an sich heran. »Du jetzt meine Frau.« Seine Stimme klang gefährlich leise.

Tasmas Nasenflügel bebten. »Du nicht der erste Mann für mich und auch nicht der letzte. Und jetzt laß mein' Arm los, bevor ich dich treten in ... du weißt schon.«

»Du kleines Miststück!« Cush hob die Hand, um sie zu schlagen. »Ich dir beibringen ...«

»Cush! Cush! Laß sie los!«

Tasma blickte sich um und sah Spiker auf sie zukommen. Sofort schlug ihr das Herz bis zum Hals, und sie schüttelte sich. Spiker war zu ihrer Rettung gekommen! Sie schüttelte Cush ab, rannte auf Spiker zu und schlang die Arme um ihn. Sie wünschte sich so sehr, er werde seinerseits seine Arme um sie legen, aber das tat er nicht.

Allerdings stieß er sie auch nicht von sich, und so schmiegte sie sich an seine Brust und atmete ganz tief seine Wärme und seine Stärke ein.

»Du nichts zu tun mit all das, du weißer Boy. Das ist zwischen mir und Tasma.«

»Was hast du dazu zu sagen, Tasma?« fragte Spiker. »Möchtest du etwas mit ihm zu tun haben?«

»Natürlich nicht! Ich ihm schon sagen, ich nicht wollen seine Frau sein.« Sie rollte die Augen und blickte Spiker verliebt an.

Sein Gesichtsausdruck war hart und abweisend. »Laß sie in Ruhe«, sagte er zu Cush.

Cush blickte sich nervös um. Tasma wußte, daß er nach einem seiner Freunde Ausschau hielt, um Verstärkung zu bekommen. Allein würde er sich mit Spiker nicht anlegen. »Wir das regeln später, weißer Boy.«

Spiker verzog keine Miene. »Wann immer du willst.«

Cush durchbohrte Tasma mit den Blicken. »Ich bin auch nich' fertig mit dir. Du nicht machen Narren aus mir.« Er wandte sich um und stampfte davon.

Die Arme noch immer um seine Taille geschlungen, blickte Tasma verliebt zu ihrem Retter empor. »O Spiker, ich so froh, daß du vorbeigekommen. Cush war sehr gemein.«

Er packte sie an den Oberarmen und schob sie von sich. »Du gehst jetzt am besten dahin, wo du hingehen wolltest. Und, Tasma – mach einem Mann keine schönen Augen, wenn du seine Aufmerksamkeit nicht erregen willst.«

»Du der einzige Mann, den ich will.«

Einen Augenblick lang dachte sie, er erwäge ihren Gedanken ernstlich, doch dann wandte er sich ab und ging weg.

Tränen des Glücks stiegen in Tasmas Augen auf. Die Sonne erhob sich über dem Horizont. Spiker hatte sich für sie eingesetzt. Die Welt sah wieder wunderschön aus.

KAPITEL 16

Whitley ließ sich hinter den Schreibtisch fallen und starrte auf das Papier vor ihm. Er wollte nicht zu Ende führen, was er geplant hatte, aber ihm blieb keine Wahl. Er hätte Phina von allem Anfang an Geld anbieten sollen, eine ansehnliche Einmalzahlung und eine monatliche Rente als Gegenleistung dafür, daß sie Carillon verließ und versprach, nie wieder zurückzukehren.

Er mußte einen Weg finden, dieses brennende Verlangen nach Phina wieder loszuwerden. Er hatte ihr viel zu lange erlaubt, auf Carillon zu bleiben. Es ging schon lange nicht mehr darum, daß sie sich in seine Heiratspläne einmischte. Sie war dabei, sein ganzes Leben umzukrempeln.

Wenn er ihr erlaubte, auf Carillon zu bleiben, würde er in jedem Augenblick daran erinnert, wie sie in seinen Armen gelegen hatte, wie es sich anfühlte, neben ihr auf dem Bett zu liegen. Gestern war er zu nahe davor gewesen, mit ihr zu schlafen. Sie war ihm allzu willig erschienen, ja fast schon begierig. Sie hatte sich seiner feurigen Art gestellt, seiner Aggressivität, seinem Verlangen. Er mußte sie aus Carillon entfernen, aus seinem Leben.

Vielleicht begehrte er sie einfach nur deshalb, weil sie für ihn verboten war. Er war mit Flannery verlobt, auch wenn diese Verlobung noch nicht offiziell verkündet worden war. Whitley lehnte sich im Stuhl zurück und schloß die Augen. Er rieb sich die Hände und versuchte, sich Phina in seinen Armen vorzustellen. Verdammt! Es war sinnlos. Er öffnete die Augen und starrte wieder auf das Papier vor ihm. Welch ein Narr war er, sich aufzuführen wie ein kleiner Schuljunge, der das Gefühl zurückzurufen versuchte, das er gehabt hatte, als er zum erstenmal mit einer Frau zusammen war. Das Problem war eben nur, daß diese wenigen Minuten mit Phina so etwas ganz Außerordentliches gewesen waren.

Whitley erinnerte sich wieder an das erste Mal, als Anchor ihn mit in die Stadt genommen und für ihn eine Frau bezahlt hatte. Er hatte nicht genau gewußt, was er tun sollte, und sie war keine große Hilfe gewesen. Sie ließ sich von ihm küssen und ihre Brüste berühren, aber sie war kalt und in keiner Weise entgegenkommend gewesen. Seit jenem Tag hatte Whitley eine Menge darüber gelernt, sich selbst und die

Frauen zu befriedigen. Über die Jahre hinweg war er mit einer Reihe Frauen zusammengewesen, und er hatte festgestellt, daß einige von ihnen den Sex genossen und andere nicht. Aber alle wollten sie die Dollars auf ihrem Nachttisch liegen sehen, wenn er wieder ging. Die meisten von ihnen waren mehr am Geld interessiert als daran, was er für sie im Bett tun konnte.

Aber Phina war anders gewesen. Sie reagierte auf seine Berührung in einer Weise, die ihn nach mehr verlangen ließ, nach dem ganzen Rest von ihr. Er mußte einfach ganz fest daran glauben, Flannery werde mehr wie Phina sein, wenn sie erst verheiratet waren, wenn sie erst frei war, ihm zu gestatten, sie zu berühren, sie zu küssen und Liebe mit ihr zu machen.

Anchor hatte Flannery für ihn ausgesucht, weil sie nicht nur einer der am meisten respektierten Familien im County entstammte, sondern auch, weil sie die schönste junge Frau in der ganzen Gegend war. Viele junge Männer hatten versucht, ihr den Hof zu machen, aber Anchor und George Matheson hatten bereits über ihr beider Schicksal entschieden. Flannery und Whitley hatten ihre jeweiligen Väter völlig willenlos über ihr Schicksal entscheiden lassen. Whitley hatte es nie bedauert, daß Anchor die wichtigen Entscheidungen für ihn traf. Hatte Anchor denn nicht immer recht behalten?

Whitley stöhnte leise und ballte die Hand zur Faust. Zum erstenmal seit fünfzehn Jahren zweifelte er daran, daß Anchor wirklich gewußt hatte, was für ihn am besten war. Und das alles nur wegen einer dunkelhaarigen, dunkeläugigen Schönheit.

»Rubra sagte, Sie wollten mich sehen.«

Als Whitley aufsah, sah er Phina im Türrahmen stehen. Whitley spürte, wie ihm die Brust eng wurde.

»Ja, kommen Sie herein, Phina. Was machen Ihre Hände?« fragte er und vermied es, ihr in die Augen zu sehen. Er mußte das eine sagen, während er etwas ganz anderes fühlte.

»Besser. Danke der Nachfrage. Ich habe gehört, daß der Wasserstand heute morgen gesunken ist und die Schäden an den Behausungen der Sklaven größtenteils zu reparieren sind.«

Er nickte. »Das meiste sind Aufräumungsarbeiten. Drei der ältesten Hütten werden wir niederreißen und an ihrer Stelle neue errichten müssen.«

Phina starrte ihn unverwandt an. Sie wollte, daß er ihr in die Augen sah und ihr sagte, wie er jetzt über das dachte, was zwischen ihnen vorgefallen war. Hatte es ihn ebenso erschüttert wie sie? Hatte er es auch unmöglich gefunden, es wieder zu vergessen, obwohl sie übereingekommen waren, es zu vergessen? War er wirklich fest entschlossen, es nie wieder passieren zu lassen?

»Ich bin sicher, alle Sklaven werden das zu würdigen wissen. Es ist sehr generös von Ihnen«, sagte sie schließlich.

»Ich hätte mich nach Anchors Tod mehr um die Sklaven kümmern müssen. Ich komme einfach nicht darüber hinweg, daß ich alle diese Menschen besitze und daß sie zu mir aufsehen, genauso wie sie einst zu Anchor und vor ihm zu seinem Vater aufgesehen haben.«

»Ich könnte helfen«, erbot sie sich und trat einen Schritt näher. »Ich könnte neue Vorhänge für alle Häuser nähen. Sie haben doch nichts dagegen, oder?«

»Das ist nicht notwendig, Phina. Außerdem ist Samella eine exzellente Näherin.«

»Oh, das weiß ich. Sie wird mir auch bestimmt helfen. Wir kommen sehr gut miteinander aus. Ich werde meine Arbeit im Blumengarten unterbrechen, bis wir mit den Vorhängen fertig sind.«

Whitley fragte sich, ob Flannery wohl auch so bereitwillig Vorhänge für die Behausungen der Sklaven hätte machen wollen. Irgendwie glaubte er es nicht. Ein weiterer Grund, Phina loszuwerden. Sie machte sich allzu nützlich, ja, unentbehrlich für Carillon. Verdammt, das gefiel ihm überhaupt nicht.

Er schluckte und legte Schärfe in seine Stimme, als er sagte: »Setzen Sie sich, Phina. Ich möchte mit Ihnen reden.«

Phina war überrascht und auch ein wenig verletzt angesichts von Whitleys abruptem Gesinnungswechsel, tat aber, was er gesagt hatte. Seit er in ihrem Schlafzimmer gewesen war, hatten sie keine Gelegenheit mehr gehabt, miteinander zu reden. Er war zu sehr damit beschäftigt gewesen, die Zerstörungen bei den Häusern der Sklaven und den Obstgärten näher in Augenschein zu nehmen. Sie hatte sich ein wenig Sorgen gemacht, als Rubra ihr sagte, er wolle sie in seinem Büro sehen, aber er hatte so freundlich geschienen, daß sie zu dem Schluß gekommen war, er werde diesen Vorfall in der Vergangenheit ruhen lassen, wo er hingehörte.

Whitley erhob sich von seinem Stuhl und kam um den Schreibtisch herum, um ihr ein Stück Papier zu reichen. »Dies ist eine Bankanweisung über fünftausend Dollar. Das ist für Sie.«

Sie schnappte hörbar nach Luft.

Whitley ging wieder an seinen Schreibtisch zurück und nahm ein anderes Stück Papier zur Hand. »Und dies ist ein Dokument«, fuhr er fort, »in dem ich Ihnen bestätige, daß ich Ihnen monatlich fünfzig Dollar überweise, wenn Sie keinerlei Ansprüche mehr auf Carillon erheben. Ich möchte Sie bitten, die Anweisung entgegenzunehmen, dieses Papier zu unterzeichnen und auf der Stelle wieder abzureisen.«

Entsetzt, verletzt, völlig am Boden zerstört, konnte Phina ihn nur noch anstarren. Was hatte sie denn getan? Was war passiert? Warum war er auf einmal willens, ihr zu geben, wonach sie gefragt hatte, als sie nach Carillon gekommen war? Er bot ihr sogar mehr an, als sie erwartet hatte, nur … ein Schmerz durchbohrte ihr Herz. Sie wollte nicht gehen. Sie hatte sogar an die Möglichkeit gedacht, ihre Mutter nach Carillon zu bringen. Der Landsitz war so wunderschön, so voller Frieden. Sie wußte, ihre Mutter würde sich unter der beständigen Fürsorge von Tasma und Rubra bald erholen. Sie wollte auf Carillon leben. Dies war ihres Vaters Zuhause gewesen. Und das hatte sie nie stärker gefühlt als in diesem Augenblick.

Phina wußte, was geschehen war. Sie waren intim miteinander geworden, und das bereute er jetzt. Er wollte sie nicht mehr in der Nähe haben, wenn er Flannery heiratete. Das wußte sie. Sie konnte es sogar verstehen. Aber konnte sie wirklich verschwinden? Konnte sie einfach von Carillon weggehen und Whitleys Nähe aufgeben, dieses wunderschöne Zuhause und alles, was es zu bieten hatte, nur weil dies Whitleys und Flannerys Leben einfacher machen würde?

»Phina.« Er sprach ihren Namen so leise aus, daß er kaum noch zu verstehen war.

»Ich muß darüber nachdenken«, sagte sie atemlos.

Er trat einen Schritt zurück. »Darüber nachdenken? Warum? Sie haben nach dieser Apanage gefragt, als Sie hierhin gekommen sind. Ich habe noch fünftausend Dollar hinzugefügt. Was gibt es da noch zu bedenken?«

Fünftausend Dollar bar auf die Hand und fünfzig pro Monat würden wahrlich reichen, für ihre Mutter zu sorgen, aber Phina konnte einfach nicht darüber hinwegkommen, daß er sie bezahlte, um sie wieder loszuwerden. Das schmerzte zutiefst. Sie sah in sein schönes Gesicht, das jetzt von einem verbissenen Lächeln verzerrt war, und schon überkam sie wieder die Wut. Er wollte sie auszahlen und sie loswerden, damit er hinterher um so glücklicher mit Flannery auf Carillon leben konnte.

Sie mußte sich selbst fragen, wie sie seinen Vorschlag überhaupt zurückweisen konnte, wenn doch Geld genau der Grund war, aus dem sie Carillon gesucht hatte. Doch das war, bevor sie einige Zeit hier gelebt hatte. Das war, bevor sie im Blumengarten gearbeitet, Kleider für die Sklaven genäht oder Säcke voller Erde zugebunden hatte, bis ihre Finger bluteten. Das war, bevor Whitley sie geküßt hatte. Wie konnte sie jetzt gehen, als ihr klargeworden war, wie sehr sie zu bleiben wünschte?

»Nein.«

»Nein?« fragte er zurück. Er schien ehrlich geschockt.

Sie erhob sich von ihrem Stuhl und legte die Papiere vor ihn auf den Schreibtisch. Dann strich sie sich den Rock glatt, während sie darum rang, wieder ruhiger zu atmen. Schließlich fand sie dann die Courage zu sagen, was sie zu sagen hatte. Sie wandte sich ihm zu und sprach mit sanfter Stimme. »Ich habe darüber nachgedacht, und ich habe mich entschlossen, Ihr Geld nicht zu nehmen«, sagte sie.

»Ich biete Ihnen mehr an, als Sie haben wollten.«

»Das ist sicher sehr generös von Ihnen«, sagte sie, »aber trotzdem muß ich Ihr Angebot ablehnen.«

Er trat drohend einen Schritt auf sie zu. »Sie können das nicht ablehnen. Selbst wenn Sie vor Gericht gewinnen würden, wäre alles, was Sie erreichen könnten, eine Apanage.«

»Nein, Sie irren sich. Dies ist meines Vaters Haus. Ich kann hier leben.«

»Nicht ohne meine Erlaubnis.«

Ihre Stimme blieb leise, auch wenn sie vor Wut zitterte. »Ich brauche Ihre Erlaubnis nicht«, sagte sie. »Im Augenblick habe ich sie vom Sheriff. Sie könnten mich nicht hinauswerfen.«

Whitley knurrte leise und kam näher. »So langsam treten Ihre wahren Motive denn doch zutage«, sagte er. »Sie sind eine kleine Erbschleicherin.«

»Wie können Sie es wagen, so etwas zu sagen!« Sie spürte, wie ihr langsam heiß wurde. »Ich weise Ihr Geld zurück.«

Seine Augen verengten sich, und seine Kiefer begannen zu mahlen. Er drängte sie gegen den Schreibtisch zurück. Phina konnte nicht weiter ausweichen. »Das tun Sie doch nur, weil Sie hoffen, mehr herausschlagen zu können, wenn Sie bleiben. Aber wenn das bis zum Gericht geht, werde ich Sie nicht gewinnen lassen.«

»Das werden wir ja sehen. Ich habe Beweise.«

»Und ich werde ein Dutzend Frauen aufbieten als Zeuginnen, die alle erklären, daß auch sie ein silbernes Glöckchen tragen. Phina, glauben Sie mir, Sie können nicht gewinnen.«

Was sie in seinen Augen sah, strafte seine bitteren Worte Lügen. Seine Blicke tasteten ihr ganzes Gesicht voll leidenschaftlichen Verlangens ab. Sie sah, daß er sich noch immer zu ihr hingezogen fühlte. Und sie fühlte sich noch immer zu ihm hingezogen. Und beide wußten es.

»Das würden Sie nicht tun«, flüsterte sie.

»O doch, Phina. Ich lasse Ihnen Zeit bis zu dem Tag, an dem der neue Richter ankommt, mein Angebot anzunehmen.«

Sie blickten sich weiter unverwandt in die Augen – Phina gegen den Schreibtisch gepreßt und Whitleys Knie an ihren Röcken.

An der Tür erklang ein leises Klopfen. Whitley wandte sich um und trat einen Schritt zurück. Sie richtete sich wieder auf.

»Was ist los, Lon?« fragte er.

Lon kratzte sich den Hinterkopf. »Miss Flannery und ihre Mutter sind gekommen, um Sie zu besuchen.«

Phina sah die Überraschung in Whitleys Gesicht. »Hast du sie in den Salon geführt?«

»Ja, Sir. Rubra sagen, ich soll ausrichten, sie Besuchern schon geben zu trinken.«

»Gut. Sag ihnen, ich werde gleich da sein.«

Whitley schnappte sich sein Jackett und zog es sich über die Weste. »Wir werden diese Diskussion später fortsetzen«, sagte er zu Phina.

Noch immer unter dem Eindruck seines Angebotes sagte sie mit betont zuckersüßer Stimme: »O bitte, laden Sie Ihre Gäste doch ein, zum Dinner zu bleiben. Ich würde zu gern Mrs. Matheson und Ihre Zukünftige kennenlernen.«

»Fahr zur Hölle«, murmelte er, als er zur Tür hinausstürmte.

Phina wußte nicht, warum sie diese letzte schnippische

Bemerkung gemacht hatte. Sie wollte Flannery nicht kennenlernen, und sie wollte Whitley keinen weiteren Grund geben, sie zu hassen. Sie wollte der Frau nicht in die Augen sehen müssen, die einst Whitleys Ehefrau sein würde. Schon kurz nach ihrer Ankunft hatte sie von Flannery erfahren. Es hätte sie nicht überraschen sollen, daß Whitley sie aus dem Haus haben wollte. Seufzend sank sie auf den Stuhl vor seinem Schreibtisch zusammen.

Auf seinem Weg in den Salon fluchte Whitley lautlos vor sich hin. Was, zum Teufel, suchten Flannery und ihre Mutter auf Carillon? Gut, er war die letzten Sonntage nicht mehr drüben gewesen, aber er hatte gedacht, sie würden seine Entschuldigung akzeptieren, daß er jetzt auf der Plantage bleiben müsse, bis alle Saaten ausgebracht waren. Vielleicht hatten die Mathesons von der Flutkatastrophe gehört und waren nur gekommen, um zu sehen, wie es ihm ging, dachte er, als er vor der Tür zum Salon angekommen war. Er blickte in den Spiegel mit dem üppig geschnitzten Holzrahmen und fuhr sich kurz mit der Hand durch die Haare. Dann atmete er noch einmal tief durch und betrat den Raum.

»Mrs. Matheson, Flannery, wie schön, Sie zu sehen.« Er ging hinüber zum Sofa und begrüßte zuerst Mrs. Matheson mit Handkuß, dann Flannery. Beide Frauen waren ausgesprochen elegant gekleidet, Flannery in leuchtendem Blau und ihre Mutter in einem dunklen Purpur. Die Hauben hatten sie hübsch mit Bändern und Federn geschmückt. Als die Damen seinen Gruß erwiderten, wurde er wieder daran erinnert, wie einfach Phina sich kleidete. Sie hatte nur sehr wenige Kleider und lediglich eine einzige Haube, und doch sah sie stets so schön aus.

»Man hat mir gesagt, Rubra werde bald Tee bringen«, sagte er, als er auf dem Stuhl vor dem Sofa Platz nahm.

»Wir können leider nicht lange bleiben«, sagte Mrs. Matheson. »Wir haben George versprochen, wir würden uns beeilen, aber wir wollten doch *The Pines* nicht verlassen, ohne zuvor adieu zu sagen.«

»*The Pines* verlassen?« Völlig überrascht rutschte Whitley auf seinem Stuhl nach vorn. »Ich glaube, ich verstehe nicht ganz.«

Mrs. Matheson lachte freundlich und öffnete ihren Fächer. »Oh, nicht für lange, Whitley. George hat entschieden, Flannery und ich sollten nach Mobile fahren und einen Monat oder zwei auf der Plantage seines Cousins bleiben. Oder auch länger, wenn nötig.«

»Aber warum?« fragte er, während er bei sich feststellte, daß seine Gefühle angesichts dieser Neuigkeit ausgesprochen zurückhaltend blieben.

»Er macht sich Sorgen wegen der Indianer, von denen wir gehört haben«, sagte sie von oben herab. »Obwohl sie noch weit genug von uns weg sind, ist es ihm lieber, wenn wir Georgia verlassen, bis sie gefaßt sind.«

»Gibt es denn irgend etwas Neues in diesem Zusammenhang?« fragte er, wobei er bemerkte, daß Flannery sehr steif, still und sittsam neben ihrer Mutter saß. Er blickte sie an und lächelte. Sie erwiderte sein Lächeln. Während Mrs. Matheson redete, beobachtete er Flannery, und dabei traf ihn wie ein Keulenschlag die Erkenntnis, daß er Flannery, so schön sie auch sein mochte, nicht mehr begehrte. Aus Sorge, sie könnte die Wahrheit in seinen Augen sehen, blickte er zur Seite und wandte sich wieder ganz ihrer Mutter zu.

»Und erst gestern abend hörte er, daß sie überall im Staat die Ernte verbrennen. Wir haben natürlich noch keine hier bei uns gesehen, aber George ist trotzdem besorgt.«

Indianer waren das letzte, womit er sich jetzt beschäftigen wollte. Die Flut und seine Gefühle für Phina hatten ihn die Bedrohung durch die Indianer völlig vergessen lassen. Whitley blickte die Frau an, von der Anchor gewollt hatte, daß er sie heiratete, und fragte sich, wie er das um alles in der Welt wohl tun sollte? Er schuldete Anchor sein Vertrauen, seine Loyalität, sein Leben.

»Er hat recht«, sagte Whitley, als er merkte, daß sie etwas gesagt hatte und nun seine Antwort erwartete. »Ein paar Wochen von hier fortzugehen ist sicher das Vernünftigste. Warum sollte man sich einer Gefahr aussetzen, wenn man sie vermeiden kann.«

»Ich bin so glücklich, daß Sie einverstanden sind.«

»Wann verlassen Sie uns denn?«

»Morgen. Ich weiß, Sie werden sie vermissen, aber hoffentlich wird *alles* geklärt sein, wenn wir zurückkehren.«

Bertha schloß ihren Fächer mit einem leichten Schnappen und tätschelte ihrer Tochter die Hand. »Flannery hat gebeten, ich solle Ihnen beiden einige Minuten allein lassen, um sich zu verabschieden, und ich bin einverstanden. Ich werde mich dann einmal um unsere Erfrischungen kümmern.«

Kaum sah Whitley Mrs. Mathesons Röcke im Türrahmen verschwinden, als er schon an das Sofa trat und Flannerys Hand nahm. Dies war die Frau, die er heiraten würde. Nicht Phina. Dies war die Frau, die alle seine Träume erfüllen sollte, seine Gedanken, seine Zukunft. Dies war die Frau, die er allen anderen vorzuziehen hatte. Er war an sein Versprechen Anchor gegenüber gebunden. Er würde den Mann nicht enttäuschen, der einst sein Leben gerettet hatte.

»Es ist schön, dich wiederzusehen«, sagte er und hielt ihre warme Hand. Sie war so schön. Er wünschte sich, er könnte sie begehren. »Du siehst heute wunderschön aus, Flannery. Ich habe dich so vermißt.«

»Wie lieb von dir, daß du es bemerkt hast.« Sie lächelte scheu und berührte den Rand ihrer Haube.

Whitley hatte etwas anderes hören wollen als diese kokette Bemerkung. Das war nicht das, was er brauchte. Er mußte wissen, daß sie ihn auf eine Weise liebte, wie sie nie einen anderen Mann lieben könnte. Whitley beugte sich vor und küßte sie auf die Lippen. Sie verhielt sich völlig passiv, und so küßte er sie wieder, und diesmal zog er sie in seine Arme und drängte sie auf das Sofa zurück. Es war sonst so gar nicht Flannerys Art, ihm solche Freiheiten zu gestatten. Sofort nahm er die Gelegenheit wahr. Er zwang ihre Lippen mit seiner Zunge auseinander und stieß sie ihr in den Mund. Gleichzeitig ließ er seine Hand über ihre Taille nach oben gleiten und umschloß ihre Brüste. Aber unter den Bändern und Stoffen ihres Korsetts fühlte er nur wenig Fleisch.

Whitley spürte keinerlei Antwort von ihr, aber was schlimmer war, er spürte auch keine Antwort in sich selbst. Vielleicht brauchte er nur ein klein wenig mehr, um in Schwung zu kommen. Er fuhr fort, sie zu küssen und ihre Brüste zu streicheln in der Hoffnung, erste Anzeichen von Lust würden sich einstellen. Doch nach einigen Minuten war klar, daß keiner von ihnen beiden in irgendeiner Weise erregt war.

Whitley wischte sich mit dem Handrücken über den Mund und lehnte sich gegen das Sofa, wobei er versuchte, sich nicht daran zu erinnern, wie überwältigend er sich in Phinas Armen gefühlt hatte.

Flannery befaßte sich ausgiebig mit dem Oberteil ihres Kleides. »Ich hoffe, das hat dir gefallen, Whitley«, sagte sie mit einem Anflug von Mißfallen in der Stimme.

Verwirrt darüber, daß sein Körper so gar nicht reagiert hatte, log er, indem er nickte. Er fühlte sich wie der letzte Dreck, aber er konnte ihr einfach nicht in die Augen sehen und ihr die Wahrheit sagen.

»Gut. Ich hätte dich nicht so kühn sein lassen dürfen.« Sie blickte zu ihm auf und lächelte. »Mama sagt, ich sollte dir einige Küsse geben, damit du mich vermißt, während ich fort bin.«

Er hätte wissen müssen, daß es einen Grund gab, warum sie ihn so freizügig hatte gewähren lassen. Flannery würde nie etwas tun, ohne sich zunächst die Genehmigung ihrer Mutter dazu einzuholen.

»Ich glaube, ich werde dir all diese Berührungen gestatten müssen, wenn wir verheiratet sind. Jedenfalls eine Zeitlang.«

Whitley zog sich zurück. »Du *mußt* dich von mir berühren lassen, nachdem wir verheiratet sind? Willst du mich denn nicht berühren, Flannery?«

»Whitley, bitte. Das ist wohl kaum eine Sache, die wir jetzt diskutieren könnten. Über Küsse und alles andere werden wir reden, nachdem wir verheiratet sind.«

Die einzigen Frauen, mit denen er bisher je Liebe gemacht hatte, waren jene, die er dafür bezahlt hatte. Einige der Frauen hatten darum gebettelt, er möge sie wieder besuchen, aber das hatte ihn nicht für die Tatsache entschädigt, daß sie seine Dollars wollten, wenn er zur Tür hinausging. Sie küßten ihn für Geld. Flannery hatte ihn geküßt, weil man es von ihr *erwartete.* Phina hatte ihn geküßt, weil sie es wollte, und hatte keinerlei Gegenleistung dafür verlangt. Whitley hätte sich am liebsten den Geschmack von Flannerys Lippen vom Mund gewischt. Auch um Anchors willen – konnte er eine Frau heiraten, die seine Küsse nicht wollte?

Flannery blickte ihn mit ihren wunderschönen blauen Augen an. »Mama hat uns ein wenig Zeit eingeräumt, damit ich dir erzählen kann, was wir beschlossen haben.« Das Lächeln schwand von ihrem Gesicht. »Wir möchten, daß diese dunkelhaarige Frau aus deinem Haus verschwindet.«

Ihre Worte waren ein einziger Befehl. Whitley versteifte sich. Es lag ihm auf der Zunge zu sagen, daß diese dunkelhaarige Frau einen Namen hatte – Phina.

»Sollte sie bei unserer Rückkehr noch immer hier sein«, fuhr Flannery fort, »betrachte ich unsere Abmachung als gebrochen und werde die Aufmerksamkeiten anderer junger Herren entgegennehmen.«

Whitley hatte Phina gerade Geld angeboten, um sie zum Gehen zu veranlassen, aber, verdammt noch mal, er wollte nicht, daß Flannery ihm befahl, sie hinauszuwerfen. »Ich erwarte, daß bei eurer Rückkehr ein neuer Richter bestellt und mein Problem geregelt sein wird.« Er preßte die Worte durch die zusammengebissenen Zähne.

Flannery lächelte. »Gut. Jetzt kannst du Mama wieder holen. Ich habe ihr gesagt, ich würde es sie wissen lassen, wenn wir fertig sind.«

Whitley erhob sich von dem kleinen Sofa und dachte daran, wie nahe sie daran waren, für immer miteinander fertig zu sein. Flannery kannte alle Regeln der Gesellschaft. Sie war ein wunderschöner Anblick. Traurig war eben nur, daß in ihr keine Leidenschaft brannte und sie in ihm keinerlei Leidenschaft entfachte.

Phina erhob sich von ihrem Stuhl und reckte die Arme über den Kopf. Sie hatte noch nie zu denen gehört, die sich länger als einige Minuten selbst bedauerten. Sie mußte mit ihren Näharbeiten beginnen. Immerhin hatte sie eine Menge Vorhänge zu machen. Außerdem war es überhaupt nicht angezeigt, sich Sorgen zu machen, daß Whitley sie aus Carillon hinauswerfen könnte. Sie hatte Recht und Gesetz auf ihrer Seite, und die beiden gewannen doch immer, oder?

Eigentlich hatte sie vor, auf Zehenspitzen am Salon vorbeizuschleichen und nur einen kurzen Blick ins Innere und auf Whitleys Gäste zu werfen. Völlig überrascht war sie dann, als sie sah, daß Flannery ganz allein im Salon saß. Phina wollte sich schon zur Treppe wenden, um hinauf ins Nähzimmer zu gehen, doch wie hätte sie wohl eine so ideale Gelegenheit verstreichen lassen können, mit der goldblonden Schönheit zu reden, die als Whitleys zukünftige Frau ausersehen war?

Phina hob Schultern und Kinn und trat in den Salon. »Oh, hallo«, sagte sie und schaffte es, ein freundliches Lächeln auf ihr Gesicht zu zaubern. »Sie müssen Flannery sein. Ich glaube, wir kennen uns noch nicht. Ich bin Phina.«

Flannery riß erstaunt den Mund auf, blieb aber steif auf dem Sofa sitzen. »Ich warte hier darauf, daß meine Mutter und Whitley zurückkehren, wenn Sie nichts dagegen haben«, sagte sie in ausgesprochen arrogantem Tonfall.

Natürlich hatte sie einiges dagegen, aber es war wohl nicht angebracht, das auch zu sagen. Da Flannery nun einmal eines Tages auf Carillon leben würde, sollten sie beide zumindest lernen, nett miteinander umzugehen. Es amüsierte sie, daß Flannery sich weigerte, sie anzusehen. Wäre sie an Flannerys Stelle gewesen, sie hätte ihr voller Stolz in die Augen geblickt und sich selbst als Whitleys Verlobte vorgestellt.

»Natürlich macht es mir nichts aus. Ich freue mich, daß Sie unser Haus besuchen.«

Flannerys Kopf flog herum, und sie starrte Phina an, als habe sie die schwarzhaarige Frau bei einer Blasphemie erwischt. »Ich glaube nicht, daß dies hier *Ihr* Haus ist.«

Ihr rüder Tonfall mißfiel Phina zutiefst. Sie ging hinüber zum Sofa und setzte sich neben sie. Flannery raffte ihr Kleid zusammen, damit es um Gottes willen an keiner Stelle mit Phina Kontakt bekam.

»Ja, wirklich? Sie wissen, daß ich hier wohne, oder nicht?«

»Nicht mehr lange.« Wieder wandte Flannery sich ab und weigerte sich, Phina anzusehen.

Es war nicht zu übersehen, daß Flannery nicht bemüht war, nett zu sein. »Es ist eine Schande, daß sowohl Whitley als auch Ihre Mutter Sie allein in diesem Haus gelassen haben.« Phina setzte eine besorgte Miene auf. »Mein Gott, wissen Sie denn nicht, wie sehr es Ihrer Reputation schaden müßte, wenn allgemein bekannt wird, daß Sie ohne weibliche Begleitung in Whitleys Haus zurückgelassen wurden? Bei dem Gedanken, was passieren könnte, könnte man ja ohnmächtig werden.«

Flannery hob das Kinn an. »Es ist alles in bester Ordnung. Meine Mutter ist mit mir hier.«

»Natürlich ist sie das, aber Sie wissen ja, wie Gerüchte gelegentlich mit der Wahrheit umgehen. Denn wenn es erst einmal bekannt wird, daß Sie unbeaufsichtigt in Whitleys Haus gewesen sind, müßten die dann aufkommenden Gerüchte Sie ruinieren. Natürlich würde ein jeder annehmen, Sie seien mit Whitley allein gewesen. Das würden Sie doch nie überleben.«

Flannerys Augen wurden größer. Sie erhob sich von dem Sofa. »Sie werden es aber doch niemandem erzählen?«

Phina erhob sich ebenfalls. »Ich?! Natürlich nicht! Aber vielleicht wäre es besser, wenn Sie draußen auf der Veranda auf die Rückkehr der beiden warten. Sie wissen doch, wie die Sklaven so reden. Sie verbreiten die Gerüchte von einer Plantage zur anderen. Man kann ihnen ja nicht trauen, wie Sie wissen.«

»Ja, ich glaube, Sie haben recht.« Flannery erlaubte es Phina, sie zur Eingangstür zu begleiten.

»Ich bin sicher, Sie werden in ein paar Minuten wieder hier sein. In der Zwischenzeit sind Sie dort draußen vor jedem üblen Gerücht sicher.«

Phina öffnete die Tür, und Flannery ging hindurch, dann schloß Phina die Tür wieder hinter dem goldblonden Snob und legte den Riegel vor.

KAPITEL 17

Tasma eilte mit bloßen Füßen über den kühlen Holzfußboden, schoß aus der Eingangstür und rannte bis zur Seitenwand des Hauses, wo sich ihr dann gründlich der Magen hob. Sie versuchte, nicht allzuviel Geräusche dabei zu machen.

Dies war der vierte Morgen hintereinander, an dem ihr übel wurde, als sie erwachte. »O lieber Gott, lieber Gott«, flüsterte sie wieder und immer wieder. Wenn Cush ihr ein Kind gemacht hatte, würde sie ihn töten, dachte sie.

Vielleicht war es ja auch nur das schmutzige Wasser nach

der Flut, das sie krank machte. Mr. Whitley hatte ja schon gesagt, das Wasser könne jetzt den einen oder anderen ein paar Tage krank machen. Sogar Mr. Ellison hatte sich mehr als eine Woche lang mit Magenbeschwerden ins Bett legen müssen. Ja, das mußte es sein. Das Wasser war noch immer verseucht. Nachdem sie sich davon erst einmal selbst überzeugt hatte, wischte sie sich den Schweiß aus der Stirn und schlüpfte zurück ins Haus, bevor ihre Mutter aufwachte.

Vorsichtig öffnete Tasma die Tür und trat ins Innere. Rubra stand mitten im Zimmer, die Hände in ihre weit ausladenden Hüften gestemmt, die Brauen zu einem Stirnrunzeln zusammengezogen.

»Du mich belügen, Mädchen. Du nicht krank mit Magen. Du ein Baby da in dein' Bauch.«

Tasma blieb in respektvoller Entfernung vor ihrer Mutter stehen und schüttelte den Kopf, die Augen vor Furcht geweitet. »Nein, Mama. Das nicht wahr. Keine Baby in mein' Bauch. Kann nicht sein. Ich habe nichts getan«, log sie.

»Hüten besser Zunge, Tasma, wenn du nicht Wahrheit sagst.« Rubra sah aus, als wolle sie jeden Augenblick auf sie losgehen. »Du mit kein' Mann zusammengewesen?«

Tasma rollte die Augen. Sie und Cush hatten es nur ein einziges Mal getan, und es war so schnell vorbei gewesen, daß sie absolut sicher war, niemand werde es je erfahren. Rubra kam näher und faßte nach einer ihrer Brüste, um sie zart zu drücken. Tasma schrie vor Schmerz auf.

»Tun weh?« fragte Rubra.

»Ja, Mama.« Tasmas Augen füllten sich mit Tränen. »Sie schon weh tun seit Tagen. Warum kneifst du mich?«

»Mmm – geschwollen auch.« Rubra nickte. »Brüste tun nicht weh bei Bauchweh. Immer noch sagen, du mit kein' Mann zusammen?«

Tasma wischte sich mit dem Handrücken über die Augen. Ihre Mutter hatte ja recht, aber sie wollte es nicht zugeben. Es war jetzt fast vier Wochen her, daß sie Cush gestattet hatte, sie zu nehmen. Aber ihre Regel war schon seit einigen Monaten unregelmäßig gewesen, so daß sie sich nicht viel dabei gedacht hatte. Was sollte sie jetzt nur anfangen?

Sie wußte, Rubra würde darauf bestehen, daß sie heiratete. Aber der Gedanke, Nacht für Nacht neben Cush im Bett zu liegen, war unerträglich. Sie würde eher davonlaufen, als Cush zu heiraten. Und seit dem Tag, als Spiker sie in Schutz genommen hatte, war er auch netter zu ihr gewesen. Sie erwartete jetzt eigentlich jeden Tag, daß er sie fragen würde, ob er um ihre Hand anhalten dürfe.

»Du mit Kind!« donnerte Rubra los. »Ist es Cushs Kind?«

Ohne an die Konsequenzen zu denken, erwiderte Tasma: »Nein, Mama. Cush ist es nicht.« In ihren Augen standen Tränen und rannen ihr über die Wangen. Tasma weinte sonst nie, aber heute konnte sie die Tränen nicht zurückhalten. »Ist Spikers Kind«, flüsterte sie und ließ den Kopf hängen.

»Spiker!« Rubra bedeckte das Gesicht mit den Händen und schüttelte langsam den Kopf. Ihr schwerer Busen hob und senkte sich. »O großer Gott, nicht dieser Mann. Nicht mit mein' klein' Baby. Nicht dieser Mann.«

»Ich das nicht wollen tun, Mama«, sagte Tasma weinerlich. »Es nur ein einziges Mal.«

Rubra wurde wieder ruhiger. »Ich dafür sorgen, daß er dafür ausgepeitscht. Ja, Sir, ich werde es diesem hochnäsigen Schwarzen zeigen. Er dich heiraten, Tasma. Ich dafür auch sorgen, aber erst er ordentlich ausgepeitscht.«

Tasma zitterte am ganzen Körper. Sie war entsetzt über das, was sie getan hatte, und hatte Angst um Spiker. »Ich – ich nich' wollen, daß Spiker ausgepeitscht.«

»Das nichts mehr zu tun mit dir.« Sie packte Tasma bei den Schultern und drehte sie herum. »Los jetzt, wir gehen zu Mr. Whitley.«

Whitley trat durch die Terrassentür auf die Veranda, wo er allmorgendlich frühstückte. Heute war er früher auf den Beinen als sonst. Hetty breitete gerade ein weißes Tischtuch über den Frühstückstisch.

»Ich sofort Kaffee holen, Mr. Whitley.«

»Beeil dich nicht, Hetty. Ich bin so früh auf den Beinen, weil ich nicht schlafen konnte.« Er ging zu den kleinen korinthischen Säulen, die den Balkon trugen, und lehnte sich dagegen. Es war ein wunderschöner Morgen. Am Horizont kündigte sich Sonnenschein an. Eine leichte Brise verschaffte ein wenig Kühlung, und die Vögel zwitscherten und riefen nach ihren Gefährten. Seit der Flutkatastrophe hatte sich das Wetter ständig verbessert mit sonnendurchglühten Tagen und gelegentlichen nachmittäglichen Gewitterschauern, um die Gärten zu bewässern. Sie hatten die Hälfte der Erdnußernte verloren, und einige der Kornfelder waren von den Stürmen niedergedrückt worden. Das einzig Gute an den Regengüssen war, daß der Boden jetzt weich und leicht zu pflügen war. Die noch ausstehende Pflanzung der Baumwollsetzlinge sollte eigentlich in Rekordzeit zu schaffen sein. Phina ging ihm nicht aus dem Sinn. In jedem Augenblick mußte er daran denken, wie gut sie sich in seinen Armen anfühlte, wie süß ihr Mund schmeckte, wie leicht und bereitwillig sie auf seine Leidenschaft reagierte. Sicher wäre es leichter, sie zu vergessen, wenn sie nicht Abend für Abend mit ihm an der Tafel säße. Sie waren höflich im Umgang miteinander, aber in ihre Unterhaltung hatte sich eine gewisse Kühle eingeschlichen. Er wünschte sich, ihre Beziehung könnte zu purer Freundlichkeit im Umgang miteinander zurückkehren, wie es gewesen war, bevor sie in diesem Sturm ausgeartet war. Aber Whitley wußte, daß das nie wieder passieren würde. Tief im Innern wußte er, daß er sehr viel mehr als freundlich mit ihr sein wollte. Er wollte mit ihr schlafen.

»Mr. Whitley?«

Er wandte sich um und sah Rubra und Tasma aus der Tür

kommen. Der ernste Ausdruck auf dem Gesicht der älteren Frau sagte ihm, daß irgend etwas nicht stimmte. »Ja, Rubra, was gibt es?«

Sie packte Tasma bei der Schulter und stellte sie vor sich hin. »Spiker machen meine Tasma ein Kind.«

Eisiges Schweigen breitete sich aus. Sogar Hetty hörte auf, ihr Liedchen im Hintergrund zu summen.

»Was?« fragte Whitley. Sein Blick ging von Rubra zu Tasma. »Wovon redest du, Rubra?«

»Tasma jetzt jeden Morgen ganz übel diese Woche. Sie sagen, es sei Spikers Kind«, sagte die ältere Frau.

Whitley spürte den alten Beschützerinstinkt und starrte Tasma an. Sie wirkte erschreckt, und sie sah noch nicht alt genug aus, um schon schwanger zu sein. »Ist das wahr, Tasma?« fragte er.

»Ja, Sir«, sagte sie mit ihrer hohen, so zerbrechlich wirkenden Stimme. »Er war es.«

»Tasma niemals lügen«, sagte Rubra mit Bestimmtheit.

Verdammt, er wünschte sich, das wäre nicht passiert. »Ich werde mit Spiker reden müssen.«

»Reden ändert die Sache nicht. Spiker muß ausgepeitscht werden für das.«

Whitleys Mund wurde schmallippig. »Ich halte nichts von der Prügelstrafe, Rubra. Jeder hier auf der Plantage weiß das.«

»Egal. Mr. Anchors Daddy hat Regeln schon vor langer Zeit aufgestellt. Hat nie einer geändert, wie ich weiß. Wenn einer von den Männern mit ein klein' Mädchen was macht und sie kriegt Kind, muß er ausgepeitscht werden und dann sie heiraten.«

Whitley holte tief Luft. »Jetzt sind aber weder Anchor noch sein Vater hier. Ihr seid frei, zu heiraten und Kinder zu haben, wann immer ihr wollt. Ihr braucht meine Erlaubnis nicht mehr.«

Rubra trat einen Schritt zurück und blickte Whitley an.

»Niemand uns sagen, daß Regeln geändert. Sie nur ändern diese Regel, weil Spiker ist Ihr Favorit. Jeder weiß das.«

Whitley hatte das Gefühl, als kröchen die kleinen Härchen in seinem Nacken den Rücken hinunter. Er biß die Zähne zusammen. »Du vergreifst dich im Ton, Rubra.«

Sie schüttelte langsam den Kopf. »Nein, Sir, ich sage nur Wahrheit.«

Ihre Unbeirrtheit irritierte ihn. »Ich bevorzuge Spiker nicht.« Worte und Gesichtsausdruck waren kalt. »Ich wiederhole noch einmal, ich halte nichts von der Prügelstrafe, und ich halte nichts davon, euch vorschreiben zu wollen, wie ihr leben oder wen ihr heiraten sollt. Alles, was ich von euch erwarte, ist, daß ihr auf Carillon bleibt und eure Arbeit macht.«

Rubra beharrte auf ihrem Standpunkt. »Sie lassen Spiker das durchgehen, und keiner von uns mehr Vertrauen haben zu Sie. Denken an meine Worte. Sie verlieren Respekt von uns alle hier.«

Whitley versteifte sich. Sie zeigte kein Zeichen des Einlenkens. Vielleicht sollte er am besten alle Sklaven zusammenrufen und das hier vor allen anderen klären. »Rubra, du und Tasma, ihr werdet jetzt alle anderen ins Gemeinschaftshaus zusammenrufen. Ich werde in ein paar Minuten dort sein.« Er wandte sich an Hetty, die schweigend drüben am Frühstückstisch stand. »Hol mir sofort Spiker hierhin.«

Als er allein war, schlug Whitley mit der Faust in die flache Hand. Nach Anchors Tod hätte er eine Zusammenkunft aller Sklaven anordnen und seine eigenen Regeln aufstellen sollen. Er wußte, daß Anchor Maßnahmen ergriffen hatte, die ihm nicht gefielen, wie beispielsweise das Auspeitschen, aber er hätte nie gedacht, daß ein Sklave verlangen könnte, einen anderen auszupeitschen. Das war barbarisch. Rubra war wütend, weil Tasma ihre Tochter war. Die anderen Sklaven würden vernünftig sein und Verständnis aufbringen, da war er sicher.

»Sie wollten mich sprechen.«

Whitley wandte sich um und sah Spiker im Türrahmen stehen. Whitley war stolz auf Spiker, und das mit gutem Grund. Nachdem sie sich vor sieben Jahren angefreundet hatten, war Spiker zum Modellsklaven geworden. Von Whitley hatte er gelernt, korrekt zu sprechen, und er hatte auch viel über die Führung der Plantage gelernt.

»Tasma sagt, sie sei schwanger und du seist der Vater.«

Im ersten Augenblick schien Spiker zu überrascht, um auch nur ein Wort zu sagen. »Tasma ist schwanger? Nein, Sir. Das war ich nicht. Ich habe sie nie angerührt, das schwöre ich.«

»Und warum sollte sie das behaupten?«

»Das weiß ich nicht, aber es ist nicht an dem. Sie ist schon hinter mir her, seit sie vor über einem Jahr für die Arbeit hier im Herrenhaus eingeteilt wurde. Ich habe ein paarmal mit ihr gesprochen, aber das ist alles. Es ist nicht mein Baby.«

»Dann laß uns jetzt zum Versammlungshaus gehen und versuchen, ob wir das nicht gleich jetzt klären können.« Whitley trat an den noch nicht wieder abgeräumten Frühstückstisch. Er schüttete Kaffee in eine Tasse und reichte sie Spiker. »Hier, trink das. Ich fürchte, du wirst es brauchen. Du wirst irgendeinen Weg finden müssen, um zu beweisen, daß das nicht dein Kind ist.«

Die Sklaven warteten auf dem freien Platz vor dem Gemeinschaftshaus, als Whitley und Spiker einige wenige Minuten später dort eintrafen. Die Männer und Frauen machten ihnen Platz und ließen sie zum Zentrum gehen, wo Rubra und Tasma standen. Rubra stand stolz aufgerichtet da und blickte über die Menge hin. Tasma hockte völlig verschreckt zu ihren Füßen. Auf dem Weg hierhin hatte Whitley beschlossen, er werde Spiker und Tasma Auge in Auge gegenüberstellen, um so vielleicht die Wahrheit zu erfahren.

»Da ist er«, sagte Rubra mit klarer Stimme, als Spiker auf sie zukam. »Das der Mann, der mit Tasma zusammen war. Und jetzt sie tragen sein Kind.«

Aus den Augenwinkeln sah Whitley, wie Ellison auf ihn zukam, eine zusammengerollte Peitsche in der Hand. Whitley versteifte sich. Zum erstenmal im Leben verspürte Whitley den Drang, Ellison zu schlagen.

Spiker trat vor. »Wenn Tasma behauptet, ihr Baby sei von mir, dann lügt sie. Ich habe sie nicht angefaßt.«

»Du mein Mädchen nicht Lügner nennen. Sie nicht lügen.«

»Ich auch nicht.«

»Ich dich sehen einmal nachts mit ihr unten am Fluß«, rief jemand aus der Gruppe der Männer zur Linken.

»Das stimmt. Ich sie auch gesehen«, bestätigte ein junger Mann.

Spiker wandte sich an Whitley und sagte: »Sie ist mir zum Fluß hinunter gefolgt. Ich habe sie nach Hause gebracht. Angefaßt habe ich sie nicht.«

Unwilliges Murmeln lief durch die Menge. »Einmal er Cush beinahe geschlagen, weil mit ihr reden«, sagte Jasper.

»Ja, ich auch dagewesen. Ich auch sehen«, bestätigte Deke.

»Ich sie sehen eines Tages in sein' Hütte gehen«, sagte ein anderer.

»Stimmt das, was sie sagen?« fragte Whitley.

Spiker verzog keine Miene. »Ich war nicht mir ihr verabredet. Sie kam zufällig vorbei. Und Cush hatte sie am Arm gepackt und versuchte, sie zu zwingen, mit ihm zu gehen. Ich dachte, er wollte sie schlagen.«

»Ich nie geschlagen Tasma«, widersprach Cush und trat näher an den inneren Zirkel heran. »Ich sie wollte für mein' Frau, bis Spiker sich mit ihr einlassen. Sie mir gesagt, ich nicht einziger Mann für sie.«

Spiker bedachte Cush mit einem bösen Blick und wandte sich dann Tasma zu. »Erzähl ihnen die Wahrheit. Erzähl ihnen, daß das nicht mein Baby ist.«

Tasma blickte sich um, ohne jemanden direkt anzusehen. Whitley war nicht sicher, wem er glauben sollte. Er hätte Spiker so gerne geglaubt, aber er konnte die Anschuldigungen ringsum gegen ihn nicht einfach beiseite schieben. Und niemand wußte besser als Whitley, wie leicht es passieren konnte, daß einem die Dinge aus der Hand glitten. Just in dem Augenblick, als er an Phina denken mußte, sah er sie und Chatalene auf das Gemeinschaftshaus zulaufen. Offenbar hatten sie gerade erst von der Zusammenkunft gehört. Phinas Haar war aufgelöst und wehte hinter ihr her. Er spürte einen Kloß im Magen und Feuer in seinen Lenden aufsteigen. Ja, er wußte, wie leicht es für Spiker gewesen sein mußte, bei Tasma die Selbstbeherrschung zu verlieren.

»Du verantwortlich für das hier, und jeder wissen«, sagte Rubra.

»Ich lüge nicht.« Spikers Stimme blieb fest. Er blickte auf die Peitsche, während Ellison sie von einer Hand in die andere schob.

»Spiker«, sagte Whitley betont ruhig.

Der Sklave drehte sich um und blickte ihn an. »Ich habe es nicht getan. Ich weiß, was ihre Mama möchte, und ich kenne die Regeln. Sie möchte, daß ich ausgepeitscht werde. Aber ich habe sie nicht angefaßt. Seit meine Frau gestorben ist, habe ich keine Frau mehr angefaßt.« Er blickte sich im Kreis der Männer um, die alle von seiner Art waren. »In privaten Angelegenheiten sorge ich für mich selbst.«

Zum erstenmal meldete sich Tasma zu Wort. »Ich will nicht, daß er ausgepeitscht«, sagte sie. »Wenn Sie nur machen können, er mich heiraten, dann alles gut.«

Protestrufe gingen durch die ganze Menge, und wie ein Mann forderten sie alle eine Bestrafung Spikers.

Einen Augenblick lang dachte Whitley schon, die Männer würden auf ihn losgehen.

Er blickte den Angeschuldigten an. Spiker schüttelte nachdrücklich den Kopf.

Ellison trat näher an Whitley und Spiker heran. »Du wirst im Handumdrehen einen Aufstand am Hals haben, wenn du ihn nicht auspeitschen läßt.«

Whitley blickte ihn kalt an. »Ich halte nichts von der Prügelstrafe. Wie oft muß ich das eigentlich noch sagen?«

»So sagen es aber die Regeln, und jetzt ist nicht der Zeitpunkt, diese zu ändern. Wenn doch, wirst du ihrer aller Respekt verlieren.« Ellison grinste. »Außerdem hattest du vor ein paar Wochen nicht die geringsten Schwierigkeiten, mir zu sagen, ich hätte die Regeln zu beachten. Du sagtest, sie seien nicht deshalb geändert worden, nur weil Anchor gestorben sei.«

Verdammt, Whitley wußte, daß Ellison recht hatte. Er konnte die Regeln nicht einmal anwenden und sie ein anderes Mal außer Kraft setzen. Er mußte sich den Respekt seiner Sklaven erhalten.

Whitleys und Spikers Blicke trafen sich, und beide wußten, was zu tun war. Spiker wandte sich Tasma zu, um ihr eine letzte Chance zu geben, ihre Lüge zurückzunehmen. Sie hob das Kinn und zog die Schultern zusammen. Langsam, den Blick unausgesetzt auf Tasmas Gesicht gerichtet, zog Spiker sich das weiße Hemd aus. Dann ging er hoch erhobenen Hauptes hinüber zu dem hoch aufragenden Pfosten und kniete nieder.

Whitley spürte einen Kloß im Magen. Ellison schnaufte und faßte die Peitsche fester. Schweigen breitete sich aus.

Phina eilte auf Whitley zu. »Sie werden doch nicht zulassen, daß Ellison ihn schlägt, oder?« fragte sie, und das pure Entsetzen stand ihr ins Gesicht geschrieben.

Whitley hätte ihr so gern gesagt, daß das nicht passieren werde, aber er wußte es besser. Er würde den Respekt der Sklaven verlieren, wenn er ihrem Verlangen nicht nachkam.

Sie hielten es für seine Pflicht, Spiker gemäß den Regeln, an die sie sich immer gehalten hatten, zu bestrafen. Anchor hatte ihn einst gewarnt, niemals den Respekt der Sklaven aufs Spiel zu setzen, oder sie würden sich gegen ihn wenden. Die Sklaven glaubten sich im Recht.

Er blickte Phina in die Augen und sagte: »Es muß sein.«

»Nein«, flehte sie und faßte seinen Arm. »Das ist nicht recht.«

»Ich weiß«, sagte er sanft. »Aber diese Leute hier werden mir sonst nie wieder vertrauen. Ich muß es einfach tun.«

Whitley war wie betäubt, als er in die Mitte ging. Ihm oblag der Vollzug dieser schrecklichen Tat. Verdammt, er wünschte sich, er hätte einen steifen Drink. Es gab so vieles, was er noch sagen wollte, aber um Spikers willen mußte er es kurz machen. Er wußte, der Sklave durchlebte dort unten auf den Knien neben dem vier Fuß hohen Pfosten die Hölle.

»Hört mich an.« Er wartete, bis alle ruhig waren. »Ich habe Anchor und euch allen meine Ansicht über die Prügelstrafe schon vor Jahren klargemacht. Aber ich sehe ein, daß ihr nicht darüber informiert worden seid. Hört mir gut zu. Dies hier wird die letzte Prügelstrafe sein, die auf Carillon, ganz gleich, aus welchem Grund, vollzogen wird.« Ellison trat vor und rollte die Peitsche aus.

Phina kam nach vorne und stellte sich vor Spiker. »Nein, ich werde das nicht zulassen. Das ist ein ausgesprochen stupider Grund, einen Menschen auszupeitschen.«

Das Murmeln der Menge wurde drohend. »Treten Sie zur Seite, Phina«, sagte er.

»Whitley, das ist nicht recht«, flehte sie.

Seine Augen wurden kalt. Jeder Moment, den er länger wartete, bedeutete für Spiker die reine Agonie. »Phina, gehen Sie mir aus dem Weg.«

Phinas Blicke gingen über die Menge hin. Whitley nahm Ellison die Peitsche aus der Hand. »Führ sie fort.«

Ellison legte Phina die Arme um die Taille und hob sie hoch. Whitley trat zurück und ließ die lederne Peitsche auf Spikers Rücken prallen. Das klatschende Geräusch war weit zu hören. Spiker knurrte. Phina schrie. Tasma wollte zu Spiker rennen, aber Rubra hielt sie fest. Whitley holte schnell aus und schlug noch einmal zu. Ihm wollte sich der Magen durchdrehen. Auf seiner Stirn brach der Schweiß aus. Ein drittes

Mal ließ er die Peitsche niedersausen, dann warf er sie zu Boden. Phina kämpfte sich aus Ellisons Armen frei und eilte an Spikers Seite.

»An die Arbeit!« schrie Whitley den Schaulustigen zu. Er zitterte vor Wut. Keiner in der Menge bewegte sich, und so wiederholte Whitley seinen Befehl. »Ellison, sorge dafür, daß sie verheiratet sind, noch bevor der Tag zu Ende geht. Stell ein paar Männer ab, die noch heute damit anfangen, ihnen ein eigenes Haus zu bauen.«

Zum Schluß wandte er sich um und sah nach Spiker. Phina war dabei, Streifen aus ihrem Unterrock zu reißen, um sie auf die blutenden Wunden zu drücken. Die Sklaven hätten es sofort durchschaut, wenn er sich zurückgehalten hätte. Er wäre so gern zu Spiker gegangen und hätte ihm gesagt, wie sehr er es bedauerte, daß er das hatte tun müssen, aber er hatte das Gefühl, als sei er der letzte, den Spiker in diesem Augenblick sehen wollte.

Er wandte sich um und eilte auf das Haus zu. Seine Gedanken gingen zurück zu einer Zeit, als er auf den Rücken eines Pferdes gehoben wurde und man ihm eine Schlinge um den Hals gelegt hatte. Seine Schulter war ausgekugelt, die Augen waren zugeschwollen. Sein ganzer Körper hatte geschmerzt. Damals war Anchor sein Retter gewesen. Seine Gedanken eilten weiter zu einem anderen Tag. Spiker kniete vor demselben Pfosten, und Ellisons Vater riß Spikers Rücken mit einer scharfen Peitsche auf. An jenem Tag war er Spikers Retter gewesen. Er hatte den Sklaven zu Bett gebracht und seine Wunden versorgt. Heute war er der Peiniger gewesen. Und er war es nicht gern gewesen.

KAPITEL 18

»Sie fangen an zu trinken.«

Whitley hob das Glas und blickte auf die bernsteinfarbene Flüssigkeit darin. »So, tue ich das?« fragte er und blickte Phina an. »Gott sei Dank! Und ich dachte schon, ich würde in Selbstmitleid ertrinken.«

Phina erwiderte nichts und setzte nur einfach ein Tablett auf das Tischchen. »Rubra sagte, Sie hätten den ganzen Tag noch nichts gegessen.«

»Ich habe keinen Hunger. Trotzdem vielen Dank, daß Sie an mich gedacht haben. Gehen Sie also, und nehmen Sie das Dinner ohne mich ein.«

»Ich habe schon vor zwei Stunden gegessen.«

Whitleys Augenbrauen hoben sich. »Vielleicht ist es später, als ich dachte.«

»Ganz offenkundig. Ich hatte Rubra gebeten, etwas für Sie vorzubereiten, bevor sie sich zurückgezogen hat.«

Er runzelte die Stirn. »Ich bin nicht hungrig«, wiederholte er.

»Und Sie sind auch kein Trinker, aber Sie werden es sicher sehr bald sein. Sie müssen etwas essen.«

Er wirbelte herum, die Augen kalt und gefühllos. »Verdammt noch mal, Phina, ich bin irgendwo in den Dreißigern. Ich glaube nicht, daß ich noch eine Mutter brauche.«

Sie verzog das Gesicht. »Ich versuche nicht, Ihre Mutter zu sein. Ich versuche nur zu verhindern, daß Sie morgen früh einen Kater haben.«

»Na und?« sagte er. »Und jetzt gehen Sie bitte, und lassen Sie mich allein.«

Doch statt dessen ging Phina hinüber zu dem Beistelltischchen, schüttete ein wenig von dem alkoholischen Getränk in ein Glas und nahm einen kleinen Schluck. Der scharfe Brandy brannte ihr in der Kehle und im Magen. Doch irgendwie schaffte sie es, nicht zu husten und ein unbewegtes Gesicht zu zeigen, als sie Whitley in die Augen sah.

»Sie sind keine Trinkerin«, sagte Whitley und beobachtete sie eingehend. Sie hielt das Glas hoch und ließ die Flüssigkeit darin kreisen, genauso, wie Whitley es vorhin getan hatte.

»Oh, trinke ich etwa?« sagte sie, wobei sie seinen Tonfall von eben nachäffte.

Whitley kam herüber und blieb dicht neben ihr stehen, um sein Glas neu zu füllen. »Stellen Sie heute abend meine Geduld nicht auf die Probe, Phina. Ich bin nicht in der Stimmung dazu. Setzen Sie den Drink ab und gehen Sie.«

Ihre Kehle brannte noch immer, aber sie nippte wieder an der ätzenden Flüssigkeit.

Hitze stieg ihr in die Wangen und lief ihren Nacken hinunter, aber zu ihrer Überraschung hinterließ der Brandy keinen schlechten Geschmack im Mund.

»Bei uns in der Pension habe ich einmal gehört, wie ein Mann sagte, nur wer ein Narr sei, trinke allein«, sagte sie, den Blick unverwandt auf sein Gesicht gerichtet. »Sie sind kein Narr, Whitley, und ich möchte auch nicht, daß Sie sich wie einer benehmen. Wenn Sie trinken, werde ich mit Ihnen trinken.«

»Stimmt nicht, Phina. Nur ein verrückter Master peitscht seine Sklaven, und nur ein Narr handelt gegen seinen eigenen Schwur. Heute habe ich beides getan.«

»Sie sind zu streng mit sich selbst. Ich halte nichts von der Prügelstrafe. Ich bin noch nicht einmal sicher, ob ich etwas von der Sklaverei halte. Aber was Sie getan haben, mußte getan werden.«

Whitley blickte sie an und lachte laut auf. »Es mußte getan werden?« Er fuhr fort, leise zu lachen. »Und das aus dem Munde der Frau, die vor Spiker stand und versuchte, mich aufzuhalten. Wollen Sie denn nie mehr aufhören, mich zu erstaunen, Phina?«

Ihre Blicke trafen sich, und sie wußte, daß er sich sehr darum bemühte, sarkastisch zu sein, doch seine Worte klangen eher verzweifelt wegen irgend etwas, was sie nicht verstand. »Ich habe getan, wovon ich fühlte, daß ich es tun mußte, genauso, wie Sie getan haben, was Sie nun einmal getan haben. Sie hatten in dieser Angelegenheit keine Wahl.«

»Nein, das ist der Punkt, an dem Sie sich irren«, sagte er. »Ich hatte eine Chance. Ich habe mich nur einfach nicht entscheiden können, sie wahrzunehmen. Ich brauchte Spiker nicht auszupeitschen.«

Sie ging näher zu ihm hinüber, und ihre Röcke raschelten leise. »Doch, Sie mußten es tun, und Spiker wußte das. Das ist der Grund, warum er sich vor diesem Pfosten hingekniet hatte. Er wollte Sie nicht vor allen anderen Sklaven bloßstellen. Spiker hat zuviel Respekt vor Ihnen, um Ihnen das antun zu wollen. Er wollte nicht, daß Sie sich selbst erniedrigten, indem Sie ihm Pardon gaben. Wenn Sie ihm diese Schläge nicht verabreicht hätten, hätten Sie den Respekt aller Ihrer Sklaven verloren. Sie müssen einfach wissen, daß sie darauf vertrauen können, in Ihnen einen fairen Führer zu haben.«

»Nein.« Er schüttelte den Kopf. »Spiker hätte etwas anderes von mir erwartet. Und ich von mir selbst auch.«

»Er hat erwartet, daß Sie sich als Master der Plantage erweisen. Als Master aller Sklaven.«

»Master! Was für ein gottverdammtes Wort ist das nur. Ich bin der Master von gar nichts.« Seine Hand verkrampfte sich um das Glas, und in seine Augen trat ein nachdenklicher Ausdruck. »Bevor ich Anchor traf, hatte ich gar nichts. Ich wußte, mein Name ist Whitley, und das war alles, was ich wußte. Als Anchor mich aufgabelte, sagte er, ich sehe aus wie fünfzehn. Aber ich hätte genausogut dreizehn oder siebzehn sein können. Ich konnte weder lesen noch schreiben.« Er blickte sie ernst an. »Ich weiß nicht mehr, warum ich auf der Straße groß geworden bin. Ich weiß nur, daß ich zu jener Zeit mit einem Mann gereist bin, aber ich weiß nicht mehr, was aus ihm geworden ist. Er ging eines Tages weg und kam nie wieder. Ich weiß nicht einmal mehr, ob er vielleicht mein Vater war ...« Whitley unterbrach sich abrupt. Dann wirbelte er herum und schleuderte sein Glas in den Kamin, in dem kein Feuer brannte. Der feine Kristall zerbarst in tausend Stücke, die dann in die kalte Asche fielen.

»Verdammt noch mal, Phina, haben Sie kein Mitleid mit mir.«

Der Brandy schmeckte besonders stark. »Ich habe kein Mitleid mit Ihnen«, sagte sie.

Er holte tief Luft und beruhigte sich wieder ein bißchen. »Doch, das tun Sie. Ich sehe es in Ihren Augen. Sie versuchen sehr oft, mich zu bemuttern.«

Sie wollte zur Seite blicken, damit er nicht in ihren Augen lesen konnte, aber sie schaffte es nicht. Es war, als dränge es sie danach, ihn wissen zu lassen, was sie fühlte. Vielleicht wollte sie, daß er wußte, daß ihre Worte das eine sagten, aber ihre Augen etwas anderes. Vielleicht wollte sie, daß er wußte, was sie wirklich fühlte, als sie ihm in die Augen sah und sagte: »Ich hatte nie mütterliche Gefühle für Sie.«

Die Atmosphäre wurde übergangslos wieder sehr intim, ohne es geplant zu haben. Aber Phina wußte auch so, worauf sie sich einließ. Das Verlangen war stärker als alles, was sie über angemessenes und sittsames Verhalten gelernt hatte. Sie war dabei, die Richtung dieses Abends zu bestimmen. Sie spürte, daß Whitley es begriff, und nun lag es nur an ihm, ihr zu folgen oder nicht.

Whitley ging auf sie zu. »Wenn nicht mütterlich, wie haben Sie sich denn dann gefühlt, als Sie mir Milch warm machten, als Sie mir warme, trockene Kleidung brachten und so weiter, Phina?«

Sie mußte schlucken. »Ich bin nicht ganz sicher. Ich weiß nur, daß ich nicht versucht habe, Ihnen eine Mutter zu sein.«

Er ließ die Rückseite seiner Finger ihre Wange hinauf wandern, als er vor ihr stehenblieb. »Wollten Sie vielleicht eher eine Geliebte sein?«

Phina mochte seine Berührung. Sie verlangte danach, hieß sie willkommen und versuchte, die warnende kleine Stimme zu überhören, es sei nur der Drink, der ihn so handeln ließ.

»Sie sollten nicht so reden«, sagte sie und schüttelte einiges von den verlangenden Gefühlen ab, die von ihr Besitz ergriffen hatten. Verstand und Gefühl kämpften in ihr, und sie war nicht sicher, was gewinnen werde. Sie war noch nicht einmal sicher, ob sie überhaupt wußte, wem sie den Sieg gönnte. Nicht nur, daß er zuviel getrunken hatte – er war auch noch einer anderen Frau versprochen. »Sie haben zuviel getrunken und zu wenig gegessen. Kommen Sie, setzen Sie sich, und sehen Sie, was Rubra für Sie vorbereitet hat.«

Auf steifen Beinen ging sie zum Sofa und setzte sich. Sehr zu ihrer Überraschung folgte Whitley ihr und ließ sich neben ihr nieder. Sie nahm das Tuch von dem Tablett. Mundgerechte Stückchen Fleisch, Kartoffeln und Zwiebeln füllten einen kleinen Teller. Eine große Scheibe mit Butter bestrichenen Brotes lag auf der einen Seite. In kleinen Schüsselchen sah sie eingelegte Gurken und Pfirsiche in Zimtsoße.

Phina nahm das Tablett, stellte es ihm auf den Schoß und reichte ihm die Gabel. »Wenn Sie erst einmal etwas im Magen haben, werden Sie sich gleich besser fühlen.«

Er nahm die Gabel. »Wollen Sie noch immer leugnen, daß Sie mich bemuttern?« fragte er mit einem Anflug eines Lächelns.

Phina empfand große Erleichterung, als sie sein Lächeln bemerkte. »Ich würde nicht leugnen, daß ich Sie umsorge«, sagte sie sanft. »Und jetzt essen Sie.«

»Wissen Sie eigentlich, Phina, daß wir wirklich vieles gemeinsam haben?« fragte er, als er die ersten Bissen in den Mund schob.

»Ich glaube schon«, erwiderte sie und sah zu, wie er aß.

»Wir sind beide ohne Vater groß geworden, aber ich hatte natürlich meine Mutter, die für mich gesorgt hat.«

»Und jetzt sorgen Sie für Ihre Mutter.«

Traurigkeit überkam Phina, und Tränen wollten ihr in die Augen steigen. Sie zwinkerte und hielt sie zurück. »Ja.« Phina wußte, daß sie nach New Orleans zurückgehen und nach ihrer Mutter sehen mußte. Aber sie fürchtete, wenn sie abreiste, würde sie irgendwie den Besitz Carillons aufgeben, Whitley die Freiheit lassen, alles zu haben und sie bei ihrer Rückkehr nicht willkommen zu heißen.

»Ich nehme an, Sie vertrauen der Frau, die nach Ihrer Mutter sieht.«

»Ja.« Phina faltete das Tuch zusammen, mit dem das Tablett zugedeckt war. »Sie und ihre Tochter betreiben die Pension, in der wir leben. Sie mögen beide meine Mutter sehr.«

»Haben Sie keinen Beau, der ungeduldig auf Ihre Rückkehr wartet, Phina?«

»Beau?« fragte sie und schüttelte den Kopf, wobei sie sich ein wenig von ihm abwandte. »Höchstens Mr. Braxton«, flüsterte sie.

»Der ältere Gentleman, von dem Sie mir erzählt haben?«

»Ja.«

Whitley war bei den Pfirsichen angekommen. Plötzlich nahm er ein paar Stücke davon auf die Gabel und hielt sie Phina hin. Phina öffnete den Mund und nahm sie. Der Geschmack von Zimt und Zucker erfüllte ihren Mund. Sie hatte zwar dasselbe Dessert schon zum Dinner gegessen, aber sie konnte einfach nicht widerstehen, sich von Whitley füttern zu lassen. Es war eine Intimität, die sie nicht ausschlagen konnte.

»Warum hat eine so schöne Frau wie Sie keinen jüngeren Beau?«

Sie faltete das Tuch in ihrem Schoß zum drittenmal zusammen. »Es hat einige Verehrer gegeben, aber sie waren nicht der Rede wert.«

Er gab ihr noch ein Stückchen Pfirsich. Keiner von ihnen sprach ein einziges Wort, bis das Schälchen leer war und Whitley das Tablett wieder auf den Tisch gestellt hatte.

»Fühlen Sie sich jetzt besser?« fragte sie, den Blick auf sein Gesicht gerichtet.

Er setzte sich zurück, legte den Arm auf die Sofalehne und streckte die Beine aus. Wieder bedachte er sie mit der Andeutung eines Lächelns. »Ich fühle mich, als sei ich heute abend richtig schön bemuttert worden.«

Eine Spur von Mißbehagen überkam sie. Sie war nicht ganz sicher, welche Art von Beziehung sie mit Whitley wollte, aber auf keinen Fall wollte sie, daß er eine Mutter oder eine Schwester in ihr sah.

»Sie haben noch gar nicht nach Spiker gefragt«, sagte sie, um das Thema zu wechseln.

Whitley schob ihr eine widerspenstige Haarsträhne hinter das Ohr zurück. Ein Prickeln lief ihr den Rücken hinauf, als seine Finger ihren Nacken berührten.

»Rubra sagte mir, er sei soweit in Ordnung.«

Phina nickte. »Er wollte mit niemandem sprechen, aber später am Nachmittag half er schon den anderen Männern, Fundament und Boden für sein neues Haus zu legen.« Whitley blickte ihr nicht ins Gesicht, er sah auf ihr Ohr, als er fortfuhr, ihr Haar mit den Fingerspitzen zu ordnen, während sie redete. »Whitley«, sagte sie und wartete, bis er sie mit seinen durchdringenden blauen Augen ansah. »Er war nicht sehr schwer verletzt.«

»O doch, das war er sehr wohl.« Seine Hand ging hinunter zu ihrem Ohr und spielte mit dem Ohrläppchen. »Ich habe es wie die Hölle gehaßt. Solange ich Master der Plantage bin, wird es nie wieder passieren.«

»Ich glaube, das haben Sie heute morgen den Sklaven auch klargemacht. Jetzt, wo Anchor tot ist, brauchen Sie nicht weiterzumachen wie er. Sie können jetzt Ihre eigenen Träume nach Carillon bringen.«

Whitley hatte gerade genug Brandy getrunken, um völlig entspannt zu sein. Die Gedanken an das, was mit Spiker geschehen war, schwanden mehr und mehr, und an ihre Stelle traten Gefühle, die er in den letzten Wochen gewaltsam zu unterdrücken versucht hatte.

Er wollte Phina lieben. Er wollte mit ihr schlafen, obwohl er genau wußte, daß er sich einer anderen versprochen hatte. Was sollte er tun? Flannery war kalt und unempfindsam für seine Küsse, aber Phina – Phina war warm, und sie reagierte auf jede seiner Berührungen.

»Sie haben kleine Ohren, ganz weiche.« Seine Hand verließ ihr Ohrläppchen und wanderte über ihr Kinn hinüber zu dem anderen Ohr. Wieder streichelte er das Ohrläppchen. Er wußte, er sollte sie nicht berühren, aber wie hätte er sich das versagen können, wo es doch nur eine so unschuldige Geste schien? Doch noch als er es dachte, wußte er, daß das nicht stimmte. Die Art, wie er Phina berührte, was er dabei empfand, war alles andere als unschuldig. Langsam tauchte tief in ihm die Hitze des Verlangens auf.

Phina hätte so gern die Arme geöffnet, den Mund, das Herz. Sie liebte diesen Mann.

Whitley ließ die Finger an ihrem Hals nach unten laufen, und sie bog automatisch den Kopf zurück. Er berührte sie, als bestünde sie aus reiner Seide, und sie genoß jede einzelne Sekunde.

»Sie sind viel zu schön heute abend, Phina.« Seine Stimme klang rauh. »Viel zu verführerisch.« Er bedeckte ihre ganze Wange mit der Hand und lehnte sich ganz nah zu ihr herüber. »Gehen Sie, solange ich es noch erlaube«, flüsterte er.

Sein süßer Atem roch nach Pfirsichen, Zimt und Brandy. Phina wollte ihn genießen. Sie wollte nicht gehen. Verlangen und Erwartung ließen ihren Rücken prickeln und setzten sich in ihrem Magen fest. Sie würde sich von ihm nicht fortschicken lassen, nachdem sie endlich so nah davor war, seine Lippen wieder auf ihren zu spüren.

Ihre Blicke trafen sich, erkundeten einander und trennten sich wieder. »Sie sollten heute nacht nicht allein sein«, sagte sie, ohne sich bewußt zu sein, die Worte ausgesprochen zu haben.

»Wie soll ein verzweifelter Mann diese Bemerkung auffassen, Phina?«

Ihre ruhigen, gleichmäßigen Atemzüge wurden zu kleinen, abgehackten Seufzern, die sie warnten, sich jetzt entweder ganz schnell zurückzuziehen oder voranzuschreiten und jedes Bedauern hinter sich zurückzulassen. Das Verlangen nach diesem Mann war stärker als anerzogene Zurückhaltung, ihre Unschuld, ihr Pflichtbewußtsein.

»Als eine Einladung.«

Überraschung blitzte in seinen Augen auf. Seine Hand schloß sich um ihren Nacken, zog ihn zu sich heran und brachte ihre Brüste näher an seine Brust, ihr Gesicht näher an seines heran. »Ich spiele kein Spiel, Phina. Mir ist es ernst. Gehen Sie.«

Phina verzog keine Miene. Er erzählte ihr, was sie längst wußte. Alles war auf einmal so klar für sie. Ein Brausen erfüllte ihre Ohren und blockierte alles bis auf Whitley.

»Ich möchte die Nacht mit dir verbringen.« Sie senkte die Lider und hob ihm ihr Gesicht entgegen.

Whitley preßte seine Lippen auf ihre und küßte sie zuerst sehr zärtlich und dann immer wilder. Das Feuer der Leidenschaft loderte mit Macht in seinem Inneren, und er wußte, nur sexuelle Erfüllung würde es löschen können. Wieder und wieder küßte er sie, obwohl er wußte, daß er eigentlich Flannery versprochen war, obwohl er wußte, daß er am nächsten Morgen wieder um jeden Acre von Carillon kämpfen würde. Doch das alles konnte ihn nicht davon abhalten, sie heute nacht zu begehren. Das alles konnte ihn nicht davon abhalten, sich auf die begehrenswerte Frau in seinen Armen zu konzentrieren, die Frau, die auch ihn wollte.

Er erhob sich vom Sofa und zog sie mit sich hoch. Einen

Arm schlang er ihr um den Rücken, den anderen unter ihren Po, dann hob er sie hoch. So trug er sie durch das Foyer und die Treppen hinauf, die ganze Zeit sagte er sich, auf diese Weise werde er ihr Zeit geben, wieder zur Vernunft zu kommen und ihn aufzuhalten.

Die Tür seines Zimmers war geschlossen. Er stieß sie mit dem Stiefel auf. Eine heruntergedrehte Lampe verbreitete ein sanftes gelbes Licht im Raum. Er trug Phina hinüber zu dem Chippendale-Bett in seinem Baldachin aus rot und grün gestreiftem Satin. Die Decken waren aufgeschlagen, die Kissen aufgeschüttelt. Er legte sie vorsichtig auf den Rücken und kniete sich dann über sie.

Whitley blickte ihr in die Augen, und was er sah, erregte ihn um so mehr. Sie schickte sich nicht an, ihn zurückzustoßen. Sie würde ihnen beiden diese Nacht nicht verweigern. Ihre Vereinigung konnte nicht mehr verhindert werden. Sie waren beide viel zu ausgehungert, teilten zu vieles miteinander, hatten zu viele Gelegenheiten versäumt. Anchor hatte Whitley geliebt, aber er wollte von einer Frau geliebt werden. Und Phina wollte diese Frau sein.

Phina hob die Hände, um Whitley zu berühren. Sie sehnte sich nach seinen Küssen, nach seiner Berührung. Seine Lippen trafen sich mit ihren in einem leidenschaftlichen Kuß, der verführen und befriedigen wollte.

»Bist du dir ganz sicher?« fragte er, als seine Lippen sich von ihren lösten, um über ihre Wangen zu streichen, von da zu den Augenlidern und wieder zurück zu den Lippen. Er wollte unbedingt aus ihrem Mund von ihr hören, was er so deutlich in ihren Augen lesen konnte.

»Ich bin mir in meinem Leben noch nie so sicher gewesen«, erwiderte sie mit Nachdruck.

Whitley öffnete die kleinen Knöpfe an der Rückseite ihres Kleides. Als das Oberteil von ihren Schultern fiel, ging ihr Atem nur noch unregelmäßig. Er drehte sie um und öffnete mit zitternden Fingern ihr Korsett und band die Unterröcke los. Er half ihr, sie einen nach dem anderen abzulegen. Danach zog er sich die Stiefel aus, und Phina schlüpfte aus ihren Schuhen und rollte die Strümpfe herunter. Whitley riß sich das Hemd über den Kopf und knöpfte sich die Hose auf, als sein Blick Phinas Augen begegnete. Sie stand vor ihm, nur noch mit ihrem Unterkleid bekleidet. Die Brustwarzen zeichneten sich deutlich unter dem feinen Gespinst ab. Er zitterte. Er verlangte nach ihr. Er brauchte sie. Sie war noch unschuldig. Das wußte er. Konnte er wirklich nehmen, was sie so willig geben wollte, was er sich so verzweifelt wünschte?

Die Furcht packte nach Pina. Sie sah Zweifel in Whitleys Augen. Er wußte nicht, wie sehr sie nach ihm verlangte. Phina langte nach oben und legte die Hände auf Whitleys Brust. Ihre Hände zeichneten die Linien seiner Schultern nach, seinen Bizeps, seine Ellbogen bis zu der weichen Haut unter seinen Handgelenken und genoß die Berührung seiner bloßen Haut. Sie liebte die Kraft seiner Muskeln, die Kraft, die in ihnen verborgen lag.

»Wende dich nicht von mir ab, Whitley. Bitte, schenke uns diese eine Nacht. Liebe mich.«

Er schluckte. Sie verlangte nach ihm. Nicht nach irgendeinem Mann, sondern nach *ihm.* »Ja«, flüsterte er und zog sie an sich.

Phina genoß die Flut seiner Küsse, während ihre Hände mit seinen Schultern spielten, in seine Haare fuhren und den ganzen Rücken erkundeten, bis sie am Bund seiner Hose kurz verharrten.

Doch dann schob sie die Hände unter den schweren Baumwollstoff und schob ihn hinunter, bis ihre Hände über seine festen Po strichen. Er stöhnte vor Lust. Auch die letzten Reste mädchenhafter Verschämtheit schwanden bei Phina dahin. Wie hätte sie sich auch unbehaglich fühlen können in den Armen eines Mannes, den sie liebte? Es wäre unmöglich gewesen. Sie konnte sich diese Nacht doch nicht entgehen lassen! Mit der Geschicklichkeit eines erfahrenen Mannes faßte

Whitley nach dem Saum ihres Unterkleides und hob ihn über ihren Kopf. Dann trat er aus der Hose heraus. Seine Küsse und sein Verlangen trieben Phina gegen das Bett zurück. Schließlich fiel sie rückwärts auf die kühlen, weißen Laken. Das Glöckchen, das sie stets am Hals trug, fiel auf das Kissen und verschwand in ihren Haaren.

Whitley kam zu ihr auf das Bett und legte sich an ihre Seite. Sie streckte die Hand nach ihm aus.

In dem fahlen Licht betrachtete er Phina voller Bewunderung, und sein Verlangen zeigte sich deutlich in der Kraft seiner Männlichkeit. Er stützte sich ein wenig auf den Ellenbogen ab, während seine andere Hand zärtlich ihre Brüste streichelte, erst die eine, dann die andere. Er war voller Leidenschaft und Verlangen und gleichzeitig glücklich darüber, daß Phina zu ihm gekommen war.

Phina genoß jede einzelne seiner Bewegungen, die Rauheit seines Bartes, als sein Gesicht über ihre Haut strich. Noch nie hatte jemand ihre bloßen Brüste berührt. Es war erschreckend aufregend. Er beugte den Kopf vor und nahm eine ihrer Brustspitzen in den Mund, während seine Hand die andere weiter streichelte. In ihrem Unterleib zogen sich alle Muskeln zusammen. Sie spürte, wie sie langsam vor Verlangen wahnsinnig zu werden drohte.

»Whitley?« flüsterte sie heiser. »Was tust du da? Das habe ich noch nie zuvor gefühlt.«

»Ich auch nicht«, murmelte er an ihrer Brust. »Ich bin so verdammt scharf auf dich.« Er deckte ihren Körper mit seinem zu und drängte sich zwischen ihre Beine. Sein Mund verließ ihre Brüste und ging hinauf auf ihre Lippen, wechselte hinüber zu ihren Ohrläppchen und glitt von da hinunter zu ihrem Hals und weiter zur Schulter.

All ihre Sinne waren quicklebendig, als sie Zimt roch, Brandy schmeckte, nackte Haut spürte, Whitleys Erregung sah und ihn flüstern hörte: »Du bist so wunderschön. Du riechst wundervoll. Du fühlst dich so gut an. Du bist mein.«

»Ja«, erwiderte sie vor Verlangen.

Als sie sich wieder heiß küßten, zeichneten Whitleys Hände alle Linien ihres Körpers nach. Seine Hände streichelten ihre Taille, ihre Hüften, ihre Schenkel. Er küßte sie auf den Bauch, auf den Nabel. Immer neue Wogen der Lust durchströmten sie, als sie die Kraft seiner Hände spürte, den Hunger in seinen Küssen, sein Verlangen. Sie stöhnte leise vor Lust.

Whitley wußte, daß er sich nicht mehr lange zurückhalten konnte. Es war schon zu lange her, daß er mit einer Frau zusammengewesen war. Das ließ ein Zusammensein mit Phina nur um so einmaliger sein und ließ ihn sie noch mehr begehren, als er ihre Beine weiter auseinander drängte. Er hatte noch nie mit einer Jungfrau geschlafen, und er war nicht darauf vorbereitet, wie groß der Widerstand sein werde, den er überwinden mußte. Nie zuvor war er irgendeiner Barriere begegnet. Ein nie gekanntes Gefühl überspülte ihn. Er wußte nicht, was es war und wie er es hätte beschreiben sollen. Plötzlich wurde seine Erregung stärker, größer, wilder. Diese Frau unter ihm gehörte ihm. Sie war nie eines anderen Mannes Frau gewesen. Er schob ihr die Arme unter den Rücken und zog sie in einer besitzergreifenden Umarmung an seine Brust. Von diesem Augenblick an war sie sein, und nur sein allein. Er wollte in ihr sein, eins sein mit ihr. Er wollte, daß sie dieselben überwältigenden Empfindungen hatte wie er.

»Beiß mich in die Schulter, wenn es weh tun sollte«, flüsterte er, als er sich seinen Weg zu bahnen begann.

Einige Minuten später lag Phina erschöpft, aber glücklich unter Whitley. Die Lust war vorüber, und zwischen ihren Beinen hatte sich ein Brennen eingestellt. Whitley hatte ihr gesagt, der Schmerz werde nicht lange dauern, und so war es auch, doch jetzt hatte sie das Gefühl, innerlich leer zu sein, als sei etwas verlorengegangen. Whitley lag auf Phina und wartete darauf, daß sein Atem sich beruhigte. Er hatte noch nie erlebt, was er gerade mit Phina hatte erleben dürfen, und er war begierig zu sehen, ob es sich wiederholen ließ. In den vergangenen fünfzehn Jahren waren ihm die Reaktionen eines weiblichen Körpers durchaus geläufig geworden, aber dieses Erlebnis mit Phina übertraf seine wildesten Träume. Er wußte, daß er sie bis an den Rand der Erfüllung gebracht hatte, daß sie dann aber, da sie noch Jungfrau war, die letzte Erfüllung wegen des Schmerzes nicht mehr erleben konnte. Dieses Mal wollte er ganz sicher sein, daß sie befriedigt war, bevor er sich selber gehenließ.

Er hob den Kopf und blickte ihr in die Augen. Sie war verwirrt. Er verstand. »Es tut mir leid, daß es beim ersten Mal so für dich sein muß. Das nächste Mal wird es besser sein. Ich verspreche es dir.«

Sie nickte.

Er strich ihr über das feuchte schwarze Haar und küßte sie auf die Stirn, die Augen, die Nase. »Habe ich dir je gesagt, wie attraktiv du aussiehst, wenn einzelne feine Strähnen deines Haars dein Gesicht einrahmen?«

Sie schüttelte den Kopf.

»So ist es aber.« Er lächelte und küßte ganz kurz ihre Lippen. »Du bist wunderschön, Phina. Nicht nur, was das Äußere angeht, auch in deinen Reaktionen auf mich. Glaubst du mir?«

»Ja«, flüsterte sie.

Er küßte sie auf die Lippen, die Wangen und die ganze Länge ihres Halses. Seine Hand unternahm eine sanfte Reise über ihre Taille und hinunter zu ihrer Hüfte. Er spürte, wie Phina schauderte.

»Ist der Schmerz vorüber?« fragte er mit den Lippen unterhalb ihres Ohrs.

»Ja«, sagte sie und spürte, wie ihre Lebensgeister unter seiner Berührung wieder erwachten.

»Dann laß mich dir jetzt zeigen, wie schön das sein kann, Phina.«

Whitley senkte den Kopf über ihre Brüste und sog eine der

rosigen Brustwarzen in den Mund. Seine Hand strich an ihrer Hüfte hinunter und an ihrem Schenkel wieder herauf auf der Suche nach jenem Punkt zwischen ihren Beinen, dem sein eigentliches Interesse galt. Seine Fingerspitzen bewegten sich aufreizend über ihre empfindlichsten Stellen hinweg. Innerhalb von Sekunden spürte Whitley, wie ihre Hüften sich unter seinen Berührungen zu regen begannen. Sie war wieder für ihn bereit. Und er war bereit für sie. Sehr viel später lag Whitley halb auf der Seite, und Phina hatte sich fest in seine Arme gekuschelt. Es gab ein paar ernste Dinge, die er überlegen mußte. Aus Phinas nicht ganz regelmäßig gehenden Atemzügen schloß er, daß auch sie nicht schlief.

Phina hatte ihm gegeben, was eigentlich nur im Ehebett verschenkt werden durfte. Er fühlte sich geehrt. Er würde die sich daraus ergebende Verantwortung übernehmen. Er hätte es sich vorher überlegen müssen, aber er war außerstande gewesen, sich selbst zurückzuhalten.

Whitley dachte an Anchor. Wie konnte er den letzten Willen eines Mannes ignorieren, der ihn in sein Haus aufgenommen hatte, ihn ernährt und erzogen hatte?

Doch wie sollte er Phina nach dieser Nacht je aufgeben können? Er kannte die Antwort. Er würde es nicht können. Er liebte sie.

Phina wollte schlafen, aber sie konnte es nicht. Ihre Gedanken waren zu voll mit all den Dingen, die sie mit Whitley geteilt hatte.

Sie verstand nicht mehr, wieso diese Gefühle so viel stärker waren als der klare Menschenverstand, der ihr geraten hatte, sich von Whitley fernzuhalten und statt dessen lieber fortzufahren, für sich und ihre Mutter einen Platz auf Carillon zu erobern. Ihre Liebe zu ihm war so stark, daß sie die Stimme der reinen Vernunft einfach übertönt hatte.

KAPITEL 19

»Gott sei uns gnädig, Miss Phina! Was Sie machen in Mr. Whitleys Bett mit ohne nichts was an?«

Phina öffnete die Augen und sah Tasma, die kopfschüttelnd an ihrem Bett stand. In den dunkelbraunen Augen der Sklavin stand der reine Schock. Phina war auf der Stelle hellwach und zog das Bettlaken in die Höhe. Ihr Blick ging zur Tür, aber glücklicherweise trat niemand herein, der sie hier so hätte sehen können.

»Ich ängstlich, Sie sich bringen in mehr Schwierigkeiten als ich mich.« Sie schüttelte langsam den Kopf. »Mr. Whitley Sie nicht können heiraten. Er schon versprochen Miss Flannery von *The Pines*. Was Sie jetzt machen mit das Baby, was er in Ihr' Bauch getan?«

Phina blinzelte nervös und überrascht von Tasmas Worten. Ein Baby? An diese Möglichkeit hatte sie gar nicht gedacht. Sie räusperte sich. »Er hat mir kein Baby geschenkt.« Ihre Stimme klang rauh. Sie räusperte sich noch einmal. »Da bin ich ganz sicher. Außerdem war die letzte Nacht die einzige Gelegenheit, zu der wir – äh – wir ...«

»Das den Kindern egal. Haben eigenen Willen. Ich auch mein Baby kriegen, obwohl nur einmal machen.« Tasma klopfte sich auf den Leib. Phina schauderte innerlich. Das war keine Angelegenheit, die sie ausgerechnet mit Tasma diskutieren wollte. Sie rieb sich über die Stirn und versuchte nachzudenken.

Phina setzte sich gerade im Bett auf und blickte sich um. Wie sollte sie da nur wieder herauskommen? Plötzlich war sie wütend auf sich selbst. Warum hatte er sie nicht geweckt? Wie konnte er es wagen, sie hier zurückzulassen, und sie der Gefahr aussetzen, in seinem Bett erwischt zu werden? Es war fast, als habe er es so geplant. Ganz bestimmt hatte er gewußt, daß Tasma sie suchen würde, wenn sie Phinas Bett leer vorfand.

Sie strich sich das Haar zurück und überlegte sich ihre nächsten Worte. »Tasma«, sagte sie schließlich, »ich möchte nicht, daß Rubra oder sonst irgend jemand auf der Plantage davon erfährt.«

Tasma legte die Hände in die Hüften und lachte. Phina war auf der Stelle klar, daß ihre Worte auf taube Ohren gefallen waren. »Ich das nicht können für mich behalten, Miss Phina. Mama muß wissen, was vorgeht in dies' Haus. Ist ihr Job. Und ich muß Spiker erzählen. Er jetzt mein Mann.«

Phina sträubten sich die Haare. »Es ist nicht deiner Mutter oder Spikers Sache, über meine persönlichen Dinge Bescheid zu wissen. Und laß mich noch hinzufügen, es ist deine Sache zu tun, was ich dir sage. Und jetzt möchte ich auf der Stelle dein Versprechen haben, daß du das hier für dich behältst und mit niemandem darüber redest.«

Tasma bedeckte den Mund mit beiden Händen und lachte leise weiter, womit sie zeigte, wie ernst sie Phinas Drohung nahm. »Ich versprech' es. Ich niemandem erzählen, Sie in Bett von Mr. Whitley finden so nackt wie am Tag, wo Sie geboren.«

Während Phina sich wusch und anzog, versuchte sie zu entscheiden, was sie Whitley sagen mußte. Sie hatte letzte Nacht gewußt, was sie tat und warum sie es getan hatte. Whitley hatte Kummer gehabt und brauchte Trost wegen Spiker, und sie wollte die Gelegenheit nicht verpassen, eine Nacht mit dem Mann zu verbringen, den sie liebte. Und jetzt würde sie, sosehr es ihr auch widerstreben mochte, Carillon verlassen müssen. Sie würde wieder nach New Orleans gehen, um für ihre Mutter zu sorgen. Whitley würde sie genausowenig in Flannerys Nähe sehen wollen, wie Anchor ihre Mutter in der Nähe seiner Frau hatte sehen wollen. Und was, wenn nun auch sie ein Kind bekam wie damals ihre Mutter?

Wenn es ihr auch das Herz zerriß, sie mußte Whitley finden und ihm sagen, daß sie seinen Bankscheck nehmen und das Papier unterschreiben würde, mit dem sie alle Rechte an Carillon aufgab.

Inzwischen berichtete Tasma ihr, daß Spiker bereits am Nachmittag angefangen hatte, an dem Haus für sie beide zu bauen. Bis es fertig war, wohnten sie in dem Haus, das er bis dahin mit zwei anderen Sklaven geteilt hatte. Diesen war ein anderes Quartier zugewiesen worden. Die ganze Nacht hatte Tasma auf dem Bett gelegen, ohne Spiker davon überzeugen zu können, es mit ihr zu teilen. Er hatte sich ein Laken auf den Fußboden geworfen. Über eine Tasse Tee und heißem Gebäck mit Brot und Zucker sprach Phina einige Minuten mit Tasma über ihre Ängste, daß Spiker lange brauchen werde, um sie als seine Frau zu akzeptieren.

Doch dann ging sie hinunter, um Whitley zu suchen. Je eher sie es hinter sich brachte, um so besser. Sie wollte Whitley nicht verlassen, sie wollte Carillon nicht verlassen. Sie liebte ihn und sein Zuhause. Doch wie hätte sie bleiben können und ihn Tag für Tag zusammen mit Flannery sehen müssen?

Whitley erhob sich hinter seinem Schreibtisch, als sie in sein Büro trat. Er sah gut aus mit dem weißen Hemd, der grau gestreiften Krawatte und der Weste. Er lächelte ihr entgegen, und das nahm ihr doch schon einiges von der Angst vor der bevorstehenden Konfrontation. Er schien in keiner Weise aufgebracht wegen dem, was letzte Nacht zwischen ihnen passiert war. Das ließ sie sich ein wenig besser fühlen. Sie hatte gewußt, daß er verlobt war, daß er einer anderen gehörte, und doch bedauerte sie nicht, daß sie die Nacht mit ihm zusammen verbracht hatte. Sein Haar sah aus, als sei er erst vor wenigen Minuten mit der Hand hindurchgefahren.

»Phina, du siehst wunderschön heute morgen aus.«

»Vielen Dank«, sagte sie und machte ein paar Schritte vorwärts. »Ich wollte, du hättest mich aufgeweckt. Ich – ich fürchte, Tasma hat mich in deinem Bett gesehen. Ich habe ihr das Versprechen abgenommen, es niemandem zu erzählen, aber ich fürchte, sie wird reden. Es war nicht meine Absicht, dich vor deinen Sklaven in Schwierigkeiten zu bringen. Ich hoffe, Flannery erfährt nie davon.«

»Phina, das ist alles in Ordnung.« Er kam um den Schreibtisch herum und blieb vor ihr stehen. »Ich bin bereits zu einem Entschluß gekommen. Flannery wird von uns erfahren müssen.«

Ihre Augen weiteten sich. »Nein, Whitley! Ich wollte nicht ...«

Er legte ihr die Fingerspitzen auf die Lippen, um ihr Schweigen zu gebieten. Der Duft seiner Rasierseife stieg ihr in die Nase, als er ihre Lippen nachzeichnete. Phina spürte, wie es wieder überall zu kribbeln begann.

»Ich habe den ganzen Morgen darüber nachgedacht. Für mich war das keine leichte Entscheidung.« Er unterbrach sich und befeuchtete seine Lippen. »Ich habe mich nie gegen das gestellt, was Anchor von mir wollte. Von dem Tag an, wo er mich aufgegabelt hatte, bis zum heutigen Tag habe ich mich stets und bei allem gefragt, ob das, was ich vorhatte, Anchors Beifall finden würde. Das haben mir erst meine Gefühle für dich so recht klargemacht. Aber Anchor ist nicht mehr, und es ist Zeit, daß ich lerne, meine Entscheidung auf der Basis dessen zu treffen, was ich wünsche und was ich für richtig halte. Ich habe vor, mein Eheversprechen an Flannery zurückzuziehen, sobald sie zurückkehrt.« Er unterbrach sich. »Ich möchte dich heiraten, Phina.«

Phina war so überrascht, daß sie kein Wort herausbrachte. Sie war unfähig, sich auch nur zu bewegen. Seine Fingerspitzen lagen warm auf ihren Lippen. Das hätte sie nie erwartet, nie geplant. Whitley heiraten? Der Gedanke war einfach zu schön, um wahr sein zu können. Aber wenn sie es zuließ, daß er sein Versprechen brach, das er Flannery gegeben hatte, würde er sie dafür nicht am Ende hassen?

»Nein, ich – ich kann nicht zulassen, daß du Flannery das antust, nur weil wir – weil ich – wegen letzter Nacht. Das wäre nicht fair ihr gegenüber. Und es ist nicht fair von mir, dich in eine solche Lage gebracht zu haben.«

»Es ist fair, Phina. Ich wollte Flannery aus allen nur denkbaren falschen Gründen heiraten.« Er streckte die Hand aus und nahm ihre Hand. »Ich will dich heiraten, weil ich …«

»Whitley.« Ellison trat durch die offene Tür des Büros und blieb abrupt stehen, als er sah, daß Whitley nicht allein war. »Oh, Phina.« Er merkte, daß Whitley ihre Hand hielt. Ihr Name erstarb auf seinen Lippen. Er blickte Whitley an. »Die Tür stand offen. Ich wußte nicht, daß du beschäftigt bist. Tut mir leid, wenn ich gestört habe.« Seine Blicke gingen zu Phinas Gesicht. »Wie geht es Ihnen, Phina? Ich habe in der letzten Zeit nicht viel von Ihnen gesehen. Es gab so vieles zu tun seit der Überschwemmung, und deswegen hatte ich keine Zeit, einmal vorbeizukommen und hallo zu sagen.«

»Mir geht es gut, vielen Dank.« Sie entzog Whitley ihre Hand und trat einen Schritt zurück. »Whitley hat mir schon gesagt, daß wir jetzt auch die Baumwolle pflanzen.« Sie war alles andere als glücklich darüber, daß Ellison sie mit Whitley zusammen angetroffen hatte.

Ellison trat ins Zimmer hinein. »Ja. Das Korn war schon hoch genug, so daß der Regen es nicht davonschwemmen oder völlig zu Boden drücken konnte. Bei den Erdnüssen hatten wir nicht so viel Glück.«

»Ja«, sagte sie mit einem nervösen Lächeln auf den Lippen. Es sah nicht danach aus, als wollte er gehen, und daher entschloß sie sich, ihrerseits das Büro zu verlassen. Ihre Unterhaltung mit Whitley konnte sie auch noch fortsetzen, nachdem die geschäftlichen Angelegenheiten mit Ellison geregelt waren. »Nun, wenn Sie mich bitte entschuldigen wollen, ich habe noch zu tun.«

»Warten Sie, Phina«, sagte Ellison und streckte den Arm aus, um sie aufzuhalten. »Wo ich Sie beide gerade zusammen habe, würde ich gern etwas besprechen. Whitley, da Phina nun einmal in deinem Haus lebt, möchte ich dich um die Erlaubnis bitten, um sie werben zu dürfen.«

Phina schnappte hörbar nach Luft.

»Nein«, sagte Whitley ohne das geringste Zögern.

Ellison räusperte sich. Sein Blick ging zwischen Whitley und Phina hin und her. Sichtlich unwillig fuhr er fort: »Mir ist klar, daß du nicht ihr Vater bist, Whitley, aber ich würde doch gern …«

»Ich sagte nein, Ellison.« Whitley wandte sich ab und ging hinter seinen Schreibtisch. Dann blickte er ihn wieder an. »Ich habe Phina gerade gesagt, daß ich sie heiraten werde.«

»Was?« Flammende Röte erschien auf Ellisons Gesicht.

»Whitley!« rief Phina, die sich noch nicht von dem Schock erholt hatte, den Ellisons Frage in ihr ausgelöst hatte.

»Du bist mit Flannery verlobt! Was spielst du hier für ein Spiel?«

Whitley blieb absolut ruhig und gelassen, obwohl Ellison in höchstem Maße aufgebracht war. »Dies ist kein Spiel. Die Verlobung wurde nie formell verkündet. Wir haben eine Abmachung, und ich habe vor, meinen Antrag zurückzunehmen, sobald Flannery wieder hier ist.«

Ellison wandte sich von Whitley ab und Phina zu. »Darf ich nach dem Grund fragen, warum er Sie auf einmal heiraten will? Hat er behauptet, unsterblich in Sie verliebt zu sein?« Er unterbrach sich eine Sekunde. »Ich glaube kaum.« Ellisons Worte kamen nur noch gepreßt.

Whitleys Augen verengten sich, seine Lippen wurden zu einem dünnen Strich. »Sei vorsichtig, Ellison.«

»Nicht jetzt, da ich weiß, was du vorhast.«

»Laß es gut sein«, sagte Whitley mit leiser Stimme, die Ellison warnen sollte. »Das hier hat nichts mit dir zu tun.«

»Zum Teufel, nein«, erwiderte Ellison scharf. »Ich weiß, warum du dich entschlossen hast, Phina zu heiraten. Ich wollte aus demselben Grund um sie werben und sie heiraten.« Er trat näher an Whitley heran, bis nur noch der

Schreibtisch zwischen ihnen war. »Mein einziger Fehler lag darin, daß ich dich für zu anständig gehalten habe, so etwas zu tun.«

Phina blickte von einem zum anderen. Was stimmte eigentlich zwischen diesen beiden Männern nicht? Wovon redeten sie überhaupt?

Whitleys Gesichtsausdruck wurde härter. Seine Augen glühten, als er Ellison anblickte. »Langsam wird es Zeit, daß du dich entschuldigst.«

»Noch nicht. Du und ich, wir beide wissen, warum du sie heiraten willst, und ich denke, es ist Zeit, daß auch Phina den wahren Grund dafür erfährt.«

Whitleys Kiefer mahlten hörbar. »Es geht dich nichts an, warum ich sie heiraten will.«

»Sollen wir wetten?« Er deutete mit dem Finger auf Whitley. »Wenn ich sie nicht heiraten kann, wirst du es genausowenig tun.« Er wandte den Kopf und blickte Phina an. »Anchor hat die Adoptionspapiere nie unterschrieben, die Whitley zu seinem Sohn machen sollten.«

»Ellison!« Whitley wurde weiß vor Wut. »Verdammt noch mal! Halt den Mund!«

»Zur Hölle, nein! Whitley ist nicht Anchors legaler Sohn, und außerdem hat Anchor nie sein Testament unterzeichnet, mit dem er Whitley Carillon vermacht hätte.«

»Verdammt! Ellison!« Whitley eilte um den Schreibtisch herum. Ellison hob beide Fäuste und nahm Kampfeshaltung an. »Na, komm schon, Whitley. Dieser Kampf ist angesagt seit dem Tag, als du hier aufgekreuzt bist.«

Phina konnte nicht glauben, was sie hörte, und einen Augenblick lang war sie zu überrascht, um sich zu bewegen. Ihr Blick flog hinüber zu Whitley. In seinem Gesicht konnte sie sehen, daß Ellison die Wahrheit sagte. Aber sie hatte gar nicht die Zeit, über die Konsequenzen nachzudenken. Sie mußte die beiden daran hindern, sich zu schlagen.

»Nein!« Sie eilte hinüber und stellte sich zwischen die beiden Männer. »Hört auf, euch wie unreife Schuljungen zu benehmen!«

Ellisons Ausdruck war tödlich. »Gehen Sie zur Seite, Phina.«

Whitley stand kampfbereit da. Er öffnete und schloß die Fäuste.

»Eine Minute!« sagte Phina, die langsam anfing zu begreifen. »Ich werde keinen von euch beiden heiraten.« Sie blickte Whitley an, unfähig, das Mißfallen in ihren Zügen zu verbergen. »Bist du Anchors legaler Sohn?« fragte sie.

»Natürlich bin ich sein legaler Sohn. Ich …«

»Er ist ein Bastard«, sagte Ellison ruhig, die Fäuste noch immer erhoben. »Und das ist alles, was er je sein wird, denn Anchor hat diese verdammten Papiere nie unterzeichnet.«

Plötzlich wurde Phina die ganze Bedeutung dessen, was Ellison sagte, bewußt. Die Konfusion legte sich wieder. Wut stieg in ihr hoch. Anchor hatte Whitley nie offiziell zu seinem Sohn gemacht, deshalb hatte dieser keinen legalen Anspruch auf Carillon. Sie hatte auf der anderen Seite die eidesstattliche Erklärung ihrer Mutter, das Glöckchen, das an ihrem Hals hing, und ein Tagebuch, das bewies, daß Anchor zu der Zeit in New Orleans gewesen war, als sie empfangen wurde. Und jetzt, nach all dieser Zeit, hörte sie, daß Whitley gar nichts in den Händen hielt. Sie war vergangene Nacht zu ihm gegangen, weil sie ihn liebte und weil sie ihm Liebe und Trost geben wollte. Kein Wunder, daß er sie so willig zu sich ins Bett geholt hatte. Er hatte es geplant! Scham und Betroffenheit breiteten sich in ihr aus.

»Du hast letzte Nacht mit mir geschlafen, damit ich mich verpflichtet fühlen sollte, dich zu heiraten. Dann gab es keine Möglichkeit, daß du verlieren könntest. Du hättest Carillon auf jeden Fall behalten.«

»Ihr seid ein Paar?« fragte Ellison mit einem ungläubigen Ausdruck auf dem Gesicht.

»Ich bekomme Carillon«, sagte Whitley steif. »Es spielt

keine Rolle, ob ich dich heirate oder nicht. Anchor hat mir vor fünfzehn Jahren gesagt, wenn ich hart arbeite, werde er mir eines Tages Carillon geben. Und damit basta.«

»Nein!« flüsterte Phina. »Das ist noch nicht das Ende.«

»Phina«, sagte Whitley weich. »Ich hatte keine Zeit mehr, dir alles zu erklären, bevor Ellison hereingekommen ist. Letzte Nacht ist mir klargeworden, daß ich dich liebe, und ...«

Ellison lachte lauthals los. »Du liebst sie. Wie süß. Whitley, du bist ein ganz aalglatter Geselle. Du hast mich hereingelegt. Ich dachte, ich hätte reichlich Zeit, um Phina zu werben und sie zu gewinnen, weil du ja deine Verlobte Flannery hattest, die auf dich wartet. Und die ganze Zeit hast du dasselbe verdammte Ding in deinem Kopf gewälzt wie ich. Geh mit Phina ins Bett und heirate sie, um Carillon zu bekommen. Aber verdammt noch mal, du hast mich in diesem Wettlauf geschlagen.«

Es dauerte nur einen Wimpernschlag lang, dann hatte Whitley Phina zur Seite geschoben. Seine Faust landete direkt unter Ellisons linkem Auge, und seine Knöchel schrammten nach oben. Ellisons Kopf flog nach hinten, als Whitleys andere Faust genau in seinem Magen landete.

»Aufhören!« schrie Phina.

Ellison plazierte einen Faustschlag an Whitleys Kinn und riß ihm die Lippe auf. Whitley landete einen weiteren Schlag in Ellisons Magengrube. Ellison strauchelte, stolperte rückwärts über einen Stuhl und fiel zu Boden.

»Whitley, hör sofort auf!« flehte Phina und faßte nach seinem Arm.

Sein Blick bohrte sich in ihre Augen. »Ich möchte das erklären«, sagte er atemlos, »aber, Phina, ich muß zuerst das hier mit Ellison klären.«

»Ich lasse dich nicht mehr länger kämpfen.«

Er schüttelte den Kopf. »Der Kampf ist vorüber.« Er warf einen Blick auf Ellison, der sich mühsam vom Boden erhob.

»Ich will dich am Ende dieses Tages nicht mehr auf Carillon sehen.«

»Du kannst mich nicht aus Carillon hinauswerfen. Anchor hat mir diese fünf Acres überschrieben und das Haus. Es gehört mir«, fauchte Ellison.

Whitley wischte sich das Blut aus dem Mundwinkel, während er zu seinem Schreibtisch ging. Dort riß er eine Schublade auf und holte einen kleinen Metallkasten hervor. »Ich kaufe dir beides ab. Wieviel willst du haben?«

Ellison versuchte zu lachen, doch es wurde nur ein Wehlaut daraus. »Ich werde mein Zuhause nicht aufgeben. So leicht wirst du mich nicht los.«

»Dann bleib auf deiner Parzelle. Deine Dienste werden auf Carillon nicht länger benötigt. Ich werde dir deinen Lohn ausrechnen und schicke Lon später damit zu dir.«

»Und wem willst du die Oberaufsicht über die Sklaven geben? Qualifizierte Aufseher sind schwer zu bekommen. Sklaven mögen im allgemeinen keinen neuen Master.«

»Das ist nicht dein Problem, sondern meines. Und jetzt geh. Ich werde Spiker sagen, falls er dich noch einmal auf meinem Grund und Boden sieht, soll er dich in die Räucherkammer sperren wie einen ganz gewöhnlichen Kriminellen.«

»Oh, ich werde gehen, aber ich komme zurück. Genau zwischen dich und Phina. Sobald der neue Richter in sein Amt eingeführt ist, werde ich zu ihm gehen und meinen Anteil an Carillon verlangen.«

Ellison betastete die inzwischen aufgeplatzte Schwellung unter seinem Auge, während er sich zur Tür wandte. Dort drehte er sich noch einmal zu Phina um. »Denken Sie immer daran, daß er lügt. Wenn der Richter danach fragt, wird er auch nicht ein einziges verdammtes Stückchen Papier vorweisen können, das seine Ansprüche unterstützen könnte.«

»Verdammt noch mal, Ellison!« Whitley schlug hörbar die Schreibtischschublade zu. »Das ganze County weiß, daß Anchor vorhatte, mich zu seinem Sohn und seinem legalen

Erben zu machen. Die Papiere waren schon vorbereitet. Er ist nur einfach gestorben, bevor er sie unterzeichnen konnte.«

Ellison lehnte sich an den Türpfosten und winselte leise, während er sich die Seite hielt. »Es bleibt die Tatsache, daß er dich *niemals* vor dem Gesetz zu seinem Sohn gemacht hat. Er könnte diese Papiere unterzeichnet haben, aber er hat sie nicht unterzeichnet.«

»Ich bin sein Sohn. Er nannte mich seinen Sohn.«

»Das bedeutet überhaupt nichts. Auch mich hat er seinen Sohn genannt und mir dasselbe erzählt, als ich noch jünger war. Und das kann ich vor Gericht beweisen. Ein Teil dieses Besitzes gehört mir.« Er wandte sich um und ging hinaus.

Whitley hörte, wie die Hintertür krachend zugeworfen wurde, und wußte, daß Ellison das Haus verlassen hatte. Ihm war übel. Verdammt noch mal, warum hatte er so lange damit gewartet, Phina zu sagen, daß er sie liebte? Warum hatte er es ihr nicht letzte Nacht gesagt, als es ihm bewußt geworden war? Wie konnte er es jetzt anstellen, daß sie ihm glaubte, nachdem Ellison ihn so hintergangen hatte?

»Phina.« Er sprach ihren Namen betont leise, als er hinter seinem Schreibtisch hervortrat. »Als ich gestern begann, dich zu verführen, da wollte ich es deshalb, weil du so eine warmherzige Frau bist. Ich träume schon seit Wochen davon, mit dir ins Bett zu gehen. Aber als ich dich geküßt und dich berührt habe, als du meine Küsse und meine Zärtlichkeiten erwidert hast, da wurde mir klar, daß ich mit dir ins Bett wollte, weil ich dich liebe und aus keinem anderen Grund.«

Sie wandte sich langsam und blickte ihn an. »Ich glaube, es ist Zeit für mich, einen Anwalt zu konsultieren.«

Er wußte, daß das von ihrer Seite aus sehr gescheit war, aber er wollte nicht, daß sie es tat. Er wollte sie davon überzeugen, daß Carillon sein war und daß es ihr gehören würde wegen der Tatsache, daß sie seine Frau war, nicht, weil sie Anchors Tochter war.

»Phina, ich gebe zu, daß ich die Sache nicht so gehandhabt

habe, wie es richtig gewesen wäre, aber was letzte Nacht zwischen uns passiert ist, hatte nichts mit Carillon zu tun.«

»Du hast mir von allem Anfang an gesagt, du würdest alles tun, um Carillon zu halten. Ich habe durchaus Grund zu glauben, daß du geplant hast, was zwischen uns passiert ist.«

»Ich habe versucht aufzuhalten, was zwischen uns vorging, Phina«, drängte er.

Sie blieb ruhig. »Das war nur ein Teil deiner Verführung. Als dir klar wurde, daß du mich aus Carillon nicht herauskaufen konntest, hast du dich entschlossen, dich auf meine Zuneigung zu dir zu verlassen und mich später zu zwingen, dich zu heiraten.«

Er sah ihr ganz tief in die Augen. »Das ist nicht wahr, Phina.«

Sie blickte ihn mißbilligend an. »Ich wäre fast auf deinen Plan hereingefallen.« Sie raffte die Röcke zusammen und rannte hinaus.

»Phina!« rief Whitley hinter ihr her, aber sie blieb nicht stehen. Er wollte ihr nach und rannte gegen Lon, den er beinahe zu Boden gerissen hätte. »Verdammt«, murmelte er wütend, als er dem alten Mann half, das Gleichgewicht wiederzufinden.

»Tun mir leid, Mr. Withley, aber ich versuchen, Miss Phina auszuweichen. und dabei gegen Sie laufen.«

Whitley fuhr sich mit den Händen durchs Haar. »Schon in Ordnung. Was gibt es denn?«

»Die Boot mit neue Motormaschine ist unten bei die Docks. Sie warten auf Ihnen.«

Das mußte der Grund gewesen sein, warum Ellison zu ihm gekommen war.

KAPITEL 20

Whitley mußte alle Gedanken an Phina und Ellison beiseite schieben und sich auf seine Aufgaben konzentrieren. Er hätte gestern abend schon hinuntergehen und nach Spiker sehen müssen, statt sich an seine Whiskyflasche zu klammern. Ellison hätte ihm ein Beispiel sein sollen, was übermäßiger Alkohol aus einem Mann machen konnte.

Als das halbfertige Haus in Sicht kam, verlangsamte er den Schritt. Whitley hatte keine Ahnung, wie Spiker auf ihn reagieren würde, aber er wußte, daß dies hier getan werden mußte. »Spiker!« rief er und ging auf den dunkelhäutigen Mann zu.

Spiker sägte gerade eine Bohle durch und blickte auf. Die drei anderen Männer, die mit Spiker zusammen an dem Haus arbeiteten, unterbrachen ihre Arbeit und beobachteten Whitley, als er auf Spiker zuging.

Nur wenige Fuß vor ihm blieb er stehen und fragte: »Wie geht es denn?«

Spiker nickte ganz kurz und hielt die Augen fest auf Whitleys Gesicht gerichtet. Whitley bemerkte, daß Spiker die Säge noch immer mit hartem Griff gefaßt hielt.

»Was ich gestern getan habe, war nicht richtig«, sagte Whitley und wischte sich mit dem Handrücken über den Mund. »Aber der Grund, aus dem ich es getan habe, war richtig. Ich hatte Angst, ich würde einen Aufstand meiner Arbeiter heraufbeschwören, wenn ich mich nicht selbst an die Regeln hielt. Ich erwarte nicht, daß du das verstehst, aber ich möchte …«

»Ich verstehe es.« Spiker bewegte die Lippen kaum, als er sprach.

Whitley blickte dem tapferen Mann in die Augen und fragte sich, ob dieser es wirklich verstand. Wäre ihm dasselbe widerfahren, er hätte es nicht verstanden. »Alle anderen Sklaven glauben, ich bevorzuge dich. Hat dir das jemals Probleme mit irgend jemandem eingebracht?«

»Keine, mit denen ich nicht fertig werden konnte.«

»Gut«, sagte Whitley. »Leg die Säge weg. Ich habe einen anderen Job für dich.«

Spiker blickte auf die Säge, dann auf seinen Master und legte schließlich die Säge langsam, ohne den Blick von Whitley zu wenden, auf den Boden zu seinen Füßen.

Whitley atmete erleichtert auf. »Ich brauche einen Aufseher, und ich möchte dich für diesen Posten haben.«

Er sprach laut genug, daß es die anderen Männer hören konnten. Whitley hörte, wie sie alle nach Luft schnappten. Als er Spikers überraschten Gesichtsausdruck sah, hätte er am liebsten gelächelt.

»Was möchten Sie, das ich tun soll?«

»Ich mußte Ellison entlassen. Du bist der neue Oberaufseher. Ab sofort.« Whitley wandte sich ab.

»Warten Sie eine Minute.« Spiker folgte Whitley. »Ich kann nicht Oberaufseher werden. Ich weiß doch nicht, was ich dann zu tun habe. Außerdem wäre es nicht richtig.«

Whitley blieb stehen. »Doch, es ist richtig. Ich mache die richtige Sache aus dem richtigen Grund.« So etwas wie tiefer Friede überkam Whitley. So viele Jahre hatte er nur gelebt, um Anchor zu gefallen, um zu tun, was Anchor von ihm erwartete. Das hatte er diesem Mann geschuldet, aber jetzt war ihm klar, daß die Schuld beglichen war. Es war ein schönes Gefühl, sich frei zu fühlen, eigene Entscheidungen zu treffen. Und er würde Phina heiraten.

Spikers Gesichtsausdruck verhärtete sich. »Sie wollen nur eine Wiedergutmachung für gestern.«

»Ich versuche nicht, die Ereignisse von gestern wiedergutzumachen. Was gestern passiert ist, ist vorbei und läßt sich nicht mehr ändern. Du bist der beste Mann für diesen Job. Ich habe gerade erst wieder gemerkt, wieviel du von mir gelernt hast, als du Phina die Plantage gezeigt hast. Niemand versteht mehr davon, diesen Besitz zu verwalten, als du und ich. Ich erwarte, daß du deinen neuen Job ernst nimmst.«

Spiker zögerte. »Ja, Sir. Was ist denn mit Mr. Ellison passiert?«

»Er ist weg, und mehr brauchst du im Augenblick nicht zu wissen.«

Als Tasma nach getaner Arbeit bei den Sklavenquartieren ankam, beschloß sie, den längeren Weg rund um das Quartier zu ihrer Hütte zu nehmen, die am anderen Ende lag. Sie wollte nicht von irgendwelchen Leuten aufgehalten werden, die mit ihr über Spiker und seine gestrige Prügelstrafe reden wollten. Jetzt, da er ausgepeitscht und gezwungen worden war, ihre Tochter zu heiraten, sang sogar Rubra sein Loblied in den höchsten Tönen, als die Neuigkeit über seinen neuen Job das Herrenhaus erreichte. Tasma hatte von einem Ohr zum anderen gegrinst.

Spiker saß auf dem Stuhl und zog sich die Stiefel aus, als Tasma in die schwach erleuchtete Hütte trat. Spiker blickte nur eine Sekunde auf, als sie hereinkam, dann wandte er sich wieder seiner Beschäftigung zu. Sollte er doch sauer sein, wenn er das wollte, dachte Tasma. Sie war es jedenfalls nicht. Vor lauter Glück wäre sie am liebsten explodiert. Wie hätte sie auch ihre Freude im Zaum halten sollen, wenn sie diesen Mann hatte, ein Baby und ein eigenes Haus, so groß wie das ihrer Mutter?

Tasma lief hinüber zu Spiker, legte ihm die Arme um den Nacken und drückte ihn. »Ich so glücklich für dich, Spiker. Ich immer gewußt, daß Mr. Whitley dich am liebsten haben.«

»Nimm die Hände weg«, sagte er, packte sie bei den Handgelenken und stieß sie fort. »Ich will nicht, daß du mich anfaßt. Ich dachte, das hätte ich schon klar genug gesagt, als du meinen Rücken anschauen wolltest.«

Tasma taumelte zurück und hielt sich am Tisch fest, um nicht zu fallen. »Warum du das tun?« In ihrer Stimme klang ein leichtes Zittern mit. »Ich nur wollen sagen, wie stolz ich auf dich. Wir bekommen eine neue Haus, eine neue Baby, und du bekommst den besten Job auf ganze Plantage. Warum ich nicht sollen sein stolz?«

»Weil du gelogen hast. Niemand liebt einen Lügner.«

Seine Worte trafen sie tief. Es war doch keine Lüge, nicht wirklich. Es konnte keine sein. Sie hatte sich vorgestellt, es sei Spiker, der all diese Dinge mit ihr gemacht habe, die in Wirklichkeit Cush getan hatte.

»Du weißt, daß ich dich nicht angefaßt habe«, fuhr er fort.

»Das nicht mein Fehler. Ich immer versuchen, du machen mit mir«, sagte sie mit traulichem Augenaufschlag.

»Dann hast du dir jemand anderen gesucht und mich dafür verantwortlich gemacht.«

Tasma blickte kurz zu ihm auf und kämpfte die Tränen hinunter. Spiker war zwar böse, aber wenigstens sprach er wieder mit ihr. Er ignorierte sie nicht, wie er es letzte Nacht getan hatte, als er sich ein Laken genommen und auf dem Fußboden geschlafen hatte.

»Ist dein' Schuld, diese Baby. Wenn du mich lieben, ich Cush niemals lassen mich anfassen.«

»Dann ist es also Cushs Baby.« Spiker nahm einen seiner Stiefel und warf ihn gegen die Wand. Seine Nasenflügel bebten vor Wut, als er sie anblickte. »Er hatte den Spaß mit dir, und ich hab' dafür die Peitsche bekommen.«

Tasma erinnerte sich daran nicht wie an irgendeinen Spaß. Nein, im Gegenteil, das heftige Stoßen hatte ihr sehr weh getan. Eine Idee schoß ihr durch den Kopf. Wenn Spiker das für Spaß hielt, dann war doch Spaß genau das, was er nach der Prügelstrafe brauchte.

Sie machte ein paar Schritte auf ihn zu, ohne recht zu wissen, wie sie es anfangen sollte. »Cush mich nie so fühlen lassen wie du, Spiker«, sagte sie leise. Sie blickte mit ihren großen braunen Augen zu ihm auf. »Wenn du mich ansehen, ich immer ganz warm innen drin.«

Als er sich nicht abwandte, rückte sie noch etwas näher heran und befeuchtete sich die Lippen. »Ich verspreche, ich dich machen glücklich. Weil ein starker, wichtiger Mann wie du brauchen ein' Frau.« Sie streckte die Hand aus und legte sie zärtlich auf seine Brust. Seine Augen rollten wild, als er auf sie hinunterblickte, aber er stieß sie nicht von sich. Es funktionierte. Sie legte auch die andere Hand auf seine Brust und ließ sie über seiner nackten Haut auf und nieder gleiten.

Spiker stand still. »Es schon lange her, seit du bei ein' Frau. Ich weiß.« Tasma ließ ihre Hand weiter hinuntergleiten. Sie erinnerte sich, daß Cush immer wollte, daß sie ihn dort berührte. Cush mochte sie nicht anfassen, Spiker aber sehr wohl. Als ihre Hand über seine Hose glitt, spürte sie, wie er erschauerte. Die Muskeln in ihrem Unterleib begannen sich zusammenzuziehen, aber sie mochte nicht aufhören. Nicht, wo Spiker so nahe bei ihr war.

Spiker stand ganz still, während sich seinen Lippen ein leichter Seufzer entrang. Sie küßte seine Brust und flüsterte: »Ich dich machen glücklich, Spiker. Laß uns haben ein bißchen Spaß.« Sie öffnete den Mund und ließ ihre Zunge über seine Brustwarzen gleiten.

Ganz plötzlich packte Spiker ihren Kopf mit beiden Händen und zog sie ganz nah an sich heran. »Das würde mir zumindest ein bißchen von dem geben, wofür ich schon ausgepeitscht worden bin.« Er bedeckte ihre Lippen mit einem harten, schmerzhaften Kuß.

»In Ordnung, du kleines Stück aus der Hölle«, murmelte er an ihren Lippen. »Ich werde dir geben, worum du gebeten hast. Und ich werde bei Gott nicht zärtlich mit dir sein. Ich werde dich auf dieselbe Weise bestrafen, wie ich bestraft worden bin.«

Er hob sie hoch und trug sie in seinen Armen hinüber zu dem Lager, wo er sie niederlegte. Da er die Stiefel schon ausgezogen hatte, konnte er sich innerhalb von Sekunden von seiner Hose befreien. Dann packte er den Saum ihres Kleides, schob ihn bis zur Taille empor und über ihre Brüste hinweg, bis es schließlich um ihren Hals lag.

Tasma war angesichts seiner Wildheit furchtbar erschrocken, aber sie wollte nicht, daß Spiker das merkte. Er hatte recht. Er verdiente seinen Spaß für die Peitschenhiebe. Seine Männlichkeit war hart und pulsierte mächtig, als er sie in ihr versenkte.

Tasma stöhnte leise, versuchte aber nicht, Spiker aufzuhalten, als er auf-, und niederstieß, sich ganz tief in sie hineinpreßte und sich wieder zurückzog. Ihr Unterleib schmerzte, aber sie sagte nichts. Sie erinnerte sich wieder, daß Cush nicht lange gebraucht hatte, und so würde Spiker sicher auch nicht lange brauchen. Aber da irrte sie sich. Einmal war nicht genug für Spiker. Er mußte mehr haben. Beim zweiten Mal war er zärtlicher, streichelte ihre Brüste und küßte sie sanft. Tasma hätte es so gern genossen, aber ihr Leib schmerzte zu sehr. Sie hatte gewußt, daß Spiker ein zärtlicher, liebevoller Mann sein würde, wenn er erst seine Wut überwunden hatte, und sie hatte sich nicht geirrt.

Als er schließlich zum letztenmal über ihr schwer wurde, schlug Tasma ihm gegen die Brust und schrie: »Geh, hol Mama, Spiker, mein Bauch mich umbringen.«

Spiker sprang vom Lager auf und blickte auf sie hinunter. »Was ist denn?« fragte er mit besorgter Stimme.

»Ich nicht wissen«, murmelte sie. »Aber tun wirklich schlimm weh.« Tasma zog die Knie bis zur Brust an und warf sich auf die Seite.

Spiker fiel neben ihr auf die Knie nieder. »Tasma, habe ich dir weh getan?« fragte er. Seine Hand zitterte, als er ihre Stirn berührte. »Warum hast du denn nicht gesagt, daß ich dir weh tue?« fragte er verzweifelt.

»Das nicht du gewesen, Spiker. Mein Bauch mich bringen um schon ganzen Tag.«

Er sprang auf die Füße und zog sich in Windeseile die Hose wieder an. ›Bleib auf dem Bett und beweg dich nicht. Ich bin gleich mit Rubra wieder hier.«

Spiker ballte die Hände zu Fäusten, als er in der Dunkelheit vor seiner Hütte stand. Er war nicht allein. Mehrere Männer und Frauen standen mit ihm dort draußen und warteten darauf, daß Rubra herauskam und sie wissen ließ, was passiert war. Cush war einer von den Neugierigen. Spiker hatte sich von ihm ferngehalten.

Verdammt noch mal, er hätte nicht so rauh mit einer schwangeren Frau umgehen dürfen. Er wußte, daß eine schwangere Frau dabei sterben konnte. Seine erste Frau war auf diese Weise ums Leben gekommen. Aber Tasma war so verführerisch gewesen, daß er ihren Zustand einfach vergessen hatte, nachdem er sie geküßt hatte. Es war so lange her, seit er mit einer Frau zusammengewesen war.

Es dauerte noch zwei Stunden, bis Rubra endlich aus der Hütte kam und den Kopf schüttelte. »Armes Kind. Armes, armes Kind«, sagte sie, als sie die Stufen hinunterkam, die unter ihrem Gewicht leise knarrten. »Mein armes Kind verlieren sein Baby.«

Sie ging hinüber zu Spiker und sagte: »Sie in ein oder zwei Tagen besser. Wird nicht lange dauern. Sie ein ganz gesundes Mädchen.«

Spiker nickte.

»Es seine Schuld, daß sie verlieren Baby«, sagte Cush und stellte sich neben Rubra. »Was machen wir jetzt?«

Spiker hätte Cush am liebsten die geballte Faust ins Gesicht geschlagen. Er hatte ihn noch nie gemocht, und jetzt, wo er wußte, daß er derjenige war, der Tasma geschwängert hatte, mochte er ihn um so weniger.

»Ist nicht seine Schuld«, sagte Rubra. »Solche Sachen passieren. Besonders mit erste Kind. Nicht Spiker verantwortlich machen für das.« Sie schüttelte den Kopf und sah Cush an. »Scher dich nach Hause, Cush«, sagte sie und schob ihn zur Seite. »Und alle anderen auch. Heute nacht nichts mehr tun können. Das Mädchen braucht Ruhe. Und du gehen rein und sitzen bei ihr, Spiker. Ich später noch einmal kommen und nach ihr sehen.«

Spiker wartete, bis alle gegangen waren, dann ging er hinüber und setzte sich auf die Treppenstufen.

Er war so sehr in Gedanken versunken, daß er nicht hörte, wie sich in seinem Rücken jemand anschlich, aber urplötzlich hatte er einen Strick um den Hals, und zwar so fest, daß er keine Luft mehr bekam. Spiker keuchte und gurgelte. Seine Hände gingen nach hinten in den Nacken, aber die Fäuste, die den Strick hielten, packten eisern zu. Spiker versuchte verzweifelt, die Hände zu öffnen, aber ohne Luft in den Lungen schwanden seine Kräfte schnell dahin. Irgendwie bekam er den Arm des Angreifers zu fassen und versuchte, ihn über seinen Kopf zu ziehen. Aber er konnte keinen festen Halt finden.

Den Tod vor Augen, sammelte er seine allerletzten Reserven. Mit einer Kraft, von der er gar nicht gewußt hatte, daß er über sie verfügte, flog Spiker herum. Der Strick grub sich in seinen Hals. Er ignorierte den rasenden Schmerz und schlug mit aller ihm noch verbliebenen Kraft nach seinem Angreifer. Das Knacken eines Knochens war zu hören, ein Stöhnen folgte, und dann wurde der Strick um seinen Hals schlaff. Die Luft strömte in seine Lungen. Er stemmte die Hacken in die weiche Erde, packte den Ellenbogen des Mannes hinter ihm und riß ihn über die Schultern nach vorn. Der Mann landete laut klatschend vor ihm auf dem Rücken. Spiker stürzte über ihn, und irgendwie geriet sein Knie dabei auf den Hals des Angreifers. Er hörte ein leises Knirschen, als der Kehlkopf sich teilte und die Luftröhre zerriß.

Schweißperlen liefen Spiker in die Augen, und sein Nacken war feucht vom Blut. Er keuchte, schnappte nach Luft und versuchte verzweifelt, wieder normal zu atmen. Dann blickte er auf den Mann hinunter, der versucht hatte, ihn zu ermorden, und sah, daß es sich um Cush handelte. Cush! Warum versuchte Cush, ihn zu töten? Er wußte es. Es war wegen Tasma. Cush lag da, den Kopf auf eine seltsame Weise abgewinkelt, die Augen offen, aber blicklos, und sein Körper regte sich nicht mehr. Cush war tot.

Er hatte das Leben aus ihm herausgepreßt. Spiker schluchzte abgrundtief auf. Er hatte Cush nicht umbringen wollen.

Was sollte er jetzt anfangen? Auf Carillon konnte er nicht mehr bleiben. Er hörte einen Schrei und blickte auf. Vor ihm stand Rubra. Sie ließ den Kessel mit Suppe fallen, den sie in den Händen hielt.

Spiker blickte sich wild um. Die Dunkelheit und die Nacht hießen ihn willkommen. Rubra schrie noch immer. Furcht griff nach seinem Herzen, der gesunde Menschenverstand verließ ihn. Spiker erhob sich auf die Füße und rannte davon.

KAPITEL 21

Whitley hatte sich in einen Stuhl hineingelümmelt und hielt einen Drink in der Hand. Er wußte jetzt, wie leicht es für Ellison gewesen sein mußte, mit dem Trinken zu beginnen.

Seit dem Dinner hatte er zweimal an Phinas Tür geklopft, aber beide Male hatte sie es abgelehnt, mit ihm zu essen und mit ihm zu reden.

In den beiden letzten Tagen war einiges passiert. Das Wichtigste war wohl, daß ihm klargeworden war, daß er Phina liebte und daß er Flannery unter gar keinen Umständen heiraten konnte. Es gab keinen Grund für Schuldgefühle, weil er

Flannery nicht heiraten wollte. Das aber hieß noch lange nicht, daß er nicht fortfahren würde, darauf zu achten, daß Carillon sich in der Weise weiterentwickelte, wie Anchor sich das vorgestellt hatte. Ganz gleich, was jemand sagen mochte, er war Anchors Sohn und legaler Erbe. Irgendwie würde er Phina das begreiflich machen müssen.

In der Ferne zerriß ein Schrei die Stille der Nacht. Whitley spürte, wie sich ihm die Nackenhaare aufstellten. Er stellte sein Glas auf den Tisch und sprang auf. Irgend etwas war bei den Quartieren der Sklaven passiert. Er rannte in sein Büro, riß die Pistole aus der Schreibtischschublade und steckte sie in den Gürtel seiner Hose. In die Jackentasche stopfte er sich noch ein paar Ersatzpatronen und rannte hinaus auf den Flur.

Dort stieß er mit Phina zusammen, die den Schrei ebenfalls gehört hatte.

»Was ist denn los?« fragte sie ängstlich.

Er packte sie an den Armen, um sie beide zu beruhigen. Bevor er sie losließ, blickte er ihr tief in die Augen und drückte noch einmal zärtlich zu. »Ich weiß nicht. Bleib hier und schließ die Tür hinter mir.«

»Nein, ich gehe mit«, sagte sie und bemühte sich, mit ihm Schritt zu halten. »Das war ein Schmerzensschrei, kein Schrei des Entsetzens. Irgend jemand ist verletzt.«

Er hatte nicht die Zeit, jetzt mit ihr zu streiten. »Na schön«, sagte er, »aber bleib bitte dicht hinter mir.«

Phina hob Nachthemd und Morgenmantel an und folgte Whitley hinaus in die Finsternis und zu dem Pfad, der zu den Quartieren der Sklaven führte.

Als sie am Gemeinschaftshaus vorbeikamen, schlossen sich ihnen andere halb bekleidete Sklaven an. Whitleys Herz schlug schneller.

Als er dann sah, daß sich bereits etliche von ihnen vor der Hütte versammelt hatten, in der Spiker und Tasma wohnten, befürchtete er schon, seine Entscheidung, Spiker zum Oberaufseher zu machen, habe Probleme heraufbeschworen.

Vor Spikers Hütte sah er jemanden auf dem Boden liegen. Er sah sofort, daß die Gestalt viel zu dünn war, um Spiker sein zu können, aber auch nicht klein genug, als daß es sich um Tasma handeln könnte.

»Holt eine Laterne!« rief er, als er sich neben die still und unbeweglich daliegende Gestalt kniete. Es war Cush. Aus der Lage seines Kopfes schloß Whitley, daß er sich das Genick gebrochen hatte.

»Was ist passiert?« fragte er und blickte in die Gesichter ringsum.

»Vielleicht Rubra etwas wissen«, sagte jemand. »Sie ihn finden.«

»Holt sie.«

»Sie bei Tasma. Sie noch immer weinen, weil heute nacht ihr Baby verlieren und jetzt nicht wissen, wo Spiker ist.«

»Tasma hat ihr Baby verloren?« fragte Phina besorgt. »Wo ist sie?«

»In das Haus«, sagte einer.

Phina blickte auf Whitley hinunter und legte ihm die Hand auf die Schulter. »Ich gehe hinein zu Tasma und schicke Rubra hinaus.«

»Vielen Dank«, sagte er und faßte nach ihrer Hand, um sie zart zu drücken.

Lon reichte ihm eine Lampe, und in ihrem Schein untersuchte Whitleys Cushs Gesicht und Kopf. Das Murmeln ringsum zeigte ihm deutlich, daß ein jeder glaubte, Spiker stecke dahinter. Cushs Körper war noch nicht kalt und steif. Er konnte noch nicht lange tot sein. Aus seiner Nase lief ein dünner Blutfaden. Weitere Verletzungen konnte er nicht finden. Dann entdeckte Whitley in der linken Hand des Toten einen kurzen Strick.

»Halt mal die Lampe«, sagte er zu Lon.

Sorgfältig wickelte Whitley den Strick wieder von Cushs Handgelenk und sah, daß sich der Strick so tief eingegraben hatte, bis das Handgelenk zu bluten begonnen hatte. Was immer Cush mit diesem Strick festgehalten hatte, er hatte alle Kraft dafür aufgewandt.

Whitley erhob sich und blickte sich um. Keiner der Herumstehenden zweifelte daran, daß Spiker Cush umgebracht hatte, zumal Spiker der einzige war, der sich noch nicht hier eingefunden hatte. Whitley hielt den Strick hoch. »Das hier war um Cushs Handgelenk gewickelt. Weiß irgend jemand, wie der Strick dorthin gekommen ist?« Ein allgemeines Gemurmel erhob sich, aber niemand hatte eine Antwort auf diese Frage.

Rubra kam die Treppe hinunter und schluchzte herzzerreißend. »Ich nicht wissen, was mit Spiker ist«, sagte sie und ließ das Taschentuch sinken, mit dem sie sich die Augen getrocknet hatte. Ihre Lippen zitterten, und ihr Gesicht war von Schmerz verzerrt. »Ich nicht wissen, wo er ist.«

»Schon in Ordnung, Rubra«, sagte er sehr sanft. »Setz dich und erzähl mir, was du gesehen hast.«

»Ich bringen mein Mädchen Fleischbrühe zu essen, weil heute nacht ihr Baby verlieren. Wenn um diese Ecke kommen, ich sehen Spiker. Er auf den Knien über Cush. Aber Cush – nicht mehr bewegen. Spiker mich ansehen und wegrennen.« Sie schluchzte wieder. »Er nichts mehr sagen, einfach nur wegrennen zum Fluß.«

»Weiß irgend jemand, warum dieses Stück Strick um Cushs Handgelenk gewickelt war?« Er hielt es noch einmal im Schein der Lampe hoch, damit alle es sehen konnten.

»Er Spiker nie gemocht«, sagte eine Frau.

»Weiß irgend jemand, warum Cush und Spiker miteinander gekämpft haben könnten?«

»Cush doch immer hinter Tasma her«, rief jemand.

»Sie heute nacht streiten nach Tasmas Krankheit«, sagte ein anderer Mann. »Fragen Rubra.«

Whitley wandte sich zu ihr um. »Stimmt das?«

»Ja, Sir«, sagte sie und wischte sich die geschwollenen Augen. »Cush wollen Tasma als sein' Frau. Ich das gewußt.«

»War Cush noch hier, als du die Fleischbrühe geholt hast?«

Sie schneuzte sich die Nase. »Ich ihm sagen, er nach Hause gehen, und er weggegangen.«

»Es sieht so aus, daß Cush zurückgekommen ist, um Streit zu suchen, und den hat er dann wohl auch gefunden.« Er wandte sich an die inzwischen schweigende Menge. »Wir werden nie mit Sicherheit wissen, was hier passiert ist, solange wir nicht mit Spiker reden können. Wir werden uns daher jetzt in Zweiergruppen aufteilen und ihn suchen.«

»Wir ihn niemals finden. Er nicht wollen aufgehängt werden«, meinte Deke.

Wieder erhob sich lautes Murmeln unter den Sklaven.

»Hört mir zu!« rief Whitley und sah sich in der Runde um. »Cush liegt hier neben Spikers Hütte. Also ist er gekommen, um nach Spiker zu sehen. Spiker hat nicht nach ihm gesucht. Cush hatte einen Strick in der Hand, und für mich ist klar, daß er ihn gegen irgend jemanden eingesetzt hat. Ich vermute, daß er versucht hat, Spiker zu erwürgen, aber nicht bedacht hat, daß er Spikers Kraft nicht gewachsen war. Wenn Spiker ihn in Selbstverteidigung getötet hat, wird es keine Bestrafung geben. Ist das klar?«

»Er weiter Oberaufseher bleiben?« fragte jemand.

»Ja«, sagte Whitley mit Nachdruck. »Wenn ihr ihm eine Chance gebt, wird er euch ein guter Aufseher sein. Er kennt diese Plantage so gut wie ich, und er kennt euch besser als Ellison. Er wird euch fair behandeln.«

Er wartete, ob noch jemand eine Frage hatte, aber alle blieben stumm. »Deke, du und Jasper, ihr kümmert euch um Cush und stoßt dann zu uns. Und jetzt auf! Suchen wir ihn!«

Phina stand auf der Veranda des Gemeinschaftshauses im Sklavenquartier, wohin die Männer nach ihrer Suche zurückkehren sollten. Bisher war Spiker nicht gefunden worden. Tasma hatte geweint, bis Phina darauf bestanden hatte, daß

Rubra ihr genügend Laudanum gab, damit sie einschlafen konnte. Phina hatte sich, als sie das Laudanum holte, wieder die Hose und das Hemd angezogen, das sie schon während der Überflutung getragen hatte, als sie sich mit Whitley auf den Baum gerettet hatte.

Fast zwei Stunden später kam Whitley zurück. »Irgend etwas Neues?« fragte er, ohne abzusteigen.

»Nein, Sir«, erwiderte Lon. »Ist noch zu dunkel. Vielleicht in eine Stunde, wenn Tageslicht kommt, wir können finden seine Spur.«

Whitley wandte sich Phina zu. »Kannst du mir bitte sagen, warum du diese Sachen angezogen hast?« fragte er, und seine Stimme klang alles andere als freundlich.

»Ich habe Lon das Pferd satteln lassen, auf dem ich reiten gelernt habe. Ich möchte dir bei der Suche nach Spiker helfen. Ich ...«

»Nein.«

»Warte doch. Hör mich an. Ich ...«

»Nein«, sagte er wieder. »Es sind genug Männer draußen, um nach Spiker zu suchen. Was macht Tasma?«

Phina packte nach den Zügeln von Whitleys Pferd. »Ihr geht es gut. Jetzt hör mir mal zu.« Sie blickte ihm in die Augen. »Ich weiß, wir haben einige Probleme, über die wir miteinander reden müssen. Aber zuerst kommt das, was für Carillon das beste ist. Ich erinnere mich, daß Spiker einmal von ein paar Höhlen auf der anderen Seite des Flusses erzählt hat, als er mir die Plantage zeigte. Weißt du, wovon ich rede? Könnte es nicht sein, daß er sich dort versteckt?«

Whitley nickte. »Ungefähr drei Meilen flußabwärts gibt es auf dieser Seite einige Höhlen. Die haben wir bereits durchsucht, denn damals vor sechs Jahren, als er weggelaufen war, hatte er sich auch dort versteckt.«

Sie legte einen Finger auf die Lippen und dachte nach. »Nein, ich bin ganz sicher, daß er von Höhlen auf der anderen Seite des Flusses gesprochen hatte, und zwar nicht auf der anderen Seite des Chattahoochee River ...« Sie dachte angestrengt nach. »Irgendein anderer Fluß.«

»Der Apalachicola?«

»Nein, aber so ähnlich.«

»Der Chipola?«

»Ja, das ist es«, sagte sie und ließ die Zügel los. »Vielleicht ist er dorthin geflüchtet.«

»Das glaube ich nicht. Das ist mehr als dreißig Meilen von hier. Ich weiß nicht, ob Spiker so weit von Carillon weggehen würde.«

»Er ist auf der Flucht und wird so weit gelaufen sein, wie er nur kann.« Phina wandte sich ab und lief zu ihrem Pferd. Sie wollte Whitley nicht die Zeit lassen, ohne sie davonzureiten. Als sie im Sattel saß, führte Whitley sein Pferd zu ihr hinüber. »Phina, ich weiß ...«

Sie setzte sich im Sattel zurecht und blickte ihm direkt in die Augen. »Whitley«, sagte sie, »es wird Zeit, daß du endlich begreifst, daß ich ein Teil von Carillon sein will, ein Teil von *allem*, was hier vorgeht. Du wirst mich nicht mehr los.«

In der Ferne grollte der Donner. Whitley nickte: »Heißt das, daß du mich heiraten wirst?«

»Nein. Das heißt, daß ich dich vor Gericht zitieren und Carillon gewinnen werde.«

Zu ihrer großen Überraschung lächelte er sie voller Bewunderung an. »Wir sollten besser losreiten und sehen, ob wir irgendwo eine Spur aufnehmen können. Es sieht nach Regen aus.«

Phina erwiderte sein Lächeln. »Du bist doch derjenige, der immer Angst davor hat, naß zu werden.«

Als das erste Grau des neuen Morgens dämmerte, zügelte Whitley am Ufer des Chattahoochee River sein Pferd. Phina war dicht hinter ihm. »Wir können wieder zurückreiten. Es sieht so aus, als braute sich da vor uns ein Sturm zusammen, der eine Menge Regen mit sich bringt. Außerdem sind wir jetzt schon weiter nach Süden vorangekommen, als Spiker es zu Fuß hätte schaffen können.«

»Aber der Regen wird Spikers Spuren wegwaschen«, widersprach sie. »Freiwillig wird er nicht zurückkommen, denn er wird befürchten, bestraft zu werden.«

»Einverstanden, Phina, aber du weißt doch, welch gewaltige Gewitterstürme sich in dieser Gegend mitunter entwickeln können.«

Sie gab es nicht gerne zu, aber sie wußte, daß er recht hatte. Schon war sie bereit, ihr Pferd zu wenden und zurückzureiten, als sie begriff, daß die dunkle Wolke, die sie über Whitleys Schulter hinweg sehen konnte, eine Rauchwolke war und keine Regenwolke. Ihre Augen weiteten sich, und sie deutete mit dem Finger hinüber.

»Whitley, sieh mal hinter dich«, sagte sie. »Ich glaube, da ist eine Rauchwolke.«

Whitley wandte sich im Sattel um. »Verdammt! Das ist wirklich Feuer, und es kommt direkt vom östlichen Kornfeld.«

»Vielleicht brennt irgend jemand Korn nieder, das durch die Flutwelle ruiniert worden ist.«

»Aber nicht im Juni, wenn der Wind die Flammen in die Baumwollfelder und die Erdnüsse tragen könnte. Felder werden im Winter abgebrannt, nicht kurz vor der Erntezeit. Los, vorwärts.«

Ohne ein weiteres Wort hieb Whitley seinem Pferd die Hacken in die Flanken und jagte davon.

Als sie sich den Flammen näherten, wurde der Rauch dichter. Es schien, als seien mehrere Acres in Brand gesetzt worden. Plötzlich sah Phina, wie Whitley im Sattel zusammenzuckte, als sei er von irgend etwas getroffen worden. Er riß sein Pferd herum und fing an, wild mit dem Arm zu rudern. »Indianer!« schrie er ihr zu. »Verschwinde!«

Phina sah, daß in Whitleys Oberarm ein Pfeil steckte. Im

Bruchteil einer Sekunde wendete sie ihr Pferd auf der Hinterhand. Pistolenschüsse krachten, vermischt mit geradezu unmenschlichem Geheul. Sie wurden angegriffen, und Whitley hatte geschossen! Sie drückte ihrem Pferd die Hacken fester in die Weichen. Whitley ritt das beste Pferd auf Carillon. Er würde sie einholen.

Das Pferd wurde immer schneller. Phina hüpfte im Sattel auf und nieder. Panik drohte sie zu überwältigen. Ihr Leben hing davon ab, daß sie im Sattel blieb. Sie erinnerte sich wieder an das, was Deke ihr erzählt hatte, als er ihr Reitstunden gegeben hatte. Sie preßte die Knie ganz fest an die Seiten des Pferdes und beugte sich tief auf seinen Nacken hinunter, während sie versuchte, die Bewegungen des Pferdes mitzumachen. Jetzt hüpfte sie nicht mehr so auf und nieder, und das Pferd erreichte seine höchste Geschwindigkeit.

Sie hörte, wie die Hufe von Whitleys Pferd über den Boden hinter ihr trommelten, aber sie wagte nicht, sich umzusehen.

»Schneller!« schrie er.

Aus den Augenwinkeln sah sie, daß Whitleys Pferd inzwischen zu ihrem aufgeschlossen hatte. Erste Regentropfen schlugen ihr ins Gesicht. »Schneller!« schrie er wieder.

Hinter Phina erklang Hufgetrommel, und ihre Angst wuchs. Ein Pfeil bohrte sich vor ihr in den Boden. Mühsam unterdrückte sie ein Schreien. Sie drückte sich noch tiefer in den Sattel und klammerte sich am Pferd fest. Die Regentropfen kamen jetzt immer stärker, schneller und härter, und binnen Sekunden waren sie mitten in einen morgendlichen Regenschauer hineingeritten. Außer grauen Wolken ringsum sah Phina gar nichts mehr. Ihr Pferd wurde langsamer. Sie konnte Whitleys Hand kaum sehen, als er herüberlangte und ihre Zügel packte, damit sie im Nebel nicht voneinander getrennt wurden. Sie konnte nur hoffen, die Indianer hatten dieselben Probleme und würden nicht mehr erkennen können, was vor ihnen war. Blitze zerrissen die Luft, Donner grollte ringsum, und hinter ihnen johlten die Indianer.

Whitley führte ihr Pferd im Bogen nach rechts in Richtung auf den Fluß zu. Sie hätte gern gewußt, wie schwer er verletzt war, aber sie wußte, daß er sie nicht verstehen konnte.

Kurze Zeit später war sie überzeugt, daß Whitley schon wußte, was er tat, als sie in den Schutz einer Baumgruppe hineinritten. Sie wurden immer langsamer, aber er drängte weiter vorwärts.

Phina mußte sich unter tief hängenden Ästen ganz tief auf den Pferdehals beugen, und immer wieder schlugen ihr die harten Zweige ins Gesicht. Der Regen trommelte mit unverminderter Gewalt hernieder, aber sie stellte erleichtert fest, daß das Johlen der Indianer hinter ihnen aufgehört hatte.

Wenige Minuten später hielt Whitley die Pferde an und ließ sich aus dem Sattel gleiten. »Steig ab«, flüsterte er.

»Was macht dein Arm?« fragte sie und stieg vom Pferd.

»Mach dir darum jetzt keine Gedanken.«

Whitley reichte ihr seine Satteltasche, dann gab er seinem Pferd einen leichten Schlag auf die Kruppe. Der Hengst stob davon. Dann schlug er auch Phinas Pferd auf die Kruppe.

»Die Pferde!« schrie sie in den Regen hinein. »Wir brauchen sie noch!«

»Nein! Ich will, daß die Indianer den Pferden folgen, nicht uns. Komm, verschwinden wir.«

Whitley nahm sie bei der Hand und führte sie durch das dichte Gebüsch, wobei er den verletzten Arm fest auf seine Brust drückte. Phina hatte Mühe, mit Whitley Schritt zu halten. Sie mußten unbedingt irgendwo Schutz finden, damit sie nach seinem Arm sehen konnte. Sie zitterte und wußte nicht, ob die Indianer nicht vielleicht noch hinter ihnen waren. Zweige und Blätter schlugen ihr ins Gesicht, die Stiefel versanken im aufgeweichten Boden, aber sie wurde nicht langsamer.

In dichtem Unterholz blieb Whitley plötzlich stehen und hielt einen dicht belaubten Ast in die Höhe. »Geh hinein.«

Ohne zu wissen, was vor ihr lag, folgte sie ihm und duckte

sich. Auf der Stelle war sie von totaler Finsternis umfangen, aber auch aus dem Regen heraus. Sie fiel auf die Knie nieder und drehte sich noch rechtzeitig um, um Whitley hinter ihr in die Höhle stolpern zu sehen. Der Ast federte wieder in die alte Lage zurück und verschloß den Eingang zur Höhle. Jetzt war es hier drinnen fast stockdunkel.

Phina hatte keine Zeit, sich auszuruhen oder sich um die Indianer Gedanken zu machen. Sie mußte nach Whitleys Wunde sehen. Sie kroch zu ihm hinüber und tastete sich von seinem Knie aus hinauf bis zu den nassen Kleidern über seiner Brust. In der Finsternis konnte sie nicht sicher entscheiden, wie stark er blutete.

»Weißt du – wie schwer – du verletzt bist?« fragte sie atemlos.

Auch Whitley schien völlig außer Atem, denn es dauerte ein wenig, bis er antwortete. »Ich – habe verdammt viel Glück gehabt«, sagte er dann. »Ich bin sicher – er hat auf mein Herz gezielt.«

In diesem Augenblick hätte Phina sich ihrem Drang überlassen können, vor Angst und auch aus Erleichterung hemmungslos zu schluchzen, aber sie mußte stark sein für Whitley. Er hatte sie beide in Sicherheit geführt, nun mußte sie die Führung übernehmen. Außerhalb der Höhle wütete das Gewitter, der Regen trommelte hernieder, der Donner grollte, und immer wieder erhellten Blitze die Höhle gerade lang genug, daß sie die Stelle sehen konnte, wo der Pfeil seinen Oberarm nahe seiner Schulter durchbohrt hatte.

»Glaubst du, die Indianer werden uns hier finden?«

Whitley stöhnte leise. »Wenn ihnen niemand von dieser Höhle erzählt hat, dann nicht. Das ist unwahrscheinlich. Mach dir keine Sorgen. Hier sind wir sicher.«

Phina nahm seine Hand und preßte sie an ihre Lippen. Sie wollte eigentlich flüstern: »Ich liebe dich«, aber sie fürchtete, er würde nicht verstehen, warum sie das jetzt zu ihm sagte. Sie wünschte sich, sie hätten nie wegen Carillon gestritten, und sie wünschte sich, Flannery stünde nicht zwischen ihnen.

»Ich muß Hilfe holen«, sagte sie und legte seine Hand in ihren Schoß.

»Du redest dummes Zeug. Keiner von uns wird dort hinausgehen, solange ich nicht weiß, daß es da draußen wieder sicher ist.«

»Nein, du bist verrückt, wenn du glaubst, ich werde dich hier mit dem Pfeil im Oberarm verbluten lassen, ohne zu versuchen, Hilfe zu holen.«

Er lachte, aber es war kein freudiges Lachen. »Ich glaube nicht, daß ich verblute.« Er tastete nach seinem Arm. »Ich fühle nichts Warmes an meinem Arm hinunterrinnen.«

»Das liegt an deiner nassen Kleidung.«

»Nun, ich habe jedenfalls nicht vor, mit diesem Souvenir im Arm hier herumzusitzen. Wir werden den Pfeil herausholen müssen.«

Phina schnappte nach Luft. »Wir?«

Er stöhnte wieder, als er versuchte, sich zu bewegen. »Alles, was wir brauchen, sollte in der Satteltasche zu finden sein.«

»Auch ein Doktor?« fragte Phina, als sie nach der Ledertasche zu ihren Füßen langte.

Whitley lachte wieder nervös. »Nein, aber ein scharfes Messer sollte da drinnen sein, Streichhölzer, eine präparierte Kompresse, um Gift aus Wunden zu ziehen, und eine Flasche Whisky.«

Phina mußte schlucken. Sollte sie wirklich den Pfeil aus Whitleys Arm ziehen? Sie hatte ihre Mutter gepflegt, aber vor einer solchen Aufgabe hatte sie noch nie gestanden. Vorsichtig kroch sie um Whitley herum, näher an den Eingang der Höhle, wo es ein wenig mehr Licht gab.

»Ich habe nicht gewußt, daß deine Satteltasche so hervorragend ausgestattet ist.«

»Auf einer Plantage muß man einfach auf alles vorbereitet

sein. Es gibt Gelegenheiten, da kann man nicht einfach nach Hause reiten, um Hilfe zu finden. Das siehst du ja jetzt.«

Sie nickte ernst.

»Taste einmal die ganze Höhle ab und sieh, ob du irgendwelche trockenen Zweige oder Blätter finden kannst. Wir müssen ein Feuer machen.«

»Ein Feuer hier drinnen? Werden die Indianer den Rauch nicht riechen?«

»Nicht bei diesem Wolkenbruch und den stürmischen Winden da draußen. Außerdem nehme ich sowieso an, daß sie schon meilenweit weg sind, um sich selbst in Sicherheit zu bringen. Ich hoffe, wir haben ihre Aufmerksamkeit von der Plantage abgelenkt.«

»Das hoffe ich auch.«

»Tu nur einfach, was ich dir sage, Phina, und alles wird gut werden.«

Sie machte sich an die Arbeit, und innerhalb weniger Minuten hatte sie ein kleines Häufchen Zweige mit teils trockenen, teils feuchten Blättern aufgehäuft.

Gemeinsam bliesen sie dann das Feuer an, bis die Flammen einigermaßen hochschlugen. Die Wärme tat Phina gut, und der Rauch war nicht so schlimm, wie sie befürchtet hatte.

»Phina, ich möchte, daß du mir jetzt aufmerksam zuhörst und genau das tust, was ich dir sage. Halte dich nicht mit Fragen auf, sondern tu es einfach. Alles klar?«

Als wenn der Sturm wüßte, wie ernst die Situation war, verzog sich der Nebel, der Regen ließ nach, der Donner verstummte, und die Blitze hörten auf, den Himmel aufzureißen.

»Als erstes mußt du mir das Hemd vom Arm herunterschneiden. Danach mußt du den Pfeilschaft so nahe an meiner Haut abschneiden, wie es nur geht. Je weniger wir herausziehen müssen, desto besser.«

Phina befeuchtete sich die Lippen und nickte. Dann schnitt sie mit ruhiger Hand das Hemd auf und fing an, den Pfeilschaft zu durchtrennen. »Ich bin den Indianern in die Arme gelaufen, noch bevor ich durch den Rauch auf ihre Anwesenheit aufmerksam geworden bin«, sagte Whitley mit zusammengebissenen Zähnen, als Phina die Pfeilspitze abbrechen konnte. »Einer von ihnen war keine zwanzig Yards von mir entfernt. Ich glaube, in gewisser Weise war das mein Glück. Auf eine so kurze Entfernung konnte die Pfeilspitze meinen ganzen Arm durchdringen, statt im Muskel oder im Knochen steckenzubleiben. Ich weiß nicht, ob wir ihn dann noch hätten entfernen können.«

Es gab ein dumpfes Geräusch, das von den Wänden der Höhle widerhallte, als Whitley den Korken aus der Whiskyflasche zog.

»Ich würde dir ja auch einen Schluck anbieten, aber glaub mir, er würde dir nicht schmecken. Dies ist billiger, selbstgebrannter Whisky.«

Phina lächelte tapfer. »Ich würde dir ja gern Gesellschaft leisten, aber ich brauche eine sichere Hand. Schließlich bin ich hier der Arzt.«

Whitley holte tief Luft. »Dann laß uns dieses verdammte Ding herausziehen, bevor ich so viel trinke, daß ich danach nicht mehr reiten kann.« Er verschloß die Flasche wieder und klemmte sie zwischen die Beine. »Und jetzt will ich dir sagen, was du tun mußt, falls ich ohnmächtig werden sollte. Wenn der Pfeil draußen ist, mußt du die Messerklinge im Feuer heiß machen und sie auf die Wundränder drücken, und zwar auf beiden Seiten.«

»Nein, Whitley, ich ...«

»Verdammt noch mal, Phina, mach jetzt nur nicht schlapp. Ich könnte sehr viel Blut verlieren, aber das sollte dich nicht weiter erschrecken. Nachdem du die Wunde mit dem glühenden Messer verschlossen hast, schütte noch ein wenig von dem Whisky darüber.« Er stöhnte wieder. »Dann legst du die Kompresse auf und verbindest meinen Arm, so gut es mit den Stoffstreifen geht.«

Phina schüttelte sich. Draußen hatte der Regen endgültig

aufgehört, und die Sonne brannte vom Himmel. So hatte sie wenigstens etwas mehr Licht. »Ich bin soweit«, sagte sie.

Dann packte sie den Schaft mit beiden Händen, und er nahm seine gesunde Hand ebenfalls zu Hilfe.

»Ich zähle bis drei«, sagte er. »Eins – zwei – drei!«

Der Pfeil bewegte sich kaum. Whitley wurde bleich im Gesicht, und sogar die Lippen verloren alle Farbe. Phina nahm alle Kraft zusammen und zog mit verzweifelter Kraftanstrengung. Jetzt schoß der Pfeil förmlich heraus. Die eigene Wucht ließ sie rückwärts taumeln. Whitley sank gegen die Wand der Höhle. Sofort erhob sich Phina auf die Knie und behandelte seine Wunde, wie er es ihr gesagt hatte.

Danach setzte sie sich neben Whitley und lehnte sich mit dem Rücken an die Höhlenwand. Bevor sie einschlief, zog sie ihn auf ihren Schoß hinunter.

Irgendwann bewegte sich Whitley wieder und stöhnte. Er spürte nichts außer dem brennenden Schmerz in seiner Schulter und daß etwas Weiches auf seinem Kopf lag.

Eine kühle Hand drückte sich auf seine Stirn.

»Bist du endlich wieder wach? Das ist gut. Gott sei Dank, du hast kein Fieber.«

Whitley merkte, daß er halb in Phinas Armen lag. »Ich glaube, du bist schon wieder dabei, mich zu bemuttern«, murmelte er.

»Nach allem, was du durchgemacht hast, könntest du es auch brauchen, findest du nicht auch?«

Er versuchte, sich aufzurichten, aber er sank wieder zurück und hielt sich die Schulter. »Verdammt, das schmerzt wie die Hölle.«

»Sobald es dunkel ist, hole ich Hilfe«, sagte Phina.

Whitley versuchte zu lachen, aber er brachte nur ein Husten zustande. Phina klopfte ihm leicht den Rücken.

»Du bist eine tapfere Frau, Phina.«

»Ich bin nicht tapfer«, erwiderte sie und schlang wieder die Arme um ihn. »Ich möchte für dich sorgen und dich nach Hause bringen, wo sich ein Arzt um dich kümmern kann.«

Eine Welle der Zärtlichkeit für Phina überkam Whitley. Ihre Worte trösteten ihn. Nie zuvor hatte eine Frau den Wunsch geäußert, für ihn zu sorgen. Am liebsten hätte er sich in ihren Armen zusammengerollt wie ein Baby. Bei dem Gedanken, daß er beinahe Flannery geheiratet hätte, mußte er sich schütteln.

»Phina«, sagte er weich, »ich hatte keine Gelegenheit mehr, dir alles zu erzählen, bevor Ellison an jenem Morgen hereinplatzte, aber ich würde es dir gern jetzt erzählen.« Sie blickte in seine Augen, und er sah zu ihr auf. Ringsum war alles ruhig. »Ich bin nur aus einem Grund mit dir ins Bett gegangen – weil ich dich liebe. Und aus demselben Grund werde ich auch Flannery nicht heiraten. Ich liebe dich, Phina. Ich möchte dich heiraten.«

Ihre Augen weiteten sich, als sie sich nach vorn lehnte. »Whitley – und was ist mit Carillon?«

»Carillon hat nichts damit zu tun, was ich für dich fühle. Genau wie dich hat Carillon auch mich nicht davon abhalten können, mich in dich zu verlieben.«

»Ich – ich habe nicht gesagt …«

»Das brauchst du auch nicht. Ich weiß, du wärst nie mit mir ins Bett gegangen, wenn du mich nicht wirklich liebst, Phina. Aber …«

»Ja, ich liebe dich«, sagte sie und lächelte. Dann lehnte sie sich ein wenig vor und küßte seine Lippen zart. »Ich liebe dich. Und ich möchte mit dir zusammen auf Carillon leben.«

Er erwiderte ihren Kuß. »Ich habe lange gebraucht, bis ich vor mir selbst zugegeben habe, daß ich dich liebe. Ich wollte Anchor auch nach seinem Tod nicht hintergehen. Er wollte, daß ich Flannery heirate, und ich dachte, ich schuldete es ihm, um ihre Hand anzuhalten.«

»Weil er dir das Leben gerettet hat?«

»Er hat mehr als das getan, Phina. Er hätte mich ja auch

meiner Wege ziehen lassen können, nachdem er die beiden Männer vertrieben hatte, aber das hat er nicht getan.« Er erzählte, wie Anchor ihn vorm Aufgehängtwerden bewahrt und mit nach Hause genommen hatte. »Ich hätte alles für Anchor McCabe getan. Alles. Ich habe mein ganzes Leben so gestaltet, wie er es von mir erwartete. Ich habe alles über die Plantage gelernt, die besten Noten in der Schule gehabt und beabsichtigt, die Frau zu heiraten, die er für mich ausgesucht hatte. Und dann kamst du und hast alles durcheinandergeworfen.«

Sie befeuchtete sich die Lippen. »Ich nehme an, auf Carillon hat sich vieles verändert, seit ich dort eingetroffen bin.«

»Ja. Und auch wenn du mich nicht heiraten willst, Phina, werde ich Flannery trotzdem nicht heiraten. Ich liebe sie nicht. Ich habe sie nie geliebt. Solange Anchor noch lebte, tat ich einfach alles, was er mir vorschlug.«

»Und jetzt?« fragte sie erwartungsvoll.

»Jetzt treffe ich meine eigenen Entscheidungen. Ich liebe dich, Phina. Ich möchte dich heiraten.« Er legte ihr die Finger unter das Kinn und hob ihr Gesicht an. »Sag ja.«

»Ja«, flüsterte sie, preßte ihren Mund auf seinen und küßte ihn zärtlich.

»Es ist wahr. Anchor hat mir niemals rechtsverbindlich seinen Familiennamen übertragen. Aber ich weiß, daß er vorhatte, die Papiere in der Nacht zu unterzeichnen, in der meine Verlobung gefeiert werden sollte. Phina, wenn wir heiraten, möchte ich gern Anchors Familiennamen annehmen. Und dann wird es nicht mehr länger fraglich sein, wem Carillon gehört. Wir werden beide Eigentümer sein.«

Auf Phinas Gesicht breitete sich ein Lächeln aus. »Ja, Whitley. Das klingt ausgesprochen gut.«

Whitley wollte sie wieder küssen, aber ein scharfer Schmerz schoß durch seinen Arm und nahm ihm den Atem.

»Stimmt etwas nicht?« fragte sie.

»Mach dir keine Sorgen, Phina. Diese Geschichte hier wird mir noch ein paar höllische Tage bescheren.« Er schob den Ast vor dem Höhleneingang beiseite. »Der Regen hat aufgehört. Ich denke, es ist Zeit, von hier zu verschwinden.«

KAPITEL 22

Phina saß mit einer geladenen einschüssigen Pistole im Schoß im Salon. Rubra, Tasma und Chatalene waren bei ihr. Die übrigen Schwarzen, jene, die nicht als Schutztruppe auf den Feldern und am Haupthaus waren, hatten sich im Gemeinschaftshaus versammelt. Keiner konnte schlafen. Alle warteten auf den Einbruch der Dämmerung und darauf, daß die Indianer zurückkehrten.

Da Spiker noch immer nicht gefunden war, hatte Deke es übernommen, sich um die Schwarzen zu kümmern. Sobald sie angekommen waren, hatte er Whitley von der Vernichtung der Felder berichtet und ihm erzählt, daß er noch kein Zeichen von Spiker oder den Indianern gefunden hätte.

Phina wünschte sich, Whitley hätte sich etwas länger ausgeruht, bevor er wieder hinaus in die Nacht geritten war. Sie hatte seine Wunde verbunden und dabei einige von Rubras Medikamenten verwendet, aber sie hatte noch immer Angst, die Wunde werde sich nicht schließen, wenn er weiter seinen Arm benutzte, aber er war so sicher, wo er die Renegaten finden würde, und so hatte er sich nicht aufhalten lassen.

»Feuer! Feuer!« schrie plötzlich jemand von draußen. Phina erstarrte. »Feuer! Wo?« fragte sie und blickte die anderen drei Frauen an, als wüßten diese die Antwort.

Alle rannten sie zum Fenster und blickten hinaus. Phina

konnte nichts sehen. Alles schien ruhig. »Sehen wir also nach«, sagte sie.

»Mr. Whitley uns sagen, wir bleiben in dies Haus, egal, was draußen los«, sagte Rubra.

»Das ist mir egal. Ich werde hinausgehen und nachsehen, was da brennt. Vielleicht braucht jemand unsere Hilfe. Rubra, du und Chatalene seht an der Rückseite des Hauses nach. Tasma, du bleibst hier auf dem Sofa. Du bist noch zu schwach, um hinauszugehen.«

Phina nahm sich nicht die Zeit abzuwarten, ob die anderen ihr gehorchten. Sie eilte zur Vordertür hinaus und die Stufen hinunter. Im Norden sah sie eine dünne Rauchsäule zum Himmel emporsteigen. Sie mußte zweimal hinsehen, um sie überhaupt zu entdecken, denn der Himmel war so ruhig und dunkel. Es sah aus, als steige der Rauch über der *Garconniere* auf. Die Indianer konnten durchaus geglaubt haben, das Gästehaus sei das Herrenhaus, und es in Brand gesetzt haben.

Chatalene erschien neben ihr. »Rubra sagen, kein Rauch an Rückseite und Sie sollen wieder reinkommen.«

»Sieh mal.« Phina deutete nach Norden. »Ich glaube, die *Garconniere* brennt. Sehen wir nach.«

Phina und Chatalene rafften die Röcke hoch und rannten den Weg hinunter. Als sie ankamen, sahen sie, daß aus zwei Fenstern im Erdgeschoß Flammen schlugen. Phina hoffte, das Feuer fände zunächst nur seine Nahrung in Vorhängen und Teppichen. Wenn sie die aus dem Haus bringen konnten, bevor auch das Holz Feuer gefangen hatte, war das Haus vielleicht zu retten.

Mehrere Sklaven waren bereits eingetroffen und bildeten eine Reihe vom Brunnen bis zum Haus. Phina wollte sich schon einreihen, als Whitley eintraf. Sofort rannte sie zu ihm hinüber.

»Ich einen von ihnen erschießen, Mr. Whitley«, berichtete Jasper gerade. »Er liegen da drüben. Aber bevor kommen, er schießen diesen Brandpfeil in Haus.«

»Ist er tot?« fragte Whitley durch das Schreien der Sklaven und das Knacken des Feuers rings um ihn herum.

»Ja, Sir.«

»War er allein?«

»Ich nur sehen einen.«

»Verdammt! Das bedeutet, daß sie ausgeschwärmt sind. Genau in diesem Augenblick könnten sie irgend etwas anderes in Brand setzen. Geht sofort zum Haupthaus und seht nach …«

Er unterbrach sich, als er herumwirbelte und Phina vor sich stehen sah. »Was, zur Hölle, tust du denn hier? Ich habe dir doch gesagt, du sollst im Haus bleiben.«

Sie verzog das Gesicht bei seinem harschen Tonfall, aber sie wußte, daß er nur Angst um sie hatte. »Ich hörte, wie jemand ›Feuer‹ rief. Da bin ich gekommen, um zu helfen.«

»Mr. Whitley! Mr. Whitley!«

Phina und Whitley wandten sich um und sahen Deke, der in vollem Galopp auf sie zugeritten kam. »Sie Felder im Westen in Brand setzen!« sagte er und parierte sein Pferd knapp vor ihnen.

»Wie viele?«

»Fünf, vielleicht auch sechs.« Deke wischte sich den Schweiß von der Stirn.

»Habt ihr ein paar von ihnen getötet?«

»Nein, Sir. Sie zu weit weg, aber sie rennen, wenn wir kommen.«

»Wir Hilfe brauchen!« schrie jemand aus der Wasserlinie, durch die jetzt die gefüllten Wassereimer liefen.

»Vielleicht hören die roten Gentlemen für heute auf. Deke, vergiß jetzt die Felder und hilf, dieses Feuer hier zu löschen.«

Whitley wandte sich wieder an Phina. »Ich möchte, daß du ins Haus zurückgehst, wo du in Sicherheit bist. Chatalene, geh mit ihr.«

»Ich möchte bleiben und helfen. Dies ist mein Zuhause. Ich …«

»Bitte, Phina.« Er nahm ihren Arm und zog sie zu sich heran. Seine Berührung wärmte sie mehr als das Feuer. »Ich muß mich um zu vieles kümmern, um mich jetzt auch noch um deine Sicherheit zu sorgen. Wir haben hier genug Männer, um das Feuer zu löschen, und danach werden wir direkt zum Feld gehen und sehen, was wir dort noch tun können. Sobald die Feuer unter Kontrolle sind, werden wir uns auf die Suche nach diesen Bastarden machen. Du hilfst mir am ehesten, wenn du für dich selbst sorgst.«

Sie lächelte ihn an. Wahrscheinlich hatte er recht. »In Ordnung. Ich werde veranlassen, daß Hetty und Rubra etwas für dich und die anderen zu essen vorbereiten, bevor ihr euch auf den Weg macht.« Sie berührte zart seine Schulter. »Was macht der Arm?«

Er lächelte auf sie herunter. »Er schmerzt höllisch, aber mach dir um mich keine Gedanken, Phina. Mir geht es gut.« Damit wandte er sich um und ritt davon.

Auf ihrem Weg mit den beiden Frauen zurück zum Haupthaus hörte sie plötzlich Hufgetrappel hinter sich. Da sie glaubte, es sei Whitley, blieb sie stehen und drehte sich um. Doch dann blieb ihr vor Schreck fast das Herz stehen, als sie einen Indianer heranreiten sah, der Chatalene im Vorbeireiten mit einem Knüppel mitten ins Gesicht schlug. Sie öffnete den Mund, um zu schreien, aber über ihre Lippen kam nur ein leises Stöhnen, als das Pferd genau auf sie zukam und sie nach rückwärts ausweichen mußte. Gerade noch rechtzeitig blickte sie auf, um den Knüppel auf sich zukommen zu sehen. Der Schmerz raste durch ihren ganzen Körper, als der Stein am Ende des Knüppels sie hoch an der Stirn traf. Sie spürte, wie sie nach rückwärts taumelte, aber sie fand keinen festen Tritt mehr.

Verzweifelt versuchte Phina, das Bewußtsein wiederzuerlangen und zu schreien, als jemand ihren Arm packte. Sie riß die Augen auf und sah eine nackte braune Brust und glänzendes langes Haar, das so schwarz war wie ihr eigenes. Sie öffnete den Mund, um zu schreien, aber ein fürchterlicher Schlag ins Gesicht warf ihren Kopf zurück und ließ ihren Schrei zu einem Winseln herabsinken.

Das letzte, was sie noch spürte, war, daß sie in die Höhe gerissen und quer über den Sattel geworfen wurde. Dann umfing sie tiefe Dunkelheit.

Als Whitley zwei Stunden später wieder auf Carillon eintraf, um weitere Verstärkung zu holen, kam ihm Rubra schon auf der Veranda entgegen. »Mr. Whitley!« schrie sie. »Mr. Whitley, wir Miss Phina nicht können finden.«

Whitley versuchte, ruhig zu bleiben, als er sein Pferd zügelte und auf Rubra hinunterblickte. »Was meinst du damit, Rubra?« fragte er. »Kannst du sie im Haus nicht finden?«

»Nein, Sir.« Rubra begann zu schluchzen. »Sie mit Indianern weg.«

Whitley sprang so heftig vom Pferd, daß sein Arm wieder heftiger schmerzte. »Wovon redest du, Rubra? Hör auf zu jammern und erzähl mir, wie du dazu kommst, so etwas zu sagen.«

»Wir finden Chatalene auf dem Boden liegen. Sie bewußtlos geschlagen. Überall Blut in ihr Gesicht. Wir waschen ihr Gesicht und ...«

»Was ist mit Phina, verdammt noch mal?« Die Angst um Phina schoß mit solcher Gewalt in ihm hoch, daß er zu zittern begann.

Rubra zuckte unter Whitleys Ton zusammen. »Sie nicht wissen, was mit Miss Phina passieren. Sie sagen, sie nach hier gehen, wenn hören Hufgetrappel. Sie sich drehen um, und dieses große Indsman sie auf Kopf schlagen mit große Streitaxt.«

Whitley ballte die Hände zu Fäusten. Der Schmerz in seinem Arm wurde stärker, sein Atem kürzer.

»Wir überall nachsehen. Sie nirgendwo hier in der Nähe.« Rubra nahm ihre Schürze und wischte sich damit die Augen aus. »Ich wissen, diese Indianer sie töten. Ich wissen.«

»Hör auf, so zu reden, Rubra.« Whitleys Stimme klang rauh vor Furcht. Rubra mußte sich einfach irren. »Bist du ganz sicher, daß du wirklich überall nachgesehen hast?«

»Wir überall gucken und rufen mehr als zwei Stunden.« Sie blickte zu ihm auf. In ihren Augen standen große Tränen. »Sie nicht hier.«

Whitley spürte, wie ihm bis ins Mark kalt wurde. Er mußte der Tatsache ins Auge sehen, daß Phina entführt worden war.

Weiter zu denken erlaubte er sich einfach nicht.

Das ständige Auf und Ab des Pferderückens weckte Phina schließlich. Sie stöhnte und versuchte, den Kopf zu heben. Aber sie war zu benommen. Erst nach und nach konnte sie die Augen öffnen und sah den Boden unter sich dahingleiten. Sie hatte das Gefühl zu fallen. Verzweifelt versuchte sie, nach irgend etwas zu greifen, woran sie sich festhalten konnte. Da traf sie eine Faust mit Urgewalt am Hinterkopf. Phina stöhnte vor Schmerz und schloß die Augen, um Herrin ihrer Benommenheit zu werden. In ihrer Bauchlage auf dem Pferderücken bekam sie kaum Luft. Sie wußte nicht, wie lange sie schon so dahinritten, aber Tagesanbruch war längst vorüber.

Nach einiger Zeit öffnete sie die Augen und konnte schon etwas klarer sehen. Neben ihr galoppierte ein anderes Pferd. Die Erkenntnis, daß sie von den Indianern gefangengenommen war, traf Phina wie ein Schlag. Einen flüchtigen Augenblick lang wollte sie mit voller Kraft losschreien, aber sie wußte auch, daß ihr das nur einen weiteren Schlag auf den Kopf einbringen würde. Doch was konnte sie tun?

Ihr Kopf flog im Rhythmus des Pferdegalopps auf und nieder. Tränen des Schmerzes und der Verzweiflung über ihre mißliche Lage fielen hinunter auf die Erde.

Ihr Verstand arbeitete noch klar genug, um ihr zu sagen, daß sie umgehend Pläne schmieden und Kräfte sammeln mußte. Wenn das Pferd endlich stehenblieb, würde sie um ihr Leben kämpfen müssen.

Schon Minuten später wurde das Tier langsamer, und sie verließen den felsigen Untergrund und ritten in bewaldetes Gelände. Ihre Hoffnung, daß Whitley sie finden würde, schwand dahin. Wie sollte er in dem dichten Wald ihrer Spur folgen können?

Sie wagte es, den Kopf ein wenig zu heben, um die Steifheit im Nacken loszuwerden. Dabei sah sie das mit einer Ledermanschette versehene Bein und den Fuß eines der anderen Indianer, die neben ihr herritten. Phina preßte die Augen zusammen und versuchte, sich auf das vorzubereiten, was auch immer geschehen mochte, sobald die Pferde anhielten.

Als hätte sie es mit ihren Gedanken beeinflußt, hielt das Pferd plötzlich an, und der Indianer schwang sein Bein über sie und sprang vom Pferderücken. Sie wollte sich schon erheben, aber irgend jemand packte ihre Beine und riß sie brutal vom Pferd, daß sie auf den Boden fiel. Sie schrie vor Schmerz auf und stützte sich mit den Händen ab, so gut es gehen wollte.

Ohne weitere Vorrede rissen starke Arme sie auf den Rücken, und ein Mann warf sich der Länge nach auf sie. Phina trat um sich, schrie, kratzte und schlug nach den drei Indianern, die versuchten, sie zu bändigen. Zu spät begriff sie, daß sie nur mit ihr spielten, damit sie ihre Kräfte vergeudete, um hinterher um so leichter vergewaltigt werden zu können.

Phina lag schließlich auf dem Rücken und keuchte. Der eine Mann hielt ihre Arme über dem Kopf fest, ein anderer riß ihr die Beine auseinander, während der dritte sich über sie warf. Vier andere rote Männer, alle mit nacktem Oberkörper und langen schwarzen Haaren, sahen zu und lachten.

Der, der über ihr lag, lehnte sich noch etwas vor und sagte: »Weiße Frau.«

Er grinste sie an, und Phina wollte schreien, aber sie hatte einfach keine Stimme mehr. Er preßte eine sonnengebräunte Hand auf seine nackte Brust und sagte: »Ich jetzt bekommen weiße Frau.«

»Nein!« schrie sie. »Laß mich los!«

Eine Hand schlug sie mitten ins Gesicht, und die Dunkelheit wollte sie schon wieder umfangen. Entsetzt und unfähig, irgend etwas zu unternehmen, schloß Phina die Augen, bis sie spürte, wie er ihr die Unterhose hinunterzog. Diese Demütigung weckte Kräfte in ihr, von denen sie gar nicht gewußt hatte, daß sie darüber verfügte, und wieder begann sie zu treten und zu kämpfen, und immer wieder schrie sie, sie sollten sie in Ruhe lassen. Plötzlich stieß der eine Indianer ein paar gutturale Laut aus und schlug sie zweimal ins Gesicht, daß ihr Kopf von einer Seite auf die andere flog.

»Verdammte weiße Frau! Verdammte weiße Frau!« verstand sie, als er in die Höhe sprang. Er mußte gemerkt haben, daß sie ihre Periode hatte. Wütend redete er auf die anderen in seiner Sprache ein. Phina fürchtete um ihr Leben.

Ein Fußtritt traf sie in die Rippen und hob sie ein Stück vom Boden hoch. Sofort folgte ein zweiter gegen den Hinterkopf und dann noch einer und noch einer. Phina schrie. Füße, die in Mokassins steckten, trafen Hände und Arme, als sie versuchte, ihren Kopf zu schützen. Sie schrie vor Schmerzen. Schlag auf Schlag trafen sie, während sie sich zu einer kleinen Kugel zusammenrollte, bis eine gnädige Ohnmacht sie davontrug.

KAPITEL 23

Die Schmerzen weckten Phina schließlich wieder. Sie pochten in ihrer Brust, in ihrem Gesicht und in einem ihrer Beine. Sie fürchtete, keine Luft mehr zu bekommen. Sie war von Indianern gefangen und bewußtlos geschlagen worden, weil sie sie nicht vergewaltigen wollten, während sie ihre Periode hatte. Über diesen Aspekt ihres Lebens als Frau war sie nie so glücklich gewesen wie jetzt.

Sie lag mit dem Gesicht nach unten auf dem kalten feuchten Boden und versuchte, ihre Gedanken zu sammeln. Ihre Augen fühlten sich trocken und geschwollen an. Obwohl sie sich vor dem fürchtete, was sie vielleicht zu sehen bekam, mußte sie sie dennoch öffnen. Ihre Wimpern gingen zögernd nach oben. Ringsum war es dunkel. Sie zwinkerte ein paarmal, um sicher zu sein, daß die Augen auch wirklich geöffnet waren. Nirgendwo war ein Licht. Sie achtete nicht auf die Schmerzen, die sie laut aufschreien lassen wollten, und hob den Kopf, um dorthin zu sehen, wo der Himmel sein mußte. Es gab kein Licht. Keine Sterne. Kein Mond.

Ihr Atem wurde zu einem abgehackten Keuchen. Aber sie mußte noch am Leben sein. Ihr Körper schmerzte viel zu sehr, als daß sie hätte tot sein können. Namenlose Furcht stieg in ihr auf. Die Indianer mußten sie geblendet haben. Wieder versuchte sie zu schreien, brachte aber weiter nichts zuwege als ein leises Wimmern, während ein intensiver Schmerz in ihrem Bein hochschoß, kaum daß sie versuchte, es zu bewegen.

Geräusche – Stimmen – Gelächter – Murmeln störten Phinas Schlaf. Sie wollte Tasma zurufen, sie solle still sein. Sie hatte Kopfschmerzen. Die Brust schmerzte bei jedem Atemzug, und mit ihrem Bein stimmte etwas nicht. Es schmerzte so schrecklich, daß sie am liebsten losgeschrien hätte. Sie war steif, naß und kalt. Tasma murmelte weiter. Phina konnte nicht verstehen, was sie sagte, und sie war viel zu müde, um ihr zu sagen, sie solle still sein.

Das Lachen eines Mannes ließ Phina die Augen öffnen. Vor ihr sah sie Männer mit nackten Oberkörpern und langen schwarzen Haaren um ein Lagerfeuer herum sitzen. Die Erinnerung kehrte mit Riesenschritten zurück. Indianer! Ihr erster Gedanke war, sie müsse davonrennen. Sie mußte ihnen irgendwie entkommen. Aber statt dessen verhielt sie sich absolut ruhig und suchte nur mit den Augen die Umgebung ab. Der Widerschein des Feuers warf die Schatten der Indianer gegen die Wände, und nachdem Phina mehrmals mit den Augen gezwinkert hatte, begriff sie, daß sie nicht im Freien war. Sie lag mit dem Gesicht nach unten in einer Höhle, und die Indianer befanden sich zwischen ihr und dem Zugang. Der Rauch ihres Lagerfeuers hing in der Luft über ihren Köpfen, und der Geruch von Rauch mischte sich mit dem von gebratenem Fleisch. Ihr Magen revoltierte gegen diese Geruchsmischung.

Sie setzte die Inspektion ihres Gefängnisses mit den Augen fort. Gesteinsformationen hingen drohend von der Decke der Höhle herunter wie Schwerter – wie Hörner – wie Schlangen – wie Messer, bereit, ihren Körper aufzuspießen.

Ganz klar erinnerte sie sich wieder an den wilden Ritt auf dem Pferderücken und an die in Mokassins steckenden Füße, die sie getreten hatten, als sie auf dem Boden lag. Kein Wunder, daß sie überall Schmerzen verspürte. Die Augen zu einem winzigen Schlitz geöffnet, beobachtete sie die Indianer. Sie aßen und unterhielten sich in ihrer seltsamen Sprache, und hin und wieder lachten sie auch einmal. Ihr Magen zog sich zusammen, als sie ihnen zusah, wie sie sich ihr Mahl schmecken ließen. Ihre Zunge war dick, ihr Mund trocken. Ob sie ihr wohl Wasser gaben, wenn sie danach fragte?

Nein, entschied sie nach kurzem Nachdenken. Sie hatten von ihr nur eines gewollt, und als sie gemerkt hatten, daß sie ihre Regel hatte, hatten sie sie getreten, bis sie ohnmächtig geworden war. Es war besser, ganz still zu bleiben, dachte sie.

Vielleicht hielten sie sie für tot. Vielleicht hatten sie vor, sie so lange festzuhalten, bis ihre Regel vorbei war, um sie dann zu vergewaltigen. Bei diesem Gedanken mußte sie die Augen ganz fest schließen. Was sollte sie tun? Alles schmerzte so schrecklich, daß sie sich keinen Zentimeter bewegen konnte, ohne den Wunsch zu verspüren, vor Schmerzen laut zu schreien. Wie sollte sie sich wohl verteidigen, wenn sie wieder versuchen würden, sie zu vergewaltigen?

Sie erinnerte sich, wie sie während des wilden Ritts auf dem Pferderücken daran gedacht hatte, Whitley könnte sie finden. Jetzt wußte sie, daß diese Hoffnung aussichtslos war. Sie waren viel zu weit geritten, zu gut hier in der Tiefe der Höhle versteckt. Als ihr klar wurde, daß Whitley sie nicht finden würde, war sie zu erschüttert, um den Schmerz und alles andere, was die Indianer ihr zugedacht haben mochten, zu überleben. Wenn sie es schaffte, würde sie sich umbringen.

Doch als Phina an Whitley dachte und sein lächelndes Gesicht sah, hörte sie auch, wie er sagte, daß er sie liebte. Sie sah das bleiche Gesicht ihrer Mutter, als sie sie zum Abschied geküßt hatte. Sie sah die Gärten, die sie drüben auf Carillon zu neuem Leben erweckt hatte. Der Stolz auf all das, was ihr lieb und wert war, schoß ihr durch den Kopf. Nein, kampflos würde sie nicht aufgeben. Es gab zu vieles, wofür es sich zu leben lohnte.

Für den Augenblick galt es, still und unbeweglich zu bleiben und zu hoffen, sie hielten sie für tot. Whitley hatte gesagt, die Indianer unternähmen ihre Raubzüge stets bei Tagesanbruch. Wenn das der Fall war, würden sie bald verschwinden. Sie hatte keine Angst, daß man sie mitnehmen würde. Sie wäre ihnen nur im Weg. Waren sie aber erst einmal verschwunden, wollte sie hinüber zum Lagerfeuer kriechen und etwas zu essen und trinken suchen. Wenn sie auch nur ein wenig Kraft tanken wollte, um sich gegen sie zu wehren, dann brauchte sie vor allem zunächst einmal etwas zu essen.

Außerdem mußte sie nach ihrem Bein sehen. Sie wußte nicht, ob es gebrochen oder nur stark verstaucht war. Sie wußte nur, daß es schrecklich schmerzte. Phina war steif am ganzen Körper, wund und voller Schmerzen, aber sie bewegte sich nicht. Wenn die Indianer wüßten, daß sie wach war, würden sie sie vielleicht aufs neue attackieren, bevor sie ihnen entwischen konnte. So schloß sie die Augen und ruhte sich aus.

Phina erwachte wieder, als sich eine große Hand über ihren Mund legte. Sie faßte nach der Hand und versuchte zu schreien.

»Pst! Ich bin es, Spiker.«

Früher hatte sie gedacht, sie hätte Tasma gehört, und jetzt dachte sie, sie höre Spiker. Phina umklammerte die Hand, die ihren Mund bedeckte, und versuchte, um sich zu treten. Aber der Schmerz in ihrem Bein war so groß, daß sie glaubte, es würde auseinandergerissen.

»Miss Phina! Ich bin es, Spiker!«

Phina öffnete die Augen und sah das Weiße in Spikers Augen. Sie hörte auf, sich zu wehren. Spiker? »Spiker!« versuchte sie heiser zu flüstern.

»Ja, Miss Phina, ich bin es.«

Sie versuchte, sich aufzurichten, aber ihr ganzer Körper war so voller Schmerzen, daß sie außer einem Wimmern nichts zuwege brachte.

»Was ist passiert? Wo sind Sie verletzt? Wie haben die Indianer Sie gefangen?« fragte er.

In der Höhle war es so dunkel, daß sie nur seine Augen sehen konnte. Sie hörte seine freundliche Stimme und spürte seine warme Hand auf der Schulter. Sie verspürte den Drang, ihn festzuhalten und nie mehr loszulassen. »Halt mich fest«, flüsterte sie.

»Ich – ich weiß nicht, ob es richtig ist, wenn ich das tue,

Miss Phina. Sie werden es nicht mögen, von mir angefaßt zu werden.«

Phina verstand seine Zurückhaltung. Zu oft hatte sie ihm in den vergangenen Monaten gesagt, er solle sie nur ja nicht anfassen. »Bitte, Spiker, halt mich fest. Ich – ich friere, und ich habe schreckliche Angst.«

Spiker ließ sich neben ihr auf die Knie nieder und schob ihr sorgfältig die Hand unter die Arme, hob sie an den Schultern hoch und preßte sie gegen seine Brust. Er war warm und stark. Am liebsten hätte sie vor Freude, vor Erleichterung und vor Schmerz geweint.

»Was ist denn passiert? Wie haben die Indianer Sie gefangen?« fragte er wieder.

»Sie haben Carillon angegriffen.« Sie spürte, wie er sich versteifte.

»Haben sie sonst noch jemanden verletzt? Wo ist Mr. Whitley?«

»Ich bin nicht sicher. Feuer. Ich erinnere mich, daß es gebrannt hat.« Sie wollte nicht jammern, aber die Schmerzen in Bein und Brust wollten sie schier auffressen. »Hast du etwas Wasser?«

»Nein, Miss Phina, nicht hier, aber der Fluß ist gleich da draußen. Ich hole Ihnen etwas.«

»Nein!« Sie klammerte sich an ihn und schüttelte sich bei dem Gedanken, daß er sie verlassen könnte.

»Es ist ja schon gut, Miss Phina. Ich habe die Indianer beobachtet, wie sie vor ein paar Minuten davongeritten sind. Ich hatte mich in einer anderen Höhle versteckt, als ich hörte, wie sie herangeritten kamen. Ich habe aus der Höhle gespäht und gesehen, wie sie Sie zu Boden warfen und dann auf Sie eintraten. Ich wußte, daß ich mich nicht mit allen gleichzeitig anlegen konnte, und so beschloß ich, in meinem Versteck zu warten und zu versuchen, sie später anzugreifen. Ich habe sie beobachtet, wie sie ihre Pferde in einer großen Höhle versteckt haben. Ich bin sofort hierhergerannt, als sie weg waren.«

»Sie sind weg?«

»Ja, gerade eben erst. Deswegen muß ich Sie jetzt schnellstens hier herausholen, bevor sie zurückkommen. Es wird bald heller Tag werden. Kommen Sie. Ich helfe Ihnen.«

Phina versuchte aufzustehen, schrie dann aber vor Schmerz auf und fiel Spiker in die Arme. Sie keuchte in dem Versuch, genug Luft in die Lungen zu bekommen. Sie lehnte die Wange gegen seine Brust und ruhte sich aus. Er hielt sie fest und gab ihr so das Gefühl von Sicherheit, das sie brauchte. »Ich glaube, mein Bein ist gebrochen«, flüsterte sie zwischen zwei abgehackten Atemzügen. »Vielleicht auch noch ein paar Rippen. Ich weiß es nicht. Ich kann mich nicht mehr bewegen, Spiker. Ich habe einfach zu viele Schmerzen.«

»Das ist schon in Ordnung, Miss Phina. Ich werde Sie nach Carillon zurück tragen.«

Phina versuchte ein Lachen, aber ihrer Kehle entrang sich nur ein Knurren. Sie wußte nicht, wie weit sie von Carillon entfernt waren, aber sie erinnerte sich, daß ihr der Ritt auf dem Pferd stundenlang vorgekommen war. »Wie weit sind wir von Carillon weg?« fragte sie.

»Zwanzig oder fünfundzwanzig Meilen, wenn wir den Weg nehmen, den ich kenne. Zu Pferde noch mehr.«

Verzweiflung bemächtigte sich ihrer. »Du kannst mich doch nicht so weit tragen.«

»Ich bin stark, ich schaffe das schon.« Er hob sie auf die Arme. »Lehnen Sie sich jetzt gegen diese Wand, während ich Ihnen das Wasser hole. Ich verspreche, ich bin gleich zurück.«

Phina hätte sich am liebsten an ihn geklammert. Es war die pure Ironie, daß sie noch vor drei Monaten zu ihm gesagt hatte, sie werde ihm die Augen auskratzen, wenn er sie noch einmal anfaßte. Jetzt wollte sie nicht, daß er sie losließ. Aber sie brauchte einfach Wasser. Die Kälte und die Nässe des Felsens durchdrangen ihr Kleid. Wenn auch jede Bewegung schmerzte, sie fühlte sich jetzt besser, weil sie nicht mehr mit den Rippen auf dem harten Boden lag. Sie konnte sehen, wie die ersten

Lichtstrahlen des neuen Tages durch den Höhleneingang drangen. Diese Höhle kam ihr sehr viel größer vor als jene, die sie erst vor wenigen Tagen noch mit Whitley geteilt hatte.

Eine eingehende Untersuchung ihres ganzen Körpers belehrte sie, daß sie von der Stirn bis zu den Füßen an mehreren Stellen Hautabschürfungen und Prellungen davongetragen hatte. Ein paar Rippen mußten gebrochen sein, dazu eine Hand und einer der Knochen in ihrem linken Bein direkt oberhalb des Knöchels. Sie trug noch immer Kleid und Unterhose, aber ihre Schuhe waren weg. Sie wußte nicht, wann man sie ihr ausgezogen hatte oder was mit ihrem Bein passiert war. Sie hätte niemals aus dieser Höhle weglaufen können. »O Spiker«, flüsterte sie verzweifelt und ließ ihren Kopf über den kalten, harten Kalkstein der Höhlenwand rollen. »Wie sollen wir hier je herauskommen?«

Ein Schatten erschien vorn an der Öffnung. Sie versteifte sich. Doch dann sah sie, daß Spiker gebückt durch den Eingang trat. In der Hand hielt er ein großes Stück Rinde, gefüllt mit Wasser. Spiker half ihr beim Trinken. Zuerst nippte sie nur an dem Wasser, doch als ihr das Schlucken so leichtfiel, trank sie den ganzen Rest gierig in einem Zug.

»Möchten Sie noch mehr?«

Sie fuhr sich mit der Zunge über die Lippen und schüttelte den Kopf. »Das war fürs erste genug.« Sie versuchte, tief durchzuatmen, aber es schmerzte einfach zu sehr. »Spiker, du mußt Hilfe holen. Du mußt Whitley finden und ihn hierher bringen, damit er mich holt.«

Das Weiß in Spikers Augen wurde klarer. »Ich werde Sie hier nicht zurücklassen. Mr. Whitley …«

»Spiker, ich kann nicht gehen. Ich würde unsere Flucht nur verlangsamen, so daß die Indianer uns leicht einholen würden. Bist du verletzt? Kannst du laufen?«

»Ich bin in Ordnung, Miss Phina. Und ich kann schnell laufen, aber ich kann Sie nicht hier in dieser Höhle zurücklassen, wenn die Indianer zurückkehren und Sie mitnehmen.«

»Wie lange wirst du denn brauchen, um die fünfundzwanzig Meilen zurück nach Carillon zu laufen?«

»Vielleicht vier oder fünf Stunden. So lange hat es etwa gedauert, bis ich hier war, aber ich bin nicht die ganze Zeit gelaufen.«

»Dann solltest du Zeit genug haben, bis nach Carillon zu laufen und noch vor Einbruch der Dunkelheit zurück zu sein.«

»Ich kann noch vor der Dunkelheit mit ein paar Helfern zurück sein, aber ich glaube nicht, daß wir schon hier sein können, bevor die Indianer zurückkehren. Miss Phina, ich kann Sie hier nicht allein lassen.«

Phina schluckte und sagte: »Ich glaube nicht, daß die Indianer mir in den nächsten Tagen viel antun werden. Sie werden warten, bis – nun ...« Sie unterbrach sich und suchte nach seiner Hand, um sie in die eigenen zu nehmen. »Spiker, ich kann nicht gehen. Du müßtest mich jeden einzelnen Schritt tragen. Du kannst bis nach Carillon laufen, und dein Weg zurück wird doppelt und dreifach so schnell sein, weil du dann auf einem Pferderücken sitzt. Komm jetzt, wir verschwenden nur unsere Zeit, wenn wir weiterreden.«

»Ich kann ohne Sie nicht nach Carillon zurückkehren, Miss Phina. Mr. Whitley wird mich vielleicht nicht gleich erschießen, wenn ich Sie auf meinen Armen bringe, aber ganz sicher wird er mich auf der Stelle töten, weil ich Cush umgebracht habe. Es könnte gut sein, daß er mir nicht einmal die Zeit läßt, ihm von Ihnen zu erzählen.«

»Das ist Unsinn, Spiker. Du hast zuviel Angst. Du weißt genau, daß Whitley dich nicht töten wird. Niemand macht dich für Cushs Tod verantwortlich. Jeder weiß, daß es Notwehr war. Sie haben das Stück Strick gefunden, mit dem er versucht hat, dich zu strangulieren. Er hatte es noch in der Hand.« Sie hob das Kleid und zeigte ihm ihren schmutzigen, blutbefleckten Unterrock. »Hier, reiß davon ein Stück ab, und niemand wird daran zweifeln, daß du weißt, wo ich bin.«

Er zögerte. »Es wird Mr. Whitley nicht gefallen, wenn ich Sie hier allein zurücklasse, da jeden Augenblick die Indianer zurückkommen und Sie finden könnten. Ich werde Sie in eine andere Höhle bringen.«

»Du sagtest, sie hätten in einer davon ihre Pferde abgestellt. Wie viele Höhlen gibt es hier denn?«

»Ich weiß von mindestens zehn, aber einige der anderen sind nicht so groß. Ich werde Sie in einer von den großen verstecken. In diesen Höhlen gibt es überall mehrere Seitengänge.«

Phina holte tief Luft. »Also schön, machen wir weiter.« Sie langte nach oben und hielt sich an einer der schärfsten Felsvorsprünge fest. Spiker half ihr, zu ziehen und zu drehen, bis der Stalaktit abbrach. Sie verbarg die Waffe in den Falten ihres Rockes.

»Ich werde Sie nicht im Stich lassen«, versprach er, dann langte er hinunter, nahm sie auf die Arme und eilte aus der Höhle.

Phinas Brust hob sich, verspannte sich und schmerzte, als sie die Wehlaute mit Gewalt zurückhielt. Sie sah Spiker nicht gern gehen. In seiner Gegenwart fühlte sie sich sicherer. Aber sie wußte auch, daß er Carillon niemals lebend erreichen würde, wenn er versuchte, sie zu tragen. Die Indianer würden sie jagen und töten.

»Beeil dich, Spiker«, flüsterte sie. »Beeil dich!«

Die Sonne brannte heiß auf seinen Rücken hinunter. Er lechzte nach einem Tropfen Wasser. Spiker hatte vor über einer Stunde aufgehört zu laufen, als er sich hoffnungslos übernommen hatte und zu Boden gestürzt war. Sobald er wieder in der Lage war, einen Fuß vor den anderen zu setzen, machte er sich erneut auf den Weg. Er hatte gehofft, einem Reisenden zu begegnen, so daß er Whitley eine Nachricht hätte zukommen lassen können, aber die Neuigkeiten über die Angriffe der Indianer mußten jedermann davor gewarnt haben, diese Wege zu benutzen.

Spiker wußte nicht, wieviel Zeit verstrichen war, aber die Sonne war auf ihrem Weg zum Zenit schon ein gutes Stück vorangekommen, als er wieder einmal eine Anhöhe erklommen hatte und vor sich das Tal sah, in dem die Quartiere der Sklaven lagen. Sein Herz schlug höher. Er fühlte neue Kräfte in sich. Sein Schritt wurde schneller, und er lief bis zum Fuß des Hügels hinunter. Er wußte, daß Miss Phina gesagt hatte, Mr. Whitley habe nicht vor, ihn zu hängen. Aber Mr. Whitley hatte auch nicht vorgehabt, ihn auszupeitschen, und mußte es doch tun, um sich den Respekt der Sklaven zu erhalten. Daher nahm er das Stück aus ihrem Unterrock aus der Tasche und ließ es in seiner Hand wehen.

Bei den Quartieren war alles ruhig, als er sich ihnen von Süden her näherte. Zunächst beunruhigte ihn das nicht weiter. Er nahm an, alle seien draußen auf den Feldern oder auf der Suche nach Miss Phina. Doch dann erfüllte ihn die Stille mit Furcht, als er den Hauptweg an den Hütten vorbeilief. Müde und durstig, wie er war, konnte er nicht mehr klar denken. Vielleicht hatten die Indianer sie alle gefangen. Und wenn sie Tasma angetan hatten, was sie Miss Phina antun wollten? Was, wenn sie sie in den Bauch getreten hatten, nachdem sie gerade erst ihr Baby verloren hatte? Er würde jeden einzelnen von ihnen mit eigenen Händen töten, wenn sie sie angefaßt hätten.

Er rannte schneller und rief immer wieder ihren Namen. »Tasma! Tasma!«

Als er um die Ecke bog, kamen ihm Tasma und Rubra und einige der anderen Frauen aus dem Versammlungshaus entgegen. Erleichterung überkam ihn, als er sah, daß Tasma nichts geschehen war. Er packte sie bei den Schultern, als er bei ihr war, und zog sie an sich. Seine Lungen rasselten. »Ich – ich dachte schon – die In… Indianer hätten dich erwischt.« Sein Mund war so trocken, daß er kaum sprechen konnte.

Er schlang die Arme um Tasma, um sich ein wenig auf ihr abzustützen. Ihre schlanken Arme umschlangen seinen Rücken und spendeten ihm Trost. Er zog sie näher an sich heran und gewann in ihren Armen neue Stärke.

»Spiker, du zu mir zurückgekommen, jetzt daheim«, sagte Tasma unter Tränen. »Ich so viel Angst wegen dir. Warum du einfach weglaufen?«

Spiker wußte, daß er keine Zeit hatte, sich lange mit Tasma zu unterhalten.

Er hatte nicht einmal die Zeit, sich ein wenig auszuruhen. Er mußte Mr. Whitley finden und zu Miss Phina zurückkehren.

»Du genau zur rechten Zeit zurückgekommen, Spiker«, sagte Rubra. »Wir alle dich hier brauchen, damit du auf uns aufpassen.«

Spiker war nicht sicher, ob er glauben konnte, was er da gerade hörte. Bestimmt meinte Rubra nicht, daß die Sklaven ihn brauchten. Er holte tief Luft und schob Tasma ein kleines Stückchen zurück. »Wo ist Mr. Whitley?«

Rubras Augen rollten in einem Anfall kaum unterdrückter Wut. »Er draußen, um nach Indsmen suchen. Sie schlagen Chatalene auf Kopf und nehmen Miss Phina mit. Alle Männer nach ihr suchen. Keiner von den Männern hier, nur wir Frauen.«

»Ich brauche etwas Wasser«, sagte er und versuchte noch immer, seinen Atem zu beruhigen.

Tasma wandte sich an eine der anderen Frauen, die ihnen aus dem Gemeinschaftshaus gefolgt waren. »Bring Wasser zu ihm. Auch Brot. Er aussehen wie halb verhungert.«

Spiker mußte nachdenken. Was sollte er jetzt tun? Er konnte nicht abwarten, bis Mr. Whitley nach Hause zurückkehrte. Er mußte Miss Phina aus der Nähe dieser Indianer holen. »Hat Mr. Whitley denn niemanden hiergelassen, der helfen könnte, euch zu beschützen?« fragte Spiker und blickte von Rubra zu Tasma und wieder zurück.

»Er uns lassen eine Gewehr. Uns sagen, wir sollen auf Indsmen schießen, wenn sie zurückkommen«, berichtete Tasma. »Mr. Whitley auch nehmen alle Boys mit, die groß genug sind, um reiten zu können. Niemand hier außer uns und ein paar Kindern. Sie alle draußen, um nach ihr suchen.«

»Ich weiß, wo sie ist.«

Die um ihn herum versammelten Frauen schnappten hörbar nach Luft.

»Ich muß einen Wagen anspannen und sie holen. Sie ist zu schwer verletzt, um allein gehen zu können.«

»O alle Heiligen«, kreischte Rubra. »Was wir machen jetzt?«

»Ich schicken einen von den Jungs, die Glocke vor großem Haus läuten«, sagte Tasma, einer plötzlichen Eingebung folgend. »Vielleicht Mr. Whitley nah genug, um hören zu können. Ich mit Spiker gehen und Miss Phina holen.«

Spiker war stolz auf Tasmas Mut, aber er konnte sie nicht gut allein gehen lassen. »Nein«, sagte er und nahm sie bei den Schultern. »Die Indianer sind zu gefährlich. Außerdem weiß ich, daß du nach dem Verlust deines Babys noch immer schwach bist.«

»Ich gut in Ordnung«, sagte sie bestimmt. »Du ihm sagen, Mama. Ich will gehen.«

Rubras Augen wurden groß. »Ich nicht wollen, du gehen zu Indsmen.«

Eines der jüngeren Mädchen reichte Spiker eine Tasse mit Wasser und ein Stück Brot. Er leerte die Tasse in wenigen Sekunden und bat um noch eine. Während er das Brot aß, sagte er: »Wir verschwenden nur Zeit. Rubra, wenn einer der Männer zurückkommt, sag ihm, er soll Mr. Whitley suchen und ihm sagen, daß Miss Phina in einer der großen Höhlen unten am Chipola River ist und daß ich dahingefahren bin, um sie zu holen. Ich werde einen Wagen dafür anspannen.«

»Ich sagen ersten Reiter, der kommt, er sollen Mr. Whitley suchen und ihn zu diese Höhle bringen.«

»Und ich gehen zu das große Haus und holen Medizin für Miss Phina«, sagte Tasma. »Ich dich treffen oben auf Hügel.«

Spiker packte sie am Arm. »Ich habe gesagt, du gehst nicht mit. Ich will nicht, daß dir etwas zustößt. Ich kann nicht gleichzeitig auf dich und Miss Phina aufpassen.«

»Es mein Job, nach Miss Phina schauen.« Sie machte sich aus seinem Griff los und ging davon. »Mach den Wagen fertig«, rief sie über die Schulter zurück. »Ich auf dich warten oben auf Hügel.«

Rubra schüttelte den Kopf. »Ich nie können kontrollieren diese Mädchen.« Rubra ließ ein leises Stöhnen hören, als sie Spiker ansah. »Paß auf mein Mädchen auf.«

Spiker nickte. »Hol ein paar Tücher und Decken für Miss Phina, während ich die Pferde einspanne.«

Als Tasma und Spiker den Wagen ungefähr eine halbe Meile von der Höhle entfernt, wo er Phina zurückgelassen hatte, anhielten, neigte die Sonne sich bereits deutlich gen Westen. Spiker hatte die Pferde so scharf angetrieben, wie er es nur eben gewagt hatte. Tasma hatte ihm gesagt, er solle noch schneller fahren, aber er wußte, daß er die Tiere nicht überfordern durfte, oder sie würden es niemals zurück nach Carillon schaffen.

Tasma drückte die Tasche mit den Medikamenten an sich, als Spiker ihr vom Wagen hinunterhalf. »Laß das hier«, sagte er. »Wir werden nicht lange genug in dieser Höhle bleiben, um dir Zeit zu geben, sie dort zu versorgen. Das kannst du auf dem Heimweg tun. Verhalte dich ganz ruhig und bleib hinter mir, und geh so leise wie nur möglich.«

Tasma nickte schweigend.

Spiker sah keinerlei Anzeichen dafür, daß die Indianer zurückgekommen wären, als er über einen mit wildem Wein bewachsenen Felsblock spähte und den Eingang zu der Höhle inspizierte, in der er Phina zurückgelassen hatte. Er wartete und lauschte. Alles war ruhig.

»Wo ist sie? Ich kann nichts sehen«, flüsterte Tasma und blickte über Spikers Schulter.

»Da«, sagte er leise und deutete mit dem Finger auf den Eingang der Höhle. »Da, zwischen den beiden gelben Büschen gibt es eine Öffnung im Fels, die direkt in die Höhle führt. Es ist eine sehr große Höhle.«

Tasma seufzte. »Du der klügste Mann von der Welt, Spiker. Keiner sonst können finden Miss Phina, nur du. Mr. Whitley werden ganz viel stolz sein auf dich.«

Ihre Worte taten ihm gut, trotzdem … »Aber nicht darüber, daß ich Cush getötet habe.«

»Halt dein' Mund. Dieser Mann versuchen, dich zu töten, Spiker. Jeder das wissen. Mr. Whitley sagen, es geben keine Bestrafung.«

Spiker blickte über die Schulter zurück und lächelte ihr zu. Vielleicht würde er Tasma ja noch ganz gern als seine Frau akzeptieren, wenn Mr. Whitley wirklich entschied, ihn nicht für den Tod Cushs zu bestrafen. »Du bleibst hier. Ich gehe sie jetzt holen.«

Tasmas Augen wurden rund vor Entsetzen. »Ich nicht hierbleiben allein, wo die Indsmen mich können fangen. Ich gehen mit dir.«

»Na schön. Gehen wir also.« Als sie sich der Höhle näherten, lief Tasma plötzlich an Spiker vorbei und eilte in den Höhleneingang hinein. »Tasma!« rief er leise und eilte hinter ihr her. Er kam gerade noch rechtzeitig, um zu sehen, wie ein Pfeil einen Bogen verließ und Tasma in die Seite direkt oberhalb der Taille traf. Tasma schrie nicht einmal, als sie mit weit aufgerissenen Augen zu Boden fiel.

»Nein!« schrie Spiker.

Der Indianer langte über die Schulter, um einen anderen Pfeil aufzulegen. Spiker sah Phina, wie sie hinter dem Banditen auftauchte und ihm einen großen, spitzen Stein in den Rücken stieß. Benommen schob der Indianer sie beiseite und verschaffte so Spiker genug Zeit, bis zu ihm zu gelangen. Er packte den Indianer am Nacken und hob ihn einfach in die Höhe. Obwohl Spiker sehr viel größer war als der Bandit, kämpfte der Indianer tapfer. Aber letztendlich hatte er Spikers überlegener Kraft nichts entgegenzusetzen. Spikers Daumen gruben sich in die Höhlen links und rechts des Kehlkopfs, bis der Indianer nicht mehr kämpfte und schließlich auch aufhörte zu atmen. Erst dann ließ Spiker ihn zu Boden fallen.

Phina hatte es geschafft, bis zu Tasma zu kriechen, als Spiker endlich bei ihr war. »Ich jetzt sterben. Ich wissen, ich jetzt sterben«, sagte sie zu Phina, als Spiker sich neben sie kniete.

Als Spiker den Pfeil sah, der aus Tasmas Flanke ragte, stieg seine Wut. Er hätte den Indianer am liebsten ein zweites Mal umgebracht.

»Du wirst nicht sterben«, flüsterte Phina leise. »Whitley hat mir gezeigt, wie man einen Pfeil entfernt. Aber zuerst müssen wir hier heraus. Die anderen Indianer werden bald zurück sein.«

»Werde ich sterben, Spiker?« fragte Tasma und blickte ihn aus furchtsamen Augen an. Ihre Lippen zitterten.

Er blickte auf sie nieder und strich ihr mit zitternder Hand über die Stirn. »Nicht, solange ich noch am Leben bin, meine Liebste. Ich werde für dich sorgen.«

»Wo ist Whitley?« fragte Phina und sah ihn an.

»Ich habe ihn nicht gesehen. Er war irgendwo draußen auf der Suche nach Ihnen. Ich habe Rubra gesagt, wo er uns finden kann. Sie wird es ihm ausrichten.«

»Hast du Pferde mitgebracht?«

»Ich habe ungefähr eine halbe Meile von hier entfernt einen Wagen versteckt. Medikamente haben wir auch mitgebracht.«

»Gut. Sie wird sie brauchen. Bring zuerst Tasma zum Wagen. Versuch, sie nicht zu sehr durchzuschütteln. Sie darf möglichst kein Blut mehr verlieren.«

Spiker blickte sich in der Höhle um. »Wo sind die anderen Indianer?«

»Ich – ich weiß es nicht. Ich nehme an, sie sind alle dabei, die Höhlen abzusuchen, um mich zu finden. Bring Tasma zum Wagen und komm schnell zurück, um mich abzuholen, bevor die anderen auftauchen.«

Phina sah zu, als Spiker Tasma vorsichtig vom Boden aufhob und leise mit ihr sprach, während er mit ihr auf den Armen aus der Höhle eilte. Sie befürchtete, die anderen könnten jeden Augenblick zurückkommen. Phina blickte auf den toten Indianer. Sie konnte zwar nichts sehen, aber sie konnte Spiker auf allen vieren kriechend folgen. Sie konnte nicht auf ihn warten, bis er sie hier in dieser Höhle abholte. Jeder Inch, den sie hinter sich brachte, würde sie dem Ziel näher bringen, von hier zu entkommen, bevor die anderen Indianer zurückkehrten und ihren toten Kameraden fanden.

Kleine Steinchen und Wurzeln zerschnitten ihr die Handflächen, Füße und Beine, aber Phina achtete nicht darauf und kroch aus der Höhle. Das grelle Sonnenlicht schmerzte, als sie aus der Dunkelheit der Höhle ans Tageslicht kam. Sie inspizierte das Unterholz und das Gebüsch rund um die Höhle. Sie hatte keine Ahnung, welche Richtung Spiker genommen hatte. Wenn sie in der falschen Richtung davonkroch, würde er sie vielleicht nie finden. Der Mut wollte ihr schon wieder sinken, und sie ruhte sich auf dem Boden aus und betete, die Indianer würden nicht zurückkehren, bevor sie von hier verschwunden waren.

Das Rascheln von Laub und das Geräusch sich nähernder Schritte ließen Phina aufmerksam werden. Sie hob den Kopf und hielt den Atem an, bis Spiker erschien. Die Erleichterung ließ sie einen Augenblick schwach werden. Es sah wirklich so aus, als könnten sie von hier verschwinden, bevor die Indianer zurückkehrten. »Miss Phina, was machen Sie denn hier draußen?«

»Ich wollte dir folgen, aber ich wußte nicht, welchen Weg du genommen hattest.«

»Das ist jetzt auch egal. Sie sind schon schwer genug verletzt.« Er ließ sich neben ihr auf die Knie nieder und streckte schon den Arm nach ihr aus, als das Geräusch galoppierender Pferde aus der Ferne erklang. Phina und Spiker blickten sich an.

»Beeil dich!« drängte sie.

Spiker nahm sie auf die Arme und erhob sich. Doch dann verfing er sich schon nach wenigen Schritten in einer Ranke und stolperte. Gemeinsam fielen sie zu Boden. Phina versuchte trotz des rasenden Schmerzes, der durch ihren ganzen Körper schoß, als sie mit der Schulter zuerst auf dem Boden landete, nicht zu schreien. In Sekundenschnelle war Spiker neben ihr und hob sie wieder auf seine Arme. »Nein!« schrie sie. »Laß mich und geh zurück zu Tasma. Du kannst uns nicht alle retten.«

In seinen Augen stand wilde Entschlossenheit. »Ich werde Sie nicht verlassen, Miss Phina«, sagte er.

Als der erste der Indianer keine fünfzig Yards von ihnen entfernt in Sicht kam, erhob er sich mit ihr auf den Armen, wandte sich um und rannte los. Aber der Klang von Pferdehufen, die auf sie zukamen, stoppte ihn.

»Es ist zu spät. Wir sind eingekesselt«, sagte Spiker, und seine Stimme klang müde. »Tut mir leid, Miss Phina.«

»Laß mich los! Wenn du schnell genug rennst, kannst du vielleicht Tasma und dich selbst noch retten.«

»Ich verschwinde nicht«, sagte er resolut.

Phina versuchte, sich aus seinen Armen zu lösen und ihn zu zwingen, allein weiterzugehen, als sie Männer auf Pferden auf sie zukommen sah. Es war Whitley mit seinen Leuten!

»Sieh doch!« schrie sie vor Freude auf.

Whitley und an die zwanzig Sklaven galoppierten auf sie zu. Gewehrfeuer erklang. Spiker hielt Phina fest und zog sich mit ihr in die Sicherheit eines großen Baumes zurück. Nachdem die Indianer ein paar Pfeile abgeschossen hatten, begriffen sie, daß sie in der Unterzahl waren. Heulend und johlend zogen sie sich zurück.

Die Renegaten verschwanden im dichten Wald rund um die Höhlen, und Whitley jagte mit seinen Sklaven hinter ihnen her. Spiker wartete nicht länger auf irgendwelche Instruktionen. Er rannte mit Phina auf den Armen in Richtung des Wagens davon.

KAPITEL 24

Hut und Ölhaut schützten Whitley nicht davor, bis auf die Haut durchnäßt zu werden, als er durch den Regen zur Plantage *The Pines* ritt. Sobald sich die Nachricht im Lande verbreitet hatte, daß die Indianer gefangen und von Sheriff Abe Pelham den Regierungsbehörden übergeben worden waren, hatte George Matheson seine Frau und seine Tochter nach Hause zurückgerufen. Gestern hatte Flannery eine Nachricht geschickt, sie sei wieder zu Hause. Whitley wollte nicht lange warten, um mit ihr zu reden. Je eher er ihr sagte, daß er sie nicht heiraten könne, um so besser würde es sein.

Er zog den Hut tiefer ins Gesicht und ließ sein Pferd sich den Weg über den matschigen Untergrund selbst suchen. Es war jetzt mehr als eine Woche her, seit er Phina gefunden und die Indianer gefangengenommen hatte. Whitley und die Sklaven hatten sie in eine Schlucht gejagt. Whitleys erster Schuß hatte anscheinend ihren Anführer getötet, denn die anderen hatten danach ihre Bögen und Pfeile niedergelegt. Jasper, Spiker und Whitley hatten je einen der Renegaten getötet, bevor der Rest gefangen werden konnte.

Allmählich war auch Phina auf dem Weg der Besserung, aber der Arzt war noch immer in großer Sorge wegen Tasma. Der Pfeil hatte sich tief in die Muskeln und das Gewebe hineingebohrt. Der Doktor hatte sehr viel Mühe gehabt, ihn wieder zu entfernen. Tasma hatte eine Menge Blut verloren, und in den vergangenen drei Tagen war nun auch noch Fieber dazugekommen. Die Wunde hatte sich entzündet und zu schwären begonnen.

Whitley hatte dafür gesorgt, daß der Arzt Phina etwas gab, das sie die meiste Zeit schlafen ließ. Jedesmal, wenn sie wach war, litt sie große Schmerzen. Sie war nicht nur schwer geschlagen worden, die Indianer hatten ihr auch ein Bein und mehrere Rippen gebrochen und ihr das Handgelenk gespalten.

Seine Hände verkrampften sich um die Zügel, als er daran denken mußte, wie sie mit ihr umgegangen waren. Wenn Abe nicht mit ihnen geritten wäre und ihn gestoppt hätte, er hätte sie alle umgebracht.

Als er dann den Wagen wieder eingeholt hatte, war er den ganzen Weg zurück bis nach Carillon zu Phina und Tasma hinaufgeklettert und hatte Spiker zur Eile angetrieben. Phina hatte darauf bestanden, daß sie nicht vergewaltigt worden sei. Anfangs hatte er ihr nicht geglaubt, weil er dachte, sie sei viel zu verzweifelt und fühlte sich zu sehr gedemütigt, um es zuzugeben, aber als sie ihm sagte, warum die Indianer sie verschont hatten, war seine Erleichterung um so größer gewesen. Die Wunden, die sie davongetragen hatte, würden heilen. Hätten die Indianer sie vergewaltigt, wäre sie vielleicht für immer für ihn verloren gewesen.

Seither hatte er jede Nacht in einem Sessel neben Phinas Bett verbracht. Jetzt mußte er Flannery sagen, daß er an Phinas Seite gehörte. Als er erfahren hatte, die Indianer hätten sie gefangen, war ihm eines ganz klargeworden: Für ihn gab es nichts Wichtigeres als Phina. Sie war sogar wichtiger geworden als Carillon. Er wußte jetzt, was er zu tun hatte. Und das alles begann er am besten hier auf *The Pines*. Nachdem er das dann geregelt hatte, wollte er in die Stadt reiten.

Vor dem stattlichen Haus der Mathesons stieg Whitley aus

dem Sattel. Er reichte die Zügel dem Schwarzen, der zu seiner Begrüßung angerannt kam.

»Guten Tag, Mr. Whitley«, sagte er, und der Regen rann ihm über das Gesicht.

»Tag, Hirsh.«

»Wir hören, Sie töten Indsmen. Das uns alle machen sehr stolz.«

»Einen Mann umbringen ist nichts, worauf man stolz sein könnte. Das solltest du nie vergessen.« Was Whitley dem jungen Mann sagte und was er selber fühlte, waren zwei ganz verschiedene Dinge.

Er nahm immer zwei Stufen auf einmal auf seinem Weg hinauf zur Veranda des großen Hauses, nahm dann Ölhaut, Hut und Handschuhe ab und legte sie auf einen Stuhl, bevor er anklopfte. Moses empfing ihn an der Tür und bat ihn, in der Galerie zu warten, während er den Mathesons melden wollte, Whitley sei hier. Nach Ablauf der üblichen zehn Minuten Wartezeit kam Moses zurück, und Whitley folgte ihm in den Salon. Es gab Dinge, die änderten sich nie. Bertha und Flannery saßen auf ihren angestammten Plätzen, aber George war nicht da.

»Whitley, wie schön, Sie zu sehen«, sagte Bertha lächelnd. »Wir hatten nicht erwartet, Sie schon so bald zu sehen. Wir haben doch erst gestern Bescheid gesagt, daß wir wieder zurück sind. Aber setzen Sie sich doch.«

»Ich weiß.« Er setzte sich in den Sessel, in dem er immer saß. »Und es tut mir leid, daß ich Ihnen nicht länger Zeit gelassen habe, sich von der Reise auszuruhen.« Er wandte sich Flannery zu. Offenbar hatte ihr die Reise weg von *The Pines* gutgetan. Sie war schöner denn je. Und er war überzeugter denn je davon, daß sie nicht die Frau war, mit der er den Rest seines Lebens verbringen wollte. Auch nicht um Anchors willen. »Flannery, du siehst heute sehr schön aus.«

Sie lächelte und entfaltete ihren Fächer. »Vielen Dank,

Whitley. Mama und ich hatten eine wunderbare Zeit. Wir haben von deinen heroischen Eskapaden gehört. Wir waren so froh, daß dir weiter nichts geschehen ist. Das stimmt doch, Mama, nicht wahr?«

»O ja. Flannery hat recht. Wir hatten eine wunderschöne Zeit. Wir haben auch einige der schönsten Stoffe für neue Kleider und Nachtgewänder gekauft.«

Sie hatten noch nicht viele Worte gesagt, aber Whitley hatte genug gehört. Ihn ärgerte es, daß sie nicht nach Phina oder nach Tasma fragten. Bestimmt hatten sie davon gehört, daß beide Frauen schwer verletzt worden waren. Er wandte sich an Bertha, begierig, seinen Besuch so schnell wie möglich hinter sich zu bringen. »Mrs. Matheson, ich weiß, es ist in höchstem Maße unpassend, aber ich möchte Sie bitten, mich ein paar Minuten mit Flannery allein zu lassen.«

»Oh, mein Bester.« Sie schlug die Hände vor der Brust zusammen.

»Bitte. Ich versichere Ihnen, ich möchte nur mit ihr reden. Ich verspreche, ich werde mich nicht von diesem Stuhl fortbewegen.«

Sie lächelte und erhob sich vom Sofa. »Nun gut, aber wirklich nur eine Minute oder zwei. Inzwischen versuche ich, irgend etwas zu trinken für Sie zu besorgen.«

»Whitley«, sagte Flannery verschämt, kaum daß ihre Mutter aus der Tür war, »ich glaube, du hast vor, meinen Ruf zu ruinieren trotz allem, was ich unternehme, dich davon abzuhalten.«

Er lehnte sich ein wenig vor. »Nein, Flannery. Ich weiß, wie wichtig dir dein Ruf ist. Das ist auch der Grund, warum ich heute hier bin, um meinen Antrag an dich zurückzuziehen. Ich werde zahlen, was immer dein Vater für den Bruch der Verlobung für angemessen hält.« Zu seiner größten Überraschung zeigte sie keinerlei Schockreaktion, allenfalls so etwas wie irritierte Resignation.

»Ich nehme an, du hast die Angelegenheit mit dieser

schrecklichen Frau in deinem Haus nicht regeln können«, sagte sie. »Papa sagte mir schon, daß er damit rechne.«

Whitley spürte, wie sich ihm die Haare im Nacken aufstellen wollten, aber er war entschlossen, es nicht zu zeigen. »Ich habe einiges geregelt. Ich glaube jetzt, daß sie Anchors Tochter ist, obwohl ich ihr das noch nicht gesagt habe.«

Sie warf den Fächer auf das Sofa und erhob sich. »Dann laß es auch weiterhin bleiben. Sie braucht es ja nicht zu wissen. Ich bin sicher, du kannst den Richter dazu bewegen, die Sache mit deinen Augen zu sehen. Das wäre ein akzeptables Vorgehen für einen Mann deiner gesellschaftlichen Position.«

Er stand auf und blickte ihr ins Gesicht. »Für mich wäre das nicht akzeptabel. Ich möchte sie kennenlernen, Flannery.« Er wartete darauf, daß sie ihn ansah. »Ich liebe sie. Ich will sie heiraten.«

Sie schnappte hörbar nach Luft. Ihre Augen blinzelten. »Das meinst du nicht im Ernst.«

»Das ist mir sogar sehr ernst. Ich wollte dich aus allen möglichen falschen Gründen heiraten. Ich wollte ...«

Flannery wandte sich unter seinem durchdringenden Blick ab, und Whitley hielt inne. Er wußte, daß sie ihn nicht liebte. Er hatte daher auch nicht erwartet, sie zu verletzen.

Einen Augenblick später wandte sie sich um und blickte ihn an. »Nun, egal. In diesem County gibt es andere Männer, die genauso wohlhabend sind wie du und die erheblich weniger Probleme haben. Ich möchte einen gewissen Standard im Leben bewahren, verstehst du?«

Whitley hätte beinahe gelächelt. Er wußte Bescheid. »Ich verstehe vollkommen. Dein Platz in der Gesellschaft war von jeher dein erstes Anliegen.«

»Was gäbe es denn noch?«

Er hätte ihr etwas über die Liebe erzählen können und darüber, für andere dazusein. All das, was er bei Phina gefunden hatte, aber er wußte, sie würde das alles nicht verstehen. »Sollen wir warten, bis dein Vater zurückkehrt, um deinen Eltern zu sagen, daß wir nicht heiraten werden?«

»Nein.« Sie machte ein Schmollmündchen. »Ich möchte es ihnen gern auf meine Weise sagen. Es macht dir hoffentlich nichts aus, oder? Ich werde bestimmt nichts Abträgliches über dich sagen, aber ich muß ihnen sagen können, daß ich es war, die dich wegen all deiner Probleme auf Carillon zurückgewiesen hat.«

»Um deiner Reputation willen?«

Sie nickte.

»Ich bin sicher, du wirst das alles ganz perfekt erklären, und ich werde dir auch nie widersprechen, Flannery.«

Sie lächelte. »Vielen Dank.«

Whitley nickte und wandte sich ab. Als er hinunter in die Galerie ging und von dort zur Hauseingangstür, wurde sein Schritt immer schneller. Sein nächster Halt lag in der Stadt.

Es war schon spät am Abend, als Whitley nach Carillon zurückkehrte. Er war durchnäßt und müde, aber nie hatte er sich besser gefühlt. Niemand konnte Anchor mehr geliebt und respektiert haben als er. Und wenn er allem treu bleiben wollte, was Anchor sich von ihm gewünscht hatte, dann, das wußte er genau, mußte er jeglichen Anspruch auf Carillon aufgeben und zustimmen, daß Phina Anchors Tochter war. Er hatte Robert Higgins gesagt, er solle Papiere vorbereiten, die genau das besagten. Er hatte vor, ein paar Tage später wieder in die Stadt zu reiten, diese Papiere abzuholen und sie Phina zu geben, wenn sie sich wieder besser fühlte.

Als er Phinas Zimmer betrat, saß Chatalene an ihrem Bett. Eine Lampe brannte mit heruntergedrehtem Docht und warf dunkle Schatten über den Raum. Sie erhob sich von ihrem Stuhl, als Whitley eintrat.

»Wie geht es ihr?« flüsterte er und blickte auf Phina hinunter, die friedlich unter ihrem weißen Laken schlief. Die

Schwellungen in ihrem Gesicht waren zurückgegangen, aber die Schrammen waren noch immer dunkel unterlaufen.

»Schon viel besser. Ich sie waschen und ihr helfen in ein sauberes Nachthemd, dann sie essen ihre Suppe und trinken zwei Tassen Tee.«

»Gut. Irgend etwas Neues über Tasma?«

»Rubra sagen, ihr Fieber heute nicht so schlimm. Spiker immer noch bei ihr.«

Er nickte. »Ich bin froh. Du kannst nach Hause gehen. Ich werde über Nacht bei Phina bleiben.«

Chatalene wandte sich ab, und Whitley trat näher an Phinas Bett. Sie hatte schon wieder etwas mehr Farbe, und die Lippen waren nicht mehr so bleich. Er beugte sich hinunter und küßte sie sanft auf die Wange. Sie bewegte sich leicht.

Dann öffneten sich auf einmal ihre Augen. »Whitley.«

»Pst«, sagte er und streichelte ihr über die Stirn. »Ich wollte dich nicht aufwecken.«

»Ich bin froh, daß du zu Hause bist.« Sie nahm seine Hand, führte sie an ihre Lippen und küßte sie.

»Ich hatte verschiedene Dinge zu erledigen.«

»Chatalene hat mir schon erzählt. Ich habe darauf gewartet, daß du zurückkommst. Ich konnte mich nicht mehr erinnern, ob ich mich schon bei dir dafür bedankt habe, daß du mir das Leben gerettet hast.«

Er lächelte. »Bestimmt ein Dutzend Male, seit wir wieder zu Hause sind. Und ich habe dir immer wieder gesagt, daß Spiker dir das Leben gerettet hat. Er hat dich gefunden.«

»Aber die Indianer hatten uns umzingelt, und du kamst gerade noch rechtzeitig.«

Er lächelte. »Ich möchte, daß du jetzt ein wenig schläfst.«

Phina erhob sich auf die Ellbogen. Ihre langen dunklen Haare breiteten sich über ihr Kopfkissen aus. »Seit über einer Woche tue ich nichts anderes als schlafen. Ich will nicht mehr schlafen. Ich habe Chatalene gesagt, sie soll mir nichts mehr von diesem Zeug geben, was der Doktor hier zurückgelassen hat. Das läßt mich einfach zuviel schlafen.«

»Aber genau das mußt du. Es nimmt dir die Schmerzen.«

»Ich fühle mich schon besser. Meine Rippen tun nicht mehr so weh, und mein Bein schmerzt auch nicht mehr ständig.«

Er kniete neben ihr nieder. »Ich bin ja so froh. Ich wollte, ich hätte die Indianer daran hindern können, dir weh zu tun.« Er schluckte. »Ich habe hier etwas für dich.« Er langte in sein Hemd und zog ein kleines Päckchen hervor. »Soll ich es für dich öffnen?«

Sie nickte. Whitley wickelte sorgfältig das Geschenk aus, das er in der Handelsstation für sie gekauft hatte, als er in der Stadt gewesen war, und zeigte ihr vier Kämme aus Elfenbeinschnitzereien.

»O Whitley, vielen Dank!« Ihre Augen begannen zu leuchten. »Das sind die schönsten Kämme, die ich je gesehen habe.« Sie betrachtete sie liebevoll. »Ich habe sie an dem Tag gesehen, als Spiker mich in die Stadt gefahren hat, aber ich hatte nicht genug Geld, um sie mir zu kaufen. Dabei hätte ich sie so gerne gehabt. Die Lady in dem Laden muß es dir gesagt haben.«

Er schüttelte den Kopf. »Nein. Ich bin hineingegangen, um ein wenig Rosenwasser zu kaufen, und dann sah ich diese Kämme hinter dem Ladentisch. Ich wußte, daß sie in deinem Haar wunderschön aussehen mußten.«

Phina legte die Kämme auf den Nachttisch und langte nach oben, um seine Wange zu berühren. »Komm, leg dich zu mir«, flüsterte sie. »Zieh deine nassen Kleider aus und komm zu mir.«

Sie ließ ihn los und schlug die Decke zurück.

Seine Augen musterten ihr Gesicht. »Phina, ich glaube nicht, daß das eine gute Idee ist.«

»Aber ich möchte es so. Komm zu mir.«

Er mochte sie nicht enttäuschen, und so entledigte Whitley sich seiner nassen Kleidung und schlüpfte zu ihr ins Bett, wobei er sorgsam darauf achtete, ihr Bein nicht zu berühren. Sie war warm und weich, als er sich an sie schmiegte. »Ich möchte deine Rippen nicht verletzen und nicht gegen dein Bein stoßen«, flüsterte er, als er die weiche Haut an ihrem Hals gleich unter dem Ohr küßte.

Sie legte den Arm um ihn. »Ich brauche es jetzt, daß du mich festhältst. Ich muß wissen, daß zwischen uns alles in Ordnung ist.«

»Ja, Phina. Ich liebe dich, und sobald du ganz wiederhergestellt bist, möchte ich dich heiraten. Daran hat sich nichts geändert. Und daran wird sich nie etwas ändern.«

»Ich liebe dich auch«, flüsterte sie an seinen Lippen, während ihre Hände seinen Rücken streichelten.

Whitley war erregt, und das zeigte sich deutlich. Seine Hände zitterten. »Ich war so entsetzt, als ich dachte, ich hätte dich verloren, Phina. Ich wäre durch die Hölle gegangen, um dich zu finden.« Er küßte ihren Mund, ihre Wangen, ihre Stirn, ihren Hals und zeigte ihr mit Lippen und Zunge, wie sehr er sie liebte.

»Tun meine Küsse weh?«

»Nein, sie fühlen sich wundervoll an. Bitte, hör nicht auf.« Sie legte ihm die Arme um den Nacken. »Ich hatte solche Angst, du würdest mich nicht finden. Ich dachte schon, es sei alles vorbei. Und ich wollte nicht sterben.«

»Denk jetzt nicht mehr daran. Es ist vorüber.« Seine Hände gingen an ihren Armen auf und nieder und ließen auch ihren Rücken nicht aus. »Denk jetzt nur an meine Hände auf deinem Körper. Denk an meine Lippen auf deinen.« Er küßte sie voller Leidenschaft und erforschte ihren Mund mit der Zunge. »Nimmt dir das deine Ängste?«

»Hm – das ist wundervoll«, antwortete sie voll Vertrauen. »Ich möchte, daß du mich jetzt liebst, Whitley.«

»O Phina, ich möchte dich jetzt lieben, glaube mir. Aber ich will dir doch nicht weh tun. Du hast dich noch nicht genug erholt.«

Phina schob die Hand zwischen ihnen nach unten und umschloß seinen Penis. Whitley stöhnte vor Lust. »Ich werde es dir sagen, wenn du mir weh tust.«

Am Tage darauf wurden Phina und Whitley vom Prediger der Kirche aus der Stadt getraut. Whitley versuchte noch, sie zu bewegen abzuwarten, bis sie sich wieder besser fühlte, aber davon wollte sie nichts wissen. Am Ende der Zeremonie erklärte der Prediger sie zu Mr. und Mrs. Whitley McCabe. Sie nahmen diesen Namen voller Stolz an und waren absolut sicher, Anchor wäre damit einverstanden gewesen, daß der Mann, den er wie seinen Sohn behandelt hatte, die Tochter heiratete, die er nie gehabt hatte.

Drei Tage später saß Phina auf der vorderen Veranda, das Bein hochgelegt, und genoß die Sonne des Spätnachmittags, als sie einen Reiter den Weg zum Haus emporkommen sah. Einen Augenblick lang versteifte sie sich, weil ihr der Zwischenfall mit den Indianern wieder einfiel. Sie wußte nicht, wann sie sich je wieder völlig sicher fühlen würde. Als der Reiter näher kam, erkannte sie in ihm Ellison.

Sie vermutete, daß er von den Angriffen der Indianer und von ihrer Heirat gehört hatte und daß sein Besuch nur eine nachbarschaftliche Geste sei.

Er stieg vom Pferd, kam selbstbewußt die Stufen zur Veranda herauf und blieb vor ihr stehen. Das Lächeln und ihr freundlicher Gruß erstarben ihr auf den Lippen, als sie die ersten Worte aus seinem Mund vernahm. »Sie sind also auf all die Lügen hereingefallen, nicht wahr?« sagte er.

Phina schnappte laut nach Luft. »Was?« fragte sie, überrascht von seinem anklagenden Ton.

Er nahm den Hut ab und starrte sie an. »Ich habe versucht, Ihnen zu sagen, daß er Sie nur deshalb heiraten wollte, damit er Carillon behalten konnte, aber Sie wollten ja nicht auf mich hören, nicht wahr? Sie mußten ihn ja unbedingt heiraten.«

Sein Tonfall und seine Worte machten ihr schnell klar, daß dies hier kein Besuch war, um eine Form des Zusammenlebens zu finden, wie sie gehofft hatte. »Ich liebe Whitley, und er liebt mich«, sagte sie.

»So, ich will Ihnen gerne glauben, daß Sie ihn lieben, aber er liebt Sie nicht, Phina.«

Phina spürte, wie sie innerlich zitterte. »Ich glaube, Sie gehen jetzt besser.«

Ellison lachte. »Sie haben alles geschluckt, nicht wahr? All seine süßen Küsse und seine Liebesschwüre. Zur Hölle, ich hatte vor, Ihnen genau dieselben Sachen zu sagen. Whitley wollte Carillon. Er wollte es immer, und der einzig sichere Weg dorthin war, Sie zu heiraten.«

»Ich möchte, daß Sie jetzt gehen«, sagte Phina diesmal schon sehr viel energischer als zuvor. »Ich glaube kein Wort von dem, was Sie da sagen.«

»Sie brauchen mir ja nicht zu glauben.« Er lächelte selbstgefällig. »Die Zeit wird beweisen, daß ich recht hatte. Bevor Sie Whitley geheiratet haben, hätte der Richter Ihnen bereitwillig zugehört, Ihren Anspruch für berechtigt erklärt und Ihnen Carillon zugesprochen, und das wußte Whitley. Aber jetzt, wo Sie mit ihm verheiratet sind, gehört alles, was Ihnen gehört hat, Whitley, einschließlich ganz Carillon.«

»Whitley liebt mich!« sagte sie, und fast hätte sie sich aus dem Stuhl erhoben.

»Jeder Mann im County hätte Sie geliebt, hätte er dadurch die Chance bekommen, Carillon zu besitzen. Sie sind hereingelegt worden, Phina.«

»Hören Sie auf! Sie sagen das alles doch nur, um mich an meinem Ehemann zweifeln zu lassen.«

»Ich glaube nicht.« Ellison blieb ruhig, gefaßt. »Ich komme gerade aus Atlanta zurück, wo ich ein längeres Gespräch mit einem Anwalt hatte. Das hätten Sie schon vor langer Zeit tun sollen. Wie er mir sagte, waren Sie von uns dreien die einzige, die eine reelle Chance hatte, Carillon für sich allein zu bekommen. Whitley hätte alles verloren, weil er ohne diese unterzeichneten Dokumente nicht den Hauch einer Chance gehabt hätte.«

»Verschwinden Sie«, flehte sie. »Ich weiß, daß mein Mann mich liebt.«

»Er schläft mit Ihnen. Das ist etwas anderes, Phina. So ziemlich jeder Mann, der weiß, wie man eine Frau befriedigt, kann Sie glauben machen, er liebe sie. Soll ich Sie einmal küssen und streicheln, um das zu beweisen?«

Ihre Kehle schmerzte, so sehr mußte sie darum kämpfen, die Tränen zurückzuhalten und alles für sich zu behalten, was sie ihm am liebsten an den Kopf geworfen hätte. »Sie lügen. Wenn Sie nicht auf der Stelle verschwinden, werde ich Lon rufen, damit er Whitley Bescheid sagt.«

Ellison strich sich in aller Ruhe mit den Händen das Haar zurück. »Ich werde gehen. Aber nehmen Sie meine Worte nicht auf die leichte Schulter. Ich kann Sie nur warnen. Fragen Sie Whitley, was Robert Higgins ihm über seine Chancen gesagt hat, Carillon vor Gericht zu erkämpfen. Wenn Sie die Wahrheit erfahren wollen, fragen Sie ihn.« Ellison setzte sich den Hut auf den Kopf und wandte sich ab.

Phina zitterte an allen Gliedern, als sie Ellison davonreiten sah. Hatte Whitley sie wirklich nur geheiratet, um die Kontrolle über Carillon zu behalten? Sie mußte sich Gewißheit verschaffen. Tränen füllten ihre Augen.

Ein paar Minuten später kamen Lon und Rubra heraus und versuchten, sie zu bewegen, wieder ins Haus zu kommen und sich auszuruhen, aber sie lehnte ab. Sie wollte warten, bis Whitley wieder zu Hause war. Endlich, es war schon früher Nachmittag, kehrte er zurück.

»Rubra sagte mir, ich würde dich hier draußen finden«, sagte er und kniete sich vor ihr nieder. »Es tut gut, dich hier draußen sitzen zu sehen.«

Phina nickte automatisch und schluckte. Sie blickte ihrem Ehemann ins Gesicht und konnte einfach das alles nicht glauben, was Ellison gesagt hatte. Sie wußte, daß Männer mit Frauen ins Bett gehen konnten, ohne sie zu lieben. New Orleans war voll von Frauen, die nur diesem Zweck dienten.

Sie befeuchtete die Lippen. »Whitley, ich möchte dich einiges fragen.«

Er nahm ihre Hände und legte sie ihr in den Schoß, aber sie entzog sich seiner Berührung. »Was gibt es denn?« fragte er.

»Hat dir dein Anwalt Robert eigentlich gesagt, daß ich womöglich Carillon vor Gericht bekommen hätte? Daß du andererseits nur eine ganz geringe Chance gehabt hättest, auch nur einen Anteil an der Plantage zu bekommen?«

»Ja, das stimmt«, erwiderte er. »Aber, Phina, das alles ist doch jetzt bedeutungslos, da wir miteinander verheiratet sind. Carillon gehört uns beiden.«

Phina schloß einen Augenblick lang die Augen. Für sie spielte das durchaus eine Rolle. Ellison hatte recht. Whitley hatte sie geheiratet um Carillons willen, nicht, weil er sie liebte. Aber tief drinnen hätte sie es wissen müssen. Er hatte ihr so oft gesagt, daß er alles tun werde, um Carillon zu halten, und das schloß auch ein, daß er ihr erzählt hatte, er liebe sie. Sie wollte, sie hätte ihm nicht zugehört. Schließlich öffnete sie die Augen, und Tränen hingen in ihren Wimpern.

»Phina, Liebste, was ist denn los?« Er versuchte, ihre Wange zu berühren, aber sie wandte sich ab.

»Ich möchte, daß du gehst.«

»Was?«

»Ich möchte, daß du aus meiner Nähe verschwindest, aus meinem Bett, aus meinem Leben.« Ihre Stimme klang heiser.

Er erhob sich und blickte mit einem ungläubigen Ausdruck auf sie. »Wovon redest du? Phina, ich liebe dich. Du liebst mich. Wir haben doch darüber schon geredet. Ich habe dich nicht geheiratet, um dadurch Carillon zu bekommen.«

»Du hast mir so oft gesagt, du würdest alles tun, um diese

Plantage zu bekommen. Du kannst dich heute glücklich schätzen. Du hast Carillon, aber mich wirst du nicht haben.« Die letzten Worte preßte sie zwischen den Zähnen hervor.

»Warum fängst du jetzt wieder damit an? Du wirst doch nicht schon wieder an meiner Liebe zweifeln.«

»Nein«, sagte Phina in vollem Ernst. »Du liebst mich nicht. Du hast mich nie geliebt. Du hast mich nur geheiratet, um Carillon zu bekommen.«

»Phina, du bist müde. Du bist heute viel zu lange aus dem Bett gewesen. Du weißt nicht mehr, was du sagst.«

»Rubra! Lon!« rief sie mit zitternder Stimme.

»Phina, jetzt laß das und hör mir zu.« Er versuchte, ihre Hand zu fassen, aber sie entzog sich ihm.

»Faß mich nicht an!« rief sie. »Bitte, faß mich nicht an. Lebe meinetwegen hier, wenn du es unbedingt mußt, aber faß mich nicht an.«

Ungläubig trat Whitley einen Schritt zurück.

»Mrs. Phina? Mr. Whitley, was hier los?«

Phina wischte sich die Augen. »Hol Lon und hilf mir nach oben. Ich fühle mich nicht sehr gut.«

»Mr. Whitley schon hier stehen. Er Sie nach oben bringen.«

Phina vermied es, Whitley noch einmal anzusehen. Warum hatte er sie nicht einfach um eine Konventionalehe gebeten, statt vorzugeben, sie zu lieben?

»Nein. Mr. Whitley wollte gerade gehen. Bitte hol mir auf der Stelle Lon.«

Phina lag den ganzen Nachmittag mit gebrochenem Herzen im Bett. Whitley fühlte sich ganz offenkundig schuldig. Rubra hatte ihr erzählt, er sei in die Stadt geritten, kurz nachdem sie nach oben gekommen war. Sie war bereit, in ihre Kissen zurückzusinken und sich selbst zu erlauben, hemmungslos zu weinen, als Rubra in ihr Schlafzimmer kam.

»Miss Phina, da ist eine Lady, die will sehen Sie. Sie sagen, es ganz wichtig.«

Phina wandte das Gesicht ab. »Nein, mir ist nicht danach, Besuch zu empfangen. Schick sie weg.«

»Ich denken, Sie wollen diese eine aber sehen.« Rubra zog die Vorhänge zurück, und der Sonnenschein des späten Nachmittags füllte den Raum mit seinem warmen Glanz.

»Rubra, bitte laß das. Ich will dieses Licht nicht hier drinnen. Ich möchte niemanden sehen.«

»Hallo, mein Schatz.«

Phinas Blicke flogen zur Tür. Diana Groutas stand da im Türrahmen und sah gesünder und schöner aus, als Phina sie seit Jahren gesehen hatte.

»O Mama!« Sie streckte die Arme aus und wünschte sich, sie könnte aus dem Bett springen und zu der geliebten Frau hinüberlaufen. »Mama, wie bist du hierhergekommen? Woher wußtest du, daß ich dich brauche?«

Diana eilte an das Bett ihrer Tochter. Sie umarmten und küßten sich und lachten einige Minuten lang. »Du siehst wundervoll aus«, sagte Phina, als sie sich die letzten Freudentränen aus den Augen gewischt und Rubra losgeschickt hatte, um Tee zu machen.

»Mir geht es ja auch wunderbar. Als ich die Botschaft von Whitley erhielt, du seist verletzt und brauchtest mich, habe ich beschlossen, daß es jetzt an der Zeit ist, das Bett wieder zu verlassen. Den ganzen Sommer lang habe ich nicht mehr gehustet und auch kein Fieber mehr gehabt, aber ich hatte einfach nicht die Energie, das Bett zu verlassen und irgend etwas zu tun.«

»Whitley hat dir geschrieben und dir erzählt, ich brauche dich?«

»Das hat er allerdings.« Sie lächelte und nahm den Kragen von ihrem Kleid. »Ich denke mir, er wollte dich überraschen. Er hat einen seiner Schwarzen losgeschickt, um mir den Brief direkt zu überbringen.«

»Ja, das ist eine Überraschung. Und das war sehr lieb von ihm«, sagte Phina leise. Er mußte den Brief auf den Weg gebracht haben, sobald sie nach dem Überfall der Indianer wieder auf Carillon waren. Er hätte ihr sagen sollen, daß er nach ihrer Mutter geschickt hatte.

»Das war mehr als lieb, Phina. Ich nehme an, du hast ihm gesagt, daß ich kurz davor war, auch das letzte Geld auszugeben, das du mir drei Monate zuvor geschickt hattest. Er hat mir einen Schwarzen geschickt mit einem Brief, in dem stand, du seist bei einem Unfall schwer verletzt worden und bräuchtest mich, sofern ich in der Lage sei, die Reise zu unternehmen. Er hat sogar Geld für die Reise geschickt.«

Phina spürte eine unglaubliche Leere in ihrem Magen. Hatte sie wirklich auf Ellison gehört? Zweifelte sie denn wirklich an der Liebe ihres Mannes? Plötzlich war für sie nichts mehr klar, außer daß sie Whitley liebte. Daran hatte sich nichts geändert. Aber liebte er sie auch, oder hatte er sie nur geheiratet, um die Kontrolle über Carillon zu behalten?

»Wie auch immer«, fuhr ihre Mutter fort, »ich habe mich dann entschieden, einen anderen Arzt aufzusuchen und zu sehen, ob er mir nicht vielleicht helfen konnte. Irene und Sally haben einen Arzt von der anderen Seite der Stadt gebeten, nach mir zu sehen. Er sagte, das einzige, was bei mir nicht in Ordnung sei, sei die Tatsache, daß ich zuviel Laudanum nehme, so daß ich noch nicht einmal mehr die Energie aufgebracht habe, aus dem Bett aufzustehen. Er sagte, ich hätte aufhören sollen, die Medikamente zu nehmen, als das Fieber nachließ und der Husten aufgehört hatte. Schon nach dem fünften Tag ohne die Medikamente fühlte ich mich kräftiger. Ich nahm also das Geld, das Whitley mir geschickt hatte, und kaufte mir eine Fahrkarte für die Kutsche. Und hier bin ich nun, und gerade rechtzeitig, wie es scheint. Du siehst nicht gerade gut aus.«

Phina war wie betäubt. Ihr wäre es nie in den Sinn gekommen, ihre Mutter könnte ohne Medikamente leben.

»Aber nun genug von mir«, fuhr ihre Mutter fort. »Ich möchte hören, wie es dir ergangen ist.«

Phina und ihre Mutter redeten bis in die Nacht hinein miteinander, und schließlich war Phina davon überzeugt, sich hinsichtlich Whitleys geirrt zu haben. Warum hätte er wohl nach ihrer Mutter schicken sollen, wenn er sie nicht aufrichtig liebte? Das hätte er doch gar nicht nötig gehabt, um Carillon in die Hand zu bekommen. Durch seine Initiative würde ihre Mutter fortan da leben, wo sie hingehörte – auf Carillon! Warum nur hatte sie diesem Ellison auch nur zugehört?

Als ihr klar war, daß sie nicht würde einschlafen können, beschloß sie, aus dem Bett aufzustehen und in Whitleys Zimmer zu gehen. Vielleicht fühlte sie sich besser, wenn sie in der Nähe der Dinge war, die ihm ganz persönlich gehörten. Seit sie verheiratet waren, hatte er bei ihr geschlafen. Sie hatten geplant, daß sie zu ihm in sein Zimmer ziehen würde, sobald es ihr wieder besserging.

Es bereitete ihr große Schwierigkeiten, mit dem geschienten Bein aus dem Bett zu kommen, aber irgendwie schaffte sie es. Gestützt auf den Spazierstock, den er eigens für sie gekauft hatte, humpelte sie dann über den Flur zu seinem Zimmer.

Als sie die Tür öffnete, saß Whitley zu ihrer Überraschung senkrecht und mit nacktem Oberkörper im Bett und starrte sie an.

»Phina! Warum um alles in der Welt versuchst du, mit deinem Bein zu gehen?« Er sprang aus dem Bett und eilte auf sie zu.

»Ich wußte nicht, daß du zu Hause bist. Rubra hatte mir zwar gesagt, daß du weggeritten warst, aber niemand hat mich informiert, daß du schon wieder zurück bist.«

»Ich habe auch niemandem Bescheid gesagt. Ich bin erst vor wenigen Minuten heimlich ins Haus geschlüpft. Aber jetzt sag mir um Gottes willen, warum du mit deinem Bein aufgestanden bist? Willst du für den Rest deines Lebens humpeln?«

Er machte sich Sorgen um sie! Er liebte sie. Sie sah es in seinen Augen, hörte es in seiner Stimme. Wie hatte sie nur an ihm zweifeln und Ellison glauben können? »Ich konnte nicht schlafen, und da dachte ich mir, in deinem Zimmer, in der Nähe deiner persönlichen Dinge, würde ich vielleicht doch einschlafen können.«

»Was redest du da, Phina?«

»Verzeih mir. Verzeih, daß ich an deiner Liebe gezweifelt habe.«

Whitley ging hinüber zur Ankleidekommode und nahm ein paar Papiere zur Hand. Dann riß er ein Zündholz an und machte Licht. »Das hier wollte ich dir morgen zeigen.« Er reichte ihr die Papiere. »Ich habe Robert, noch bevor wir geheiratet haben, gebeten, dieses Schriftstück zu entwerfen, mit dem ich auf alle Ansprüche an Carillon verzichte, Phina. Ich will nicht, daß du glaubst, ich würde dich wegen dieser Plantage heiraten.«

»Warum hast du mir das nicht heute nachmittag schon gesagt?«

»Ich dachte mir, du bräuchtest einen stichhaltigen Beweis, und deshalb bin ich in die Stadt geritten, um die Papiere abzuholen.«

»Oh, es tut mir so leid, daß ich mich von Ellison habe beeinflussen lassen.«

»Ellison! Verdammt – er war also hier, um dich zu belästigen? Ich hätte wissen müssen, daß etwas hinter deiner Reaktion steckt.«

»Er hatte es nicht schwer, mich zu überzeugen. Ich wußte doch, wie sehr du diese Plantage liebst.«

Whitley nahm sie auf die Arme und trug sie zu seinem Bett, wo er sie vorsichtig auf das Laken legte. Dann sah er ihr ganz tief in die Augen.

»Ja, das tue ich«, sagte er. »Und ich leugne es auch nicht, Phina. Aber noch mehr liebe ich dich. Deine Liebe würde ich Carillon in jedem Fall vorziehen.«

Phina lächelte. »Du hast doch beides.« Dabei deutete sie auf das Laken neben ihr, und Whitley ließ sich nicht zweimal bitten.

Ihre Lippen trafen sich, und sie küßten sich zärtlich.

»Ich denke, es wird langsam Zeit, daß ich dir das hier endlich übergebe«, sagte Whitley und langte hinüber auf seinen Nachttisch. Und dann ließ er eine schwere goldene Kette mit einem goldenen Glöckchen daran in ihre Hand gleiten. »Das hier gehört seit jeher der Herrin über Carillon.«

»Du hast dieses Glöckchen für mich anfertigen lassen?« flüsterte sie überrascht.

»Nein«, erwiderte er. »Anchor hat es mir in der Nacht geschenkt, als er mir sagte, er werde mich zu seinem Sohn machen. Ich wollte, du hättest ihn kennengelernt. Er war ein feiner Mann. Komm, laß mich dir dieses Kettchen um den Hals legen.«

»Ich bin so glücklich, es tragen zu können. Das silberne muß ich verloren haben, als die Indianer mich …«

»Pst! Denk nicht mehr daran.« Er legte ihr die Kette mit dem Glöckchen um den Hals. »Es steht dir ganz wundervoll.« Er küßte sie wieder.

»Vielen Dank für das Glöckchen.« Sie blickte ihm in die Augen. »Und vielen Dank dafür, daß du meine Mutter nach Carillon geholt hast.«

Er strich ihr das Haar von der Schulter und beugte sich über sie, um ihren Hals zu küssen. »Sie gehört hierher. Ich möchte, daß dies ihr Zuhause wird.«

Phina wollte das Herz überquellen vor Liebe zu ihrem Ehemann.

»Ich fürchte, wir haben nicht zum letztenmal von Ellison gehört«, sagte er, während er sie zärtlich streichelte. »Er könnte seine Drohung durchaus wahr machen und uns vor Gericht zitieren, um einen Anteil an Carillon zu bekommen.«

»Das glaube ich nicht. Er hat schon mit einem Anwalt in Atlanta gesprochen, und der hat ihm gesagt, er habe auch nicht die geringste Chance, einen solchen Prozeß zu gewinnen. Ich glaube, das war sein letzter Versuch, uns auseinanderzubringen.«

»Fast wäre es ihm gelungen.«

»Ich weiß, und es tut mir leid.« Sie blickte ihm liebevoll in die Augen. »Ich liebe dich, Whitley McCabe.«

»Ich liebe dich, Phina McCabe.«

Er zog sie in die Arme und küßte sie, und dann liebten sie sich ohne Pause bis zum frühen Morgen.

ENDE